桐华

TONGHUA WORKS

散落星河的记忆

II

窃梦

THE MEMORY LOST

IN SPACE

C²S 湖南文艺出版社
HUNAN LITERATURE AND ART PUBLISHING HOUSE   博集天卷
CS-BOOKY

执政官说你不是敌人，也不是研究对象，而是一座桥梁，把异种和人类联系在一起，我们想要收获善意，必须先付出善意。

即使你这么丑陋难看了，我为什么还舍不得把目光从你脸上移开呢？觉得只有看着你心里才安稳喜悦。

我的身份是假的，但说过的话都是真的。这段路我会陪着你走。我不会让任何人伤害你，包括你自己。

我不知道究竟什么时候开始喜欢你，但我很确定我喜欢你，想要娶你、和你做夫妻的那种喜欢。

就算你当了真，也只是十年的记忆，等你想起以前几十年的记忆，就会明白它什么都不是。

风从哪里来

吹啊吹

吹落了花儿，吹散了等待

沧海都化作了青苔

．．．．．．．．．．．．

风从哪里来

吹啊吹

吹灭了星光，吹散了未来

山川都化作了无奈

．．．．．．．．．．．．

目录　*Contents*

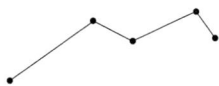

Chapter 1

今夕何夕

阳光穿过他身后的大树,从茂密的枝叶间斜斜洒落在他身上,将他笼罩在一片柔和的薄光中。整个人清爽干净得就像绿叶上的一颗露珠,还没有沾染人世间的丝毫尘埃。

冒险家乐园、中央监控室。

几百块监控屏幕上，人物图像不停变换，却始终没有找到洛兰和叶玙。

辰砂问："为什么不能自动识别、锁定追踪？"

"有病毒。"紫宴盯着屏幕上飞速跳转的程序代码，十指运转如飞，敲打键盘。

"什么时候能恢复？"

"最乐观，一个小时。"

一位工作人员突然兴奋地叫："找到了。"

辰砂立即走过去，一个机器人出现在屏幕上，它打开传输舱，里面空无一人。它的机械臂伸长，从座位底下夹出两个个人终端。

红宝石手镯样子的个人终端是洛兰的，另一个应该是叶玙的。

众人心里一沉，肯定是出事了！

辰砂的脸色越发冷了，紫宴敲打键盘的速度更快。

一个女工作人员说："他们第一站去的是九幽天坑，后面没有办法再追踪到。假设他们一直在一起，那就是一直有两个运输舱同时离开、同时到达。根据运输舱的记录，这是他们最有可能去的四个生态圈——九幽天坑、波罗波帝海、搭亚山、天目大峡谷。"

辰砂问："能再缩小范围吗？"

女工作人员抱歉地说："在中央智脑搜集到更多信息前，只能一个一个找。"

辰砂对紫宴说："我去找，你这边有消息了立即通知我。"

辰砂刚离开，执政官大步流星地走了进来。

虽然执政官一贯是没有任何表情的面具脸，看不出和往常有什么不一样，可游乐园的负责人却觉得心惊肉跳，流着冷汗把事件的大概经过讲了一遍。

执政官拿过洛兰的个人终端检查，发现没有任何损伤，应该不是强行摘除。

"有没有可能公主已经离开游乐园？"

紫宴说："不可能！辰砂发现后立即下令启动应急程序，封闭了所有出口，洛兰肯定还在里面。"

女工作人员指着工作屏幕说："这是我统计出的他们最有可能去的四个生态圈，指挥官夫人和叶玠王子是兄妹，两个人一起失踪，也许可以询问一下邵菡公主，看这四个生态圈里哪个最有可能……"

执政官抬手，示意她闭嘴。

中央智脑室里陷入了窒息般的寂静，只有紫宴敲击键盘的声音，噼噼啪啪地响着。

执政官浏览完四个生态圈的介绍，看向监控屏幕，辰砂正在带兵搜索。

"其他生态圈。"

工作人员立即把剩下的六十个生态圈的资料调出，执政官的视线一行行往下扫，一边看，一边排除。

最后，屏幕上只剩下两个生态圈的资料——阿丽卡塔星依拉尔山脉模拟生态圈、大双子星岩林模拟生态圈。

紫宴百忙之中抬头瞟了一眼，立即明白执政官为什么会保留这两个地方，都和千旭有关，都对洛兰有特殊意义。

执政官下令："监控！"

上百个子监控屏幕切换成依拉尔山脉生态圈和岩林生态圈的实时监控。

一切平静正常，没有任何异常。

执政官盯着两个生态圈的监控视频，问："每个生态圈的智脑是独立的吗？"

"为了确保安全，每个生态圈都有独立的子智脑，受中央智脑监控，如果有任何异常，中央智脑会示警。"

执政官下令："紫宴，检测这两个生态圈的子智脑。"

紫宴头都没抬，依旧专注地工作，"在洛兰心中，依拉尔山脉和岩林都有特殊意义，可她和叶玠王子一起失踪，应该是因为她在阿尔帝国的经历……"

"检测！"执政官打断紫宴的话。

紫宴抬头看向执政官。

执政官没有温度地说："我不是和你商量，是命令。"

"是！"紫宴终止手头的工作，冷着脸说："只能一个一个检测，依拉尔山脉和岩林，先检测哪个？我必须提醒阁下，时间每浪费一分钟，洛兰死亡的可能性就会增加一分。"

执政官闭上了眼睛，一瞬后，他睁开眼睛冷冷地说："岩林。"

紫宴开始检测岩林的子智脑。

随着屏幕上密密麻麻的程序代码不断变换，紫宴的脸色越来越难看，竟然所有监控都被屏蔽了，他们看到的是前一天的监控视频。

他快速地敲击键盘，上百块监控屏幕一块接一块黑屏，直到最后全部黑掉。

"重启！"紫宴敲击确认键，"成功！"

可是，上百块屏幕闪烁着一片黑乎乎的光芒，依旧什么都看不清。

紫宴郁闷地说："不可能，明明修好了。"

执政官一言不发，一眨眼消失不见。

紫宴突然反应过来什么，下令智脑把屏幕上的图像放大，这才发现不是因为故障才黑乎乎地看不清，而是漫天都被风沙遮蔽，视频里就是黑乎乎一片。

紫宴大惊失色，立即向外冲，可冲到门口，又停住脚步，转身回来。

他坐在庞大的操控台前，一边运指如飞，继续检查修复程序，一边通知辰砂："有人激发了岩林的神级难度，洛兰应该在里面，执政官已经赶过去。"

六天后，医院病房。

洛兰觉得自己做了一个很漫长的梦。

梦里，她置身狂风呼啸、漆黑一片的荒野，很像是这些年来她不断会做的梦——独自一人艰难地跋涉在荒无人烟的旷野上，一直不停地在走，可总也走不到尽头。

最可怕的不是疲惫，而是四周一个人都没有，就好像她被全世界遗弃了。

但是，这一次不一样，她不是自己在跋涉，而是有人抱着她、迎着狂风在走。

那人像是呵护一粒珍珠般用温暖的柔软把她深藏在怀里，把所有风沙都抵挡在了坚硬的蚌壳外。

洛兰全身都痛，痛得似乎身体被巨石碾压成了一块块碎片，可因为有人陪伴，痛苦变得可以忍受。

是谁？谁和她一起跋涉在黑暗中？

洛兰想说话，却发不出声音；想看一眼他，却完全睁不开眼睛。

她的手哆哆嗦嗦地摸索，好像摸到什么，莫名地安心了。

纵然身似浮萍、命如蜉蝣，但十多年的生命并不是一片苍白。

千旭、千旭……

"千旭！"

洛兰猛地睁开眼睛，眼前却依旧是一片黑暗，什么都看不到。

她惊慌地伸手去抓，抓到了一只手。

辰砂安抚地反握住她的手，"你的护目镜被石头击碎，伤到了眼睛，暂时看不见。"

洛兰怔怔地想，果然是在做梦吗？可是，指尖的感觉太真实了！

辰砂说："别担心，楚墨已经帮你修复，很快就能恢复。"

"我不担心。"洛兰仰着头问："辰砂，我可以摸摸你的脖子吗？"

辰砂愣住了。

洛兰急切地央求："我只摸一下，你就当是医生检查身体。"

辰砂沉默地握着洛兰的手，放到自己的脖子上。

洛兰聚精会神，从下巴一直仔细地摸到锁骨。

她曾在那个像墓地一样的地穴内，仔细地抚摩过千旭的脖子。

对一个解剖过无数尸体、熟悉人类骨骼和身体构造的医生而言，她的手指记得他的脖子，就像她的眼睛记得他的脸一样，能在千万人中认出他。

梦境里，她摸到抱着她的人的脖子，知道了是千旭，才心心念念想要睁开眼睛。

可是，现在指尖的感觉清楚地告诉她：不是，绝对不是！

洛兰神情黯然地收回手，那么真实的触感，果然只能是一个梦。

辰砂定了定神，问："洛兰，你和叶玠究竟怎么回事？"

洛兰不答反问："叶玠还活着吗？"

"还活着。人在他们自己的飞船上，由阿尔帝国的医生治疗，听说伤得很重。"

洛兰慢吞吞地说："不是你告诉我有怨报怨、想打就打吗？我和叶玠以前有些过节，现在体能好了，就想报复回去。找了个没人打扰的地方打架，他杀死了一只岩风兽，莫名其妙就刮起了风暴。"

"什么过节？"

洛兰摸索到被子，拽起来盖住头，"还能有什么过节？不就是他强我弱，被他欺负了。"

"你……"

辰砂刚开口，洛兰立即蛮横地打断他："解释时间结束！"

她累了，有点破罐子破摔的心态，随便他们去猜测吧，大不了就是发现了真相。

辰砂说："我是想说你好好休息，执政官已经下令不再追究。"

洛兰做挺尸状，蒙着被子不吭声。

"这次救你出来的人是执政官。"

洛兰猛地掀开被子，急得声音都变了："不是你？为什么不是你？我以为是你。"

"我被你的小花招骗到其他生态圈去了，赶到岩林时执政官已经把你救了出来。"辰砂安抚地揉揉洛兰的头，"我知道你不待见执政官，不过这次的确是他救了你。"

洛兰默默地拉起被子，连头带脸都盖住。

听说洛兰苏醒了，封林和紫宴一起来看她。

封林想着，如果执政官再晚到一步，洛兰肯定就变成尸体了，十分恼火，噼里啪啦一通骂："你的基因被草履虫侵袭了吧？最近去检测过智商吗？过六十了吗？大脑里长肿瘤了吧……"

洛兰默默听训，一声不吭。

紫宴突然插嘴问："你知道激发神级难度的方法？"

洛兰立即一口否认："当然不知道！只是巧合，就算我讨厌叶玠，想教训他一顿，也不至于要把自己搭进去。"

封林对紫宴不耐烦地摆摆手，"别整天疑神疑鬼的，这事知道的人有限，我们都没告诉洛兰，她到哪里去知道？"

洛兰不知道想到了什么，睁着没有焦距的眼睛，无意识地揉自己的手指，看上去像是一个碰到了大难题、不知道该怎么办的孩子，一脸茫然无措。

封林担心地问："洛兰，你没事吧？"

洛兰回过神来，"千旭名字的事，你查了吗？"

"查了。不过，这事我也不擅长，拜托紫宴帮忙去查的。千旭没有用过其他名字，在孤儿院的档案库里有他的记录，宿舍的档案资料也没有遗漏，只不过应该用千旭在孤儿院的证件号码查询，帮你查询资料的老师不够负责，你又是让个义工小姑娘去问的，她没有上心，随便查了一下就回复你，让你虚惊一场。"封林在个人终端的虚拟屏幕上调出文件，"发你邮箱了，眼睛好了慢慢看。"

"谢谢。"

封林看洛兰一直神情恍惚，以为她还没有从惊吓中回过神来，"我们走了，你好好休息，有事随时联系我。"

"谢谢你们来看我。"

紫宴还想说什么，可看洛兰脸色苍白，肌肤上仍有细密的网状伤痕，他把到嘴边的疑问又都吞了回去。

洛兰一个人躺在病床上，不受控制地胡思乱想着。

是千旭告诉她如何激发神级难度。

当年两人在游乐园玩时，一个随口问了，一个随口答了，都没当回事。毕竟那时她是E级体能，超A级体能遥远得像是另一个世界的事。

可是，刚才封林说知道这事的人很少，紫宴也没有反驳。

显然，在封林和紫宴的认知里，千旭不可能知道这事，否则，他们肯定会推测出她知道如何激发神级难度。

千旭只是一个普通的军人，为什么会知道这种机密的事？

孤儿院的宿舍档案里没有千旭的记录，也就是从没有"千旭"这个人在孤儿院住过。

有没有可能……

洛兰觉得自己的心跳得很急，似乎在隐隐地期待什么。

她打开封林发给她的邮件，让智脑读给她听。

千旭在孤儿院长大，凭借优异的成绩考入军校。军校毕业后，因为体能优异，进入星际战舰服役，成为特种战斗兵。

本来前程一片光明，却突然生病，退役转文职，进入基地工作。

紫宴不愧是专业间谍，搜集的这份资料非常详细，每段经历都有据可查，甚至注明了信息来源于哪个部门，由谁提供，查访过的证人是谁。

　　而且，这不是紫宴第一次调查千旭。

　　十一年前，紫宴发现她认识千旭时，就调查过千旭，查看过千旭在孤儿院的档案，只不过调查更侧重他考上军校后的经历，对孤儿院的童年和少年经历没有那么细致，也就没有调查他住过的宿舍。

　　十一年后，因为她询问千旭的其他名字，紫宴又把千旭从头到尾彻查了一番，这一次连每年住的宿舍都查了一遍。

　　洛兰大睁着双眼，表情怔怔愣愣。

　　紫宴调查过的事，应该不会有错。

　　千旭的人生轨迹很完整，没有任何遗漏，也许他无意中听到高层将领的交谈，知道了触发神级难度的事。

　　宿舍档案的事件完全就是一个乌龙，那个义工导游还没有成年，做事热情有余、经验不足，出点差错很正常。

　　洛兰突然狠狠甩了自己一巴掌，含着泪呵呵地笑起来。

　　第一次发现自己的想象力好恐怖，明明知道千旭已经死了，却因为一个梦，像个疯子一样不切实际地胡思乱想。

　　几天后，洛兰的眼睛开始能模模糊糊看到东西，变得很畏光，需要戴上特殊的眼镜遮光。

　　邵菡公主来看她，不满地抱怨奥丁联邦竟然以事件还没有调查清楚为由，阻止他们的飞船离开。

　　邵菡气恼地说："你和叶玠被他们的游乐园伤成这样，我还没找他们麻烦，他们倒恶人先告状。"

　　洛兰旁敲侧击地问："叶玠这次伤得挺重，医生的医术怎么样？"

　　"父皇指派给我的医生，医术绝对一流。"

看来叶玠应该是真的叶玠，否则，受了这么重的伤，需要修补残缺的器官，如果是假的，一查基因就露馅了。

"叶玠恢复得怎么样？"

"伤已经全好了，但人变得很古怪，一天到晚阴沉着脸，一句话都不说，我看他这次是真被吓着了。"邵菡说着说着又生气了，"什么破游乐园嘛！这种鬼地方竟然也有人喜欢，我们完全是被骗了。现在还不允许我们离开，太过分了！"

洛兰温柔地劝解："姐姐就当是再陪我几天吧！"

"不是我不想陪你，实在是……那个执政官，还有辰砂、紫宴，他们都太可怕了。"

邵菡想起洛兰和叶玠失踪后他们看她的眼神，仍旧心有余悸。

她怜悯地说："你这些年的日子一定过得很苦吧！真是一帮禽兽，为了研究结果，竟然把你折磨成了A级体能者。"

洛兰哭笑不得，邵菡真是太会脑补了，已经把她想象成落难的公主，整天被魔王折磨鞭笞着锻炼身体、配合研究。

"洛兰，父皇也有关注你救那个孩子的事，这群异种太不识好歹了。父皇说他当年被逼无奈，一直愧疚不安，你要是想和那个异种离婚，父皇全力支持。"邵菡握住洛兰的手，眼泪汪汪地说："我们都欢迎你回家，等你回到阿尔帝国，姐姐帮你介绍好男人，比那个异种……"

洛兰觉得手上像是黏了一条恶心的鼻涕虫，竟然没忍住一下子甩开了邵菡，"我的丈夫叫辰砂，不叫那个、这个。"

邵菡震惊地看着洛兰，表情变了几变，挤出笑还想继续游说："洛兰……"

"叮咚"一声，病房门打开，辰砂和紫宴一前一后走进来，紫宴笑眯眯地说："洛兰，楚墨说你可以出院了。"

洛兰有一种"娘家人说婆家人坏话，被当场抓住"的尴尬窘迫，都不好意思正眼看辰砂。

邵菡却对超A级体能者的异能还不够了解，完全没想到自己刚才说的话已经被听去了。她笑容满面、温和亲切地说："公爵来得正好，我正和洛兰商量，邀请她回阿尔玩几天。"

辰砂像是没有听见一样，径直走到洛兰身旁，把一顶帽檐很大的遮阳帽扣到她头上，牵起她的手就往外走。

邵菡叫："洛兰！"

紫宴风度翩翩地拦住她："公主，我送您回去。"

上了飞车，辰砂问："你想回阿尔帝国吗？"

"不想！"洛兰脱口而出后，才觉得身为阿尔帝国的公主，这种反应很不对。她讪讪地说："那就是邵菡的一个托词，之前她在说什么，你又不是没有听到。"

辰砂说："不用管她想什么，关键是你想不想回去。如果你想回去看看，我来安排。"

十多年时间，不闻不问，现在却态度迥异，还想煽动她离婚，她为真正的洛兰公主悲哀。

"我的亲人们看重的可不是我的基因，而是你们的基因。我是基因修复师，还是熟悉异种的基因修复师，等我回去了才方便他们获取想要的东西，你不担心吗？"

"你会答应他们吗？"辰砂专注地看着她，一双眼睛灿如寒星。

洛兰摇摇头，"绝对不会！"

辰砂的唇角微微扬起，又一次笑了，本来犹如皑皑雪山般冷峻的眉眼刹那柔和了，就好像风雪初霁，阳光突然穿破厚厚的云层照了下来。

洛兰本来还想开玩笑地问一句"你相信吗"，现在却再问不出来。毫无疑问，他相信她。可是，这种信任让她害怕畏惧，因为欺骗最后伤害毁灭的就是这种信任。

辰砂看洛兰心事重重、一言不发，一边驾驶飞车疾驰，一边说："赶紧做决定，在我后悔前。"

"什么决定？"

"要不要回阿尔帝国？"

洛兰推托："就算你同意，别人也不会同意。"

"我会处理。"

洛兰客气："太麻烦你了。"

"不麻烦。"

"可是……可是……"洛兰结结巴巴，拼命想借口。

辰砂替她说了："可是你就是不想回去。"

洛兰一咬牙，承认了："我不想回去。"

辰砂问："你在阿尔帝国的记忆很不愉快？"

洛兰苦笑着说："何止是很不愉快？"作为一个死刑犯，她在阿尔帝国的记忆让她每次想起都会闻到死亡的味道。

辰砂沉默了一瞬，看着前方，轻声说："永远留在奥丁吧！"

洛兰惊讶地看着辰砂。

辰砂侧头看了她一眼，"现在奥丁才是你的家，不想回阿尔就不回去了。"

洛兰心中滋味复杂，她也想以奥丁为家，永远留在奥丁，但是，她没有资格。

洛兰的眼睛刚能看清楚文件上的字，她就把紫宴调查千旭的文件仔仔细细阅读了好几遍。

理智一再告诉自己不要胡思乱想，连狡猾的间谍头子彻查后都觉得没有问题，肯定就是没有问题了。但是，人像魔怔了一样，总会忍不住反反复复地看文件，似乎想要找出什么遗漏。

"夫人，请休息。"

大熊按照辰砂给他的指令，看到洛兰连续用眼超过三十分钟，就来提醒她休息。

"好！"

洛兰也不想留下后遗症，立即关闭屏幕，决定动手做点吃的，让自己不要再胡思乱想。

她正专心致志地揉面团，突然听到叶玠的声音："你说过只会为你爱的人做饭。"

洛兰愣了一愣，慢慢地扭过头，看到叶玠穿着一件白色的衬衣，站在窗户外。

他一手插在裤兜里，一手背在身后，静静地看着她。

阳光穿过他身后的大树，从茂密的枝叶间斜斜洒落在他身上，将他笼罩在一片柔和的薄光中。整个人清爽干净得就像绿叶上的一颗露珠，还没有沾染人世间的丝毫尘埃。

洛兰觉得头晕目眩，禁不住闭上了眼睛，脑海里栩栩如生地浮现出一幅画面——

一个看不清楚脸的男子踩着夕阳走向她，隔着窗户站定，伸出藏在背后的手，把一束雪白的香水百合递给她。

"这花可是古基因品种，又贵又娇气，下次要送花就去山上摘野花，不用我浪费钱买培养液……"她伸出满是面粉的手，拍拍男子的脸。

一圈又一圈的光晕像是涟漪一般荡开，那张脸渐渐清晰了，竟然是叶玠，英俊的脸上挂着一个滑稽的面粉掌印，眉梢眼角笑意融融。

洛兰猛地睁开眼睛，看到叶玠正站在窗户前，将一束蓝色的野花递给她，"去山上摘的野花，插在清水里就可以了，不用培养液。"

洛兰像是看到什么恐怖的东西，脸色苍白地往后退了几步。

叶玠急切地问："是不是想起了什么？"

"没有！"洛兰已经镇定下来，斩钉截铁地说："我提防你不是理所当然吗？"

叶玠的眼眸中满是哀伤，"还是想杀了我？"

洛兰冷冷地说："你手里的花叫迷思花，我第一次送给千旭的花就是迷思花。"

叶玠懊恼地看了一眼手里的花，忽而眉梢轻扬，笑起来，"就算你当了真，也只是十年的记忆，等你想起以前几十年的记忆，就会明白它什么都不是。"

洛兰一声不吭，瞪着叶玠。

叶玠无奈地说："我们之间有些误会，我绝不会伤害你。"

洛兰讥讽："误会？一连误会了三次可是不容易！"

叶玠拿出那管特殊的注射器，"这是帮你恢复记忆的药剂，不是什么基因病毒。"

恢复记忆？洛兰不敢相信地愣住了。

"第一次行动，刺杀执政官是假，制造混乱接近你、让你恢复记忆，才是我真正的目的。只要你恢复了记忆，见到那两个雇佣兵自然会知道该怎么办。本来应该很顺利的任务，没想到你居然是B级体能，不但把一管药剂浪费了，还和两个毫不知情的雇佣兵起了冲突，差点害死自己。

"第二次行动，我放弃了盗取奥丁联邦的研究资料，只想恢复你的记忆。四个雇佣兵奉命混进奥丁，伺机行动。我想着无论如何都不会失手，没想到四个人全死了。"

洛兰讥嘲地说："第三次行动，你派了九个A级体能的雇佣兵来，以为对付一个A级体能和一个B级体能肯定万无一失，没想到奥丁早有提防，他们落入陷阱，不但全队覆没，还被缴获了药剂，而我恰好看过药剂分析报告。"

"我知道。所以我说我们之间有误会。奥丁设了陷阱钓鱼，我配合一下而已，那管药剂是特意留给他们去分析的，省得他们怀疑到你。"叶玠凝视着洛兰，诚恳地说："恢复记忆的药剂一共只有三管，这是最后一管了，我派谁都不放心，只能自己来。"

洛兰很想驳斥他一派胡言，但是心里却明白他说的都是真话。

不论是那管保存完好的药剂，还是封林的叛国罪名，都像是一场预先安排好的阴谋。叶玠失去了九个雇佣兵，却在七位公爵心中种下毒药，把他们的矛盾激化，让他们谁都不敢相信谁。

当然，最有力的证据是叶玠现在就站在她面前，作为龙血兵团的龙头，他不可能只为了给一颗棋子注射基因病毒就以身犯险。

叶玠说："你肯定很想知道自己是谁。明明活着，记忆却一片空白，不知道自己喜欢什么，也不知道自己讨厌什么；不知道自己的父母是谁，也不知道自己经历过什么。不仅仅是被整个世界遗弃了，还连自己也遗弃了自己，那种感觉一定很可怕。"

他像是一个诱惑人心的魔鬼，向洛兰伸出了手，"把你的手给我。只要恢复记忆，你所有的疑问都不再会是疑问，你所有的痛苦也不再会是痛苦。"

洛兰的手紧紧地攥成拳头，抵抗着内心的渴望和冲动。

叶玠柔声问："你难道不想知道自己是谁吗？不想知道你的父母、亲人、朋友在哪里吗？不想知道自己为什么会变成这样吗？"

这世间没有人会不想知道自己是谁，自己从哪里来，自己爱的人在哪里，爱自己的人在哪里，这是一个人的根，是生命的源头。但是，洛兰隐隐地感觉到，那个过去的自己和现在的自己截然不同，她害怕过去的自己会吞噬掉现在的自己。现在十几年的记忆会被那遗忘掉的几十年的记忆嘲笑、否认，甚至抹杀。

叶玠恳切地说："不要怕！你知道我绝不会伤害你，恢复了记忆才能找回真实完整的自己……"

洛兰猛地从一排刀具中抽出一把飞掷过去，利刃如流光疾掠，刺向叶玠。来自魔鬼的诱惑终于被打破。

叶玠抓住刀柄，难以置信地看着洛兰："为什么不肯恢复记忆？"

洛兰双手各握住一把刀，摆出进攻的姿势，"你想再生死相搏一次吗？我是没能力杀了你，可辰砂能。"

叶玠盯着洛兰看了一瞬，把刀甩回厨房的刀具架上，又把精心束好的蓝色迷思花放到窗台上。

"你只有两个选择，跟我离开，或者，取我性命。我等着你来找我。"

他踩着斜阳花影，渐渐远去。

洛兰恍恍惚惚间，似乎听到有人在耳边亲密地笑语："只许做饭给我吃。"

是叶玠的声音，那些零碎的记忆中的温暖声音竟然是叶玠的！洛兰痛苦地捂住了耳朵。

晚上，辰砂下班回来，看到饭厅里能坐十二个人的长桌上摆满了各式菜肴。

"有客人？"

洛兰尴尬地笑："一不小心做多了……要不分给大家吃？"

"大家？"

洛兰看着一桌子足够十来个人吃的菜，很用力地点头："嗯，大家！"

她掰着手指头算："封林、安娜、楚墨、紫宴、棕离、左丘白、百里苍，再加上我和你、清越、清初……"看人数还是不够，又加了两个人，"安达、执政官。"

执政官？辰砂真的惊讶了，自从千旭死后，洛兰对执政官深恶痛绝，现在竟然愿意把执政官算在"大家"里面，反常得简直像是受了什么刺激。

他下意识地觉得应该和下午来过的叶玠有关，但洛兰显然不愿意说，他就没有再多问，帮着洛兰把饭菜分给"大家"。

"封林喜欢吃酸甜味的，这道菜给她吧！"

"百里苍喜欢吃什么？"

…………

辰砂拿着冬瓜八宝盅，问："这道菜给谁？"

那是千旭爱吃的，洛兰失神间顺口说："执政官。"

辰砂没有多想，干脆利落地把冬瓜八宝盅放进保鲜盒。

洛兰竟然鬼使神差地又放了一碟小笼包，恰好也是千旭最爱吃的。

反正这两道菜只对她和千旭有特殊意义，对执政官而言，不过是两道普通的菜而已，他就算看到，也应该完全无所谓！

机器人把饭菜给"大家"都送去后，桌子上只留下两个人吃的分量。

洛兰和辰砂面对面坐在长桌两侧，安静地吃饭。

她觉得这样的场景很陌生古怪，才发现两人以夫妻的名义在同一个屋檐下生活了十年多，却是第一次单独在一起吃饭。

也许因为太安静了，气氛莫名地有点尴尬。

洛兰终于发现一团糨糊状的营养餐还是有一个优点的——用餐时间短，几口就能吃完，不必相对无言。

"很好吃。"

辰砂突然开口说话，洛兰被吓了一跳，愣了一会儿才反应过来，"哦，谢谢。"

两个人又陷入了沉默。

洛兰主动开口："不知道你喜欢吃什么，都是随便乱做的。"

"玫瑰酱。"

"咦？"洛兰一头雾水。

"我妈妈不会做饭，几乎从不进厨房，她唯一会做的是玫瑰酱。用新鲜玫瑰花腌制的酱，可以抹在面包上吃，做包子吃，还可以放在水里喝。妈妈去世后，我让机器人做过，但味道完全不一样。"辰砂低头，看着盘子里的面包，"我想吃玫瑰酱，下次可以做给我吃吗？"

"……好。"洛兰完全没想到辰砂会这么不客气。

"谢谢。"

洛兰觉得气氛越发古怪了，小心地说："你不要期望太高，我做的玫瑰酱很有可能和你记忆中的味道完全不一样。"

"没有关系。"

洛兰实在不知道他的"没有关系"究竟是什么意思，不过辰砂难得提一次要求，她就尽力而为吧！

毕竟他们也不会有多少"下次"了，她的身份是叶玠给的，现在叶玠要收回了，恐怕这次不但是第一次她和辰砂单独一起吃饭，也是最后一次。

洛兰给大双子星的宿二发消息，拜托他把城堡花园里新鲜的玫瑰花摘下来快递给她。

宿二办事果然靠谱，洛兰收到玫瑰花时，新鲜得像是刚采摘下的。

洛兰按照辰砂妈妈留下的菜谱，先把玫瑰花洗净阴干，再去掉花托、花萼，把花瓣和冰糖搅拌充分，加入一点点梅卤，最后装进玻璃罐中封存，两个月后就能享用了。

看着不难，但洛兰第一次做，反复折腾了好多遍，浪费了一大半玫瑰花，才终于得到她想象中的味道。

只有两罐，希望两个月后辰砂能满意吧！

执政官仍然没有允许阿尔帝国的飞船离开。

邵菡公主急不可耐，叶玠却完全不在乎，甚至又搬到斯拜达宫住，每日邀了美女做伴，四处游山玩水，乐不思蜀。

洛兰知道叶玠在等待她的选择：跟他离开，或者，去杀了他。

她曾经心心念念想找回失去的记忆，知道自己是谁，可是，现在机会就在眼前，她却不敢接受。

她爱的，她想保护的，很有可能都是过去的她不接受、不认可的。

洛兰第一次知道，同一个人竟然也会有截然相反的两个意愿。

过去的她和现在的她，是一个人，可又偏偏不是同一个人。

叶玠想要的是过去的她，不是现在的她。

不管过去的她和叶玠是什么关系，十一年光阴已经让现在的她不是过去的她。她从来处来，却不想到去处去了。

只怕叶玠很快就会明白，她并不是他不惜生命想要保护的那个人。他会不择手段地恢复她的记忆，找回过去的她，抹杀现在的她。

洛兰清楚地知道，她剩下的时间不多了。

可以说，现在的她想要叶玠死，叶玠也想要现在的她消失，她和叶玠之间注定只有一个结局：要么她死，要么他亡！

不过，在那之前，洛兰还要去见执政官，做一件荒谬的事。

执政官府邸前。

洛兰请求见执政官，安达似乎早知道她会来，没有多问，很干脆地让她进去了，"执政官在阅览室。"

宽广幽深的大厅里，异样地安静，洛兰能清晰地听到自己每一步的足音。

虽然是大白天，屋里的光线却偏暗，不知道是冷气开得太足，还是心理作用，洛兰竟然心生惧意，胳膊上起了一层鸡皮疙瘩。

究竟在怕什么？

洛兰记得刚开始，她的确有点怕执政官，可后来发现执政官对她挺客气，也就没有那么怕了。再后来，因为千旭的死，她差点用枪崩了执政官，心里满是憎恶，仅剩的几丝怕意也消失不见。

洛兰站在厚重的仿古雕花木门前，不知道为什么，迟迟不敢敲门，一颗心跳得越来越急，都隐隐生痛了。

她伸手按在心口。不是已经知道只是一个梦了吗？不是已经联系过孤儿院和军校，核实过千旭的资料了吗？

她到底在紧张害怕什么？

千旭和执政官，身份、地位、权势、能力、性格……从头到脚、从里到外，天差地别、截然不同，她竟然把两个风马牛不相及的人联系到一起，简直丧心病狂！

"请进。"

执政官的声音突然传来，门缓缓打开。

洛兰定了定神，面无表情地走进去。

遮光帘低垂，只开着几盏壁灯，屋内的光线有些暗。

执政官穿着黑色的长袍，戴着银色的面具，坐在长几旁的雕花木椅上。

洛兰下意识扫了一眼他的脖子，被长袍遮得严严实实，什么都看不到。准确地说，他全身上下没有一寸肌肤裸露在外。

执政官展手做了个邀请的姿势，示意她坐。

洛兰坐下，干巴巴地说："辰砂说您救了我，谢谢。"

"不用。"执政官将一杯温度恰好的茶推到她面前。

"辰砂说您下令不再追究游乐园的事故，可我姐姐说您不允许他们离开，要等事情调查清楚，不知道阁下究竟是什么意思，到底追究还是不追究？"

邵菡已经为这事急得联系了洛兰好几次，言下之意如果再没有明确的结果，她就要视作拘禁，通知父皇了。洛兰本来不想管，可是她也好奇执政官在这件事上的古怪态度。

执政官说："我有几个问题。"

"请问。"

"叶玠激发了模拟生态圈的神级难度。"

"是，他不是B级体能，应该是2A级。"

"叶玠的左肩上有一个贯穿琵琶骨的伤口，右臂上有一个贯穿肘关节的伤口。"

"是我做的。"

"你想杀他？"

"我们兄妹间有些争执，误伤而已。"

"误伤？两条胳膊废掉的误伤？"

"叶玠是2A级体能。如果不是误伤，别说刺他两下，就是只刺他一下，他能让我刺？"洛兰赌没有人会想到叶玠竟然会丝毫不反抗地让她刺。

"岩风兽的尸体上有五枚六棱形的金属刺，是你的兵器，还是叶玠的兵器？"

"叶玠。"

执政官垂目静坐，似乎思考着什么。

洛兰慢慢握紧了拳头，她曾在岩林里用过类似的兵器，身为叶玠的妹妹，用类似的武器很正常。可如果是千旭，知道她是假公主，肯定会根据武器解读出不同的意义。

眼前这个高高在上、手握生杀大权的冷漠男人会是千旭吗？虽然眼睛的颜色、说话的声音都和千旭不同，可这些差异通过几滴药剂就能改变。

但是，一个人的心可以随意改变吗？

不可能！千旭爱她，不会这样对她！

洛兰的拳头舒展开，端起桌上的茶杯，一口饮尽，"阁下还有问题吗？"

"你可以回去了。"执政官没有温度地说。

洛兰起身就走，脚步却越来越慢，最后停下。

理智一遍遍说着不可能、绝不可能，身体却不受控制。

她咬着牙转过身，硬着头皮说："听说阁下因为身体在腐烂才不得不把身体全部遮住，是真的吗？"

室内陷入死一般的寂静。

洛兰知道自己很疯狂，但是，不问清楚，她脑子里的念头会更疯狂。

执政官站了起来，慢慢走向洛兰，像是一只在缓缓接近猎物的黑豹。

洛兰做好了"被狠狠一脚踹出门"的准备。

执政官站定在她面前，姿态傲慢冰冷。

他把一只手递给洛兰，"这一次，我允许你查看。"言下之意，绝没有下一次。

洛兰捧住了执政官的手，笨拙地脱掉执政官的手套，把缠绕在他手上的绷带一圈圈解开。

一只正在腐烂的手，已经没有一块完整的肌肤，只有变形扭曲、溃烂化脓的腐肉，有的地方甚至能看到白色的骨头。

洛兰愣住了，他真的得了活死人病，不是伪装。

一瞬间，她心情大起大落，分辨不清自己究竟是失望悲痛，还是释然解脱。

执政官缩回手，冷冷地说："你可以离开了。"

洛兰心里大叫"行了！行了！赶紧离开"，行动却完全是另一回事。

她像是鬼迷了心窍一般，眼睛直勾勾地盯着执政官的脸，"你的脸也腐烂了吗？阁下刚说了，允许我查看。"

洛兰大着胆子伸出手，想要摘掉执政官的面具，执政官站着没有动。

她的手碰到他的面具，冰冷的金属触感让她打了个寒战。

她的手指僵硬，竟然心生畏惧，不敢揭下面具。

她不知道自己在怕什么，究竟怕他是，还是怕他不是？

洛兰盯着执政官的眼睛，想在他唯一还有温度的地方找寻到答案。可是，执政官冰蓝色的眼睛就像是遥不可及的天空，除了遥远，还是遥远。

洛兰的身体不自禁地打着哆嗦。

她缓缓摘下面具，看清楚执政官脸的一瞬间，手里的面具落地。

"哐当"一声脆响，洛兰脸色煞白，踉踉跄跄地往后退了几步。

眼前的脸已经看不到清楚的五官，软塌塌一团正在腐烂的黑肉，五官扭曲变形，到处坑坑洼洼，鼻子不是鼻子，嘴巴不是嘴巴。

唯一还正常的地方就是眼睛了，可是眉毛早已经完全脱落，眼眶四周化脓溃烂，发黑的肉鼓起一个个肉结，似乎随时都会掉下来。一双还正常的眼睛镶嵌在这样不正常的脸上，凸显得整张脸越发可怕诡异。

洛兰解剖过不少尸体，自以为见多识广，却仍然被刺激到了。

不仅仅是因为眼前的这张脸畸形恐怖，还因为这张本应该属于死人的脸上却依旧长着一双活人的眼睛。

明明已经没有一寸完整的肌肤，承受着地狱般的痛苦，这个人的眼神却没有一丝异常，平静得就好像用了最强效的止痛剂，感觉不到一丝疼痛，可洛兰知道，这世间根本没有止痛剂能帮他缓解痛苦，身为3A级体能者，他永远清醒。

"还要查看别的地方吗？"执政官解下长袍，准备脱衣服。似乎只要洛兰愿意，她可以把他全身的遮掩都解开，仔细查看。

"不……不用了！"洛兰声音发颤。

执政官看着她，溃烂的嘴唇上翘，像是在讥嘲地笑，"真的不用了？你只有一次机会。"

"不用。"洛兰一眼都不敢多看，弯下身，捡起面具，哆哆嗦嗦地递给他，"抱……抱歉！"

执政官接过面具，冷冷地说："你可以离开了。"

洛兰低着头，向他深深鞠了一躬，像是逃跑一般，冲出执政官的府邸。

走在绚烂的阳光下，洛兰觉得眼前的景物模模糊糊，擦了把眼睛，才发现满脸都是泪。

那个梦太真实了，让她竟然心生幻想，觉得千旭还有可能活着。理智早已经一遍遍告诉她不可能，心却不受控制，觉得执政官有可能是千旭。

他终年戴着面具，没有人知道面具下究竟藏着什么。

如果是他，就能随口道出如何激发模拟生态圈的神级难度。

如果是他，就能谋无遗谙让紫宴查不出千旭的异常。

如果是他，就能只手遮天让千旭的死偷梁换柱……

现在，所有疯狂的幻想都破灭。

执政官是执政官！千旭是千旭！

不管她多么思念千旭，千旭都已经离她而去。

Chapter 2

梦碎

记忆的光像是大浪淘沙，把一粒粒湮没在滚滚沙尘中的金色颗粒都淘了出来。

执政官允许阿尔帝国的飞船离境，不过，只同意邵菡公主随飞船离开，叶玠被热情挽留下了。

洛兰觉得执政官不愧是老狐狸，分寸把握得很好。

邵菡是皇帝的亲生女儿，皇储邵靖的亲姐姐，如果真的被拘禁了，只怕会引发一场战争。

叶玠却不一样，在那个广为人知却又被认定是无稽之谈的谣言中，他才应该是皇储。而且，叶玠现在是法律上的第二顺位继承人，皇帝和皇储对他肯定心有芥蒂，不但不会为他大动干戈，指不定还暗自期待着发生点什么意外事故。

邵菡公主在离开前，再次邀请洛兰随她回阿尔帝国探亲。洛兰婉言谢绝了，却把清越和清初打包送上飞船，让她们回去看望亲人朋友，暗示她们可以趁机留下，不用再回奥丁。

十多年相处下来，清越、清初和她已经有了真感情，两人明明很思念故国亲朋，却哭着表示愿意留下来继续陪伴她。

洛兰硬着心肠拒绝了。

某种意义上，"洛兰公主"必死无疑。她现在正在一件件处理"公主的后事"，等该了结的事都了结了，就应该了结她和叶玠之间的事。

鱼死网破已经是最好的结局，清越和清初没有必要留下陪葬。

回顾过往，洛兰冒充公主的这十多年，没有做任何对不起奥丁联邦的事，但欺骗就是欺骗，任何解释都没有意义，如同辰砂所说"撒谎者的无可奈何归根结底都是一己之私"。

她没有办法补偿，只能把这些年的研究心得和治疗异变的猜想仔细整理出来，留给其他研究者参考，希望能对基因异变的研究有所帮助。

为了说清楚事情的来龙去脉，洛兰录制了一段视频，告诉大家她是假公主，叶玠是龙血兵团的团长，真的洛兰公主应该在龙血兵团。

她向辰砂和封林诚挚道歉，很抱歉她因为贪生怕死，自私地欺骗了他们很多年。不奢求原谅，也不值得被原谅，只祝福辰砂将来的婚姻幸福美满，封林能得偿所愿。

餐厅里，洛兰心事重重地坐在角落的位置。

她一手拿着勺子有一下没一下地戳营养餐，一手把玩着一个小小的信息盘，里面是她的遗书——十多年的研究心血和最后的道歉视频。

该处理的事都处理完了，她打算待会儿去找叶玠。

出发前，她会把信息盘快递给执政官。如果她这条小鱼没有撞破叶玠的大网，就让执政官出手善后吧！

叶玠表面上给了她两个选择，可实际上他很自信，很清楚只有一个选择。

因为，她在奥丁联邦是个假公主，还是一个居心叵测、勾结外敌、企图盗取奥丁联邦研究机密的假公主。奥丁联邦容不下她，她想要活下去，唯一的选择就是离开奥丁，跟着叶玠走，根本没有其他选择。

可是，叶玠不知道这十多年来她从没有把自己当作洛兰公主在生活。从她拒绝注射那管恢复记忆的药剂时，她已经做了选择。

她是骆寻！

不管过去的她和叶玠是什么关系，就算他真的是自己最爱的男人，让过去的她心甘情愿地做棋子去帮他盗取奥丁联邦的机密，都和现在的她无关。

她的记忆开始于她在荒原上睁开眼睛的一刻，她的世界开始于她走出飞船看到阿丽卡塔的一刻，她的生命开始于她告诉千旭她叫骆寻的一刻。

短短十多年的生命中，她接受的第一份关怀来自千旭，第一个鼓励来自千旭，第一次生死与共来自千旭……

叶珩害死了千旭，她绝不会让他逃脱，即使，这个选择的代价是一条死路。

"难以下咽吗？"

紫宴放下手中的餐盘和饮料，坐到她对面。

洛兰被吓了一跳，立即握紧手里的信息盘，若无其事地装进衣兜。

"没有。"她做贼心虚地挖了一大勺营养餐塞进口里。

"的确难以下咽。"紫宴满脸嫌弃地吃了一口，"前几天你送来的菜很好吃，谢谢！"

"不客气，不小心做多了。"

洛兰几口吃完营养餐，想要走。

"这次你真的要好好感谢执政官。"

洛兰刚起身，又坐下，她也不知道为什么对"执政官"三个字这么敏感。

"什么意思？"

"冒险家乐园的事，我被病毒迷惑了，辰砂被你的小花招迷惑了，猜猜是谁第一个判断出你在岩林的？"

"执政官？"洛兰的声音很轻。

紫宴咬着勺子，点点头，像是一只完全无害的乖兔子。

洛兰眉头紧锁，拿起饮料喝了几大口。

紫宴纠结地看着自己的饮料被洛兰理所当然地拿去喝，思考着要不要提醒她那是他喝过的呢。

洛兰说："在岩林里，差点被我一枪崩掉的人是执政官，不是你，也不是辰砂，你们对岩林当然不会印象那么深刻了。"

"话是这么说，可是，你明明和叶珩一起失踪的，我们所有人都认定事情肯定和阿尔皇室的恩怨有关，执政官却从六十四个生态圈中毫不犹豫地选择了依拉尔山脉和岩林生态圈。我不服气地挤对他时，他又毫不迟疑地选择了岩林。"紫宴眼中全是困惑，"显然，执政官认定岩林对你很特殊，我感觉不仅仅是因为你在那里用枪指着他。"

岩林对她当然非常特殊，因为那里不仅是千旭的身死之地，还是她和千旭的定情之地。

"所以，执政官是老狐狸，你只是小狐狸。"洛兰似乎对这个话题再没有兴趣，拿起饮料离开了。

紫宴盯着她手中的饮料，无声地叹气。一提到千旭就心乱失常，却还要硬装一切正常。早知道她是这样执拗的性子，当年抽签时还不如……

封林结束实验，准备去餐厅吃饭。

刚走出实验室的门，就看到洛兰靠墙而立，喝着饮料，眼神没有焦点，一脸若有所思。

"干什么？"封林问。

洛兰把一罐营养剂抛给她："在餐厅里吃糊糊还不如去外面散散步、吹吹风。"

封林嗤笑了一声："走吧！"

两人并肩走在林荫道上，天气已经凉了，地上有不少金黄的落叶，踩上去发出沙沙簌簌的声音。

封林打开营养剂，喝了口，"这条路谈话很安全，有什么事情说吧！"

洛兰问："执政官是个什么样的人？"

"我尊敬、崇拜的人。"

洛兰惊讶地看封林，"有必要这么夸张吗？"

"实话实说，绝对没有夸张。"

洛兰想起，会议室里几位公爵对执政官的态度。

封林喝着营养剂，一边回忆，一边说："那时候，我们四十多个孩子在基地接受集训，有一天，前任执政官来看我们。"

"辰砂的母亲？"

"嗯，陪着她来的是两个又高又帅的男人，一位是指挥官，辰砂的父亲，还有一位是鼎鼎大名的殷南昭将军。他站在联邦的两位天之骄子身旁，毫不失色，甚至更耀眼夺目。"

洛兰看过辰砂父母的照片，知道他们都是光华璀璨的人物，如果殷南昭比他们更耀眼，封林的尊敬崇拜绝对不算夸张。

封林看着天空中一片片飘落的黄叶，眼内思绪悠悠，表情很怅惘，"当时，我们年纪还小，心智不成熟。训练十分艰苦，冷酷的淘汰机制让我们很绝望，简直像生活在地狱里。夸张地说，殷南昭将军的出现就像是一道光，劈开地狱的黑暗，让我们看到了前方的美丽风景，知道只要熬过去就能变成他那样的人。"

"殷南昭也是通过淘汰机制选拔出来的？"

"不是，他比我们惨多了。我们虽然是孤儿，可出生在奥丁联邦，清楚地知道父母是谁，而且很小就被公爵挑中，不但没有受过歧视，甚至有很多人羡慕嫉妒我们。执政官却是安教授从其他星球买来的奴隶，不知道自己出生在哪里，也不知道父母是谁，因为异种基因，受尽了人类的歧视虐待。听说刚买回来时，遍体鳞伤，差一点就死了。"

封林叹气，"执政官来到奥丁联邦后，因为奴隶身份，饱受排挤。一个没有接受过正规教育的少年，没有专业技能，没有学历文凭，甚至连字都认识得不多，为了有尊严地活下去，他只能去参军。可是自身条件太差，没有军队肯要他，只有死亡率最高的敢死队才肯接收他，就是去做炮灰，用自己的尸骨支撑起别人的成功。但是，他竟然靠着军功，从最底层的炮灰一步步升上来，成了联邦最优秀的将军。"

封林感慨地说："我们只是一群孩子的淘汰竞争，看似冷酷，实际并没有生命危险，殷南昭将军却是真的经历了一次又一次的死亡淘汰赛。看到他站在前面，就像是一个活生生的路标，让我们觉得努力有了方向。"

洛兰说不清楚心里是什么感觉，她不是第一次听执政官的生平经历，却是第一次真正听了进去。

原来，殷南昭和她一样，都是外来者。他虽然是异种，可是当他第一次踏上阿丽卡塔时，也是无国、无亲、无友，一无所有。她曾经历过的惶恐迷惘、孤独无助、漠视敌意，那个奴隶少年也全部经历过。

她幸运地遇见了千旭，靠着他的指点帮助在奥丁联邦一步步站稳脚跟，他却只能加入敢死队，用命去拼。

封林看洛兰一直不说话，好奇地问："在想什么？"

"我在想……为什么执政官对我没有敌意。他和你们不同，亲身经历了人类的欺辱和虐待，应该对人类很敌视，而我的基因和身份却让我代表着所有人类。"

"因为他是殷南昭！"封林眼中满是崇拜，"告诉你个秘密，我还没有见到你时，执政官就找我谈过话，让我善待你。执政官说你不是敌人，也不是研究对象，而是一座桥梁，把异种和人类联系在一起，我们想要收获善意，必须先付出善意。"

洛兰怔怔不语，原来是这样。殷南昭着眼布局的不仅仅是治愈一种基因病，而是异种的未来。他想要改变奥丁联邦在整个星际中被孤立的局面，让异种和人类和平共处。

"洛兰？"封林推了她一下。

洛兰回过神来，掩饰地说："执政官和首任执政官游北晨有点像，不但经历有点像，连名字都有点像。"

封林笑着说："执政官被买回来时是奴隶，只有编号，没有名字，他的名字是安教授起的，据说就是希望他能像大英雄游北晨一样坚强勇敢。刚开始大家都当笑话，没有想到后来希望居然成真了。那帮老家伙都说，如果没有游北晨，联邦不会统一；如果没有殷南昭，联邦早已经分裂。现在联邦的两艘星际太空母舰，一艘叫北晨号，一艘叫南昭号，殷南昭已经是可以和游北晨相提并论的大英雄。"

洛兰这些年忙忙碌碌，两耳不闻窗外事，完全不知道这些，不愿相信地问："执政官真这么厉害？"

封林一脸敬佩地狂点头，"我个人觉得执政官比首任执政官更厉害。乱世出英雄，游北晨或多或少有点时势造英雄吧！殷南昭却是完全靠自己从炮灰变成了英雄。最难能可贵的是，他擅长杀戮，却不好杀；手握重权，却不爱权。"

洛兰满脸意外地看封林。

封林眨眨眼睛，"我可没胆子评价殷南昭，是前任执政官、辰砂的妈妈说的，好歹执政官也算是半个安家人，按辈分要叫安蓉一声姑姑。"

安家人？洛兰脑中灵光一现，像是抓住了什么，"安教授、安蓉、安达、安娜，都姓安，他们之间有什么关系吗？"

封林赞叹地拍拍洛兰的肩膀。这事虽然不是人尽皆知，可也绝不是秘密，洛兰居然一无所知，可见这些年她还真是心无旁骛，只顾着专心学习，"他们没有血缘关系，但都是安家人。首任执政官游北晨身边有六个得力帮手，都是孤儿院的孩子，以'安'为姓，立志团结一心、安定联邦。他们不像七个区的公爵，可以爵位世袭，但安家人守望相助，代代人才辈出，在各行各业都有杰出表现，基因学家安教授、执政官安蓉就是其中的佼佼者。"

洛兰第一次发现，高高在上的执政官和平凡普通的千旭并不是没有一丝关系，安娜是千旭的实验负责人，安达是执政官的大管家，他们之间有一条隐隐的线相连。

洛兰问："殷南昭是怎么当上执政官的？"

"前任执政官和指挥官在一次飞车爆炸事故中同时遇难，联邦突然痛失两位英才，内部民心不稳，几个公爵蠢蠢欲动，外部以阿尔帝国为首的几大星国虎视眈眈。当时，只有殷南昭将军能控制住联邦的军队，临危受命当选为执政官，实际上也是指挥官。他力挽狂澜，阻止了联邦分裂。"

封林遗憾地摊摊手，"当时我年纪还小，很多事不清楚，只是感觉周围人心惶惶，后来大家对这段黑历史讳莫如深，你要想知道详情，也许只能去找紫宴，他知道的肯定比我多。"

洛兰把喝完的饮料杯捏扁，放进回收箱，尽量若无其事地问："你觉得执政官宽容随和吗？"

"宽容？随和？"封林笑得花枝乱颤，"执政官有很多美德，但宽容、随和绝不在其中。请记住，他是受尽虐待、侥幸活下来的奴隶；是从死人堆里爬出来的炮灰；是战场上令人闻风丧胆的魔鬼心殷南昭。他全身上下、每一个毛孔里都浸泡着鲜血！"

洛兰沉默了一瞬，问："执政官什么时候得病的？"

"他成为执政官的第六年，还是第七年，具体我有点记不清了。"

"你觉得，如果我要求看一下他腐烂的身体，他会同意吗？"

封林翻了个白眼，"你想死的话就去吧！"

"如果我不但要求看他的身体，还想摘下他的面具，他会配合吗？"

封林瞪着洛兰，"你脑子没毛病吧？"

洛兰固执地问："你觉得执政官会配合吗？"

封林无奈地说："当然不可能配合了！"

"绝不可能吗？"

"绝不可能！"封林斩钉截铁，"这么多年来执政官一直孤身一人，不是没有人想送人去讨好他，女的、男的都送过，可全被他赶回来了。除了他的主治医生安教授和一直跟随他的安达，执政官根本不允许任何人靠近他。"

洛兰沉默地走着，一脚脚踢起地上的落叶。

绝不可能的事已经发生了，执政官不但配合地让她解开绷带、拿下面具，甚至还脱下长袍，表示随她检查。他知道她在怀疑什么，为了打消她的怀疑，他破例了。可是，他如果只是殷南昭，怎么会知道她在怀疑什么？就算知道了，又何必这么配合？

封林不解地问："你怎么突然关心起执政官的病？"

"对活死人病有点兴趣，想研究一下。"

封林皱了皱眉说："想研究活死人病，有的是病例，执政官就算了吧！根据奥丁法律，执政官的身体健康只能由专人负责，你不适合参与。"

办公室。

洛兰坐在工作台前，一遍又一遍地看着执政官的视频。

搜遍奥丁联邦的星网，只有这一段正面视频。

执政官的就职仪式上，他穿着笔挺的军服，站在斯拜达宫议政厅前的广场上，面朝公众，宣誓就职。

他身材高挑、五官精致，整个人完美得像是用画笔一笔笔精心绘制出的画中人。气质更是清雅出尘，没有一丝烟火气息，一点都不像个手染鲜血的军人。

即使穿着庄重肃穆的军服，站在烈日骄阳下；即使战功卓绝，胸前挂满累累勋章；即使明知道他是那个戎马倥偬、铁血征战的魔鬼心将军，却依旧让人觉得他像黑夜中洒落的月光一般静谧悠远、轻妙雅致。

原来在没有戴上面具、穿上黑袍前，殷南昭的容貌是这样的，难怪辰砂的妈妈会说他是"天使的脸"。

洛兰的脑海里像是变成了战场，理智和情感对峙，都想说服对方。

一边叫嚣着："不是他！绝不可能是他！"一边叫嚣着："是他！肯定就是他！"

洛兰痛苦地捧着脑袋，千旭到底是不是殷南昭？

所有事实、所有证据都表明不可能，殷南昭是殷南昭，千旭是千旭！

可是，就像她告诉紫宴的话，殷南昭是只老狐狸，如果连紫宴这只小狐狸都看不破他的伪装，她一个只会做研究的书呆子又有什么能力去看破？

身为科学家，所有推断结论都应该建立在事实和证据的基础上，但这一次她不想管事实证据了，只想听从自己的心。

洛兰仔细地回想着她和执政官认识以来的一幕幕。

第一次见面是她刚到阿丽卡塔时，他没有看见她，她却看见了他。

他穿着黑色的作战服，站在危机四伏的原始星球上，谈笑间把一只利齿鸟开膛破肚、血溅满屋，清越被吓昏过去，她也不得不装昏。

第二次见面，准确地说，只是听到声音。

封林请他投票决定她能不能加入阿丽卡塔生命研究院。

他漫不经心，几句话就逆转了她的命运，让她如愿。

第三次见面已经是十年后，在欢迎执政官归来的舞会上。

他一张没有温度的面具脸，拒人于千里之外，坐在独属于他的椅子上，置身事外地看着众人谈笑风生、觥筹交错。

第四次见面是在他的官邸。

昏黄的灯光下，他像正常人一样伏案工作，转身时，却是一张没有正常人表情的假面。

…………

熙熙攘攘的众生百相，纷纷扰扰的红尘往事。

记忆的光像是大浪淘沙，把一粒粒湮没在滚滚沙尘中的金色颗粒都淘了出来。

他握住她的手腕，阻止她喝滚烫的茶水。

从此，每次见面递到她面前的茶都温度刚好入口。

…………

大双子星上，她喝完幽蓝幽绿，一晚上拨打了千旭的个人终端上百次，没有人接听。

几天后，她上课时，风尘仆仆的执政官突然破门而入，连衣服都没来得及换，靴上仍有血迹。

…………

去岩林前，执政官送她"死神的流星雨"防身。

威力虽大，一年却只能射击一次。这么鸡肋的属性根本不像是为人多势众的龙血兵团准备的，倒像是为异变后的凶残野兽准备的。

…………

岩林里，她用枪指着执政官的头时，他没有反抗。

所有人都以为他是忌惮"死神的流星雨"，可是，一个枪林弹雨中出生入死无数回、3A级体能的人，面对一个断了一臂、刚刚晋级为A级体能的人，只因为一把枪就没有了反抗能力吗？

…………

她被那只野兽咬断一臂时，鲜血溅了执政官一脸。

那一瞬，她被他紧紧地抱在怀里，她在发抖，他好像也在发抖。

…………

惊闻邵菡和叶玠要来时，她决定逃走。

敏锐犀利的辰砂都没有意识到她想逃，执政官却出现在飞车上，让她的逃跑计划胎死腹中。

…………

欢迎邵菡和叶玠的晚宴，执政官不能吃、不能喝，完全没有必要出席，却从头到尾一直在。

当她被叶玠抱住，陷入梦魇一动都不敢动时，连身旁的辰砂都以为他们只是兄妹多年未见的热情，执政官却帮她解了围。

特意搜集的邵菡和叶玠的资料，表面上是给辰砂看，却特意吩咐了辰砂拿给她看一下。

…………

洛兰捂住自己的脸，泪水从指缝间渗出。

她亲眼看到了千旭异变，也亲眼看到了执政官腐烂的手和腐烂的脸，没有丝毫证据能把两个截然不同的人联系到一起，连狡猾多疑的紫宴都没有往这方面想。

看上去一切只是她荒诞无稽的幻想。

可是，执念如灯，爱若拂尘，将岁月中迷惑人心的层层尘埃一点点擦拭干净，她的心亮如明镜，已经告诉她答案。

但是，明镜台上映出的是殷南昭，不是千旭！

洛兰心如刀绞，痛得几乎不能呼吸，竟然觉得比千旭死的那一刻还悲伤绝望。

千旭死时，千旭给她的爱并没有死亡，他给她的温暖依旧支持着她前行。

不管世事多艰难，这个世界都曾经有过一个人，温柔、珍惜地爱过她，视她若珍宝，爱她如生命。

但是现在什么都没有了，连千旭的爱都没有了。

没有人视她若珍宝，没有人爱她如生命。

她深爱的，她执念的，只是殷南昭扮演的一个人物。

也许，他投入了真心，可再真心，也只是更投入的一场戏而已。

他看着她断臂剜心，看着她消沉痛苦，看着她悲伤迷惘，也许，不是没有过动容怜惜，但也只是动容怜惜而已。

殷南昭不是千旭！

她的千旭怎么会舍得这么对她？

当她因为千旭答应了陪她去岩林而欢天喜地时，殷南昭却亲手把死神之枪交给她，设局让她去杀死全心全意爱着的人。

从一开始，他就为她定下了最残酷的结束。

十年时光，最温暖、最美好的记忆全部化为了灰烬。

想到她为了替千旭报仇，费尽心机想要杀死叶玠，甚至不惜同归于尽，洛兰大笑起来。

果然是人间极品殷南昭，天使脸、魔鬼心！

洛兰掏出衣兜里的信息盘，扔进一个装着化学试剂的敞口容器里。

霎时间，容器里的化学试剂像是煮开的水一般，咕嘟咕嘟地冒出一个又一个气泡。

洛兰盯着"遗书"一点点溶解，眼泪再次潸然而下。

多么可笑啊！

杀死千旭的人是殷南昭，可是，创造千旭的人也是殷南昭。

她到底是该拿把刀宰了他，还是该送他个最佳演技奖感谢他？

泪水滚滚，却落不尽哀伤。

这一刻，她真宁愿心上蒙尘，永远不知道真相，至少还可以天真地相信有一个人给了她最真挚、最美好的爱。

Chapter 3

风从哪里来

风从哪里来，吹啊吹，吹落了花儿，吹散了等待。

沧海都化作了青苔。

训练场。

重力已经加到十倍，正在搏斗的两个人却依旧动作迅疾敏捷，没有丝毫凝滞。

百里苍的异能是力量，他双手上的合金拳套，一直包裹到小臂，将他的力量优势更加放大，几乎每一拳打出去，都像是狂暴的飓风，让人觉得会摧毁一切。

辰砂像是飓风中的一片叶子，被风吹得四处乱飞，可直到现在他都没有用武器，显然还有余力。

不管是在军队里，还是在雇佣兵团里，同级或者越级的对抗性训练都很常见，不过，2A级体能和3A级体能的对抗性训练却非常罕见，毕竟整个星际也没有多少2A级体能者，3A级更是一只手就能数清楚。

星际不知道有多少人梦寐以求能看到这样一场搏击，可是，空旷的看台上只坐了不到十个人，还都有点心不在焉。

封林看了几十年早看腻了，洛兰是在想心事，两人的目光都没有落在重力场内的辰砂和百里苍身上。

封林看着对面看台上的叶玠和执政官，用胳膊肘撞洛兰，"你说执政官什么意思，竟然邀请那位浪荡王子来看我们打架？他看得懂吗？"

"叶玠是2A级体能。"

封林懊恼地拍额头，"他的迷惑性太强了，我总是会忘记。这样的话……应该是震慑吧！执政官想让他感受一下2A级是如何被3A级虐打的。"

洛兰沉默地看着执政官，心内思潮翻涌，面上却是点滴不显。

在那些思念如影随形的日子里，她曾经很多次梦到过千旭。

跨越生死、失而复得的重逢令人欣喜欲狂，即使在梦里，她都知道弥足珍贵，情感分外炽热，不管是欢笑，还是哭泣，都会迫不及待地拥抱，温柔缠绵地亲吻。

洛兰做梦都想不到，有朝一日，他们真正重逢时，竟然是相见不相识。

这样平静淡漠，没有欢笑，也没有哭泣；没有迫不及待的拥抱，更没有温柔缠绵的亲吻。

隔着无法跨越的生死距离时，她都会以思念为引在梦中与他相会；可现在他就在她面前，触手可及的距离，她却只是若无其事地冷眼看着。

他让她经历了两次生死之痛：一次痛苦于千旭死在她面前，她却无能为力；一次痛苦于千旭竟然根本就不存在，她刻骨铭心的爱恋只是他人的一场戏。

两次剜心刮骨的悲痛绝望，把心烧成了死灰。

虽然身体内还是像有一把钝钝的挫子一直不停地刮着五脏六腑，让她清楚地知道他给她的伤口依旧在流血，可好像没有了爱和恨，她没有冲上去相认的爱，也没有愤怒质问的恨。

叶玠察觉到洛兰的目光，以为她在看自己，冲她挥挥手，笑得阳光满面。

因为叶玠的举动，一直看着百里苍和辰砂的执政官也终于把目光投向她。

洛兰不知道怎么想的，突然就回了叶玠一个笑，也冲他挥挥手。

叶玠还没有反应，紫宴、封林、楚墨、棕离、左丘白却都齐刷刷地扭头看向洛兰。

封林趴在洛兰肩头，嘀咕："我看你对叶玠一直很冷淡，关系不是不好吗？"

"再不好，毕竟血缘在那里。"

封林想了想，突然双手拢在嘴边，大声叫："辰砂，拿点真本事出来，你老婆看着呢！"

辰砂瞟了眼看台，拿出武器。

一个十一二厘米长、六七厘米宽的黑色武器匣，看上去普普通通，激发打开后，却是一把一米多长的黑色光剑，很像第一区徽印上被玫瑰花缠绕的无鞘剑。

握住光剑的一瞬，辰砂骤然从一片随着飓风四处飘荡的叶子变成了一座渊渟岳峙、岿然不动的雪山。

百里苍的拳刚猛暴烈、有去无回，辰砂手中的剑却如雪花，总能迎难而上，随风而舞。

人影交错、疾若闪电。

辰砂看上去清清冷冷，似乎没有多么猛烈，百里苍却在一步步后退，坚固的地板上留下了一个个清晰的脚印。

洛兰什么都还没有看清，已经风停雪住。

辰砂手里的光剑消失，又变成了一个黑色武器匣。百里苍的拳套碎裂，一片片金属碎片掉在坚硬的地板上，发出清脆的声音。

"好！不愧是奥丁联邦的指挥官！"

叶玠高声喝彩，站起来用力鼓掌，脸上挂着浮夸的笑，气氛显得有点尴尬。

紫宴发现百里苍的眼神越来越阴沉，突然打断了叶玠的掌声，懒洋洋地说："百里，你不行了啊！"

百里苍踢起地板上碎裂的拳套，砸向紫宴，恼火地说："你别光坐在上面说，下来试试，看看我行还是不行！"

紫宴连弹出三张塔罗牌，才把碎片击落，人却依旧歪在座位上，漫不经心地说："口气再硬有什么用？你得身体能硬。"

百里苍火冒三丈，冲到看台前吼："老子身体硬不硬，你下来试试啊！"

封林扑哧一声笑出来："紫宴，你这么想知道百里能不能硬起来，要干吗？难道最近想男人了？"

剑拔弩张的气氛一下子烟消云散，紫宴和百里苍下意识彼此看了一眼，都满是嫌弃地翻了个白眼。

不过，紧接着百里苍不知道想到什么，咧着一口雪白的牙，乐不可支地笑起来。紫宴却是有点恼羞成怒，瞪着封林。他容貌美艳，的确招过不少不知死活的男人扑上来，只不过从没有人敢拿他的容貌开玩笑。

封林像个痞子一样笑得吊儿郎当，"看什么看？我就算能硬，也对你没兴趣。"

紫宴皮笑肉不笑地说："注意一下，你旁边还有位淑女。"

洛兰木着脸，慢吞吞地说："没事，软的硬的我都摸过，不但摸过，还割下来做过人体标本，你们随便聊。"

她本来还觉得坐在一群男人中讨论硬不硬的问题很尴尬，可护短没商量，和封林统一战线才最重要。

封林一边拍洛兰的肩，一边笑得花枝乱颤。

紫宴彻底无语了，果然人至贱才无敌。

百里苍下意识地并拢双腿，同情地瞟了一眼辰砂，问："楚墨，你们医学院教出来的女人都是她们这样的吗？"

封林表面上依旧笑得开开心心，但洛兰明显感觉到她的身体绷紧了。

洛兰看向楚墨，不知道他会说什么。

"她们这样？"楚墨温文尔雅地笑了笑，"辰砂，你觉得你夫人是百里苍说的那样吗？"

洛兰觉得头疼，楚墨这家伙太滑头了，总喜欢借力打力，一个这，一个那，就把辰砂推到前面去了。

唰一下，光剑出现。辰砂手握长剑，冷冷看着百里苍。

百里苍急忙举起双手："我对你夫人没意见。"

紫宴大声哄笑，阴阳怪气地乱叫。其他男人也跟着起哄，唯恐天下不乱地煽动百里苍和辰砂打起来，"别废话，打！打……"

连楚墨也看热闹不嫌事大，笑着鼓掌。

辰砂长剑横胸，扫视众人，招招手，做了个邀请的姿势，很淡定地表示：你们这么想打架？欢迎下来！

几个男人立即笑不出来了，暗自咬牙，都觉得辰砂非常欠揍，可是没有人真敢跳下去揍他。

紫宴弱弱地提议："要不咱们一起上？群殴他一个！"

左丘白横了他一眼："你上吧，我没你那么不要脸。"

辰砂看没有人真想打架，收回光剑，几步跳到看台上，问洛兰："回家吗？"

"……回！"洛兰愣了一愣，急忙走到他身边。

两人一起向外走去。

"洛兰！"

叶玠在叫她，洛兰回身。

叶玠站在执政官身边，唇畔挂着不羁的笑意，"上次我问你的事，有答案了吗？"

洛兰看着他和执政官，面无表情地点了下头。

叶玠笑着打了个响指，"那就好。"

洛兰转身，主动挽住辰砂的胳膊，离开了训练场。

上了飞车，辰砂状似漫不经心地问："叶玠问的是什么事？"

洛兰眼睛都不眨地扯谎："他问我要不要跟他一起回阿尔帝国看看。"

"邵菡公主不是问过了吗？"

"邵菡是邵菡，叶玠是叶玠。"

辰砂沉默了一会儿，问："你的答案？"

"我想和他回去看一下。"

"怎么会突然改变主意？"

"你没听过一句话吗？女人心海底针，就是很善变啊！"

辰砂面无表情、一言不发。

洛兰笑嘻嘻地说："辰砂，你条件这么好，找女人多谈谈恋爱吧，别年纪轻轻就活得像是性冷淡一样。"

辰砂没有吭声，飞车骤然加速，吓得洛兰立即抓住扶手。

辰砂把飞车开得像是战斗机一样，引擎咆哮，一路风驰电掣，只用了往常一半的时间就到了家。

一个急刹车，飞车停在屋顶的停车坪上。

洛兰松了口气，正要下车，辰砂突然握住她的手，逼到她眼前，"我性冷淡？你要不试试？"

洛兰干笑："那个……只是一种说话的修辞方法，修辞！"她无比郁闷，真是近朱者赤，近墨者黑，完全就是被封林给害的。

辰砂的身子又往前倾了一点，洛兰即使头用力往后仰，两人依旧距离越来越近，已经能感受到对方的气息轻拂在肌肤上。

"辰……辰砂，冷……冷静！"

"我很冷静。"辰砂眼睛一眨不眨地盯着洛兰，没有了以往的清冷，像是一直休眠的火山将要喷发。

这也叫冷静？洛兰想哭，"我错了，不该拿男人那方面来开玩笑。"

"现在……"辰砂又往前倾了一点，声音十分低沉，"咱俩到底谁性冷淡？"

洛兰竟然不敢再看他，双手挡在身前，猛地闭上眼睛，"我！"

身前压迫的气息骤然散去，她睁开眼睛，辰砂已经消失不见。

洛兰长吐出口气。

本来是想笑着告别，没想到却激怒了辰砂，不过，他知道她的欺骗后迟早都会生气，也不差这一点。

洛兰回到卧室，把屋子仔仔细细收拾了一遍。

所有东西物归原处，看上去和她十一年前第一次踏入这个屋子时一模一样，只除了床头柜上多了一个老旧的黑色音乐匣子。

洛兰静静看了一会儿，轻摁了一下播放键，古老悠扬的歌声响起：

风从哪里来
吹啊吹
吹落了花儿，吹散了等待
沧海都化作了青苔
…………

洛兰自嘲地笑，风不知道从哪里来，可最终一切都被无情地吹散了。

她打开个人终端，把通讯录好友栏里一直舍不得删除的"千旭"删除了。

个人终端询问：确定删除吗？

洛兰毫不犹豫地点击了"确定"。

她也没有想到世间事会如此荒谬。他死了，她念念不忘；他活了，她却想要忘得一干二净。

洛兰最后看了一眼自己居住的屋子，目光从黑色的音乐匣上一扫而过，没有丝毫留念地离开了。

身后歌声苍凉哀伤。

风从哪里来
吹啊吹
吹灭了星光，吹散了未来
山川都化作了无奈
…………

叶玠住在斯拜达宫专门招待贵宾的地方，距离指挥官的宅邸不算近，可也不算远，步行半个小时就能到。

洛兰沿着林荫道不紧不慢地走着。

过去十一年的人生就要被她抛在身后,她的心情却出奇地平静,似乎无喜无怒、无爱无恨,既不害怕,也不期待。

洛兰站在了叶玠的门前。

房屋的中央智脑感应到她,自动响起代表有客来访的"叮咚"声。

叶玠应该早料到洛兰会来,几乎立即就打开了门,笑眯眯地把她让进屋子。

洛兰打量了一眼四周,"我刚来阿丽卡塔时就住在这里。"

"那时候是什么感觉?"

"茫然、紧张、害怕、孤独。六位公爵都不愿娶我,只能抽签决定新郎,我暗暗祈祷,希望能碰到一个容易相处的丈夫。"

叶玠眼中掠过哀伤,张开双臂,似乎想要拥抱一下洛兰。

洛兰往后退了一步,冷冷看着叶玠。

叶玠也没有勉强,顺势做了个邀请的姿势,微笑着说:"别客气,请随意。"

洛兰问:"可以随意说话吗?"

叶玠抬起手腕,点了下个人终端,"可以短时间内干扰声波传送,不管是监听,还是异种的异能,都会被屏蔽。"

洛兰嘲讽:"你的作案工具倒是齐全。"

叶玠好脾气地耸了耸肩,笑嘻嘻地说:"你以为辰砂、紫宴他们的个人终端上没有安装吗?"

洛兰看到客厅正中间放着一个画架,走了过去,"你会画画?"完全无法想象龙血兵团的龙头业余爱好是画画,还是这种古老的纸张水粉画。

"释放压力的方法,就像你会做饭。"

叶玠站在洛兰身旁,和她一起看向画架上的画——

一株树冠盛大的胡桃树,树后有一栋两层高的木屋。洛兰穿着白色的羊绒裙,黑色的短靴,戴着手套,正在捡胡桃。叶玠跟在她身旁,一只手提着木桶,装捡起的胡桃,一只手正要把一块剥好的胡桃喂给她。

洛兰觉得画面上的一切都透着似曾相识的熟悉亲切，"这是真实发生过的事吗？"

"真的。你用捡的胡桃做了胡桃松饼，很好吃。"

洛兰喃喃说："屋子是我喜欢的样子，树也是我喜欢的样子。"

她曾经计划和千旭一起存钱买的屋子就是这个样子，屋子旁边要有一棵高高的树。难道她憧憬期待的一切都是以前的她已经拥有的？

叶玠问："你的选择是什么？"

"我想恢复记忆。"

"还想杀了我为千旭报仇吗？"

洛兰苦涩地摇摇头："我错怪了你，千旭的死和你无关。"

叶玠安抚地拍了下洛兰的肩膀，"我知道你很难过，但相信我，等你恢复记忆，一切都会过去。"

洛兰看上去很镇静，声音里却流露出了若有若无的脆弱："我会忘掉在阿丽卡塔的记忆吗？"

"不会。"

叶玠用食指从颜料盘里抹了一点大红色的颜料，给洛兰看，"你现在的记忆就像这点红色的颜料，鲜艳明媚，夺人目光，让你只能看到它。"

他指指画架旁洗笔的水晶缸，里面是大半缸蓝绿色的水，"这是你过去的记忆。从你的出生开始，童年、少年、青年，里面有父母、有亲人、有恋人、有朋友、有敌人、有念念不忘的喜悦、有刻骨铭心的悲痛，是你之所以成为你的所有原因。"

他把被颜料染红的手指放在水晶缸里缓缓搅动，颜色一点点溶解在水中。不一会儿，他手指上的红色完全消失不见，水晶缸里的水却依旧是蓝绿色，一点没有改变，就好像那抹鲜艳明媚的红色从来没有存在过。

叶玠端起水晶缸，递到洛兰眼前，"你现在的记忆依旧存在，只不过，它们和你本来的主体记忆相比，没有源头、没有因由，十分渺小。不管是喜悦，还是悲伤，都会被你的主体记忆稀释，你的感受不会再那么深刻，甚至会变得无关痛痒。"

叶玠想了想，"大概就像是一场梦，不管梦里多身临其境、惊心动魄，梦醒后都了无痕迹。"

洛兰定定地看着。

原来……竟然是这样！

千旭就是这样溶解消失在殷南昭的生命中的吧！

曾经的一切并不虚假，全都真实地存在过，只不过，就像那一点浓烈炽热的红色溶解到了一缸蓝绿色的水中，就算依旧存在，也会变得像是不存在一样。

洛兰讥嘲地笑。等她找回全部记忆，骆寻也会就这样溶解消失，她和殷南昭倒是谁都不欠谁了。

叶玠把水晶缸放下，拿出注射剂。

他凝视着洛兰，微笑地摊开手掌，示意她把手递给他，"很快，我们就要庆祝真正的重逢。"

洛兰缓缓向他伸出手。

"叮咚、叮咚……"

门铃声突然急促地响起，洛兰心中一惊，下意识就要缩手，被叶玠一把抓住。

洛兰挣扎着说："有人……"

"不用管！"叶玠抬手就要给她注射药剂。

"砰"一声，门被踢飞，一道黑影疾掠，以雷霆万钧之势飞扑过来。

叶玠不得不迅速藏起注射器，把洛兰护到身后，挥手击向突然闯进来的人。

对方未退未避，可他盛怒下的全力一击犹如泥牛入海，竟然连一丝涟漪都没有激起。

叶玠心中震惊，定了定神，讥嘲地问："执政官阁下，破门而入就是奥丁的待客礼节吗？"

执政官淡淡地说："事有轻重缓急，我们必须把保护联邦公民的生命安全提到首要位置，避免游乐园事故的再次发生。"

叶玠无奈，缓和了语气："我们兄妹只是在聊天。"

"上一次，你们只是在游玩。"执政官不为所动，看向洛兰，"公主，我送你回去。"

洛兰低头站在叶玠身后，不言也不动，就好像完全没听到执政官的话。

叶玠的心情骤然好了许多。他知道今天不可能给洛兰注射药剂了，侧身让开，"洛兰，你先回去，我们下次再聊。"

洛兰仍然没有反应。

执政官以为叶玠对她做了什么，猛地抓住洛兰的手。

洛兰霍然抬头，一双眼睛亮如星子，显然神志很清醒。

执政官立即松开了她的手，"走吧！"

空旷的林荫道上。

洛兰跟在执政官身后，沉默地看着他的背影。

执政官放慢了脚步，"下次见叶玠，让辰砂陪你。"

"那是我从小一起长大的哥哥，阁下到底在怀疑什么？"洛兰也放慢了脚步，始终只肯看他的背影。

"不是我怀疑什么，而是游乐园的事故表明他有可能威胁到你的生命安全。"

"游乐园的事故只是一个意外。这里是斯拜达宫，我是A级体能者，叶玠不可能无声无息杀了我。再说了，杀了我对他有什么好处？他活腻了找死吗？"

执政官停住脚步，"公主想说什么？"

"我想说……"洛兰也停住脚步，"你！少管闲事！"

执政官转身，盯着洛兰，冷冷警告："公主，请注意你的言辞态度。"

洛兰一步步走到他面前，仰头看着他，挑衅地说："我就这态度！你打算怎么办？杀了我，还是立即揍我一顿？"

执政官沉默，冰蓝色的眼睛里没有一丝情绪。

洛兰的嚣张气焰慢慢地沉寂下去。

距离这么近，咫尺之间、声息可闻。

可是，距离又那么远，远得不知道该怎么才能看清楚他。

她努力地看了，但只有一张没有表情、泛着冰冷金属光泽的面具。

洛兰像是被蛊惑了一般，伸出手想要再次摘掉他的面具。

指尖刚触到面具，执政官就抓住了她的手腕，"是我的宽容误导了你吗？让你觉得可以为所欲为、随意冒犯我？"

洛兰的手腕被捏得很痛，她用尽力气都没有挣脱，气得抬脚踢向执政官。

执政官用脚尖钩住她的小腿，往前轻轻一拖，手同时松开。洛兰猝不及防，后仰着摔倒在地上。

洛兰完全没想到执政官会还手，傻了一瞬，忽然呵呵地笑起来，笑得眼泪都要流下来。

她的千旭不可能这么对她！

她到底在幻想什么？以为是变魔术吗？上一次揭开面具不是千旭，这一次揭开面具就会变成千旭？

执政官呵斥："起来！"

洛兰用手遮住濡湿的眼睛，像个无赖一样躺在地上一动不动，"滚！"

"你说什么？"

"我让你滚！滚得越远越好！"

执政官下令："拘捕，送去监狱。"

两个警卫兵突然出现，一边一个，抓住洛兰的胳膊，把她从地上拎了起来，拽向不远处的巡逻车。

洛兰怒问："我犯了什么罪，你凭什么拘捕我？"

"就凭我是执政官，你对我不敬。"

洛兰死死地瞪着执政官。她对他不敬就要关进监狱，那他呢？他对她做的事算什么罪？

执政官袖手而立，漠然地看着她，面具脸上没有一丝表情。

Chapter 4

谎言之上

她并没有想象中的恐惧，反而有一种尘埃落定的释然，终于不用再活
在谎言欺骗中了。

监狱。

隔着老远，辰砂就看到一堆犯人围着洛兰。

他被吓了一跳，急忙快步走过去，却看到一个犯人在认真地做记录，一个犯人在为洛兰打下手维持秩序，别的犯人都眼巴巴地等着洛兰帮他们看病。

显然，在这个监狱里洛兰已经获得了尊重和地位。

辰砂停下了脚步。

来的路上，他一肚子担心。虽然洛兰的性格很随遇而安，体能训练时也很能吃苦，但毕竟是公主，从小养尊处优，生活的环境很单纯，从没有接触过罪犯，肯定无法适应监狱的环境，很有可能被其他犯人惊吓着。

可是，完全没有想到，这个女人像一株长在荒原上的野草，十分坚韧顽强，似乎不管把她丢到哪里，她都会生根发芽、茁壮生长。

辰砂站在一旁，静静地看着。

不知道为什么，明明四周乱糟糟的，心却越来越宁静，像是终于找到了安放之处。

一直悬挂在头顶的利剑依旧在，但他似乎不再害怕它掉下来了。如果他的妻子是她，即使有一天他异变了，她也肯定有能力应付。

辰砂一直等到洛兰给最后一个犯人看完病才走过去。

洛兰似乎很不好意思又给他添了麻烦，抓抓头发，抱歉地笑："你是来……探监？"

辰砂无奈，"我来接你回家。"

"哦！"洛兰急忙收拾好东西，跟着他离开了监狱。

上了飞车，洛兰看到紫宴竟然在，诧异地问："你怎么来了？"

紫宴摸着下巴，眯着桃花眼，装模作样地上下打量她，"来围观联邦历史上第一个因为对执政官不敬而被关进监狱的稀有物种。"

洛兰坐到他身旁，"你怎么不去围观联邦历史上第一位因为不敬罪把人关进监狱的执政官啊？那不是稀有物种，是要绝种的物种。"

紫宴大笑，对辰砂说："精神这么好，看来在监狱里过得不错。"

辰砂没有吭声，启动飞车，手动驾驶飞行。

紫宴兴致勃勃地问："第一次进监狱，怕不怕？"

洛兰龇牙咧嘴地做了个鬼脸，"不怕。"

因为她不是第一次进监狱了。何况狱警都知道她是指挥官的夫人，一直客客气气的，给她安排的牢房也是单人间。她什么苦头都没吃，只是勾起了一些不太好的回忆。

紫宴十分好奇："你到底对执政官做了什么？"

辰砂也想知道。他问过执政官，执政官轻描淡写地说，只是找个理由拘禁公主四十八个小时，减少她和英仙叶玠的接触，避免再发生游乐园的事故。

洛兰满不在乎地说："人与人之间有了冲突能做什么？不就是动嘴之后再动手呗！"

"什么？你和执政官打架？"紫宴的声音变了调，一脸匪夷所思。

辰砂也霍然回头看着洛兰，眼中满是震惊。

洛兰指指车窗前面，提醒他注意安全，"你是手动驾驶。"

紫宴质问："你真的对执政官动手了？不是开玩笑？"

"动了又怎么样？反正……我又打不过他。"

紫宴第一次觉得洛兰的脑子里都是福尔马林溶液，疾言厉色地训斥："这不是能不能打赢的问题。只要你动手了，就可以算是袭击，甚至刺杀。执政官可以不和你计较，但如果让其他人看见了，就算当场击毙你都是合法的。英仙洛兰，你是活腻了找死吗？"

洛兰沉默不言。

飞车内，气温好像骤然降了十度。

紫宴瞟了眼冰山一般的辰砂，按捺下所有心绪，闭上了嘴巴。就算洛兰做了蠢事，也轮不到他教训她。

回到斯拜达宫。

紫宴若无其事地下了飞车，笑嘻嘻地和辰砂道别，风度翩翩地离开了。

飞车内只剩下辰砂和洛兰。

洛兰看他一动未动，没有下车的意思，暗叹了口气，"你想骂就尽管骂吧！"

"我没想骂你，只是觉得很意外。"辰砂背对着洛兰，坐得笔挺，"千旭的死，你情感上无法接受，可理智上应该明白执政官没有做错。我希望你最近的反常行为和千旭的死无关。"

辰砂回过头，期待地看着洛兰，"如果你是因为别的和执政官起了冲突，需要动手才能解决，我帮你。训练场上，我可以正大光明地帮你揍他，虽然我也打不过他，但总比你自己动手解气。"

洛兰低垂着头，一声不吭。

辰砂眼睛里的光芒一点点熄灭，"就是因为千旭？"

"嗯。"

辰砂转过头，一言不发地下了车。

洛兰佝偻着身子，痛苦地捂住脸。

她以为自己已经想明白了，千旭是千旭，殷南昭是殷南昭。可是，她那样对执政官其实是心里依旧想在他身上找千旭的影子啊！

那些记忆不是说忘就能忘，依旧像指尖的红色一样鲜明灼热，也许，只有找回失去的记忆后，才能把它们稀释溶解掉。

第二天清晨。

洛兰才知道，她在监狱的两天里，执政官已经同意叶玠离开奥丁，并且通知了阿尔帝国。

现在来接叶玠的飞船已经停在了太空港，随时可以出发。

看来殷南昭打算釜底抽薪，在查不出叶玠的目的时，宁可放虎归山，也不养虎为患。

洛兰大惊失色，急忙去找辰砂。

她连门都没敲就直接冲了进去，"上次你说可以安排我回阿尔探亲，我想和叶玠一起走，可以吗？"

辰砂正在穿上衣，立即转过身子，背对着她，"执政官不同意。"

殷南昭知道她是假公主，会同意她回阿尔帝国探亲才怪！

洛兰想绕到辰砂的面前说话，辰砂看似纹丝不动，却总是比她快一点，始终背对着洛兰。洛兰急切下，也没意识到自己一直绕着辰砂打转，"为什么一定要执政官同意呢？你是指挥官啊，总会有办法吧！"

辰砂一边扣扣子，一边说："抱歉，现在我也不同意。"

洛兰满面惊讶："可是你……你之前说……"

"之前是之前，现在是现在。女人有善变的权利，男人也有改变决定的权利。"辰砂扣好最后一颗扣子，突然站定。

洛兰下意识地急刹车，摇摇晃晃地站稳在辰砂面前，愣愣地看着他，原来不只是她会耍赖啊！

辰砂打开衣柜，拿了一件外套，准备去上班，"现在你应该还来得及为叶玠送行。"

"什么？"洛兰再不敢废话，疾风一般从辰砂身旁掠过，向外冲去。

"站住！"

洛兰一个急刹车转身，急得直跺脚，"干吗？"

"你就穿这个出去？"

洛兰低头看看，是睡衣睡裤，"来不及换了。"又向外冲。

眼前突然一黑，头被一件衣服罩住，辰砂的声音传来："今天最高气温十三度，穿上外套。"

洛兰取下头上的衣服，发现是辰砂刚从衣柜里拿的外套。

"谢了！"她一边跑，一边往身上套衣服。

洛兰用体能训练时极限挑战的速度，一路狂奔，赶到叶珩住的地方。

叶珩正准备上飞车。

"等一下！"洛兰气喘吁吁地冲过去。

飞车周围有四个便衣特警，叶珩左右两边是紫宴和棕离。这阵势哪里是欢送客人离开？完全就是押解出境！

叶珩盯着洛兰没有说话，紫宴却是眯着桃花眼，吹了声口哨，"今年的新时尚？睡衣外穿，男士外套。"

洛兰顾不上解释，扫了眼脸色阴沉的棕离，对紫宴讨好地笑，"能让我和叶珩单独说几句话吗？"

"可以，不过我们要赶时间，就在这里说吧！"紫宴拽着棕离，走到飞车的车尾，十分大方的样子。

洛兰郁闷，这算单独说话？紫宴的异能是听力，别说这点距离，就是再十倍远，他也能听得一清二楚，真是奸诈狡猾的间谍头子，得了便宜还要卖乖。

叶珩却好像完全不在意，轻抚了一下洛兰乱蓬蓬的头发，"怎么连头都没梳？"

"早上起来，看到封林的短信才知道你要离开。头没梳、脸没洗、牙没刷，就赶着跑过来了。外套都是临出门时辰砂扔给我的。"

叶珩微笑着叹气，"一别十余年，未话离别，又要离别。"

洛兰心里莫名地有几分不舍。这个男人外表放荡不羁，可排遣压力的方式竟然是安静地画画，说话也文绉绉的，身上满是矛盾和秘密。

叶珩把一个狭长的金属首饰盒递给她，"上次你出嫁，时间太仓促，我没来得及赶回去送你，这就算我补给你的结婚礼物吧！"

洛兰握住首饰盒，询问地看着叶珩。

叶珩猛地把她拽进怀里，在她耳边细声叮嘱："照顾好自己。女孩子脾气别那么大，该服软的时候就服软，不要仗着体能好就总想靠拳头解决事情，不是每个人都会像我一样让着你……"

借着两人身子的遮掩，叶玠的手指在洛兰的掌心里写："最后的药。"

叶玠放开洛兰，双手握住她的肩膀，眼睛一眨不眨地盯着她，"我的话，记住了吗？"

洛兰点头。

叶玠伸出小指头，洛兰隐隐约约间觉得好像做过很多次，自然而然地也伸出了小指头。

两人钩住彼此的小指头，翘起大拇指，碰到一起，用力按了一下。

"盟誓之亲。"叶玠笑着放开了手，朝着飞车走去，潇洒地对紫宴挥挥手，"可以走了。"

棕离径直走到洛兰的面前，命令："打开盒子。"

"棕离！"洛兰紧紧地握着首饰盒，怒气冲冲地说："你不要太过分，我可不是你的犯人！"

"洛兰，既然棕离部长想看，就让他看一眼。"叶玠倚着飞车，一派风流公子的闲适。

洛兰打开盒子，是一条项链，水滴形状的蓝宝石挂坠，色泽莹润清透、完美无瑕，就像是用水的精魄凝聚而成。

棕离拿过首饰盒，先仔细检查了一遍首饰盒，又拿起了项链。

叶玠笑眯眯地说："这颗宝石叫海妖泪，一年前我在阿尔帝国的拍卖会上看到，觉得很适合洛兰就买下了。"

棕离看到项链的搭扣上篆刻着两个小小的字"洛兰"，不可能仓促间拿出，的确是精心准备的礼物。他把项链放回首饰盒，还给了洛兰。

叶玠对洛兰竖竖大拇指，上了飞车。

洛兰双手握着首饰盒，目送两辆飞车陆续起飞，消失在天空。

林间小道。

洛兰双手插在宽大的外套衣兜里，安步当车地走着。

在监狱时，个人终端被没收，不能联系外界，不能上星网，也没有任何消遣娱乐活动。夜深人静时，她会忍不住回想起上一次被关进监狱的事。

过去和现在，穆医生和叶玠的面孔不停地交替出现。

当年，穆医生说自己对洛兰公主一往情深，还给她看了不少图片资料，骗得她深信不疑。现在，叶玠又说深爱着她。

真的能相信叶玠吗？

洛兰不知道，但是，不相信他又能相信谁呢？

至少——

在岩林里，她设计的死局中，他宁可自己受伤也要保护她。

生死关头，他愿意把只能容纳一个人的缝隙留给她。

当她废掉他双臂时，他明明可以杀了她，却没有。

为了给她送药，他孤身犯险来到奥丁联邦。

洛兰穿过寂静的树林，站在了湖边。

工作日的清晨，湖边没有一个人，只有几群水鸟双双对对地游来游去。

洛兰找了个隐蔽的角落，坐在湖边的石头上，呆呆地看着那些成双成对的鸟儿蹁跹来去。

半晌后，她低头看着水里倒映出的女人。

身上套着不合身的男式外套，一头长发没有梳理，乱蓬蓬地披在肩头。因为常年待在实验室里，少见阳光，皮肤偏白，透着清冷。可大概因为体能好，眼睛黑亮、嘴唇红润，脸上又总是带着几分盈盈笑意，那份清冷就被压了下去。可这会儿，漆黑的眼睛里满是哀伤，紧抿的双唇透着紧张，整张面孔看着竟然有几分陌生。

洛兰轻声问："我到底是谁？"

水中的倒影也动了动嘴唇，却没有回答她的问题。

洛兰拿出精美的首饰盒，取出蓝宝石项链，戴到脖子上。

她把首饰盒翻来覆去看了一遍，又敲又捏又砸，都没有异常。

洛兰想起盟誓之亲，叶玠最后向她告别时，竖着大拇指。

洛兰看看自己的大拇指，又看看首饰盒。原本嵌放蓝宝石坠子的地方微微凹陷，恰恰是拇指大小。

洛兰看了眼四周，确定没有人。

她把大拇指摁下去，密码锁读取完指纹，咔嗒一声，夹层打开，露出了藏在里面的注射器。注射器上有一行小字，"最后一支，尽快注射"。

几秒钟后，字迹消失。

洛兰小心翼翼地取出注射器，紧紧地捏在手里。

她想起一句古老的话，"我扼住了命运的咽喉"。她的命运现在就握在自己手里，只要把药剂注射进身体，丢失的几十年记忆就会回来，她就是另外一个人了。

十一年浓墨重彩的记忆会消融，甚至消失。

在千旭杀死了自己后，她也要杀死自己了。

她和殷南昭倒是谁也不欠谁！

洛兰看向水里的女人，冲她紧张地笑了笑，深吸一口气，大拇指按住注射器头，插向自己的手臂。

一块碎石子突然急速飞来，砸到她手臂的关节处。洛兰的手一麻，注射器掉到地上。

她忍着痛急忙去捡，一个人已经出现在她身边，先她一步捡起了注射器。

"这是什么？"执政官质问。

"还给我！"洛兰想去抢。

执政官另一只手抓住了她的手臂，怒问："叶玠给你的究竟是什么？你为什么要注射给自己？回答我！"

洛兰咬着牙不吭声，像是疯了一样连踢带打，一心只想抢回药剂。

两人体能相差悬殊，执政官不想伤到她，只能左闪右避。

洛兰却双目发红，攻击的动作越来越狠，就好像他们是生死仇敌，一定要决出胜负，要么她死，要么他亡。

执政官猛地挥手，把注射器扔了出去。

一道弧线划破天空，落入湖中，惊起一群水鸟，嘎嘎叫着飞向天空。

洛兰终于停止了疯狂的攻击，难以置信地看着涟漪从湖面中央一圈圈荡向岸边。

一瞬后，她像是突然反应过来，纵身一跃就要跳进湖里。

执政官急忙拽住她，"湖底水流湍急，不可能再找到。"

洛兰拼命挣扎，声嘶力竭地尖叫："放开我！放开我……"

执政官一只手竟然拉不住她，只能两只手从背后环抱住她。洛兰又踢又踹，甚至又咬又掐，却始终挣不脱。

"那是最后一支药！放开我……求求你，放开我……"洛兰的眼泪滚滚而落，声音里满是绝望。

此情此景，似曾相识。

岩林里，断掉了一条胳膊、鲜血淋漓的她也这样悲痛绝望地哀求过他。执政官抱着洛兰的手不自禁地在发颤。

洛兰突然挣脱了他的束缚，飞扑向前，跳进湖里。

执政官立即紧跟着也跳进了湖里。

像上次一样，没有办法阻止她，只能束手无策地看着她为一点渺茫的希望用尽全力挣扎。

洛兰一次又一次浮出水面吸气，一次又一次潜入水底，却一直没有找到注射器。

她换了一个地方，继续一次又一次往下潜。

湖水的温度很低，大概只有六七度。湖底水流湍急，洛兰长时间憋着气在湖底游来游去，脸色越来越苍白，嘴唇渐渐变成了乌紫色。

她又一次浮出水面吸气，想要再次潜进水底时，执政官抓住了她，把已经精疲力竭、连反抗的力气都没有了的洛兰强行带上岸。

"放，开，我！"

洛兰的眼神没有焦距，身体一直不停地打哆嗦，头发湿漉漉地贴在脸上，连睫毛上都是水珠。

执政官怒问："你的命就这么不值钱吗？为了一只野兽可以豁出性命，为了一管药剂也可以豁出性命？"

洛兰没有温度地看了他一眼，冷冷地说："我让你放开，不是想再跳进湖里，而是，我非常讨厌你！不想让你碰到我！"

执政官身子骤僵，缓缓松开了手。

洛兰站起，脚步虚浮地离开。

执政官说："我叫车送你回去。"

洛兰像是没有听到一样，完全不理会。

执政官语气恳切，"我不知道你说的最后一支药是什么意思，但不管什么药都可以再重新配制。"

洛兰冷笑。如果那么容易重新配制，叶玠何必冒着生命危险来阿丽卡塔送药？叶玠一再强调是最后一支，叮嘱她尽快注射，肯定有他的理由。

执政官一直尾随在她身后，"你告诉我是什么药剂，我来想办法……"

洛兰面如寒冰地回过身，抬手指着执政官，"殷南昭，你听着！我不想再看见你！我的事不劳你操心，我和你没有任何关系！没有任何关系！"

洛兰声嘶力竭地喊出"没有任何关系"时，执政官立即停住了脚步。

他沉默地看着洛兰，身躯笔直、孤立如剑。

也许因为全身上下都是水，连面具上都是一颗颗水珠，他的脸不再像金属一般冰冷无情，反而弥漫着一种莫名诡异的哀伤。

洛兰擦了一把脸上的水珠，头也不回地大步走进了冰冷刺骨的秋风中。

走着走着，她的眼泪难以控制地簌簌而落。

十一年前，她在四野荒芜的高原上醒来时，就是这种感觉——害怕、茫然、悲伤、恐惧。

她想挥别过去，重新开始新的人生。可是，恢复记忆的药剂没有了，失去的记忆很有可能再也找不回来了，她该怎么办？

叶玠阻止她后退，不允许她留在奥丁联邦；殷南昭却阻止她前行，不允许她离开奥丁联邦。她被他们两个人逼得已经无路可走。

恍恍惚惚间，洛兰一直不停地走着，直到看到辰砂，她才心神一懈晕了过去。

半夜里，洛兰因为口渴醒来了。

她翻身坐起，想去找水喝，一杯水已经递到手边。

洛兰看是辰砂，接过杯子，一口气喝了大半杯，才觉得舒服了一点，"谢谢！"

她把杯子放到床头柜上，疲惫地问："我怎么会睡了这么久？"

"医生说你情绪失控，给你注射了镇静心神的药剂。"

洛兰勉强地笑了笑："怪不得觉得全身软绵绵的，提不起力气。"

"执政官明明已经下令驱逐英仙叶玠离开奥丁，可今天早上突然又改变了决定，要紫宴立即拘捕叶玠。你知道为什么吗？"辰砂坐在椅子里，藏身于黑暗中，看不到他的表情，

"我怎么可能知道为什么？"洛兰的心突突直跳。肯定是因为那管注射剂，让殷南昭猜到叶玠和龙血兵团关系密切，是敌非友。她紧张地问："叶玠现在在哪里？监狱吗？"

辰砂不答反问："你希望他在哪里？"

洛兰脸色苍白，"他是我哥哥，难道你觉得我应该希望他在监狱里？"她后知后觉地意识到，这件事从一开始就是殷南昭设计的局。

如果殷南昭真不想让她见叶玠，完全可以把她在监狱里多关十个小时，等叶玠的飞船离开后再放她出来。可是，那样他就查不出叶玠来奥丁的目的了。他为了逼出叶玠的真实目的，故意给了她和叶玠见面机会，故意把见面时间控制得很紧迫，让叶玠没有办法仔细谋划，只能仓促应对。

洛兰双手抱住膝盖，痛苦地蜷着身子，好一个魔鬼心殷南昭！原来

她根本没有前行的路，无论如何，她都不可能成功注射到那管药剂。

辰砂的声音很冷："你担心的事没有发生。一步之差，紫宴接到执政官的命令时，叶玠的飞船已经离开。"

洛兰松了口气，叶玠能安全离开，至少她不用心理负疚了。

辰砂问："为什么你全身会湿淋淋的？"

"……不小心掉进了湖里。"洛兰小心翼翼地回答。

"执政官通知我去找你，究竟又发生了什么事？"

洛兰紧咬着唇，还没有想好应该怎么回答，突然，眼前人影一闪，辰砂就不见了。

洛兰莫名其妙，不知道发生了什么事。

过了一会儿，外面传来轰隆隆的声音。

渐渐地，声音越来越大，笼罩了整个斯拜达宫。

洛兰急忙跑出屋子，冲到露台上，仰头望去，竟然看到一艘战舰停在半空中，像是一头虎视眈眈的庞然巨兽。

天哪！究竟发生了什么事？

斯拜达宫在奥丁联邦的重要地位不言而喻，是禁地中的禁地。洛兰在这里居住了十多年，还是第一次碰到这样的事，虽然不知道为什么，可一定是大事。

"辰砂！"洛兰紧张地四处张望。

辰砂出现在她身旁，看她衣着单薄，把外套脱下披到她身上，"没事，是执政官的战舰，紧急从小双子星赶来。"

"发生了什么事？"洛兰仰望着头顶的战舰，困惑地问。

辰砂的个人终端响个不停，所有人都在发信息问"发生了什么事"。

战舰的舱门打开，一艘小型运输机从战舰里面飞出，降落在执政官官邸的停车坪上，两个人匆匆走出运输机。

洛兰抓住辰砂的胳膊，"你看见了吗？是谁？"

"安教授。"

"安教授？"洛兰想了想，惊讶地问："那个著名的基因学教授？执政官的专属医生？"

"嗯。"

"执政官为什么要半夜见安教授？"洛兰心慌不安，隐隐觉得有超出她预料的事情发生。

辰砂看了眼个人终端，"安达要见我们，应该会告诉我们原因。"

洛兰换好衣服，和辰砂赶到执政官的官邸。

封林、紫宴、楚墨……其他六位公爵已经都在了。

安达眼神犀利地扫了眼洛兰，一板一眼地说："执政官的病情突然恶化，陷入昏迷。为了尽快把安教授送到，只能紧急调动军舰护送，抱歉惊扰了各位。"

众人面面相觑。

洛兰眼前一黑，差点摔倒，辰砂一把扶住她，她才没有当众失态。

封林急切地问："怎么会这样？昨天我见执政官时还好好的。"

紫宴说："我今天……昨天早上和执政官通话时，听上去他没有任何异常。"

棕离阴沉着脸，质问："到底发生了什么事导致执政官昏迷？"

安达木着脸，声音没有丝毫起伏，像是智脑的机械声："请各位不要胡乱猜测，没有行刺、没有下毒、没有遇到任何恶意袭击，是执政官自己不小心掉进了水里。"

百里苍一脸匪夷所思，讥嘲地问："不小心掉进了水里？你指望我们相信这么荒谬的事？"

封林的表情也很崩溃，"执政官的身体不是完全不能碰水，只是要避免长时间浸泡在水里，他是3A级体能，就算不小心掉进了水里，也很快就能起来吧！"

左丘白冷冷地说："这个理由没有办法说服我们相信。"

百里苍附和："就是！当我们白痴吗？"

安达坦然地看着七位公爵，"编故事才需要逻辑缜密，现实往往就是这么荒谬。"

众人哑口无言，因为安达说得对，正因为很荒谬，反倒应该是真的。

楚墨温和地问："事出总是有因，到底发生了什么事？"

安达说："执政官大清早就离开了，下午快吃晚饭时才回来。他浑身湿淋淋，说自己不小心掉进了湖里，别的什么都没有再说。你们想知道，等他醒来后，可以自己去问他。"

辰砂立即扭头，目光如利剑，盯向洛兰。

洛兰心虚地低下了头。可是，他们明明早上就分开了，为什么执政官到下午都没有换上干净衣服？难道他去湖底寻找注射器了，整整在水里泡了一天？

百里苍不满地嘟囔："你都不敢问，我们哪里敢多事？"

楚墨轻拍了下他的肩膀，百里苍闭嘴了。

安达像是什么都没有听到，依旧是一张僵尸脸，目光从七位公爵脸上一一扫过，"你们可以回去等消息，也可以在这里等安教授出来。"

大家各怀心思，彼此看了一眼，没有一个人想要离开。安达也不再多言，转身上了楼。

会客厅里。

所有人都坐了下来，耐心地等候消息。

家政机器人滚着轮子转来转去，给大家送上热饮和点心。

辰砂把一杯热茶递给洛兰，冷冷地说："喝点。"

洛兰不敢和他目光对视，惴惴不安地抿了几口，可手脚依旧冰凉，身子发冷。她往封林身边坐了坐，轻声问："为什么执政官的身体不能浸泡在水里？"

封林心烦意乱，说话又急又呛："你说为什么？日渐腐烂的身体能浸泡在水里？你的脑袋长在脖子上只是用来看的吗？"

"我以为……"洛兰嘴唇翕动，却什么都说不出来。

当时她解开绷带、揭下面具时，殷南昭的身体和脸的确在腐烂，可因为千旭完全没有活死人病的症状，她就以为是殷南昭为了糊弄她，借助药剂伪装出身体腐烂的症状，只是一个误导她的假象。

就像他在岩林里偷梁换柱，用真野兽伪装成千旭变成的异变兽，然后自己亲手击毙真野兽，让她以为千旭死了。

可是，现在他的确昏迷不醒……洛兰糊涂了，到底什么是真，什么是假？难道殷南昭真的有病？

早在她来奥丁联邦前，殷南昭已经穿上黑袍、戴上面具，遮盖住全身，封林他们对他的病也丝毫没有起疑，他应该的确有活死人病的症状。

但是，千旭的存在又说明他不仅仅是活死人病，这中间肯定有什么绝不能让人知道的隐情，但和她无关。因为在她来奥丁联邦前，殷南昭就改换身份、化名千旭在封林的研究院治病了。

洛兰正在焦灼不安地思索，突然听到百里苍压着声音问："楚墨，你觉得执政官的病到底有多严重？不会突然死掉吧？"

"绝不可能！"洛兰的声音又尖又细，像是紧绷变调的琴弦，不但把其他人吓了一跳，也把她自己吓了一跳。

"我说……"百里苍不满地看着洛兰，"这是你能插嘴的事吗？辰砂，你干吗把她带过来？她可是阿尔帝国的公主。"

辰砂还没有说话，封林暴躁地呛声："安达都没吭声，你废什么话？"

百里苍双拳对碰了一下，气势汹汹地站起来，呷着一口雪白的牙，像头大黑熊一般狞笑着，满脸不屑，"想不废话，来啊！一个A级体能！"

一直置身事外、埋首看书的左丘白抬起了头，淡淡问："你在说谁？"

百里苍有点犯怵，虽然左丘也是A级体能者，看着永远安安静静、清清淡淡，可从小到大他在左丘手里从来没占到过一丝便宜，"不是说你！"

楚墨温和地劝："百里，执政官在楼上。"

辰砂已经打开安达发给他的信息，投影在百里苍面前，上面明确写着让他和洛兰来执政官官邸。

百里苍看了眼不动如山的辰砂，又看了眼拿着书的左丘白，嘴里嘀咕了一声"女人"，悻悻地坐下。

"执政官……"棕离刚张口。

楚墨说："等安教授。"

所有人都不说话了。

洛兰心乱如麻，百里苍的话"不会突然死掉吧"一直回响在耳边。

本来，她理所当然地认为绝不可能。

开什么玩笑？殷南昭可是3A级体能！就算身体有些病痛，也肯定能寿终正寝。但是，3A级体能者几乎不可能昏迷，殷南昭现在却昏迷了。

如果不是情况危急，安达不会调遣战舰送安教授来阿丽卡塔。封林、楚墨他们的担忧都溢于言表，让洛兰意识到自己的理所当然太乐观了。

等待的时间越长，气氛越凝重。

洛兰觉得胃痉挛，手紧紧地按压在胃部，忍受着刀刺般的疼痛。

她以为自己爱的是千旭，恨的是殷南昭，根本不会在乎殷南昭的死活，可真的直面生死时，她突然发现，即使他不是千旭，即使他欺骗了她，她也没有办法接受他有任何差池。

这一刻，真和假、对和错都不重要，只有他的生命最重要。

百里苍焦躁地走来走去。

封林端着点心盒子，翻翻拣拣，不停地吃着甜食。

左丘白就像是在阅览室里，一直在专心致志地看书。

棕离慢条斯理地擦拭着他的武器匣，把巴掌大小的武器匣擦拭得光可鉴人。

紫宴心无旁骛地用塔罗牌搭建着塔罗牌屋。

只有楚墨和辰砂一直平静地坐着，就像是刚刚坐下来才开始等候一样。

百里苍突然站定，试探地问："天马上就亮了，要不……上去看看？"

没有人说话，百里苍一咬牙就想往楼上冲。

安教授和安达正好一前一后地走了下来。

所有人都站起来，尊敬地打招呼。

安教授微笑着说："各位不用担心，执政官已经没事了。"

气氛一下子轻松了，洛兰的胃也一下子不疼了。

紫宴打着哈欠，展了个懒腰："我回去补觉了。"

百里苍看看时间，郁闷地说："我要赶去办公室开会，讨论能源星的开发计划。"

左丘白笑了笑，安慰他："我今天有两个庭审，三个会议，还要接受一个采访。"

…………

一群人嘻嘻哈哈、说说笑笑，陆续散去。

楚墨、封林和安教授在工作中常常接触，平时关系就不错，自然要留下打个招呼、聊几句。

洛兰看辰砂没有离开，就也顺势留了下来。

一头乱发、不修边幅的安教授笑看着洛兰，赞许地说："我看过你为那个孩子做手术的视频，非常好！我们这帮老家伙都很期待你未来的成就。"

洛兰没想到传说中泰山北斗级的人物会关注自己，诚惶诚恐地弯身鞠躬，"谢谢教授的鼓励，我会继续努力。"

安教授对封林说："看看人家多谦虚，不像你，一点成就尾巴就翘到天上去。"

封林刚才甜食吃多了，这会儿正在猛喝苦咖啡。她端着咖啡杯，不屑地撇嘴，"您千万别被洛兰的乖巧样子给骗了，她可是没有执照就敢做手术的人。我是看着不听话，永远只会小打小闹；她是看着很听话，一闯祸就惊天动地。"

安教授不以为然，"那不叫闯祸，那叫有魄力。做研究就是要敢想敢做，你太墨守成规了。我还要在斯拜达宫住几天，有机会去你的研究院看看你这些年有没有进步。"

封林急忙放下咖啡杯，一个箭步冲过去，激动地抓住安教授的手，"欢迎，欢迎！"

楚墨关注的却是另外一个重点："执政官的病……这么严重吗？"

安教授笑呵呵地说："只是保险起见多留几天观察一下。他在没有净化过的冷水里浸泡了太长时间，内脏都受到了影响，但没有大问题。"

封林难以置信，快言快语地说："执政官到底在干吗？不会是因为无法忍受病痛折磨想自杀吧？要不要找个心理医生……"

"封林！"楚墨盯了封林一眼，封林立即乖乖闭嘴。

安教授笑眯眯地看着楚墨和封林，暗自感慨一物降一物。

辰砂问："执政官醒了吗？"

安教授和他十分熟稔，像是长辈对晚辈般慈祥："还没有，估计两三天后才能醒来。你要想看他，就上去吧！"

辰砂往楼上走去，洛兰下意识地跟在他身后。

安达瞅了一眼，没有阻止。

洛兰走进执政官的房间，发现不是想象中温馨舒适的卧房，而是一间空旷冰冷、像是重症监护室的房间。

半透明的医疗舱里，执政官的身体浸泡在血浆一般的黏稠液体里，脸上戴着呼吸面罩，气管和胸腔都切开了，连接着一根又一根粗粗细细的管子。

洛兰的脸色唰一下惨白，定定地看着医疗舱里的人。

一直以来，执政官把自己包裹得严严实实，冰冷的面具就像是一个铠甲，让所有人只能看到他脸上是坚硬的金属，不经意地忘记了面具后的脸也是血肉组成，会痛苦，会虚弱。

"执政官突然发病，是不是和你有关？"辰砂的声音冷如寒冰。

"是。"自从辰砂听到安达说执政官"不小心掉进了水里"后就一言不发，洛兰知道他迟早会问。

辰砂霍然转身，盯着洛兰，"你又和执政官发生了冲突？这次是为什么？因为叶玢？"

"我……我……是……不是……"洛兰不知道该怎么解释，无力地辩解："我不知道会这样。"

辰砂指着执政官的医疗舱，"他是奥丁联邦的执政官，是一国首脑，不是你可以胡作非为的男人！"

洛兰低声说："抱歉。"

"你对我说抱歉有什么用？躺在医疗舱里的人不是我！你有没有想过，如果让别人知道执政官的昏迷和你有关，你会面临什么？阿尔帝国又会面临什么？你的所作所为已经可以定为死罪！"

洛兰一声不吭地看着医疗舱里的殷南昭。辰砂不知道她早已经是死囚犯，死罪之上再加死罪，也不过一死而已。

辰砂看她表情中隐隐透着苦涩，放缓了语气："究竟怎么回事？"

洛兰淡若无地笑了下，"等执政官醒来了，你去问他吧！"

∠

离开执政官的官邸后，辰砂冷着脸去上班了。

洛兰觉得留在家里也是胡思乱想，不如去上班。

办公室里，她穿着白色的工作服，坐在工作台前，登录研究院的资料库，搜出活死人病的资料仔细阅读。

虽然不知道殷南昭究竟得的什么病，但显而易见，他身体上的伤是真实的，痛苦也是真实的。

一个个病例、一幅幅图片、一段段视频……

洛兰逐渐理解了这种病的痛苦。

明明活着，却要承受身体腐烂的痛苦，就好像人还在人间行走，心却在地狱中承受折磨，所以这种病又被叫作"人间地狱"。

平常人身上只要有一个血淋淋的伤口，就会吃不好、睡不好、坐卧不安，活死人病的病人却是全身上下都是伤口。

现在的治疗手段无法根治，只能帮病人延缓身体腐烂的速度。因为过于痛苦，必须要靠强效止痛药才能维持生命，可是这对3A级体能者显然不可能，世间没有止痛药剂能麻痹他们的神经，帮他们缓解痛苦。

洛兰想起执政官绷带下的手、面具下的脸，有的地方已经能看到森森白骨，不知道他全身上下还有多少这样的地方。

洛兰的胃痉挛抽搐，一阵翻江倒海，忍不住趴在回收箱边干呕。

封林敲了敲虚掩的门，推门进来，恰好看到洛兰的样子，不禁瞪大眼睛，期待地问："你怀孕了？"

洛兰直起身，无奈地说："没有休息好而已，什么事？"

封林指指身后年轻漂亮的姑娘，"你的新病人，紫姗。很崇拜你，特意向我请求做你的病人。"

紫姗眼睛亮晶晶地看着洛兰，笑容十分甜美，"夫人，您好！"

洛兰觉得她有点面熟，好像在哪里见过，可又想不起来，疑惑地看封林。封林冲她眨了眨眼睛，示意她先不要多问。

洛兰叫助理过来，吩咐她带小姑娘去换衣服、做检查。

等小姑娘走了，洛兰问："关系户？和紫宴什么关系？"

"紫宴收养的孤儿。"

"养女？"

"她叫紫宴大哥，法律上算兄妹。不知道紫宴搞什么鬼，正经女朋友没有一个，却偷偷摸摸养大了一个女儿，简直像是在玩真人版养成游戏。"封林摸了摸胳膊，恶寒的样子。

洛兰自己的事已经焦头烂额，没有兴趣关注别人的事，"紫姗什么病？"

"不知道。她不肯说，说是只肯告诉自己的主治医生。"

紫姗做完检查，跟着助理回来了。

封林拍拍洛兰的肩膀，"交给你了，有问题找紫宴。"

洛兰对紫姗友好地笑笑："跟我来。"

她领着紫姗走进隔壁的检查室，"哪里不舒服？"

"我的皮肤有点异常，腹部出现了鳞片。"

洛兰一边看基础检查报告，一边说："请平躺到医疗床上，给我看一下你皮肤异常的地方。"

紫姗看屋子里只剩下她们两人，门也紧关着，立即打开个人终端，拨打音频通话。

洛兰耐着性子说："如果不是着急的事，晚一点再和朋友通话，可以吗？我们现在正在检查身体……"

紫姗把扣在耳朵上的微型耳机递给洛兰，示意有人想和她说话。

洛兰迟疑地接过耳机。

紫姗捂住了耳朵，表示绝不会偷听。

洛兰把耳机附在耳边，竟然是叶玠的声音："洛兰？"

洛兰吓了一跳，结结巴巴地问："你……你……在哪里？顺利回去了吗？"

"你一直没有联系我，还没有恢复记忆？"叶玠的声音十分阴沉。

"嗯。"

"药剂呢？为什么不尽快注射？"

"……不小心丢掉了。"

叶玠沉默着没有说话，呼吸却骤然变得沉重。

隔着万里之遥，洛兰都感觉到了他压抑的愤怒，急切地问："药是谁配制的？有没有办法再配制一管？"

叶玠的声音冰冷刺骨："药是你配制的！准确地说，是过去的你配制的。如果现在你能再配制一管，我会不惜一切代价买下，你能吗？"

"是我？"洛兰喘着粗气，不愿相信却又不得不相信。

她的人生竟然陷入了一个死循环，她需要药才能恢复记忆，可只有她恢复了记忆才能知道药如何配制。

叶玠愤怒地问："竟然能不小心把药丢掉？怎么丢掉的？"

洛兰回答不出来。

叶玠显然不相信她的话，悲伤地问："为什么要骗我？"

洛兰没有办法替自己辩解，只能说："对不起！"

叶玠冷冷地说："我不想伤害你，可是你太让我失望了，逼我只能不择手段地摧毁现在的你。"

洛兰心惊肉跳："你想做什么？"

叶玠没有回答，直接切断了通话。

洛兰焦急地对紫姗说："帮我再联系叶玠。"

紫姗重新连线，等了一会儿，她摇摇头，"接不通，号码已经作废。"

洛兰质问："你之前是怎么联系上叶玠的？你和他是什么关系？"

"我们是朋友。大哥带我去参加庆贺夫人获得基因修复师执照的晚宴，叶玠王子邀请我跳舞，就认识了。后来一起出去玩过好几次。王子离开前给我这个号码，请我帮个小忙，找机会让他和夫人通一次话，叮嘱我一定要保密。"

洛兰瞪着紫姗，完全不敢相信她是紫宴养大的孩子。也不对，胆大妄为倒是颇有紫宴的风格，但愚蠢到被人卖了还帮人数钱，绝不是紫宴的风格。

紫姗似乎猜到她在想什么，笑眯眯地说："夫人，我不是相信王子，我是相信您。我们在阿丽卡塔孤儿院见过，您还帮我补过裙子，那天我的表演很成功。大哥就是因为看了我的演出视频，才决定收养我。"

洛兰隐隐约约记得有这么一件事，可完全想不起来任何细节，只记得自己因此迟到了。

不过，后来辰砂一分钟都不肯等她，千旭带她去游乐园玩的事却记得一清二楚。

紫姗笑着说："夫人，谢谢您！因为您，我的命运才彻底改变了。"

洛兰心中一酸，她的命运也彻底改变了。

如果当时她没有迟到，能跟着辰砂一起回斯拜达宫，就不会和千旭在车站偶遇。千旭也就不会陪她去游乐园，察觉到她其实并没打算留在阿丽卡塔。

如果不是千旭察觉了她有异心，企图离开，也就不会时刻注意她的动向，浪费时间陪她四处游玩，想让她喜欢上阿丽卡塔。

如果没有十年的陪伴，她就不会丢了心……

"夫人，您没事吧？"紫姗看洛兰神情恍惚，眼中隐有悲痛，担心地问。

洛兰打起精神，笑了笑，"没事！以后不要再做这样的事，被紫宴知道了不好。"

紫姗乖巧地点点头："我听夫人的。"

"你的病……"

"不是假装。"紫姗撩起衣服，给洛兰看腹部。

洛兰仔细检查完说："只是局部病变。"

紫姗担忧地问："男人不会喜欢皮肤上长着鳞片的女人吧？"

洛兰无奈，"你才多大？还没有成年，担心这种问题太早了。"

"我二十四岁十一个月了，按照法律规定，还有一个月就成年了。同学们都已经谈了好几次恋爱，我已经是班里最后一个光棍了。"紫姗满脸郁闷，好像在说什么很丢人的事。

洛兰觉得自己老了，叹了口气，安慰她："别担心，面积不大，可以手术去除。"

"能给我介绍最好的医生吗？还有一个月就是我的成年生日，能在生日前彻底治好吗？"紫姗红着脸央求："我想生日那天对喜欢的人表白，还想和他做爱，希望身体能完美无瑕。"

洛兰说："让紫宴带你去找楚墨，奥丁联邦最好的医生就是楚墨。"虽然杀鸡焉用宰牛刀，不过，这样珍之重之的情感弥足珍贵。

紫姗急忙说："不要！病的事能帮我保密吗？如果大哥来问，夫人千万不要告诉他。"

洛兰爽快地答应了，"好，即使他来问，我也不会说。"不过，紫宴想知道一件事可不是靠正常的询问。

"那楚墨医生……"紫姗祈求地看洛兰。

"你直接去找楚墨吧，我会让封林跟他打声招呼，也会叮嘱他帮你保密。"

紫姗眉开眼笑，"谢谢夫人。"

洛兰微微而笑，温柔地说："祝你表白成功、顺利睡到喜欢的人。"

紫姗竖起两只手，做必胜的手势："一定！"

下班后。

洛兰没有直接回家，而是去了执政官的官邸。

她站在路旁，眺望着执政官屋子的窗户。

脑子里思绪纷杂，心里的感觉更是难以言喻的复杂。

悲伤吗？

可又觉得心里有一份庆幸。

被欺骗、被愚弄、被伤害……都令人痛苦，可无论如何，千旭总是以某种形式依旧活着，没有彻底消失在这个世界。虽然不再是她的千旭，但是活着本身就值得庆幸了。

喜悦吗？

可又觉得心里十分痛苦。

他活着，很好很好。只不过，他的活着和她没有任何关系了。那些美好时光、那些亲密无间、那些甜言蜜语……都埋葬在了过去。

不管怎么样，活着总是好的！

就算彼此再没有关系，能各自安好地活着总是好的。

洛兰沿着林荫道，走回家里，看到辰砂站在客厅里看新闻。

"我回来了。"

她打了声招呼，辰砂回头看着她，目光古怪，像是完全不认识她一样。

洛兰笑问："怎么了？"

辰砂没有回答，她却听到了似曾相识的话语，立即转头看向屏幕——

一个女人穿着褐色的囚衣，面色憔悴、眼神呆滞地站在军事法庭的审判席上。法官正在宣判她的罪名："……根据所犯罪行，本庭宣判对非法潜入G9737基地的无名女士执行第777条刑罚，不刺激心理恐惧、不引发生理不适、终止所有生命特征……"

宣判结束，画面切换到一艘运输艇上，她无声无息地平躺在一个箱子里，借助黑夜的遮掩，被伪装成货物，悄悄运上了飞船。

几秒钟的黑屏后，画面上突然出现阿丽卡塔的太空港。

晴空万里、艳阳高照，她穿着蓝色的公主裙、戴着璀璨的宝石公主冠，仪态高贵、光彩照人地出现在飞船门口。

制作这个视频的人非常懂得用画面讲故事，自始至终没有一句多余的解说，可是所有人都看懂了——

死囚和公主、卑贱和高贵、阴暗和光明、邪恶和正义。

前后对比鲜明，成功煽动起人们对骗子的愤怒。

主持人用震惊激动的语气说："死囚假冒公主，摇身一变成为了奥丁联邦指挥官夫人！真的公主去了哪里？假的公主究竟是谁？有什么不可告人的目的？究竟是谁策划了这场惊天阴谋？请关注我们的后续报道……"

洛兰微微而笑，原来这就是叶玠的报复，压在她心口的一块巨石终于轰然落地。

也许因为从叶玠出现那一刻起，她就做好了谎言暴露的心理准备，现在，她并没有想象中的恐惧，反而有一种尘埃落定的释然，终于不用再活在谎言欺骗中了。

辰砂盯着她，面色冷如寒霜，眼神晦涩难明，几乎一字一顿地问：

"新闻是真的吗？"

洛兰点了点头："我是阿尔帝国的死囚犯，不是洛兰公主。"

辰砂艰涩地问："为什么要冒充公主？"

洛兰不知道该怎么回答，就如辰砂以前所说，不管撒谎者有多少无可奈何，归根结底都是一己之私、不能原谅。她只能抱歉地说："对不起！"

棕离带着一队荷枪实弹的警察冲了进来。

警察围住洛兰，棕离拿着一个空的首饰盒，对辰砂说："这是英仙叶玠送她的首饰盒，在湖边找到的。里面有一个夹层，根据形状，应该藏着一个注射器，现在注射器不知去向，不知道她勾结英仙叶玠企图干什么。"

辰砂看到洛兰脖子上正戴着那枚水滴形状的蓝宝石项链，心口犹如被利剑贯穿，压抑着痛楚问："你和英仙叶玠究竟想做什么？"

洛兰苦涩地笑，她和英仙叶玠究竟想做什么？她也想知道啊！

辰砂突然手握光剑，挥向洛兰。

众人失声惊呼。

一道白光掠过，蓝宝石项链被割断，叮当一声，摔落在地上。

剑刃停在洛兰的脖颈上，辰砂脸色铁青，寒声说："我当年说过，如果有一天，你做了背叛奥丁联邦的事，我会亲手杀了你。"

棕离急忙抓住辰砂的手臂，"她不是英仙洛兰公主，你和她的婚姻已经自动作废。假公主的事我们会处理，现在最重要的是必须查清楚她潜伏在奥丁的目的，指使她的人是谁，这么多年都做了什么。"

辰砂脸色发白，直勾勾地盯着洛兰，"你究竟是谁？"

洛兰抱歉地说："我不知道。"

辰砂心中哀怒交加，太阳穴突突直跳，额头两侧都是鼓起的青筋，像是一条条小蚯蚓。手中光剑的剑芒随着心情的剧烈起伏忽涨忽落，一丝猩红的鲜血从洛兰颈上流下。

洛兰垂目看着光剑，自嘲地笑。十一年努力，看似拥有了很多，可一切都是幻象，一瞬间就被打回原形。

辰砂性格冷傲，凡事都难以入心，几乎从不动怒，这是棕离第一次见他发怒，而且怒到失控。棕离心惊胆战，生怕他真的一剑把洛兰杀了，"辰砂，她是奥丁联邦的重罪犯，交给我们处理！"

辰砂的眼神像是慢慢熄灭的火焰，渐渐灰暗死寂，收回了光剑。

棕离如释重负，急忙把镣铐锁到洛兰手上，亲自押送着她走向囚车。

刚走出大门，紫宴和封林一前一后匆匆赶到。

封林人还没有到，就着急地大叫："辰砂，别相信那些乱七八糟的新闻！洛兰不可能是骗子，你不能让他们把洛兰抓走！"

辰砂没有任何反应，就像是什么都没有听到。

封林冲到警察面前，挡住棕离，"不许你把洛兰抓走。"

棕离冷哼："你敢公然拒捕？"

"你敢胡乱抓人，我就敢公然拒捕。"封林激发武器匣，一片片羽毛一般的白色晶体浮动在她的身周，仿若突然飘起了鹅毛大雪，周围的温度都骤然下降。

棕离没想到封林竟然真要动手，而且是一副要拼命的架势。他握住武器匣，神情凝重地说："我没有乱抓人，她自己已经承认了。"

封林不屑地讥笑，鼓励地对洛兰说："你别怕！只要你说你是真公主，今天谁都别想带走你！"

洛兰如吞了黄连，五脏六腑都是苦。她抱歉地说："视频是真的，我不是公主。"

封林一下子傻了，完全不敢相信地瞪着洛兰。

"这么多年都在骗你，对不起！"

封林表情诡异，犹如在做噩梦，喃喃问："你真的勾结外敌，来奥丁联邦别有目的？"

洛兰张了张嘴，却不知道该怎么回答。

虽然现在的她什么都没有做过，可是，过去的她和英仙叶玠的确关系密切暧昧，也的确是怀着特殊目的来到奥丁联邦。

"啪"一声，封林狠狠甩了洛兰一巴掌。

洛兰半张脸肿了起来。

可是，被打的人没哭，打人的人眼里却都是泪花。

洛兰没觉得脸有多痛，心却被封林的眼泪狠狠刺痛了。如果可以，她多么希望自己是真正的洛兰公主，简简单单地在奥丁永远生活下去。

"走！"棕离恶狠狠地推了把洛兰。

在棕离的押送下，洛兰绕过封林，继续往前走。

和紫宴擦肩而过时，棕离讥讽地瞥了眼紫宴，"真不知道这些年你在干什么？一个间谍在你眼皮子底下晃来晃去，你却一无所知！"

紫宴一言不发，让到了一旁。

走到囚车前，洛兰要上车时，下意识地扭过头，看了一眼自己居住了十多年的屋子——曾经被称作"家"的地方。

辰砂站在大厅里，背对着她，一直没有回头，似乎连再多看她一眼都无法忍受。

封林也依旧站在原地，像是根柱子般一动不动。

只有紫宴站在路旁，面无表情地盯着她，视线如利刃，像是要切开她披着的画皮，看清楚她藏在皮下的真实模样。

洛兰对他笑了笑，钻进了囚车。

转身间，过往十一年的记忆，都随着流沙倾泻而灰飞烟灭。

从这一刻起，她不再是英仙洛兰。

Chapter 5

光明与阴暗

她像是一株太阳花，能把黑暗化作光明，和她待在一起时，我都觉得更积极开心了。

骆寻刚出监狱没两天，就又进了监狱。

不过，这一次的监狱和上一次的监狱截然不同。

上一次监狱里关押的都是五年以下的轻刑犯，这一次监狱里关押的却都是穷凶极恶的重刑犯。

再加上，异种本来就对普通基因的人类有敌对情绪，骆寻又冒充公主，欺骗了整个奥丁联邦，不仅狱警憎恨她，连犯人都憎恨她。

从她走进监狱的那刻起，就像是一只人人喊打的过街老鼠，到处都是憎恶仇恨的目光，一路之上不断地碰到刁难欺凌。

骆寻知道棕离是故意的，给她个下马威，让她吃点苦头，方便之后审讯时，突破她的心理防线。

狱警们不但自己对骆寻毫不客气，对犯人们侕规越矩的行为也视而不见。

在狱警的有意纵容下，犯人的行为越来越过分。

骆寻尽力忍受，不想惹事，打算做最配合的犯人。

但是，忍受换来的不是适可而止，而是得寸进尺。

她整理分配给她的床铺，准备睡觉时，一个胖乎乎的女犯人从背后紧贴着她的身体，把毛茸茸的手伸进她的衣服里面乱摸。

骆寻大声求助，外面巡逻的狱警却装没听见。她没有办法再忍受，一个转身，干脆利落地扭断了女犯人的手。

一屋子犯人一拥而上，想要打断她的手脚。

骆寻虽然没有多少实战经验，可训练她搏斗的人先是千旭，后是辰砂，她的身手绝对不弱，一番拳来脚往，干脆利落地把所有犯人都打翻在地。

骆寻刚想申明"人不犯我，我不犯人"的和平相处原则，没想到手腕上的囚犯手环突然释放出强电流，她全身抽搐地倒在地上。

牢房门打开，两个狱警冲进来，连踢带踹，发泄般地狠狠打着骆寻。

周围的犯人高喊："打死间谍！打死间谍……"

其他监牢的犯人完全不知道发生了什么事，却都开始跟着一块儿喊："打死间谍！打死间谍……"

所有人群情激昂、热血沸腾，不像是作奸犯科的监狱，倒像是众志成城、同仇敌忾的军队。

一个又高又壮的女狱警拽着骆寻的胳膊，像是拖拽货物一般把她拖到医疗室，对狱医说："体能抑制剂。"

狱医蹲到地上，把一管药剂注射进骆寻体内，不满地讥嘲："你以为你是谁？进了监狱还想横行？从现在开始你就只是D级体能者了，好好享受监狱生活。"

"这个贱人刚到奥丁时是E级体能，利用指挥官把体能训练提升到A级，现在竟然反过来欺负殴打我们异种……"狱警越说越恼火，又狠狠甩了骆寻两巴掌，打得骆寻满口是血。

骆寻觉得女狱警肯定是退役军人，辰砂的崇拜者。大概觉得她羞辱了辰砂，对她格外仇视。

骆寻含着血说："不是我欺负她们，是她们……"

"还敢狡辩？"狱警抬脚就往她腹部踹。

体能抑制剂已经开始发挥作用，骆寻身体的抵抗力变弱，她痛得大张着嘴吸气，像一条搁浅在岸上将要死掉的鱼一样。

狱医急忙拉住狱警，"还没审讯定罪，别打出问题了。"

狱警余怒未消，直接拽着骆寻的头发把她拎起来，拖到一个密闭的漆黑小屋里。

隐约间，骆寻听到有人说："关这里？不会把她逼疯吧？"

"咣当"一声，金属门关闭。

骆寻松了口气，虽然四周黑漆漆，什么都看不见，但至少不用再担心别人的欺凌猥亵了。

骆寻全身都痛，却不敢放任自己继续躺下去。

她挣扎着爬起来，跪在地上一寸寸摸索四周。

把人关在完全黑暗寂静的地方，没有光、没有声音，会让人失去对时间的感知，觉得一切完全静止。

恐惧和孤独被静止的时间放大无数倍，会让人觉得痛苦没有尽头，看不到任何希望，越来越浓烈的绝望最终会把最坚强的人活生生逼疯。

骆寻知道自己的心理弱点是什么——

在荒原上，第一次睁开眼睛时，发现自己什么都想不起来，连自己是谁都不知道，独自行走了三天三夜，感觉她被整个世界遗弃了。

那是她最大的噩梦！

她怕黑、怕孤独、怕寂静，还害怕被遗弃。

狱警刻意没有告诉她要关多久，加重她的心理压迫，她必须趁着自己还清醒时，建立时间概念，否则真的有可能疯掉。

"……10、11、12……"

骆寻心里一边计数，一边用手丈量游览着小黑屋。

她用牙齿撕碎衣服，摸索着打成不同的结，放在四个墙壁的拐角处，在没有任何变化的小黑屋里刻意营造出变化。

用手游览完整个小黑屋，大概花费了五分钟。

骆寻默默告诉自己，不要怕，棕离还没有审问她冒充公主来奥丁联邦的目的，迟早要把她放出来，只是五分钟的倍数而已。

完全的黑暗，完全的寂静，一切都好像凝固了。

骆寻靠着墙壁安静地坐着。

她的右手搭在左手上，通过感受自己的脉搏跳动，让自己不被卷入像是要吞噬一切的黑暗死寂中。

人类总是怕时间流逝，可实际上，时间静止了才最可怕。

流逝的时间会让人犯下不想犯的错误、失去不想失去的东西，但也意味着变化，有了变化才有希望，才可能弥补犯过的错，才能拥抱新的开始。

静止的时间却意味着停滞，这一刻和前一刻，后一刻和这一刻，永远都一模一样，不会有任何变化。

即使永远重复的快乐都会让人麻木厌倦，变得了无生气，更何况看不到尽头的痛苦？只会让人绝望。

骆寻觉得自己撑不住时，就给自己找点事做。

她双膝着地趴在地上，像第一次一样在黑屋子里游逛。每到一个角落，就拿起先前打好的结，摸索着慢慢解开，再摸索着慢慢系回去。

不同的结，不同的地方，有"四个商场"可以逛呢！

而且，她现在多了一个解结的动作，时间要比五分钟多，实际的时间比她计算的时间过得要更快。

就像有的人会用刻意调快的闹钟来欺骗自己早起，骆寻也给了自己一个小小的希望——时间比自己以为的过得更快。

一个五分钟、两个五分钟、三个五分钟……

议政厅里，众人唇枪舌剑，为如何处理假冒公主的事吵了一个早上，依旧没有结果。

一直默不作声的辰砂突然站起，向议政厅外走去。

大家看着他的背影，安静了一瞬，立即又吵了起来。

辰砂经过大厅时，听到自己的名字被频频提起。

一群人正盯着墙上的大屏幕看新闻，一边看，一边窃窃私语。

突然，他们发现自己议论的对象就站在他们身后，急忙脸色尴尬地四散离开。

屏幕里正在重播今天清晨的新闻，联邦政府的新闻发言人就"真假公主"事件向全星际发表官方声明。

"……假公主已经承认冒名顶替洛兰公主，联邦政府宣布，指挥官辰砂和假公主的婚姻无效，所有法律关系即时终止，任何假公主用欺骗手段获取的相关权益也全部废止……事件发生后，联邦政府已经依法拘捕了假公主，对事件展开深入调查……"

新闻的声音开得很小，几乎低不可闻，可辰砂的听力太好，字字都如雷鸣，响彻在耳边。

辰砂转身，从后门离开了议政厅。

他坐在空无一人的台阶上，眺望着远处的空旷草地。

当年婚姻的开始不由他决定，现在婚姻的结束也不由他决定。从开始到结束，他似乎都是个无关紧要的局外人。

十一年前，他对她一无所知；十一年后，他对她依旧一无所知。

紫宴悄无声息地坐到他旁边，晃了晃手中的塔罗牌，"先生，看你乌云罩顶、诸事不顺，要不要卜算一卦？"

辰砂连看都懒得看，"谁会信这个？"

"我啊！"紫宴一本正经，"卜算算的是各种可能性的概率，你在战场上不也是要计算各个策略的概率吗？"

"有时候也是直觉。"

紫宴赞同地点头："人生，有时候也是运气。"

辰砂问："查出视频来源了吗？"

"没有。阿尔帝国现在也是一团乱，皇帝下令成立了专案调查组，由皇储英仙邵靖负责，正在全力追查，已经把约瑟将军拘禁了。"紫宴屈着食指，一下下弹着塔罗牌，"能拿到军事法庭的秘密审判视频；能避开所有检查把死囚弄出监狱；能悄无声息地把人送上飞船；还能神不知鬼不觉地替换掉公主，可不是一般人能做到的。"

"查一下英仙叶玠。"

"已经在查了。"紫宴想了想，"我总觉得执政官知道什么，希望他能尽快醒来。"

辰砂默不作声。

紫宴把塔罗牌夹在指间，漫不经心地把玩着，"那个女人……你的直觉告诉你她是间谍吗？"

"证据是什么就是什么。"辰砂语气冷淡，似乎完全不关心。

棕离的声音从他们身后传来："执政官的昏迷要是和她没有关系，我把名字倒着写！"

"其实，她第一次独立做基因修复手术时，我就觉得有点怪，因为她真的技巧太娴熟了，完全不像是一个新人。"楚墨从台阶下走上来，站在辰砂身侧，"我记得当时就和你说过。"

辰砂不吭声。

但在场的三个男人都知道，那一次他为了帮那个女人几乎赌上了自己的职业前途，不可能忘记。

楚墨说："视频里说她因为盗窃基因罪被判处死刑，证明她以前就具备一定的基因学知识，很擅长基因犯罪。"

棕离的声音里满是愤怒不甘："我早说了她不可信，你们当年却投票同意她加入研究院，简直就是打开自家大门，欢迎一只硕鼠进粮仓。"

楚墨担心地看了眼辰砂，对棕离轻轻摇了下头，示意他不要再刺激辰砂了，"现在说这些没有意义，关键是尽快查清楚她背后的组织，还有她到底泄露了多少重要信息。"

棕离阴沉沉地冷笑："放心，我一定会查清楚！"

紫宴问辰砂："晚上我和棕离要提审假公主，你去旁听吗？"

"没兴趣。"辰砂站起来，头也不回地离开了。

楚墨等看不到他的身影了，才唏嘘感慨："这件事里，最受伤的人就是辰砂和封林，付出的信任越多，受到的伤害就越大。"

骆寻从小黑屋出来时，没有疯，只是觉得自己变得很苍老。

她晕晕沉沉地躺在移动床上，用手捂着畏光的眼睛，虚弱地问："我被关了多久？"

"三十个小时。"

骆寻苦笑，才三十个小时啊，她还以为已经过去了三百多年。

不管是她的心，还是她的身体，都已经被时间侵蚀得伤痕累累，外面的世界竟然只是过了三十个小时。

一个瘦高的狱警忍不住问："喂，你没事吧？"

自从骆寻被关进小黑屋后，狱警们就在等她变得歇斯底里、崩溃求饶，可是这个女人一直很平静，让他们竟隐隐生了畏意。

骆寻闭着眼睛说："没事，只是有点不知今夕是何夕。"

狱医给骆寻注射营养针，又让她冲澡，换上干净的囚服。

骆寻知道审讯终于要开始了，很配合地做着一切。

把自己收拾整洁后，骆寻被带进一个宽敞阴暗的房间。四面都是密不透风的金属墙，正中央是一个黑色的人形金属台。

如果不是底座和地面相连，乍一看倒像是一件厚重的盔甲，但是看仔细了，能看到盔甲里面有细密的钢针、钻头、刀刃、钳子、喷火头……

骆寻根据自己还算丰富的医学知识迅速得出结论：这是一个设计精密的刑具，几乎人类所能想象出的、可以施加给同类的残酷刑罚都有。

四肢向外拉伸的车裂，千刀万剐的凌迟，火炙肌肉的炮烙……

"嘀"一声，密闭的金属门打开，天顶的大灯全部亮起，照得四周一片惨白。

骆寻被吓得打了个哆嗦，苍白着脸回过身。

棕离和紫宴一前一后走进来。

紫宴看到骆寻的憔悴样子，明显愣了一下，"你……没有睡觉吗？"

骆寻还没有回答，棕离不耐烦地踢了脚固定在地上的金属椅，呵斥："坐下！"

骆寻立即走过去坐下，上半身挺得笔直，双腿并拢，双手平放在膝盖上，像是一个听话的小学生般规规矩矩。

棕离讥笑："挺会装的。"

紫宴坐到骆寻对面，微笑地看着她，"能谈谈吗？"

骆寻说："可以。"

"我是谁你很清楚了，先介绍一下自己吧！你叫什么名字？"

骆寻说："骆寻。"

紫宴皱了皱眉，笑劝："大家认识这么久了，都不想事情朝着难看的方向发展，请说实话。"

骆寻诚恳地说："我很想能告诉你另一个名字，但是我不知道。在我有限的记忆中，我只用过两个名字，英仙洛兰和骆寻，你们现在肯定不希望我仍然叫自己英仙洛兰。"

"有限的记忆？"

"我什么都不记得了，我不知道自己的名字，不知道自己是谁。十一年前，我一睁开眼睛，就在阿尔帝国的科研禁地中。我走了三天三夜都没有找到一个人，因为肚子太饿，摘了个苹果吃，莫名其妙就变成了死刑犯……"

"闭嘴！"棕离暴怒地打断骆寻的话，问紫宴："你还打算听她继续胡说八道？"

骆寻苦笑，"是很荒谬，但我说的是实话。那段视频只有法庭上宣判罪行的一小段，听上去我好像犯了十恶不赦的重罪，但如果你们能找到前面的审问记录，就会知道我真的只是因为吃了半个苹果就成了死刑犯，绝不是你们想象中的什么智商超高、手段厉害、心机深沉的星际间谍……"

棕离猛地一拍桌子，双手撑在桌子上，冲着骆寻怒吼："我再问一遍！你的名字，你来自哪里，哪个组织指使你冒充洛兰公主盗取奥丁联邦的机密信息？"

骆寻无奈地说："我真的不知道，我忘记了。没有人指使我，我也从没有盗取过奥丁联邦的机密信息。"

棕离冷笑了两声，面色阴沉地对紫宴说："看来我们的失忆女士需要一点帮助才能想起忘记的事情。"

紫宴盯着骆寻，迟迟没有说话。

棕离疾言厉色："紫宴，这个女人在奥丁联邦潜伏了十一年，还混进了联邦最核心的基因研究院，骗过了我们所有人。她知道的事情太多，我们却对她一无所知，必须查清楚！事关联邦安危，不要让私人感情左右自己！"

紫宴想起了很多年前那次决定性的投票。

在一票弃权、三票反对的情况下，有四个人投票同意骆寻进入生命研究院工作，他是其中之一。身为奥丁联邦信息安全部部长，本来应该守护联邦的信息安全，却因为一时自负，允许一个犯基因盗窃罪的罪犯进入了奥丁联邦最核心的科研中心，如果她盗窃、泄露，或者篡改了什么……紫宴不敢想象后果。完全如楚墨所说，付出的信任越多，受到的伤害越大。

棕离看他不再反对，正要下令，紫宴说："毕竟她和辰砂……还是问一下辰砂的意思吧！"

棕离立即联系辰砂，不一会儿，辰砂清冷的声音传来："什么事？"

"假公主的事你还管吗？我和紫宴在审问她时碰到了麻烦，她一直说什么都忘记了，连自己的名字都不肯老实交代，我们需要加强审讯力度，紫宴让我最好事先跟你打声招呼。"

"我和她已经没有任何关系，无权干涉你们的工作，一切公事公办。"辰砂说完，立即切断了通信，就好像再不愿沾染上骆寻的任何事。

棕离双手撑在桌子上，上半身前倾，人逼到骆寻的脸前，茶褐色的眼睛里满是阴毒，"听清楚了吗？不要有任何侥幸心理，在奥丁联邦，没有人会包庇你！"

骆寻垂目看着自己的双手，神情淡然，声音平静："从一开始我就知道，从不敢有任何侥幸心理。"

棕离脱去外套，一边挽袖子，一边问紫宴："你来，还是我来？"

"你审吧！"紫宴站起来想要离开。

"紫宴！"骆寻抬起头，哀求地看着他，恳切地说："我说的都是真话。"

紫宴回避开她的视线，像是逃一样快步走出了刑讯室。

棕离如同毒蛇一般看着骆寻，阴恻恻地说："失忆女士，现在你只能哀求我了。"

骆寻紧紧地抿着唇，眼神虽然很恐惧，却没有示弱，也再没有开口哀求一句。

棕离对守在一旁的两个狱警打了个手势。

他们走过来，想要把骆寻拖拽起来。

"不用，我自己来。"骆寻知道无力反抗，也就不浪费力气反抗了。

她配合地走到那个像重型铠甲一样的刑具前，主动站在了打开的铠甲中。

棕离站在控制台前，按了一个按钮。

金属甲关闭，骆寻的四肢和脖颈都被固定住。

棕离冷笑着说："几十年来，我审问过的犯人不计其数。每一个刚开始都一口咬定不知道、忘记了，到后来却连他小时候尿了几次床，一天手淫几次都记得一清二楚。看在我们相识一场的分儿上，我最后给你一次机会，你叫什么名字？"

骆寻诚恳地说："我唯一知道的名字就是骆寻，其他的事情我都忘记了。"

"冥顽不灵！"棕离阴沉着脸，按下了控制台上的绿色启动按钮。

凄厉的惨叫声骤然响起，如同野兽的哀号，听上去几乎不像人声。

几个小时后。

棕离脸色铁青、咬牙切齿地瞪着昏死过去的骆寻。

她全身上下皮开肉绽、鲜血淋漓，像是一具尸体一样无声无息地躺着。

帮助行刑的狱警查看完智脑的监测数据，对棕离说："心脏停跳了两次，不能再审了，再审下去很有可能会猝死。"

棕离不得不暂时放弃刑讯，恨恨地说："把她弄醒，关进棺房，什么时候服软了什么时候放出来。"

"是！"

棺房，就是一个像是棺材一样狭长的金属盒。

空间逼仄，几乎完全不能动，关在里面的人不但要忍受完全的黑暗和寂静，还要承受特意设置的缺氧环境，就像是被活埋在地底的棺材里。

一个人活生生地感受着来自整个世界的恶意和残酷，人性深处最黑暗、最绝望、最恶毒的情绪都会被逼出来。

一切信念、一切爱念，终会放下。放弃整个世界时，也会放弃自己。

骆寻不知道棕离给她注射了什么药剂，脑子有感觉，身体却动不了，清楚地感觉到他们动作粗鲁地把她放进了一个金属棺材中。

咔嗒几声轻响，光明消失，黑暗降临。

时间静止。

骆寻完全没有想到酷刑逼供的事会发生在自己身上，因为她从来不是一个宁死不屈的人，也从来没打算守口如瓶，一开始就打算坦白一切。

但是，没有人相信她的坦白，都认定她是冥顽不灵、负隅顽抗的间谍，不肯相信她稀里糊涂就欺骗了那么多聪明绝顶的人。

骆寻很清楚棕离不会让她死，但这才是最可怕的地方。

活着，只是意味着无尽的折磨。

她昏昏沉沉，很想一觉睡死过去忘记一切，可是浑身上下没有一块完整的肌肤，钻心噬骨的疼痛折磨得她一直无法入睡。

因为缺氧，骆寻头痛欲裂，觉得自己即将窒息而亡，完全分不清幻觉和现实，陷入了最恐怖的噩梦中。

——四野荒芜的旷野，她一个人在痛苦地跋涉。从白昼走到黑夜、从黑夜走到白昼，只想找到一个人弄明白究竟发生了什么，可无论怎么找都找不到人，就好像整个世界都离她而去，只剩下了她一个人。

——天色晦暗、怪石林立的岩林。千旭化作野兽咬断了她的胳膊，她悲痛欲绝、凄声哀哭，可无论她怎么哭泣哀求，殷南昭只是戴着没有表情的金属面具，冷冷看着。

——放荡不羁的叶玠柔情款款地看着她，嘴里说着我最爱你，下手却是毫不留情，把她推下了万丈悬崖。

——阴森恐怖的刑室里，她被酷刑折磨得痛不欲生、哀声惨号，辰砂、封林、紫宴他们就站在一旁冷眼看着，她伸出血淋淋的双手，向他们求助，他们却都视而不见。

…………

无穷无尽的噩梦，负面黑暗的情绪像是滔天洪水一般席卷而来，就要把她吞噬。

她怨恨、她愤怒，疯狂地质问着为什么。

她只是想活下去，从没有想过伤害别人，也从没有做过伤天害理的事，为什么每个人都不相信她？为什么每个人都认定她是坏人？为什么每个人都想要置她于死地？

骆寻残存的理智告诉自己：不能这样，不能这样！

如果任由自己被噩梦吞噬，就会正中英仙叶玠的下怀。他就是想要摧毁现在的她，让她放弃十一年的记忆，变成和他一样的人，仇视异种、痛恨奥丁联邦。

骆寻努力让自己去想正面、光明的事情。

十一年的记忆，不算长，但是肯定有很多温暖美好。

——紫宴喜欢捉弄她，每每狡计得逞，总是乐不可支，可当她真遇到麻烦时，他却常常会第一个伸手帮她化解。

——基因研究中，她崭露头角、天赋惊人，封林不但没有心生芥蒂，还毫不吝啬地赞美鼓励她，帮她创造更多条件，让她能走得更快。

——辰砂不善言辞，说话犀利直接，总是冷冰冰的，但这么多年，他一直支持着她做一切想做的事，研究基因、训练体能。

…………

时间，静止。

黑暗，铺天盖地。

痛苦，没有尽头。

恐怖绝望，弥漫着整个世界。

…………

骆寻觉得像是已经过了几千几万年，疲惫得再也坚持不下去，只想自己也化作黑暗，用恐怖和绝望回敬这个残酷的世界，可心里一点微弱的光一直一遍遍告诉自己：

被欺骗、被伤害、被遗弃，当然很痛苦。但是，这些就像是毒药，即使五脏六腑痛得支离破碎了，也要努力把它们当屎一样排泄出来，不能藏在身体内，让它们反复发酵，把自己变成一坨毒屎。只有那些温暖、美好的记忆才值得铭记于心、镌刻于骨、收藏于生命。

半梦半醒，没有尽头的痛苦中。

棺房的盖子突然被掀开，一缕光线透了进来。

食骨吸髓的噩梦如同见不得阳光的黑雾一般迅速消失不见。

骆寻闻到新鲜的氧气，差点喜极而泣，心中满是劫后余生的庆幸，不自禁地深深呼吸着。

可转念间，她想到了棕离。身体先于意识，恐惧地蜷缩起来，似乎已经再次感受到了地狱般的折磨痛楚，不自禁地打着哆嗦。

"哗啦"一声，棺房的盖子被整个儿扯掉。一个人站在了棺房旁边，没有粗鲁地拽起她，只是盯着她看。

骆寻越发紧张，不知道棕离又有什么新花招。眼睛紧紧地闭着，手紧紧地抓着残破的衣服，就像是抓着最后能保护自己的盾牌。

男人的呼吸变得格外沉重，徐徐弯下身，小心地避开她血肉模糊的手指，轻轻地握住她又青又肿的手腕。

骆寻的脸色唰一下惨白，身体抖得像是狂风中的一片枯叶。

"小寻。"

轻轻一声呼唤，却好像包含着千言万语都难以述说的沉重情感。

骆寻猛地睁开眼睛，定定地看着殷南昭。

几秒钟后，她低垂了目光，再没有任何反应。

"小寻，对不起。"

骆寻挣脱殷南昭的手，闭上了眼睛，一声不吭。

"棕离不会再来审问你，从今天起，你的事情我负责。"

骆寻的声音很微弱，却十分决绝："我说了，不想再看见你，我愿意棕离继续调查我。"

"小寻，我……"

"执政官阁下，请离开！"

骆寻不知道殷南昭为什么会像千旭一样叫她"小寻"，看她可怜吗？但是他不知道，棕离施加到她身上的酷刑固然很痛，却比不上他给她的痛。

当年，他没有怜悯她；现在，她更不需要他的怜悯！

殷南昭小心地用毯子把她裹住，连着毯子一起把她抱了起来。

"你干什么？放下我！"

但是，她刚刚熬过残酷的刑讯，遍体鳞伤、全身虚软，根本没有一丝力气反抗。

"这里不适合养伤。"殷南昭抱着她走出刑讯室。

骆寻冷嘲："尊敬的执政官阁下，我是个死刑犯，不在监狱里还能在哪里？"

殷南昭沉默不言，竟然抱着她直接离开监狱，回到了斯拜达宫的执政官官邸。

"只要我所在的地方，你都可以在。"殷南昭把骆寻小心地放到医疗舱里，"还有，你是阿尔帝国的死刑犯，不是奥丁联邦的死刑犯。"

骆寻刚要张嘴驳斥，他用呼吸面罩堵住了她的嘴，"好好休息。想和我算账，也要先把伤养好了才有力气算账。"

骆寻的意识渐渐昏沉，眼前的人影开始虚化，就好像整个世界又要离她而去。她心里又慌又怕，下意识地伸出手，想抓住什么。

殷南昭握住了她的手，"别怕，这段路我会陪着你走。"

骆寻无力地闭上了眼睛，陷入沉睡。

殷南昭轻轻放下她的手，对站在门口的安达说："叫医生来，照顾好她。"

安达僵着脸，冷冰冰地说："如果您再不下去，三位公爵应该会冲上来质问您深夜劫狱的事。"

会客室。

殷南昭刚走进来，棕离立即站了起来，着急地问："听说阁下突然现身监狱，把假公主带走了？"

辰砂和紫宴也都紧张地看着执政官。

殷南昭不疾不徐地走到椅子旁坐下，"真假公主的事我会亲自负责调查，不用你们再管了。"

棕离十分懊恼，以为执政官对调查一直没有进展不满，解释说："我刑具用了，药剂也用了，那个女人一口咬定什么都忘记了，不知道自己是谁。阁下，请再给我一点时间，我一定能攻破她的心理防线，让她招供。"

殷南昭长腿交叠，胳膊斜倚在座椅的扶手上，侧支着头，一言不发地看着棕离。

明明看上去没有任何异常，棕离却心底发寒，全身汗毛倒竖，隐隐觉得很危险，像是自己的命脉被一只无形的大手掐住了。他下意识地握住武器匣，全身僵硬，一动不敢动，冷汗涔涔而下。

辰砂和紫宴也察觉到不对，同时开口："阁下！"

殷南昭终于收回了目光。

棕离全身骤然一轻，握着武器匣的手都在轻颤。他以为执政官不满他办事不力，急切地说：“我已经尽力了，又不能真弄死假公主。”

他为了证明自己绝对没有消极怠工、玩忽职守，调出审讯的视频，投影到会客室的正中间，让大家自己看。

…………

刑讯室。

骆寻被束缚在一个像是重型盔甲的金属刑具里。

四肢被固定住，一个灵巧的小钳子探出，夹住手上的一片指甲，硬生生地连根拔掉。

骆寻极力忍耐，却仍然发出了凄厉的惨叫。

棕离喝问：“你是谁？叫什么名字？”

骆寻面色青白、冷汗淋漓，身体直打哆嗦，“我……不知道。”

棕离咬牙切齿，“继续！”

小钳子又夹住一片指甲，干脆利落地拔掉。

“你是谁？”

“不……知道。”

每拔掉一片指甲，棕离就会询问一遍“你是谁”，骆寻一遍遍回答“不知道”。

棕离越来越愤怒。

十根手指上的指甲全部拔掉后，小钳子开始拔脚上的指甲。

骆寻的惨叫声越来越小，渐渐变成了无意识的低泣：“我不知道……不知道。”

双脚的指甲被全部拔掉，骆寻彻底昏死过去，也没有回答出她的名字。

监控智脑询问：“审讯目标昏迷，请问继续吗？”

棕离铁青着脸说：“继续！”

金属刑具里自动伸出一个注射器，给骆寻注射药剂，骆寻清醒过来。

棕离下令：“开始。”

金属刑具开始翻转变化，时而裂开向外面拉扯，时而卷到一起向内挤压。

骆寻就像一个面团一样，一会儿四肢被用力向外拽，好像整个人就要被扯得四分五裂，一会儿又被狠狠挤压到一起，似乎就要被挤成一块肉酱。

骆寻的惨叫声越来越小，到后来已经无声无息。

监控智脑说："小便失禁，心跳猝停，必须立即注射急救药剂。"

药剂注射完后，骆寻的心跳渐渐恢复、平稳。

棕离掐着她的下巴，逼迫骆寻看着他，"你是谁？叫什么名字？"

"不……知……"骆寻目光涣散，眼泪从眼角一颗颗滚落。

棕离暴怒，再次下令："开始。"

金属刑具里冒出无数又短又细的金属刺，有的滚烫得发红，有的冷得直冒寒气。当它们扎入骆寻体内时，她的身体上腾起一缕缕青烟。一直无力地低垂着头的骆寻骤然高高地昂起了头，张着嘴发出破碎的悲鸣，几乎不像是人声，脖子上的青筋全部鼓起。

…………

"棕离！"

辰砂突然面色森寒地怒喝，一掌挥过去把全息影像关了。

棕离嗤笑，"你这是什么表情？你自己说的和假公主已经没有任何关系，一切公事公办，难道现在想来干涉我们工作了？"

"你说要加强审讯力度，没说要酷刑逼供。"

"指挥官大人，别像个没见过世面的小姑娘一样。她是威胁到联邦安全的间谍，不是偷了女人内衣的小偷，难道我还要客气礼貌地审讯吗？别告诉我你在军队里从来没有用过酷刑……"

殷南昭不耐烦地敲了敲椅子扶手，示意他们都闭嘴。

"棕离，你有没有想过不是你突破不了骆寻的心理防线，而是她根本就没有心理防线让你去突破。"

棕离愣了一愣，困惑地看着执政官，"阁下的意思是……"

"她说的都是真话。"紫宴表情怪异，视线完全没有焦点，不知道

096

想到了什么。

棕离大叫："这怎么可能？"

殷南昭挥挥手，"都回去，真假公主的事，我会尽快给你们一个交代。"

辰砂脸色苍白，"听说阁下带她回来了，她在楼上吗？我想见她。"

殷南昭盯着辰砂，"你想见她？她是谁？"

"她……"辰砂迟疑了一下，用了目前最稳妥的称呼，"假公主。"

"假公主？"殷南昭轻轻叩击了一下椅子扶手，似乎觉得好笑，"既然已经没有了婚姻关系，你又不是案件的负责人，有什么理由见她？"

辰砂一愣，隐隐间觉得自己好像就要错过什么重要的东西，却又抓不住那究竟是什么。

殷南昭站起，朝着会客室外走去，"骆寻正在接受治疗，处于昏迷状态。等她醒来，你再来吧！"

辰砂急切地追在他身后，"阁下，如果……骆寻说的是真话，那她就不是间谍了，等调查清楚，可以放了她吗？"

殷南昭站定，回身看着辰砂，淡淡问："如果调查完，她的确是间谍，该怎么办？处死她？"

辰砂愣住了，回答不出来。

紫宴若有所思。

棕离皱着眉头嘀咕："什么意思？到底是不是间谍？"

殷南昭袖手而立，目光幽远冷寂，像是看着另一个世界，"辰砂，你小小年纪就痛失双亲，的确悲惨，可因为出身尊贵，在父母的余荫庇护下，从没有真正吃过苦。进入军队后，各方面表现优异，一帆风顺就当上了指挥官。你有资本，也有能力，对所有人、所有事说不，但是，这世上有很多人，命运没有给过他们选择。世间事，不是非白即黑；世间人，也不是非善即恶。"

指挥官官邸。

辰砂失魂落魄地回到家，照明灯自动亮了。

明亮的灯光映照下，寂静的屋子显得格外空旷冷清。

只是少了一个人而已，可是，连屋子里的光线和空气都似乎不一样了。

辰砂走进宽敞洁净的厨房，打开保鲜柜的门，拿了两罐营养剂。正要关门时，看到一排营养剂后面隐隐约约露出两个不太一样的罐子，他随手拿出一罐，发现竟然是一罐玫瑰酱。

玻璃罐上贴着标签，手写着制作日期，下面又写了一行小字：密封两个月后才可以食用，如果提前发现了，不许偷吃！

辰砂怔怔看了一瞬，猛地把罐子砸到地上。玻璃罐摔得粉碎，红色的玫瑰酱溅得到处都是。

他拿出另一罐，又狠狠摔了下去。

眼前的一切好像无限放慢了——玻璃罐像是一片雪花，慢慢地飘向地面。灯光映照下，折射出晶莹的光芒，红色的玫瑰酱像是一块瑰丽璀璨的红宝石。

就在玻璃罐即将落地的一瞬，辰砂的身体快于他的意识，脚尖轻轻一挑，玻璃罐向上飞起，回到了他的手里。

辰砂一手拿着玫瑰酱，一手扶着保鲜柜的门，在无人看到的地方，第一次流露出了孤独痛苦、悲伤迷惘。

事情发生后，他在逃避，可是骆寻呢？她没有逃避，只是压根儿没有想起过他！

事发前，没有想过向他坦白；被拘捕时，没有想过向他解释；被酷刑折磨时，没有想过向他求助。就好像从始至终，他们没有任何关系。

嘀嘀。

个人终端的蜂鸣声突然响起。

辰砂没有理会，脸上的表情恢复了往常的冰冷。

他把玫瑰酱塞到保鲜柜的最深处，拿起营养剂，一边喝一边朝楼上走去。

蜂鸣声一直响个不停。

辰砂走进阅览室，坐到工作台前，蜂鸣声依旧执着地在响，他看了眼来讯显示：紫宴。

辰砂几口喝完营养剂，把罐子扔进回收箱，"接听。"

紫宴的声音传来："我想要去阿丽卡塔军事基地的档案库里查看一份资料，需要你的签字授权。"

辰砂漠然地问："谁的档案资料？"

"英仙洛兰。"

辰砂一下子坐得笔挺，沉默了一瞬，说："我不会签字授权，但你可以用我的身份查看资料。"

紫宴像是早料到了他的答案，轻笑了一声，"我现在就在你的门外。"

辰砂切断音讯，让智脑开门。

紫宴进来时，辰砂已经连线基地的档案库，中央智脑检测确认完身份。

紫宴一言不发地坐到工作台前，在档案库里搜索，找到了一份十一年前的资料。

辰砂仔细看了眼，是一份体能测试的记录，其中一项的考官还是紫宴。

紫宴像是想起了什么，笑着说："洛兰按照封林的要求做体能测试，每一项都破了新兵纪录，前三项是最差纪录，最后一项是最优纪录。"他顿了一顿，脸上的笑容变淡了，"当年，我仔细留意过她的体质，很娇气，应变能力差，肯定没有接受过专业的间谍训练。我相信自己这点判断力还是有的。"

辰砂尽力回想，可记忆模模糊糊，似乎有体能测试这么件事，却又想不起任何具体的细节。

"竟然什么都不记得了，你当时到底有多讨厌她？"紫宴伸手点了点一个视频资料，"最后一项测试，还是你把她救出重力室的。"

辰砂脑海里终于浮现出一点隐约的画面，可记忆依旧像隔着一层纱，看不分明。

他点击了播放，过去的时光开始在眼前重放——

重力室。

洛兰穿着训练服，正在选择模拟测试环境。

她选择了荒原环境，表情却有点懊恼，似乎不是那么乐意。

洛兰开始跑步。

…………

紫宴说："她坚持了七个多小时，前面没什么事，可以快进。"

辰砂没有选择快进，紫宴也没有再多言。

…………

六个小时过去，天已经大亮。

辰砂一直以同一个姿势坐在椅子里，专注地看着洛兰跑步。

莽莽荒原上，四野枯寂、昼夜交替，她跑得十分艰辛痛苦，眼中满是恐惧，却一直不肯停下。

辰砂经历过类似的事。人在极度虚弱时，会神志不清，把时空混淆，分不清过去和现在。洛兰肯定是错把重力室的体能测试当成了一个人流落在荒原上的真实经历。

她的身体已经不堪重负，精神也到了崩溃边缘，却依旧坚持着不肯放弃。

…………

画面内，她苦苦地寻找着一点希望。

画面外，他看懂了她。

但是，他们之间已经隔着十一年的光阴。

…………

辰砂说："她必须停下来。"

阴影中，紫宴的声音幽幽响起："当时封林也这么说，可我们无权终止测试，只能通知你。"

说着话，重力室的门突然打开，一身军服的辰砂出现在画面中。

洛兰的表情骤变，如获至宝、眉眼含笑地盯着辰砂，就好像跋涉在黑暗中的人突然看到了光明。

她跌跌撞撞、迫不及待地扑向辰砂，抓住他的衣襟，喃喃说了一句话后晕了过去。

辰砂满面嫌弃，忍不住闪躲了一下，洛兰整个人摔趴在地上。

辰砂皱着眉，盯着昏迷过去的人看了一瞬，终于冷着脸、不情不愿地把人抱起来，离开了重力室。

…………

辰砂怔怔地看着屏幕上的自己，那时候他对洛兰竟然是这样？！

紫宴焦急地问："洛兰对你说了什么？"

"我……不记得了。"

紫宴瞪了辰砂一眼，没好气地说："你！不是不记得，而是压根儿不想听！"

他运指如飞，敲打着键盘，把"洛兰扑进辰砂怀里"的一小段视频截取出来。

一遍遍调试处理，画面一遍遍重播。

辰砂一遍又一遍看着洛兰欢天喜地扑进他怀里。

全息成像的影像太过逼真，恍恍惚惚中，他竟然觉得一切就发生在眼前，很想伸手接住洛兰，紧紧地抓住那份欢喜。可是，一遍又一遍，辰砂总是满脸冷漠，嫌弃地避开，让洛兰摔到地上。

…………

紫宴终于处理成功，听清楚了洛兰无意识的低语。

"我……我……是谁？"

紫宴身子一颤，下意识地点击重播。

"我……我……是谁？"

紫宴愣住了，怔怔地看着定格的画面。

辰砂表情诡异，又点击了一遍重播。

画面中，洛兰欣喜若狂地扑进他怀里，渴盼地盯着他，呢喃轻问："我……我……是谁？"

辰砂的心像是猛地被狠狠剜了一刀，痛得几乎不能呼吸。

原来，她早就告诉过他，早就向他求助过。

只是，十一年三个月零七天后，他才听到。

深夜，执政官官邸。

殷南昭坐在医疗舱旁，凝视着昏迷的骆寻。

药液正在刺激她受伤的部位生长愈合，她应该感觉不太舒服，眉头一直紧紧地皱着，十分难受紧张的样子。

殷南昭想了想，拿起一本他偶尔会翻看的书，朗读起来。

…………

小王子说："我是来找朋友的。什么叫'驯化'呢？"

"这是已经早就被人遗忘的事情。"狐狸说，"它的意思就是'建立联系'。"

"建立联系？"

"一点不错。"狐狸说，"对我来说，你只是一个小男孩，就像其他千万个小男孩一样没有什么不同。我不需要你，你也不需要我。对你来说，我也只是一只狐狸，和其他千万只狐狸没有什么不同。但是，如果你驯化了我，我们就会彼此需要。你对我来说，就是世界上的独一无二；我对你来说，也是世界上的独一无二了。"

"我有点明白了。"小王子说，"有一朵花……我想，她把我驯化了……"

"这是可能的。"狐狸说，"世界上什么样的事都可能看到……"

…………

也许因为感觉到有人在陪伴她，骆寻的眉头渐渐展开，整个人平静放松下来。

殷南昭合拢书，打开个人终端，调出棕离刑讯骆寻的视频，从被辰砂打断的地方继续看起来。

观看这样的视频绝对不舒服，像是自我凌虐，而且事情已经发生，即使他看完全部过程，也没有办法再做任何补救，但是，他想清楚地知道她经历的一切。

…………

棕离一遍遍质问"你的名字"，骆寻一遍遍回答"不知道"。

棕离不停地换着花样施刑，想要逼迫出骆寻的底线，打破她的心理防护。

骆寻的嗓子已经完全嘶哑，连惨叫声都发不出，只能呜呜咽咽地悲鸣，像是一只落入死亡陷阱的小兽，每一声悲鸣都满是绝望痛苦。

棕离无计可施，下令给骆寻注射致幻剂，诱导她吐出真话。

骆寻进入了幻觉中，不知道她到底在经历什么，一会儿笑意盈盈，一会儿泪流满面。

棕离循循善诱地问："你叫什么名字？"

"骆寻。"

棕离眼中满是怒火，强压着怒气，继续问："你是谁？"

"我……我是……子。"

棕离第一次问到了不同的答案，精神一振，语气都变温柔了："你是谁？再说一遍。"

"我是……千旭的妻子。"

棕离气急败坏，重重一拳砸在金属刑具上，冲着骆寻大吼："×你妈！先是玩失忆，现在又拉出个死人来！"

突然，骆寻泪如雨落、身子剧烈地颤抖，应该是在幻觉中受到了强烈刺激，竟然心跳再次猝停。

棕离顾不上咒骂，急忙下令："抢救！她还什么都没招供，不能让她死了！"

…………

殷南昭猛地按了暂停。

胸腔里的一颗心，跳得十分急促，像是就要蹦出胸膛。在他的面前，骆寻的心却停止了跳动。

殷南昭定定地盯着骆寻。

他是从地狱里爬出来的活死人，以为这世间没有什么是他承受不起的，现在却发现他已经有了承受不起的东西。

好一会儿后，殷南昭点击继续播放。

⋯⋯⋯⋯⋯

注射完急救药剂，骆寻的心脏恢复跳动。

协助刑讯的狱警看完监测报告，告诉棕离不能继续用刑了，否则有生命危险。

棕离满肚子火没处发，下令把骆寻关到棺房里。

⋯⋯⋯⋯⋯

殷南昭低叹。

他在敢死队执行任务时，曾经被活埋过几天，很清楚人在那种情况下会多么绝望。

棕离、紫宴他们虽然没有亲身经历过，但很清楚如何利用它达到目的。如果不是用来对付一无所知的骆寻，棕离的策略很正确。

刚刚经历完残酷的刑罚，身心都在崩溃的边缘。只要继续施压，人一定会被人性深处的黑暗彻底吞噬，放弃一切信念和坚守，不管什么都会和盘托出。

⋯⋯⋯⋯⋯

骆寻被锁在了棺房中。

画面上一片漆黑，什么都看不到，什么都听不到。

只在屏幕的角落里显示着监控骆寻心脏跳动的心电波图，一会儿和缓，一会儿剧烈。

⋯⋯⋯⋯⋯

看似悄无声息，可实际比刚才的酷刑更凶险万分。

殷南昭的身子不自禁地微微前倾，一动不动地盯着视频，冰冷的面具脸上没有丝毫表情，只有呼吸随着心电波的变化轻微变化，时轻时重。

良久后，刑讯室的门被踹开，灯光骤然亮起，戴着面具、穿着黑袍的殷南昭出现在监控画面中。

画面外的殷南昭身子后倾，靠在了椅背上。

画面内，殷南昭打开棺房，小心翼翼地抱出骆寻。因为着急疗伤，他没有逗留地立即离开了。

画面外，殷南昭却按了暂停，盯着已经没有人的棺房。

里面只有深深浅浅的斑驳血迹，没有任何异常。可殷南昭记得他抱起骆寻时，视线从她身侧一掠而过，似乎有什么不太对劲。

殷南昭不停地点击屏幕，镜头一直拉近，画面一再放大，定格在一处。

血痕深深浅浅、横横竖竖。

仔细辨认，纵横交错，像是一个个字，可惜重重叠叠在一起，已经完全看不清了。

殷南昭把视频截取出，发给部下，"十分钟后给我分析报告。"

不到十分钟，报告就发了过来。

经过专业测试分析，智脑模拟再生出血痕出现的过程。

血淋淋的手指，艰难地写着字，一笔一画、重如千钧，就好像要直接刻到自己的灵魂里。

……紫宴、紫宴……封林、封林……辰砂、辰砂……

殷南昭刚开始以为是在发泄怨恨，等发现没有棕离的名字时，恍然大悟的一瞬心中剧痛。

虽然陷入绝境，虽然遍体鳞伤，虽然众叛亲离，但是她无怨无恨。

她念着的是他们的好，想要记住的也只是温暖美好。她用十一年来细心收集的光明对抗着人性加诸她身上的黑暗。

殷南昭心中百般滋味、错综复杂，不禁看向医疗舱里的骆寻。

他想起，很多年前，封林向他汇报工作时，笑嘻嘻说的一句话："我喜欢洛兰，她像是一株太阳花，能把黑暗化作光明，和她待在一起时，我都觉得更积极开心了。"

殷南昭回过神，收回目光时，画面上的名字已经全是：千旭、千旭、千旭……

一笔一画，全部用鲜血写就。

一个个猩红的字重重叠叠在一起，血迹淋漓、触目惊心。

殷南昭定定看了一瞬，自嘲地想，当然只能是温暖美好、干净阳光的千旭了！太阳花怎么可能喜欢黑暗呢？

清晨。

骆寻睁开眼睛时，发现自己躺在柔软舒适的床上。

她有点分不清究竟是做梦还是现实，缓缓打量四周，看到了执政官。

他闭着眼睛，坐在扶手椅上，膝头放着一本打开的纸质笔记本，像是看累了突然睡了过去。

骆寻盯着他脸上的面具，心头突然涌起难以抑制的渴望冲动，她想见到千旭！

她屏息静气，小心翼翼地伸出手，手指触摸到了冰冷的金属。

正要揭开面具，手被抓住，殷南昭睁开了眼睛，"我是3A级体能，你真的觉得自己能做到这种事？"

骆寻想抽回手，殷南昭没有松手。

骆寻的表情波澜不惊，一对黑漆漆的眼睛静静地看着他，他轻轻放开了。

骆寻问："阁下现在的计划是什么？打算怎么审问我？"

"你头发臭了，去冲个澡，我在楼下等你。"殷南昭合拢笔记本，起身离开了。

骆寻洗完澡，裹着浴巾走出浴室时，才想到自己好像没有衣服穿。

她打开衣柜，想着有什么就穿什么，却看到空荡荡的柜子里挂着稀稀拉拉几件女士衣裙。

看来执政官的生活挺多姿多彩！骆寻不屑地冷笑，随手抓出一件衣裙套上。

没有想到竟然十分合身，骆寻觉得衣裙有点眼熟，好像在哪里见过。

她突然想起来——

邵菡和叶玠要来时，她计划逃跑。没想到执政官从天而降，一路跟随。她为了甩掉执政官，带着他逛了大半个商场，试了无数件衣服，一直想找机会溜走。可是执政官竟然没有一丝不耐烦，一直好性子地陪着她试穿。她气得够呛，只要执政官说哪件衣服不错，她就偏说难看，坚决不要。

身上这件就是当时她明明喜欢，却说难看不要的衣服。

骆寻打开衣柜，发现每件衣服都是。

她狠狠甩上门，用力踹了衣柜几脚。

骆寻走下楼，看到殷南昭坐在饭厅里。

殷南昭展手，示意她坐，"想吃什么？"

骆寻坐到他对面，"营养剂就可以了，一般人对着你的脸应该没有胃口吃饭。"

殷南昭把一罐水果味的营养剂放到她面前，"我是谁？"

骆寻喝着营养剂，表情严肃地回答："执政官，殷南昭。"

"你这种态度对执政官正常吗？"

骆寻冷嘲："你觉得不正常，可以把我送去监狱。我那么多罪名，完全不介意再加一个不敬罪。"

殷南昭凝视着她，"对不起！"

骆寻扭过头，一口气喝完营养剂，把空罐子扔进回收桶，冷冷地说："你是官，我是贼，想问什么就问吧！早点定罪，我早点安心。"

殷南昭沉默了一瞬，问："那天在湖畔，你要给自己注射的是什么药剂？"

"恢复记忆的药剂。"

"英仙叶玠告诉你的？"

"是。"

"英仙叶玠是谁？"

"他应该就是英仙叶玠，不过还有另外一个身份，龙血兵团的龙头。"

"穆医生？"

骆寻不吭声。这件事她只告诉过千旭，可没有告诉过殷南昭。

殷南昭说："你怎么会相信英仙叶玠的话？"

"不是完全相信。"骆寻歪着头，笑了笑，"但我已经没有路可以走了，他给了我一条路。"

"怎么会没有路走？你可以留在阿丽卡塔。"

骆寻讥嘲："我是假公主，怎么可能留下？等着被棕离折磨吗？而且……"她看着殷南昭，"我讨厌你，不想再见到你！"

殷南昭沉默。

骆寻移开了视线，"还有什么想问的？"

"如果你能恢复记忆，打算怎么办？"

"去找英仙叶玠吧！我们以前好像在一起，他坚信只要我恢复记忆，就会跟他走。"

"为什么说那管药剂是最后一管药剂？"

"叶玠说是失忆前的我配制的，配制方法只有失忆的我知道。"

殷南昭默默思考。

骆寻说："我可以问阁下一个问题吗？"

"什么？"

"那管药剂，阁下找到了吗？"

"没有。"

"没有啊！"骆寻的语气难掩失望。

殷南昭抱歉地说："那天，你走后，我又找了一会儿，但没有找到，应该被湖底的暗流冲走了。"

骆寻的表情恢复了淡然，显然已经接受了她无法恢复记忆的现实。

殷南昭问："游乐园的意外事故是怎么回事？"

骆寻看着窗外，语气冷淡，像是在讲别人的事："因为龙血兵团袭击我，千旭死在了大双子星的岩林。我发现叶玠是龙血兵团的龙头后，决定杀了他。紫宴安排他们去游乐园游玩，我想起千旭曾经告诉过我如何激发游乐园的神级难度，决定诱导叶玠引发神级难度，借助风暴，和他同归于尽。没想到，叶玠和我的关系好像非同一般，他竟然不惜生命地一再保护我，我没有办法亲手杀死他，就废了他双臂，想着他行动不便，肯定会死于风暴，可惜我们的命都挺硬。"

殷南昭静静地看着骆寻，骆寻静静地看着窗外。

风吹过树梢，将金黄的叶子一片片吹落。一室寂静，能听到树叶坠落的簌簌声。

落木萧萧，红尘滚滚。

一直呼啸而过的时光在这一刻突然安静了。

骆寻猛地站起来，"我知道的已经全部交代清楚，可以送我回监狱了。"

"最后一个问题。"

骆寻看着殷南昭，"什么？"

殷南昭起身，绕过长桌，走到骆寻面前，"你是怎么认出我的？我反复回想过，没发现任何遗漏。"

骆寻茫然地眨眨眼睛，"执政官的脸这么特别，一直很容易辨认啊！"

"小寻，你知道我在说什么。"

"我不知道。"骆寻想绕过他往外走，"让警卫押送我回监狱。"

殷南昭拽住了她的胳膊，骆寻呵斥："放手！"

"这里就是关押你的监狱，我就是看守你的狱警，你再往外走，就是越狱了。"

骆寻咬了咬牙，甩开殷南昭的手，往楼上冲。

殷南昭问："你去哪里？"

"回牢房！"

109

Chapter 6

迷思

一株迷思花会开出两种花，清幽素雅的蓝色小花，冷艳瑰丽的红色大花，既然看花分不出真假，就去寻根究底，把藏在泥土深处的根挖出来。

在"真假公主"事件上，奥丁联邦分成了两派。

一派以百里苍为首，主张以战争的方式严惩阿尔帝国，竟然敢用死囚冒充公主嫁到奥丁联邦，必须付出代价。

另一派以紫宴为首，主张温和地协商处理，毕竟事情还没有调查清楚，也许阿尔帝国也是受害者。

两派还没有争执出结果，从阿尔帝国传来消息——约瑟将军外逃。

当年，约瑟将军护送洛兰公主出嫁到奥丁联邦，真假公主互换就发生在他的眼皮底下，无论如何，他都难辞其咎。

事件暴露后，他被阿尔帝国拘捕，接受调查。

没有料到，两日前他在下属的协助下逃掉了。本来阿尔帝国的皇室想封锁消息，可是消息不胫而走，举国哗然。

皇储英仙邵靖，身为调查"真假公主"事件的负责人，不得不召开新闻发布会，当众承认了约瑟将军已经畏罪潜逃，对自己的失职向民众道歉。

他代表英仙皇室强烈谴责约瑟将军的叛逃，列举了他的数条罪状。毫无疑问，约瑟将军即使不是"真假公主"事件的主谋，也是从犯，必须严惩不贷。

骆寻边看新闻边想，事情变得越来越复杂了，不但将军牵涉其中，现在连皇储都被拖下了水，她这个当事人却还是一无所知。

殷南昭问："约瑟将军是英仙叶玠的人吗？"

骆寻仔细回想了一下，摇摇头，"不知道。当时我在飞船上，一直躲在房间里没有出去过，和约瑟将军的接触很少。如果是他的手下和叶珩勾结架空了他，也不是不可能。"

"你觉得，英仙叶珩想做什么？"

"皇位！"骆寻盯着屏幕里的叶珩。他一直老老实实地站在皇储身后，在一群精明能干的官员中显得十分平庸，可是骆寻已经亲身感受过他的雷霆手段。

那个关于皇位的传说十有八九是真的，阿尔帝国的皇帝一直视叶珩为眼中钉。叶珩为了活下去不得不假装成一事无成的浪荡子。当年都说他不愿参军逃走了，可究竟怎么回事，只有当事人知道。阿尔帝国的皇帝肯定没想到叶珩会另辟蹊径，在外面建立了自己的势力，甚至成为龙血兵团的龙头。

骆寻肯定，不管叶珩是为了好好活着，还是渴望那个位置，他都一定要拿回本来属于自己的东西。

但是，她在这场皇位之争里面究竟扮演着什么角色呢？

既然是她自己配制的恢复记忆的药剂，那么她早就知道自己会失忆，一切都是预先设计好的一个局？

她是纯粹因为叶珩才入局，还是因为她自己也有所图？

如果有所图，图的是什么？

最终，一切又回到了最初的问题——她究竟是谁？

殷南昭的声音突然响起，打断了骆寻的思索："你觉得英仙叶珩有可能是你的前男友？"

骆寻回过神来，朝他灿烂地笑，"错了，不是前男友。我们明显还没有分手，应该说英仙叶珩很有可能是我的男朋友。如果阁下愿意放我回阿尔帝国，也许我能捞个皇后当当。"

执政官盯着她，一言不发。

骆寻双手合十，歪着头做憧憬状，"从此以后，皇帝和皇后过着幸福的生活。我们也算是有情人历经波折、终成眷属。只是不知道执政官阁下肯不肯高抬贵手、玉成美事？"

骆寻表面上笑得灿若朝阳，实际心底一片漆黑，满是迷惘悲伤。

真假公主事件越闹越大，她的前路究竟在何方？她究竟该以何种身份、何种面目活下去？

"阁下。"安达悄无声息地走进来，"指挥官来了。"

骆寻立即敛去笑容，站起来想要回避。

她对奥丁联邦没有多少歉意，因为她没有做任何对不起奥丁联邦的事，问心无愧。但是，她对辰砂和封林很愧疚。

"骆寻。"殷南昭叫住了她，"辰砂想见的人不是我，是你。"

我？

骆寻愣住了，辰砂和她的婚姻已经作废，不是已经完全没有关系了吗？

不一会儿，辰砂出现在大厅里。

他表情严肃地走向骆寻，骆寻下意识地往后退，满脸紧张戒备，似乎生怕他突然抽出光剑，一剑刺过去。

辰砂心中黯然，立即止步。

他刻意放缓语气，温和地问："你的伤好了吗？"

"好了。"

骆寻看他不是兴师问罪，立即挤出了个明媚的笑，带着小心翼翼的讨好，似乎生怕怠慢了他，惹得他又不高兴了。

十多年来，辰砂第一次发现并且意识到，他和骆寻的关系竟然如此不对等，原来骆寻把自己放得如此卑微。

她把他视作高高在上的老板，仰他鼻息为生，从没有对他说过不字，也从没有给过他脸色，似乎永远都和颜悦色、永远都笑意盈盈。

他不想理会她时，她会自动躲到一边；他和颜悦色一点时，她会立即笑脸相迎。

她一直善解人意、知情识趣，小心翼翼地活在他的规则之内，尽力不给他添麻烦。

这么多年，她像是一个没有任何负面情绪的人，除了千旭的死，她从没有生过气；除了想要离婚，她也从没有强求过什么。

但是，怎么可能有人永远乐观积极？又怎么可能有人没有丝毫脾气？尤其她孤身一人、置身异国他乡，压力和孤独都可想而知，只不过她把这些负面情绪都小心地藏了起来。因为她很清楚，笑声给人愉悦，哭声却会惹人厌烦。

骆寻这么明显的异样就放在他眼前，他却一直视而不见，反而觉得这位公主很省心、不麻烦。

现在，他才明白自己错过的麻烦是什么。

骆寻对他没有期待，没有依赖，没有任何要求。即使他曾经对她持剑相向，任由她孤身一人陷入绝境，她也丝毫不生气、不怨怪，反而因为他一点点善意，就立即笑着回应。

辰砂心中滋味复杂，十分难受，他多么希望骆寻现在能生他的气，能对他发火，而不是这样乖巧柔顺。

骆寻看辰砂一直盯着她，心里忐忑不安，不知道辰砂究竟想干什么。她下意识地看了眼殷南昭，殷南昭手撑着头，视线望着窗外，摆明了置身事外。

骆寻抱歉地说："对不起，我知道自己出于一己之私……"

辰砂不悦地打断了她："不要说对不起！"

骆寻立即闭嘴，沉默地低下了头，双手紧张地互握着，似乎想给自己一点凭依。

辰砂知道她又误会了他的意思，心里越发懊恼。他尝试着想笑一笑，却没有成功，只能尽量让自己的语气柔和一点："你说失去了记忆，什么都不知道，我相信是真的。"

骆寻猛地抬头，表情又惊又喜，眼中隐隐有了泪光。

辰砂说："我相信你没有做伤害奥丁联邦的事。"

骆寻克制着激动，认真地说："我一直很感激你和封林当初投票支持我进入研究院工作，我承诺了绝不会做对不起奥丁联邦的事。我发誓，只要我活着一日，就一定会信守承诺，绝不会背叛奥丁联邦。"

"我相信！"辰砂语气郑重，许出了给骆寻的第一个诺言。

十一年前，他没有给她机会，也没有给自己机会。

十一年后，他愿意先从无条件的信任做起，不需要证据、不需要理由，只为她是她而信任。

一直像壁画一样安静的殷南昭突然插嘴："如果做了阿尔帝国的皇后，从此皇后和皇帝幸福地生活在一起，应该不能严守秘密吧！"

辰砂蹙眉，满脸疑惑，"阿尔帝国的皇后？"

骆寻急忙说："别理他！他发神经、胡说八道！"

辰砂面色古怪地盯着骆寻。

骆寻意识到自己对执政官的态度大有问题，生掰硬扯地解释："我的意思是……尊敬的执政官阁下突然……变得……很幽默，在开玩笑，呵呵……开玩笑！"

"你的意思是，你说的皇帝和皇后的话都是开玩笑？"殷南昭慵懒地靠着椅背，双手平搭在扶手上，语气没有一丝温度，辨不清喜怒。

骆寻怒瞪着他。

辰砂怕她惹怒执政官，忙挡在骆寻面前，对殷南昭说："阁下，我想带骆寻回去。在事情调查清楚前，我会看管好她。"

殷南昭目光低垂，手指一下下轻叩着椅子的雕花扶手，发出清脆的笃笃声。

骆寻和辰砂都不自禁地屏息静气，等待他的决定。

殷南昭抬眸看向骆寻，"你想留下，还是跟辰砂离开？"

骆寻说："我想回监狱。"

"不行！"辰砂断然否决。

殷南昭说："你只有两个选择，留在我这里，或者，跟辰砂去他那里。"

骆寻看看殷南昭，看看辰砂，无奈地说："我还是留在这里吧！"

辰砂不明白，忍不住直白地问："你不是很讨厌执政官吗？"

骆寻咬牙切齿，"就是讨厌他才要给他添麻烦。我现在身份未明，可是一个大麻烦。而且……"她抱歉地对辰砂笑了笑，"我不是洛兰公主，我们的婚姻关系已经作废，很感谢你愿意相信我，但我不能再接受你的帮助。"

没有关系了吗？

辰砂的心骤然一痛，猛地抓住她的手，刚想说什么，紫宴突然像一阵疾风般冲了进来，"大新闻！约瑟将军露面了，说出了真假公主事件的主谋。"

骆寻立即转身，朝着紫宴走过去，手自然而然地从辰砂的掌间抽出，她甚至都没有意识到辰砂刚才做了什么。

紫宴看到骆寻，微微一愣。

他盯着她上下打量了一眼，看她精神不错，一直悬着的心才放下，本来有满肚子问题想问，可眼前顾不上，只能先说正事。

紫宴把视频投影到会客厅正中央，"约瑟将军刚在星网上发布了一段公开讲话。"

虚拟屏幕上出现了从阿尔帝国叛逃、流亡星际的约瑟将军。

他穿着皱巴巴的军装，神情憔悴地对阿尔帝国的民众道歉，一再申明他绝不是叛国，只是不想背负虚假的罪名冤屈而死。

约瑟将军承认，自己知道并且配合了用死囚替换公主的行动，但他是听命于皇储英仙邵靖，配合他行动。没想到事情败露后，皇储立即拘捕了他，以调查为名企图杀害他，将所有罪名栽赃给他。他无路可走，只能暂时逃出阿尔帝国。

约瑟将军宣布，他手里握有证据，能证明自己的全部说辞，但是目前他还不想以这种方式对全星际公布，因为那会伤害到阿尔帝国。英仙邵靖有罪，阿尔帝国的民众没有罪。

约瑟将军要求阿尔帝国的皇帝成立独立的调查组，暂时罢免英仙邵靖的所有职务，不能因为他是皇储就特别对待。

…………

紫宴摇摇头，笑着说："不管阿尔帝国的皇帝答不答应，阿尔帝国都要变天了。"

辰砂淡淡地说："别光顾着看别人笑话，阿尔帝国的皇储卷了进去，联邦的主战派会更有理由发动战争。"

紫宴揉着额头，头疼地叹气。

殷南昭盯着屏幕，手指点了下约瑟将军军服上的金属扣，"军服的扣子质量很好，尤其是将军军服上的扣子。"

紫宴立即把每颗扣子放大处理，里面映照出约瑟将军对面的景象。

智脑把所有图片提取、矫正、拼凑到一起，合成出一张完整的图片——白色的墙壁前，放置着一台专业摄影仪，摄影仪背后站着一个模糊的人影。

"捡到宝了。"紫宴轻佻地吹了声口哨，把摄影仪上映照出的图像和金属扣里的图像合并处理，人影渐渐清晰。

一个身材高挑、长发披肩、容貌秀丽的女子出现在屏幕上。

骆寻失声惊呼。

这张脸，她从没有真正见过，却一直铭刻在心底，从不敢忘记。

三个男人都看向骆寻。

骆寻苍白着脸说："她是真的洛兰公主。"

紫宴恍然大悟，"难怪看着十分眼熟！我当年收集的信息，洛兰公主就长这样。"只不过后来闹出公主毁容抗婚、伤心整容的事，他就渐渐忘记了这张脸。

辰砂愣愣地看着眼前完全陌生的真公主。

这就是十一年前本来应该嫁给他的女人吗？法律上他现在的妻子？

紫宴瞄瞄骆寻，瞅瞅洛兰公主，下意识地对比着真假两位公主。

两人的身高、骨架、体态都差不多，完全能以假乱真，难怪他们会挑中骆寻来代替洛兰公主。

可是，经过十多年苦练，骆寻已经是A级体能者，洛兰公主却应该依旧是E级体能者，两人的体能差距太大，表现出了截然不同的气质。

洛兰公主身段袅娜，眉目秀丽，像是空谷幽兰、楚楚动人；骆寻却身姿挺拔，眉目舒朗，像是苍岩劲松、高远清逸。

笃！笃！

殷南昭敲了敲扶手，辰砂和紫宴才回过神来。

殷南昭淡淡地说："既然洛兰公主出现了，证明约瑟将军是英仙叶玠的人，所有行动都事先早有预谋，特意针对皇储英仙邵靖。"

骆寻突然激动地说："我知道约瑟将军藏在哪里了。"

殷南昭说："龙血兵团。"

骆寻兴奋地看向殷南昭，"你也这么想？以叶玠的性格，这么重要的两个人只有放在自己的地盘上才会放心。"

"英仙叶玠和龙血兵团有关系？"辰砂诧异地问。

"根据我收到的秘密情报，英仙叶玠就是龙血兵团的龙头。"殷南昭淡然自若地把骆寻和叶玠的关系隐去了。

"难怪……"紫宴看了眼骆寻，若有所思，"这下很多事情都能解释通了。"

辰砂思考了一瞬，做了决定，"既然约瑟将军和洛兰公主都在龙血兵团，我去一趟NGC7293星域。出其不意，也许能把他们两个带回来。"

紫宴立即反对："有可能是陷阱，不能这么莽撞。"

辰砂坚持，"不能让所有证据都握在英仙叶玠手里，否则他说什么就是什么，我们会很被动。"

殷南昭终止了他们的争执，"紫宴说得有道理，你是奥丁联邦的指挥官，不能以身犯险，这事我会处理。"

嘀！嘀！

辰砂和紫宴的个人终端同时响起消息提示音。

两人看了一眼，表情都有点沉重。

殷南昭问："打仗的事？"

紫宴无奈地笑，"百里苍找我们开会。"

殷南昭挥挥手，"去吧，看看那只雷克斯暴龙又想玩什么。"

紫宴苦笑，"您老人家是龙王，自然不怕他闹腾，我这小身板可真是消受不起。"

殷南昭不为所动，冷冷地说："有辰砂在，你只管动动嘴皮子，还叫苦？要不我让辰砂回小双子星，多给你点锻炼机会？"

紫宴不敢再啰唆，对辰砂说："走吧！"

辰砂看着骆寻，没有动。

骆寻一脸困惑，"怎么了？"

辰砂走到骆寻面前，郑重地说："我们需要好好谈一谈，明天我来找你。"

"好。"骆寻茫然地点头，完全想不出来辰砂要和她谈什么。

辰砂已经要走出大厅，又回过身，不放心地叮嘱："不要乱跑，明天等我来，我有话和你说。"

骆寻笑了，"我现在是犯人，在坐牢。能往哪里跑？肯定在这里啊！"

辰砂放下心来，和紫宴一起离开了。

殷南昭起身，朝着会客厅外走去，经过安达身旁时吩咐："看好她。"

安达表情木然，声音僵冷："是。"

骆寻追上去，问殷南昭："你打算怎么处理约瑟将军和洛兰公主在龙血兵团的事？"

殷南昭冰冷的面具脸上，眼睛眨了眨，"你这是……担心我吗？"

"担心你？"骆寻冷噱，"我是关心自己的事。叶玠一直不肯告诉我我是谁，这两个人也许知道。"

"你想知道你是谁，不用舍近求远地去问他们，我知道。"殷南昭一边说话，一边沿着拱顶长廊往前走。午后的阳光从长廊一侧的落地玻璃窗射入，在地上投下一个斜长的黑影。

骆寻亦步亦趋地跟着他，两人的影子时而交错、时而分开，"你知道？呵呵！"

"我知道。"殷南昭回过头，看着骆寻。

骆寻从完全不相信变成了将信将疑，"你怎么会知道？"

殷南昭走进一个像是训练室的宽敞房间，左手边的一整面墙上都摆放着各式各样的枪械武器，简直像是一个琳琅满目的小型武器库。

殷南昭脱下黑色的外袍，扔给机器人，"自从发现龙血兵团在针对奥丁联邦，我就下令不惜代价、不择手段地搜集龙血兵团的资料。作为执政官，我能看到所有机密资料。"

"里面有我？"骆寻不相信。

"没有。但是……"殷南昭指指自己的脑袋，"搜集到足够的信息，就可以思考、分析、推测。"

骆寻相信了。

她的事殷南昭知道得一清二楚，如果这世上真有一个人能靠着分析资料，推测出她的身份，那也只有他了。

"我……是谁？"骆寻屏息静气地等着答案，感觉心脏都停止了跳动。

"你先告诉我怎么认出我的，我自认行事严谨，一直想不通哪里有疏漏。"

骆寻差点一脚飞踹过去，她压抑着怒气，皮笑肉不笑，"听不懂你在说什么。我到底是谁？"

殷南昭不理她，只顾挑选武器。

"殷南昭！"骆寻叫。

殷南昭依旧不理她。

骆寻气得转身就走，可是越走越气，一个没忍住突然转身回去，做了一件一直想做的事——她握紧拳头，用足所有力气，狠狠一拳砸向殷南昭。

殷南昭没有躲避，任由骆寻的拳头落在了胸口。

骆寻的怒气不但没有消解，反而越发生气了。她就像是一个炸药包，引信一旦点燃，爆炸就再也停不下来。

骆寻手脚并用，连打带踢。

殷南昭一直站着没有动，像是一根木桩子一样任由骆寻打。只有当骆寻有可能误伤到自己时，他才会微微晃一下身子，让她的拳头或脚落在身体上最柔软的部位。

一通狂风暴雨般的发泄，骆寻的力气渐渐用尽，一直憋在心底的一口气也渐渐泄了。她脸颊发红、手脚发颤，气喘吁吁地停了下来。

殷南昭问："解气了？"

"做梦！你这点痛算什么？"

"那要多痛才能解气？"

骆寻恶狠狠地瞪着殷南昭："断臂剜心之痛！"

殷南昭拿出黑色的武器匣，轻轻一按，一把形状奇怪的血红弯刀出现。

骆寻愣了一愣，紧张地问："你……你……想干什么？"

"剜心我现在做不到，断臂可以。你想要哪条胳膊？"

骆寻盯着殷南昭，发现他眼神平静无波，显然不是在开玩笑。

"如果一条胳膊不够，可以把两条胳膊、两条腿都砍下。"殷南昭语气淡然，就好像要砍掉的胳膊、腿都和他无关。

究竟什么样的人才会这么冷血？骆寻的脸色十分难看，"你可真是个变态！"

殷南昭丝毫不以为忤，就好像早已经习惯了被人骂变态，语气依旧平静淡然："对一个变态而言，这些痛不值一提，我完全不觉得能弥补你什么，但只要你能解气，我可以立即做。"

殷南昭拿着血红的弯刀，安静地等着骆寻开口。

骆寻毫不怀疑，只要她开口，殷南昭就会面不改色心不跳地把自己四肢都砍掉，但那有什么意义？感情不是你刺了我一刀、我再刺你十刀，就能扯平。

骆寻恨恨地说："你是变态，难道我也要跟着你一起变态吗？"她怒气冲冲地转身就走，逃一般快步离开了训练室。

殷南昭一言不发地看着她的背影。光斑照在他的金属面具上，反射出点点冰冷的金属光泽，让人看不清他的眼睛里究竟藏着什么。

骆寻回到自己房间后，还是余怒未消。

她觉得自己犯傻，明知道殷南昭是精分、是变态，为什么还是没有忍住，爆发了出来呢？

突然，她想起来，自己本来是想问殷南昭究竟打算怎么处理约瑟将军和洛兰公主的事，却被他东拉西扯，完全忘记了初衷。

他脱下外袍，明显是要换衣服。还有，他为什么要挑选武器？

骆寻隐隐觉得哪里不太对，急忙跑回去。

空荡荡的训练室里已经没有了人，地上放着一大束红色的迷思花。花束中有一张小小的白色卡片，上面手写一行遒劲有力的字：你是骆寻。

骆寻怔怔地看着迷思花。

虽然是同一株植物，可是，蓝色小花和红色大花，一个清幽素雅，一个冷艳瑰丽，截然不同。殷南昭是在告诉她，虽然同株而生，但他不是千旭吗？既然这样，为什么还要说她是骆寻？

骆寻拿起花束跑回屋子，大声叫："殷南昭、殷南昭……"

安达悄无声息地出现，"执政官不在。"

"执政官去哪里了？"

"NGC7293星域。"

"龙血兵团？"骆寻大惊失色，着急地往外跑。

安达拦住她，"你还在拘禁期间，正在接受调查，请遵守临时监狱的规定。再往前走，我就要视作越狱，下令警卫击晕你。"

骆寻着急地说："那是称霸星际千年、星际第一雇佣兵团，龙血兵团的驻地！殷南昭告诉辰砂不要以身犯险，自己却跑去了，这算什么？别人的命很珍贵，自己的命就不珍贵了吗？"

安达僵着脸，冷淡地说："他的命就是这样。"

骆寻焦躁地问："什么意思？"

安达面无表情，依旧不慌不忙，"你知道执政官是奴隶吗？"

"知道，那又怎么样？奴隶的命也是命！"骆寻满脸戒备，像是一只张开翅膀、要保护什么的小母鸡。

安达目不转睛地盯着她，似乎在细细观察、审视、判断着什么。

骆寻不明白他的意图，却不想再和他浪费时间了，直接绕过他朝着门外走去。

安达的声音从身后传来："我第一次见到他，是在泰蓝星的角斗场。一个刚满十六岁的孩子，遍体鳞伤、奄奄一息地躺在地上。"

骆寻一下子停住了脚步，回身看着安达，"你是说执政官？"

安达像是完全没有听到她的话，自顾自地说："他不是角斗场的奴隶，根本没有学习过搏斗技巧。因为杀死了自己的调教老师，激怒了奴隶岛的老板，被扔到角斗场里喂猛兽。我看到他时，他已经缺了一条胳膊、一条腿，站都站不起来。所有人都以为他只能等死，可他居然把自己剩下的一条腿主动送到野兽嘴里，趁着野兽撕咬他的腿时，用仅剩的一只手挖出了猛兽的两只眼睛。"

骆寻听得心惊胆战，屏息静气地问："后来呢？"

"他被买下，带回了奥丁。"安达目光灼灼地盯着骆寻，一字字说："从我第一天见到他时，他就从来没把自己的命当回事，大概因为这个世界上没有什么值得他留恋吧！"

生无欢、死无惧吗？骆寻莫名地心慌，"执政官去龙血兵团的事能告诉辰砂吗？好歹有个接应。"

"不能。秘密行动，消息不能外泄。"

"能联系一下执政官吗？"

"不能，战舰执行特殊任务期间，屏蔽所有民用信号。"

"军用信号可以？"

"你没有资格。"

这也不行，那也不行！骆寻简直气结，把手里的花束用力砸向安达的脸，同时敏捷地冲向大门。

安达抱住花束，淡定地看着。

两个警卫不知道从哪里冒出来，拦截住骆寻。

安达举起麻醉枪，啪一声枪响，骆寻应声倒地。

骆寻晕晕沉沉地醒来，发现自己躺在营养舱里，不知道究竟昏迷了多久，感觉头很重、四肢僵硬。

她挣扎着钻出营养舱，一边活动手脚，一边仔细打量四周。

一个狭小密闭的屋子里，整整齐齐堆满了货物，像是个储物室，她这是被当成货物了吗？

骆寻打开金属门走出去，小心翼翼地观察着周围的环境，觉得自己好像在一艘飞船上。

她十分茫然，不知道究竟发生了什么事。难道她越狱失败后被安达流放了？

骆寻不知道身处何地，也不知道周围是敌是友，不敢高声叫喊，只能警惕戒备地走着，希望先弄清楚自己究竟在哪里。

她越走越觉得不对劲，这不是民用飞船，也不是普通的军用飞船，而是战舰。

骆寻心跳加速，难道安达把她伪装成补给物资悄悄送到殷南昭的战舰上了？

突然，尖锐的警笛声响起。

骆寻不知道发生了什么，正不知所措，战舰开始猛烈颠簸。她急忙抓住手旁一切能抓住的东西，尽全力固定住自己的身体。

战舰左右摇晃，重力急速变化。

天旋地转中，骆寻无比感激宿七给自己的特训，让她不至于成为军舰上第一个因为撞死而牺牲的人。

颠簸一次比一次剧烈，二三十分钟后，战舰才渐渐平稳下来。

骆寻呀了口气，庆幸自己终于能双脚着地了。

一把枪无声无息地抵到她的后脑勺，"你是谁？"

骆寻清晰地感觉到冷冽的杀气，无比肯定后面的人不是铁血战士，就是杀人恶魔。她非常老实地交代："骆寻。"

"为什么混上飞船？"

骆寻快要哭了，她都不知道这是哪里，怎么可能知道自己为什么来这里？

男子的枪往前压了压，就要扣动扳机，骆寻慌不择言，急促地说：
"找你们老大，我是他的女人。"

男子的手抖了一下，沉默地收起枪，一言未发地把她双手反剪着捆了，推着她往前走。

沿着弯弯曲曲的过道，走了好长一段路，跨过一道舱门后，人突然多起来。

是一个餐厅，有人在喝酒赌博，有人在吃饭聊天，十分热闹。

没有一个穿军服的人，也完全没有军人的严谨正气，一个个看上去吊儿郎当、凶神恶煞，更像是杀人越货、无恶不作的星际海盗。

骆寻回想一路所见，没有看到一个疑似奥丁联邦的标志。

她心惊胆战，这到底是哪里？

战舰倒是战舰，只不过不像是奥丁联邦执政官的战舰，更像是用战舰改造成的海盗飞船。

难道不是安达送她上来的，而是她昏迷后被人劫持了？

"独眼蜂，哪里来的女人？"

押着骆寻过来的独眼男人冷着脸回答："在货舱那边抓到的。应该是上一次作战时，趁乱混上飞船的。她说自己是老大的女人。"

餐厅里骤然一静，几个正在喝酒的男人"扑哧"一声，把酒全喷了。吃饭的人也都被糨糊状的营养餐呛住，不停地咳嗽。

一群五大三粗的男人都用一种"瞻仰即将英勇就义的伟大烈士"的目光看着骆寻。

骆寻心乱如麻，表面上却很淡定，接受着他们的瞻仰。

独眼蜂把骆寻推到餐厅的偏僻角落里，喝令她坐下："老实待着。"

"你们老大呢？"骆寻试探地问。

独眼蜂用仅有的一只眼睛盯着骆寻。

骆寻心里发寒，不敢再说话。

独眼蜂去餐台点了一份营养餐，和两个朋友坐到一起，边吃边说话。

骆寻孤零零一个人坐在角落里。

星际飞船上没有昼夜，都是按时间轮班。餐厅一直开着，不停地有人走了又来了。每个人进来，都会特意来瞻仰一下她。显然，作为"老大的女人"，她已经在这艘海盗船上出名了。

骆寻觉得有点诡异。

真假公主事件把阿尔帝国和奥丁联邦——星际间最大的两个星国卷了进来，算是最近最受瞩目的大新闻。虽然现在的她和视频里的她变化挺大，可这么多船员竟然没有一个人认出她，还是有点诡异。难道大家都不看新闻吗？

骆寻赔着笑脸，对瘦得像根竹竿的厨师说："枯坐着有些无聊，能打开新闻看看吗？"

独眼蜂呵斥："闭嘴！"

竹竿厨师倒是无所谓，懒洋洋地说："所有信号屏蔽，接收不到外面的信号，也发不出去信号，你忍忍吧，反正也忍不了多久了。"

骆寻恍然大悟，原来是这样。看来这艘飞船看着管理松散。实际上非常严格。

不远处一桌子正在喝酒赌钱的人笑说："冒充什么人不好，要冒充老大的女人？"

"就算找死也找个舒服点的死法啊！要不要赌她怎么死？"

"看老大的心情吧！"

骆寻郁闷地趴到桌子上，当时被枪指着脑袋，只想着怎么能震住对方保命了，哪里有时间考虑那么周全？

不知道过了多久，闹哄哄的餐厅突然安静下来。

一个声音浑厚的男人汇报："头儿，独眼蜂抓了个混上飞船的女

126

人，她说是老大的女人。"

"我的女人？"没有一丝温度的淡漠语调，连情绪都欠奉。

骆寻身子猛地一颤，是千旭的声音！

她一时间心潮澎湃、手脚发软，平缓了一瞬，才有勇气抬起头，看向说话的人——

他背对着她，正在拿营养餐。

站在他旁边的男人长得白净斯文，脸上却文着一个覆盖了半张脸的红色飞鸟文身，显得十分妖艳诡异。他瞅着骆寻笑说："呦！长得不错，头儿挺有艳福。"

"你要是看上了，可以带回去睡一晚，记得穿好裤子后把人处理掉。"

文身男干笑着摇头，"不用，不用。"

骆寻怔怔地盯着说话的人，明明是千旭的声音，可说出来的话又绝对不是千旭。

"杀了。"他头都没有回，就冷冷下令。

骆寻如梦初醒，刚要张口，独眼蜂抓起她就走，一手紧紧地捂住她的嘴，似乎生怕她惊扰了他们老大，惹来麻烦。

骆寻一边呜呜地叫，一边双腿用力地踢，但没有一个人搭理她。

已经被拖出餐厅，骆寻终于挣扎着发出一声含糊不清的声音："千旭。"

"住手！"

喝令声中，一道人影犹如疾风般飞掠到她身边。

骆寻满面震惊，呆看着眼前的人，真的是千旭。

那眉似千山连绵，那眼若旭日初升，正是她午夜梦回、辗转反侧，思念了无数遍的样子。

可是，明明一模一样的眉眼，却因为表情气质不同，变成了截然不同的另一个人。

他穿着黑色的作战服，眉如刀裁、眼似剑刻，整个人冷硬锋利，像是一把杀人无数的人形兵器，没有一丝柔软的气息。

千旭冷冷下令："放了她。"

独眼蜂满面困惑："头儿？"

"放开！"

独眼蜂急忙解开了捆缚着骆寻的手铐，惊讶不解地看看骆寻，又看看老大。餐厅门口一群人探头探脑，悄悄偷窥。

千旭抓起骆寻的手就走，身后传来倒吸冷气的声音。

千旭带着骆寻走进一个像是船长休息室的宽敞舱房中。

骆寻如同失了魂魄，表情似悲似喜，眼睛一直一眨不眨地盯着他。

千旭似乎很不喜欢她的目光，立即戴上一个薄薄的半面面具，遮去了嘴唇以上的半张脸，有意提醒着骆寻什么。

骆寻清醒了几分，他不是千旭，是殷南昭！

殷南昭问："你怎么在飞船上？"

"安达把我打晕了，我醒来后就在这里。"

殷南昭瞬间明白了安达的用意，对他的自作主张很无奈，"你已经在飞船上五天了，有没有哪里不舒服？"

骆寻摇摇头，突然问："我可以摸一下你的脖子吗？"

殷南昭愣住。

骆寻没有等他回答就伸出手，半闭着眼睛，从脖颈慢慢摸到锁骨。

真的是千旭，千旭真的还活着！

虽然早已经猜到殷南昭就是千旭，但亲眼证实、亲手摸到后，还是心情激荡，各种情绪错综复杂。

她唇边露出了恍惚的笑，眼里却泪光浮动。

殷南昭反应过来："你……这样认出的？"

"嗯。"

骆寻的手往上摸去，想要把面具揭掉，殷南昭猛地侧头避开了。

骆寻不解："为什么？"

"我不是千旭。"殷南昭的声音又冷又硬，没有丝毫感情。

"刚才我叫的是千旭,你出现了。"

殷南昭沉默,往后退了一大步,依旧没有允许骆寻摘掉他的面具。

突然,尖锐的警报声响起,通信器里有人叫:"头儿,那群臭虫又追上来了。"

殷南昭下令:"准备好战机,我一分钟后到。"

殷南昭把骆寻摁坐到安全椅上,"系好安全带,警报解除前不要乱动。"

骆寻说:"我等你回来。"

殷南昭盯了她一眼,一言未发地离开了。

飞船一直剧烈颠簸,像是遇到了猛烈的攻击。

骆寻提心吊胆,不知道殷南昭究竟在和谁作战,难道是龙血兵团?为什么他明明是奥丁联邦的执政官,却变成了海盗头子?

战斗大概持续了半个多小时,安全座椅上的灯从红色变成绿色,证明飞船进入安全飞行状态。

骆寻解开安全带,却不知道应该去哪里找殷南昭。

舱门突然打开,独眼蜂冲进来拖着骆寻就跑,"头儿受伤了。"

"什么?"

骆寻心慌意乱,跟着他狂跑。一口气冲到医疗室,看到殷南昭血淋淋地躺在地板上,周围几个大男人却都傻乎乎地站着。

骆寻问:"医生呢?"

大家指着白色蚕茧状的医疗舱,骆寻无语了。

她迅速地给双手消毒,戴上医用手套,不满地说:"你们就让他这样躺在地上?"

"头儿受伤后从来不让我们碰他,昏迷前叫你来。"

"不让碰?怎么处理伤口?"

"头儿自己处理,总是说一点伤而已,死不了。"

骆寻想不通这是什么怪癖,弯下身想要把殷南昭抱起来放到医疗床上。

手刚碰到他的身体，他立即睁开眼睛，手里的枪对着她，目光冷酷凶狠，像是一头择人欲噬的猛兽。如果不是知道他真的受伤了，肯定以为他的伤都是诱敌之计。

独眼蜂压着声音惊惧地说："就是这样！别碰他就没事，后退、快后退……"

骆寻又不是第一次碰他的身体，压根儿没有理会，直接握住他的手，"是我！"

殷南昭的目光渐渐化作了迷蒙春水，任由骆寻拿走枪，闭上了眼睛。

所有人如释重负，长出一口气。

骆寻抱起殷南昭，放到医疗床上，想起他的怪癖，看看周围的男人，毫不客气地要求："你们都出去。"

文身男温和地说："你把头儿放进医疗舱，用自动治疗程序就行。我们在外面守着，有事随时叫我们。"一语双关，既是关切也是警告。

骆寻理解他们的心情，利落地应了声"好"。

等他们都离开后，骆寻解开殷南昭的作战服，发现前胸和后背血肉模糊，都是深深浅浅的伤口。

骆寻立即做了一个全身扫描，确定内部器官没有出现严重的不可逆破损，不需要手术替换，才放下心来。

她把殷南昭放进医疗舱，根据他的受伤情况，手动设定好每一项治疗程序，每份药剂的用量。

看到控制面板上的各项数据渐渐稳定，骆寻打开医疗室的门，对守在外面的男人说："没事了。"

几个男人探着头，关切地看医疗舱里的殷南昭，发现治疗程序是人为设定的，惊讶地问："你是医生？"

骆寻点点头，"他怎么受伤的？"

"我们飞船能源不足，只能防守不能进攻。头儿让我们跑，他驾着战机去阻截那群臭虫的战舰，炸毁了对方的一个推进器，头儿的战机却被炮弹击中了。"

"臭虫是龙血兵团？"

几个男人相互看看，都不说话。

文身男怕骆寻尴尬，主动转换了话题："我叫红鸠，这位是独眼蜂，这位是猎鹰……"

骆寻明白自己问了不该问的问题，顺着红鸠的介绍和大家一一打招呼。

独眼蜂突然问："你真的是老大的女人？"

几个男人都审视地盯着她。

骆寻知道他们都是刀口舔血的狠角色，只怕一言不合就会立即拔枪，只能硬着头皮说："是。"

几个男人齐齐鞠躬，"大嫂好，头儿交给你了！"

"……"骆寻呆滞了。

红鸠他们离开后，骆寻关上医疗室的门。

看到刚才匆忙间被她随手扔到地上的作战服，她弯身捡起，打算交给机器人回收处理，却无意中摸到胸口的暗袋里有一小块硬邦邦的东西。

她伸手去掏，从里面掏出一枚琥珀。

拇指大小的茶色树脂中包裹着一朵小小的蓝色迷思花。

灯光映照下，蓝色的花朵像是宝石一般晶莹剔透，永远盛放在最美丽的一刻。

骆寻满面震惊，完全没有想到送给千旭的花珀竟然还在，更没有想到殷南昭会随身携带。

这枚琥珀是她自己做的，乍一看和天然琥珀一模一样，可一枚天然琥珀要千万年才能形成，人工琥珀做得再像模像样，也没有那种时光留下的质感。

但是，她现在却能从这枚花珀上感受到时光留下的温润醇厚，肯定是有人无数次轻抚摩挲，让时光在它身上留下了痕迹。

骆寻把花珀放在掌心，静静地看着。

殷南昭为什么没有扔掉它？

她当时只是用这种方法表示，美丽的诺言犹如琥珀中的花朵，绝不会随时光凋零。

殷南昭连她的感情都不肯要，为什么还要留着她的诺言？

她忽然想起，在岩林的地穴里千旭说过的话："我爱你！比你能感受到的更爱，否则我不会在这里。"

她后知后觉地意识到这句话其实掺杂了殷南昭的语气，如果只是千旭，陪她去岩林理所当然，没有"否则"。

殷南昭不是千旭，但千旭的确在他身体内存在过。

骆寻鼻子发酸，虽然依旧意难平、气难消，但是，她不想再用盲目的生气、消极的悲伤，去解决问题了。

一株迷思花会开出两种花，清幽素雅的蓝色小花，冷艳瑰丽的红色大花，既然看花分不出真假，就去寻根究底，把藏在泥土深处的根挖出来。

骆寻走到医疗舱旁，盯着殷南昭的脸看。

因为大量失血，他的脸色透着病态的苍白。眼睛闭着，看上去不再那么冷酷凌厉，依稀有了几分千旭的样子。可是，薄薄的嘴唇依旧紧抿，透着坚毅强悍。骆寻忍不住伸出手，想揉揉他的嘴角，让它变得像记忆中一样温暖柔和。

殷南昭突然睁开眼睛，漆黑的瞳孔像是寒星，冷冷地盯着骆寻。

骆寻的手指正在揉他的嘴角，一下子蒙了。

"我不是千旭。"他的嘴唇一张一合，气息拂过骆寻的指尖。

骆寻涨红了脸，却没有收回手，顺着下巴往下摸，停在了锁骨处，"我的记忆中，这里、这里……都是他。"

殷南昭眼神一黯："骆寻，我是殷南昭，不是千旭。如果你想在我身上找到他，注定会失望。"

骆寻摊开手掌，茶色的琥珀包裹着蓝色的迷思花，跨越了悠悠时光静静开放在掌心，"如果你不是千旭，为什么千旭的东西在你身上？"

殷南昭盯着花珀，目光深沉晦涩，"以前的事，是我对不起你，但我不是千旭。"

骆寻克制着悲伤，平静地说："殷南昭，我知道你不是千旭，但我心里的困惑只有你能解释。"

殷南昭抬眸看向她，"你想知道什么？"

四目相对，犹如陌上初相逢，可往事已如昨夜烟火。

骆寻心潮翻涌，却在回首时恍惚了。

她想知道什么？知道了又能怎么样？

…………

第一次和千旭相遇，是偶然。

早在她来奥丁前，殷南昭就已经改容易貌在阿丽卡塔生命研究院治病了。

殷南昭对所有人隐瞒了身份，并不是特意针对她。

只不过，之后他的确顺水推舟，利用了千旭的身份，让她放下戒备。

那个时候，她的行为和他们的预期不同。人人都怀疑她会和阿尔帝国里应外合，做出不利于奥丁联邦的事。

殷南昭肯定也想弄明白她是不是居心叵测。

当她把他当成温暖的光源，莽撞地靠近时，他顺势而为，观察她的所作所为。

当紫宴、封林他们都渐渐放下疑心时，他却看出她只是把阿丽卡塔当成人生的中转站，并没有视作家园、打算长居。

她甚至傻乎乎地发讯息，亲口告诉他，她申请参与基因研究不是因为喜欢，而是为了能有一技之长，方便将来离开奥丁时可以不饿肚子。

殷南昭明明知道她有异心，但他心思诡异，行事出乎意料。

如果是棕离，肯定会全力扼杀；如果是紫宴，肯定会暗中阻止；如果是辰砂，肯定会冷漠相对；就算是最温和的封林，如果知道她根本没打算留在奥丁联邦，也肯定不会友善对待。

可是，殷南昭竟然没有丝毫介意，反而大度配合、全力支持。

她申请加入生命研究院，他投下关键的一票，帮她实现愿望。

她怕保不住工作，他提醒她可以去医学院学习，让楚墨开绿灯放行。

她想提升体能，他做她的老师，严格训练她。

她想了解阿丽卡塔，他带她四处旅行，让她熟悉阿丽卡塔的风土人情。

…………

所有这一切，并不是因为殷南昭相信她，而是因为他相信自己。

他就像一个强大自信的猎人，明知道她是狼崽子，依旧精心饲养，想要驯化她。

他任由她茁壮成长，一日日变得强大。

如果能养熟，为他所用自然好，养不熟也不怕，大不了等着她亮出獠牙的一刻，一枪击毙。

幸亏她从没有动过其他念头，一心一意只顾着往前跑。

十年时光，水滴石穿。可殷南昭心如寒铁，依旧没有相信她。

在欢迎执政官归来的晚宴上，蝴蝶兵团刺杀他。

其他人为了捉拿刺客，忽略了一直安分守己的她，但殷南昭没有。

他肯定看到了她被劫持，却没有阻止，将计就计地让劫匪带走了她。

他尾随在后、藏身暗中，看着她被殴打，看着她拼死挣扎，直到她要和劫匪同归于尽的最后一刻，千旭才现身救下她。

应该直到那一刻，殷南昭才真正相信了她，判定她不会危害奥丁联邦。

几千个日子，点点滴滴，汇聚成璀璨星光，照亮了她灰暗的人生。她真的被千旭驯化了，真正爱上了阿丽卡塔。

当她告诉千旭，决定留下定居时，殷南昭觉得千旭的任务已经完成，打算功成身退。

正好碰到他自己病发、她的身份被棕离揭穿，殷南昭趁机提出绝交，想要结束这次的角色扮演。

可是，殷南昭千算万算都没有算到，他眼中的小玩意，他想要为奥丁联邦驯化的小狼崽，竟然爱上了他扮演的角色。

殷南昭应该觉得很荒谬吧？

他一再拒绝，她不但没有退缩，反而纠缠不休。

她傻乎乎地向他坦白她是假公主，请求他和她私奔，逼得他不得不杀了千旭，断绝她的念头。

…………

往事清晰如昨，从心头一一掠过，曾经的无数疑问，竟然都不想问了。

就算殷南昭亲口承认了又如何？

一声"对不起"，是能抹去情窦初开时的心悸欢喜，还是能抹平痛失爱人时的肝肠寸断？

骆寻轻声说："只有一个问题，既然已经决定了要在岩林里杀死千旭，为什么还要让千旭告诉我喜欢我？"

殷南昭沉默。

骆寻都以为他永远不会回答时，却听到他淡淡地说："没有人告诉过你吗？我本来就是魔鬼。"

骆寻心如针扎，笑着叹气："坏得这么理直气壮，你的确不是千旭。"

殷南昭一言不发。

骆寻说："我刚知道真相时，很愤怒难过，想要恢复记忆，跟着叶玠永远离开阿丽卡塔。现在想想，我觉得自己是在变相自杀，懦弱得不像是我。大概……我真的很爱千旭。"

殷南昭再次冷声说："我不是千旭。"

骆寻讥笑，"这句话你已经强调了无数遍，你究竟在害怕什么？"

殷南昭垂下眼眸，淡淡地说："我害怕你看到我的脸就忘记了我做过的事。我是魔鬼心殷南昭，不是阳光温暖、干净美好的千旭。"

骆寻脸上的笑淡去。

她弯下身子，趴在医疗舱边，盯着殷南昭的脸，"放心，我知道你不是千旭，没打算把你当成他的替代品。我爱的是千旭，不是你。"

殷南昭缓缓抬眸，安静地看着她。

两人脸脸相对，近在咫尺，都在对方黑漆漆的瞳孔中看到了自己。

曾经，耳鬓厮磨、亲密无间，最熟悉的面容。

现在，咫尺天涯、疏远淡漠，最陌生的眼神。

殷南昭忽地笑了，"那就好！"

Chapter 7

龙之心

她在里面，我能感觉到她迟早会醒来。我不怕消失，但是我怕她醒来
后会利用我知道的一切伤害你们。

殷南昭在医疗舱里疗伤。

骆寻背对着医疗舱，侧身躺在医疗床上想心事。

她到现在都没弄明白，为什么殷南昭的身体时而会溃烂，时而又没有任何异样。应该和他化名千旭去阿丽卡塔生命研究院治疗的怪病有关，不过连七个公爵都完全不知道的事，她更没资格查问。

还有，殷南昭说他知道她是谁，骆寻相信他说的是真话。可是，为什么他不肯直接告诉她呢？她的身份有什么古怪吗？

骆寻思绪纷杂，躺得时间久了，竟然迷迷糊糊睡了过去。

突然惊醒时，看到医疗舱里是空的。

她吓得立即跳下医疗床："千旭！"

已经打开医疗室的门，要冲出去，听到后面传来沙沙的喷水声，急忙又转身冲回去，拉开天蓝色的医用隔断帘，隔着玻璃门，看到氤氲的水汽中一个模糊的人影在冲澡。

骆寻不悦地质问："人在里面，为什么不出声？"

"你叫的不是我。"殷南昭泰然自若，一副天经地义、理所当然的样子。

水声停止，自动玻璃门打开。

骆寻唰一下把帘子拉上，又唰一下把帘子拉开。殷南昭眼明手快，抓起一条白色的床单搭在身上。

白练飘扬、惊鸿一瞥间，骆寻的心突然漏跳了一拍，第一次意识到那是男人的身体，不是病人的身体。

殷南昭手搭在胸前，按着白床单，静看着骆寻。

骆寻捋了一下耳边的头发，若无其事地说："让我看看你伤口恢复

137

得怎么样了。"

"恢复得很好。"

两人沉默地对视，像是在对峙。

一分钟后，殷南昭无奈，正要拉下床单，骆寻却突然转过了身，"下次不能这么快洗澡，不要仗着自己是3A级体能就胡来。"

殷南昭穿好作战服，打开医疗室的门径直离开了。

骆寻愣了一愣，急忙去追，"千……殷南昭！"

殷南昭站住，等着她追上来，"不要叫殷南昭。他们不知道我的身份。"

"那叫什么？头儿？老大？"

"……千旭。"

"……"骆寻看着殷南昭。

"化名。"殷南昭似乎也有点尴尬，顿了一顿说："乌鸦海盗团的团长。"

骆寻满脸震惊。居然真的是海盗团！还是星际间最神秘、最有名的海盗团！

她虽然两耳不闻窗外事，但星网上关于乌鸦海盗团的传说太多，以至连她这个科研宅都听说过乌鸦海盗团的大名。

骆寻不解："为什么要做海盗？"

"方便做事。我们是联邦永远不会有记录，也永远不会承认的特别行动队，直接听命于执政官，还有另外一个通俗点的称呼叫敢死队。"

骆寻明白了，看来他们经常要做一些不能以联邦名义去做的事。难怪传说中乌鸦海盗团总是神出鬼没、行踪飘忽，几百年来没有人能摸清楚他们的底细。

骆寻好奇："你们究竟做了什么，让龙血兵团紧追着不放？"

殷南昭带着骆寻走进飞船主控室，里面正在工作的人七零八落地打招呼。

一片和谐的"头儿"声中，一声瓮声瓮气的"大嫂"格外刺耳。

主控室一下子安静了，大家都看着房间里唯一的新鲜面孔。

骆寻装作被窗外的璀璨星空吸引了，聚精会神地盯着看，想假装没有听见混过去。

独眼蜂竟然又叫了声"大嫂"，大步走到她面前，九十度深鞠躬，"之前冒犯大嫂了。"

骆寻郁闷得不行，朝殷南昭尴尬地笑。

殷南昭面无表情地看着骆寻，"大嫂？"

船员们觉得气氛诡异，都睁大眼睛、竖起耳朵，兴致勃勃地看戏。

独眼蜂挠挠头，困惑地看看头儿，又看看骆寻，不安地对殷南昭解释："骆寻说……她是头儿的女人。"

殷南昭眉头微挑，一脸"我怎么不知道"的讥嘲。

骆寻恼羞成怒，瞪着殷南昭，"千旭在岩林里答应了我的求婚，我和千旭已经是未婚夫妻关系，我说自己是千旭的女人，有问题吗？"

殷南昭哑口无言。

主控室内响起此起彼伏的惊叹声，红鸠笑嘻嘻地说："头儿，原来你是被求婚啊！"

殷南昭盯了他一眼，他缩缩脖子不敢说话了，却偷偷对骆寻伸出双手，比了两个大拇指，表示万分崇拜。

殷南昭打开监控屏幕，看着两个舱房的监控画面。

"这就是龙血兵团紧追不放的原因。"

骆寻一脸震惊，竟然是约瑟将军和洛兰公主。

殷南昭居然把叶玠手里最重要的两张牌抢了过来，那可是星际中威名赫赫的龙血兵团的驻地！

"你怎么做到的？"

殷南昭言简意赅，没有叙说激烈的交战过程，只陈述交战结果："我们混进龙血兵团，劫持了他们。撤退时，龙血兵团击毁了飞船的能源组，现在能源不足，不能正面迎战，也不能空间跃迁，只能常规飞行，一直不能真正甩掉他们。"

"不能空间跃迁，那要多久才能回到奥丁联邦？几个月还是几年？"

殷南昭没有回答，红鸠说："我们会设法到能源星补充能源，一切顺利的话，应该要不了那么久。"

殷南昭点点监控屏幕上的洛兰公主，问骆寻："要去见她吗？也许她能回答你的疑问。"

骆寻心情复杂地盯着洛兰公主，迟疑着没有说话。

"怎么了？你怕她？"殷南昭的感觉十分敏锐。

"也不是怕，就是有点心虚，觉得自己像是她的一个影子。"毕竟骆寻可是借用人家的身份生活了十几年。

"你是骆寻，不是她的影子。"

骆寻冲他眨眨眼睛，笑眯眯地说："嗯，我是骆寻，千旭的未婚妻。"

殷南昭没理会骆寻的调戏，朝主控室外走去。

骆寻急忙跟在他身后，"你审问过他们了吗？"

"没有。审问是紫宴的工作，我没兴趣。"

两个舱房，一个关着洛兰公主，一个关着约瑟将军。

殷南昭对守在外面的四个警卫说："你们下去。"

等四个警卫离开后，他指着左手边的舱房，对骆寻说："里面是洛兰公主。"

骆寻走了几步，却在最后关头，一个转身向约瑟将军的舱房走去。

殷南昭冷眼看着。

骆寻心虚地看了他一眼，嘴硬地说："一看洛兰公主的样子就知道她被叶玠保护得很好，估计知道的事情不多，约瑟将军知道的应该多一点。"

"我什么都没说。"殷南昭表情漠然。

骆寻敲敲舱门，走了进去，"将军，好久不见。"

约瑟将军满面惊讶，"我就觉得海盗团胆子再大也不可能混进龙血兵团绑架人，果然是奥丁联邦。没有想到乌鸦海盗团竟然是他们的人，一帮死鸟倒是很符合异种的风格……"

骆寻重重咳嗽，示意他先别考虑乌鸦海盗团的事，关注一下她。

约瑟将军上下打量了一番她，嘲讽地问："你这是来帮异种做说客吗？别忘记王子的救命大恩！"

骆寻客客气气地让他碰了一个软钉子，"没有恩，只有交易。叶玠救我一命，我扮演好洛兰公主，现在他自己挑破了假公主的身份，我们的交易已经结束。"

约瑟将军怒瞪着她，"真不知道王子为什么要选择你去代替公主，明明是基因纯粹的人类，却甘愿和低贱的异种沆瀣一气。"

"我也真不知道你为什么要背叛阿尔帝国，明明是国之大将，却甘愿和叶玠勾结，颠倒黑白、陷害皇储。"

约瑟将军猛地地站起来，满面愤慨，"颠倒黑白的不是我！你什么都不知道就不要乱说！"

"我不知道什么？"

约瑟将军意识到自己反应过激了，立即收敛情绪又坐了下去，冷淡地说："我说的都是实话，是英仙邵靖策划了一切，没有污蔑。"

骆寻知道再问不出有用的信息，客客气气地离开了。

殷南昭一直等在舱房外面，背靠着透明的观察窗，身后是璀璨无垠的浩瀚星空。他双手交叉环抱在胸前，安静地看着骆寻。

骆寻对他耸了耸肩，表示一无所获，"约瑟将军不知道我是谁。而且，他对异种很痛恨，不可能说实话，背叛叶玠帮助奥丁。"

殷南昭一脸尽在预料中的淡然，"我知道。约瑟将军那样才正常，你是异类。"

骆寻沉默了一瞬，问："你上次说你知道我是谁。"

殷南昭淡淡地"嗯"了一声。

"我是谁？"

殷南昭没有回答，视线看向洛兰公主的舱门，示意她去问洛兰公主。

骆寻逃避地说："我对政治、经济、战争完全不懂，也完全没有兴趣，只是想知道自己是谁，你直接告诉我不就行了？"

殷南昭沉默地走过去，打开了洛兰公主的舱房门，展手做了个请的姿势，示意她进去。

骆寻满心憋闷，只能硬着头皮往里走。

她经过殷南昭身旁时，冷冷地说："你的确不是千旭！"

殷南昭面无表情，一言不发地帮她关上了舱门。

骆寻琢磨着，洛兰公主肯定知道她，但两人毕竟还没有真正见过，她应该先礼貌地自我介绍一下。

没有想到，洛兰公主一见到她，立即就站了起来，表情警惕，还隐隐透着畏惧。

骆寻觉得洛兰公主的反应不像是正品见到冒牌货，她念头急转，暗自使了个诈，像是熟人一般微笑着打招呼："公主殿下，好久不见。"

洛兰公主脸色苍白，表情不安，色厉内荏地尖声质问："到底是怎么回事？你为什么要派人把我从龙血兵团绑架出来？"

骆寻模棱两可地说："叶玢没有告诉你原因吗？"

"没有。我一直纳闷怎么有人能混进龙血兵团绑架人，原来是你！"

骆寻想了想，问："如果叶玢现在问你，你和谁在一起，你会怎么说？"

洛兰公主莫名其妙，不满地瞪着骆寻，"实话实说，就说我和龙心在一起。怎么了？你敢做不敢认吗？龙心，你又在耍什么花招？还嫌给叶玢哥哥惹的麻烦不够多吗？"

骆寻大脑一片空白，全身发寒。

龙心？她竟然是龙血兵团的人！

虽然还不知道龙心究竟是干什么的，但一个称呼已经暗示了太多。如果龙头是龙血兵团的大脑，龙心就应该是龙血兵团的心脏，她在龙血兵团的权力应该仅次于叶玠，甚至不弱于叶玠。

洛兰公主问："你脸色好难看，怎么了？"

骆寻立即转身，头也不回地冲出了舱房。

骆寻心乱如麻。

十多年来，她问了无数遍"我是谁"后，现在终于有了答案。

她是龙心！

可是，龙心是谁呢？

龙心究竟是干什么的？和龙头又究竟是什么关系？

走廊尽头，殷南昭背对着她，站在观察窗前，凝视着外面的浩瀚星河。

骆寻脚步沉重地走过去，看着他笔直的背影，怯生生地问："你听到了吗？"

"嗯。"

"我是龙心。"

"嗯。"

龙血兵团和奥丁联邦是死对头，不但企图盗取联邦的机密资料，还曾派人刺杀过他。他早知道了她是龙心，不但波澜不惊，还一直以礼相待，也真是好涵养。

骆寻难过地问："你什么时候知道我的身份的？"

"看到你给自己注射那管药剂，推测你和龙血兵团关系密切，回去查阅完龙血兵团的所有资料，就大致肯定了你的身份。"

骆寻以为自己发现千旭就是殷南昭很刺激，没有想到她竟然毫不客气地回敬了殷南昭一份大礼。

143

她苦涩地问：·"你不会是因为这个刺激才昏迷过去的吧？"

殷南昭淡淡地说："看到你给泽尼做手术的视频时，我已经有了心理准备。失忆前的你绝不会是无名之辈，这世间任何不合情理的事背后都必定有一个合情合理的解释。"

骆寻仿若自言自语地低声呢喃："因为我并不是第一次做高难度的基因手术，泽尼手术的成功不是偶然，而是必然。"

她想起自己做过的梦——她在做基因手术，叶玠陪着她。

也许那根本就不是梦，而是藏在她大脑深处的龙心的记忆。

难怪十一年时间她不但修完了医学院的课程，获得了行医执照，还成了高级基因研究员，获得了基因修复师的执照。她一直以为是因为自己非常刻苦，天赋又不错，原来只不过是因为她重走了一遍早已经熟悉的路。

"殷南昭，你能给我讲讲龙心吗？"骆寻觉得事情已经逼到眼前，不能再逃避，必须面对。

殷南昭转身看着她，似乎在确认她是否真做好了准备。

骆寻挤了个虚弱的笑，眼神却十分坚定，"我想知道龙心是个什么样的人。"

殷南昭缓缓开口："龙心在龙血兵团的地位很重要，应该是仅次于龙头的核心人物。龙血兵团有一支体能卓绝、悍不畏死的龙息军，据说体能全部是A级，应该和龙心有很大关系。可以说，龙头负责使用龙息军，龙心负责打造龙息军。英仙叶玠想带你回去，感情是一个重要原因，龙血兵团不能失去龙心也是一个重要原因。"

"哦。"骆寻一脸蒙，像是听别人的故事，她竟然有能力打造出一支体能全是A级的军队？

"龙心很低调神秘，联邦的资料库里有龙头的记录，却没有龙心的记录。如果不是这一次我下令不惜一切代价彻查龙血兵团，任何蛛丝马迹都不能放过，也许现在都没有人知道龙血兵团有龙心这个人。"

骆寻茫然地点头，一个大权在握、能力卓绝、却低调神秘的女人。

"龙心富可敌国，也许是全星际最有钱的人。"

她竟然是星际首富？骆寻惊诧地瞪大了眼睛，"龙心是商人？"

"她是基因学家。你喜欢喝的幽蓝幽绿、幽蓝幽碧就是她随手研究的小玩意，好几款很受军人欢迎的功能性饮料也是她的研究成果。每销售一杯，她就会收到专利费。她还有很多药剂专利，授权给不同的生物医药公司销售到全星际，几乎涉及人体的每个器官。特效处方药、常规非处方药里都有龙心的专利，也许你受伤时，就用过她研制的药剂。"殷南昭顿了顿，"现在拍卖场里千金难求、有市无价的体能潜力激发剂，很有可能也是龙心研制的药剂。英仙皇室已经几百年都没有出过2A级体能者了，英仙叶玠能到2A级体能应该和龙心有密切关系。"

这么牛的人物就是她？骆寻像是听天方夜谭，一脸呆滞。

"相比研究药剂，龙心好像更喜欢研究基因武器。"

骆寻惊骇："基因武器？"

"这方面的资料非常少，我只查到一条。二十多年前，辰砂独立指挥战役不久，在T202星域打了一次恶战。对手只是一个中等规模的佣兵团，却在地面作战中突然使用了一种奇怪的武器。能干扰异种的五感，杀伤力惊人。辰砂当年经验不足，陷入恶战。如果不是危急关头，他体能突然突破到了3A级，只怕已经英年早逝。虽然辰砂最终打赢了那场战争，却是惨胜，他父母留给他的七个亲随，死了一个，重伤一个。"

骆寻眼前浮现出宿七的模样，一头蓬松卷曲的短发，一张甜美可爱的萝莉脸，脖子上却有一圈恐怖的伤疤。以现在的医疗技术，不可能消除不掉那种伤疤，唯一的解释就是宿七故意留下，不允许自己忘记。

骆寻吐字艰涩："重伤的……是宿七？"

"嗯。死掉的是宿四，听说是为了救宿七。"

一股寒气从脚底直冲脑门，骆寻全身汗毛倒竖，"那个武器是……是……"

"是龙心提供的。"

骆寻脸色煞白、手脚冰凉。如果辰砂知道了她是龙心，只怕会干脆利落地一剑挥下，让她人头落地。

殷南昭说："当年联邦追查武器来源，查到来自阿尔帝国，但后来并没有见到阿尔帝国的军队使用。现在回看当年的资料，有不少疑点，我推测应该是龙心，没有想到她早在那个时候就计划针对奥丁联邦了，我们却一无所知。"

骆寻失魂落魄，喃喃问："龙心为什么要这么做？"

"根据调查出的资料，龙心是孤儿，在龙血兵团长大，智商极高，性格冷血偏执，心思诡异莫测，不但是卓越的基因修复师，还有可能是全星际仅存的大师级基因编辑师。她憎恶异种，是坚定的异种歧视者，主张彻底毁灭奥丁联邦。"

骆寻不愿意相信，这种怎么听都像是反派大魔王的人怎么可能会是她？！

她声音颤抖地问："会不会认错了？既然龙心这么厉害，怎么会让自己失忆？"

殷南昭说："高明的间谍是努力骗过其他人，通过惟妙惟肖、天衣无缝地扮演别人，隐藏起真实的自己。但是最顶尖的间谍是努力骗过自己，忘掉自己是间谍，一切不是演戏，而是她就是那个人。如果连自己都成功骗过了，骗过其他人只是水到渠成的必然结果。"

骆寻如遭雷击，痛苦得连呼吸都艰难，"你是说……我……是间谍？最顶尖的间谍？"

殷南昭沉默。

三管恢复记忆的药剂……是她自己研制的……

让她失去记忆的药剂……很可能也是自己研制的……

以龙心的性格、能力和地位，叶玠不可能逼迫她去做任何她不愿意做的事。

原来，是她自己设计了一切！

难怪叶玠听到她喜欢千旭时，会露出难以置信的荒谬表情。

难怪叶玠确信只要她恢复记忆，她在奥丁联邦经历的一切就会烟消云散。

那一天，叶玠骗了她！

如果她是指尖的一点绯红，龙心可不是一水晶缸的水，而是一个深不可测的大水潭，那点绯红不管多么耀眼，落入了水潭都会烟消云散。

146

没有想到，棕离他们一直怀疑的竟然都是真的！

骆寻头发晕、脚发软，不得不靠着墙壁，才能支撑自己站稳。

一直以来，她总觉得自己虽然为了活下去欺骗了辰砂和封林，可所作所为问心无愧，她没有辜负他们的信任，没有做任何伤害奥丁联邦的事。

但是，如果她是冷血偏执的龙心，一个放弃财富、放弃权力，甚至放弃了自己的变态，一个连自己都当作棋子、冷酷地放入棋盘的变态，怎么可能不伤害奥丁联邦？

如果辰砂、封林、紫宴他们知道自己错付了信任，知道了她是龙心，会怎么做？

骆寻痛苦地问："龙心……她……她……究竟想做什么？"

"龙心的目的应该只有她和英仙叶玠知道。我推测，龙心是想全面详细地了解异种基因，最终研发出能彻底摧毁异种的基因武器。"

骆寻惊骇欲绝。

龙心不但是变态，还是疯子，她的目的不是简单地摧毁奥丁联邦，而是清除异种！

最恐怖的是，龙心的计划竟然成功了！

骆寻完全没有想到，自己十一年的勤奋努力居然全是在为龙心铺路，龙心会利用她知道的一切去摧毁她眷恋的一切。

骆寻心中满是绝望，狠狠地用头撞墙。

为什么她会是龙心？究竟是为什么？

殷南昭伸手挡在了她额头前。

骆寻低垂着头，额头贴在他的手掌上，一动不动地站着，眼泪慢慢浸湿了他的掌心。

殷南昭把骆寻拉进怀里，无声地安慰着她。

骆寻趴在他肩头，压抑地啜泣。

从叶玠的只言片语中，她猜测到自己的过去恐怕会让她难以接受，可是联想力再丰富，她也不会想到自己竟然是一个冷酷强大、冷血偏执的恶魔。

殷南昭说："你不是龙心。"

骆寻狠狠地砸自己的脑袋，"她在里面，我能感觉到她迟早会醒来。我不怕消失，但是我怕她醒来后会利用我知道的一切伤害你们。辰砂、封林、紫宴……还有一起做研究的同事，我治好的病人……"

想到可能发生的一切，骆寻满心恐惧，也许只有趁龙心还没有苏醒时杀了自己，才能避免一切的发生。

殷南昭抓住她的手，安抚地说："就算你以前是龙心，以后也不会是。"

骆寻抬起头，满脸泪痕地看着殷南昭。

"你应该私下查了不少殷南昭的资料吧？"

骆寻点头。

"你觉得殷南昭知道你是龙心后，应该怎么做？"

"……杀了我……"

殷南昭摇头，"我怎么舍得呢？"

骆寻表情呆滞，"不舍得？"

"当然！龙心的大脑可是星际间最值钱的大脑，怎么能随意杀了？我会先让棕离和紫宴把你脑子里面有用的信息全榨出来。然后，把你送给安教授去做活体研究，毕竟是纯种基因的身体，应该充分利用，不能随便浪费。"

骆寻打了个寒战。

殷南昭问："害怕我了？"

"你……没有那么做。"

殷南昭轻叹："是啊，我没有那么做。因为千旭，殷南昭做不到了。"

骆寻明白了他的意思，难过地摇头，"不一样。你只是假扮千旭，殷南昭才是身体的主宰。自始至终，每个决定都是殷南昭自己做的。不像我，我是我，龙心是龙心，我们是截然不同的两个人！"

殷南昭轻轻擦去她脸上的泪，笑着说："对啊，你们是截然不同的两个人。既然你都知道，为什么非要把龙心的事揽到自己身上呢？"

骆寻呆呆地看着殷南昭。

"怎么了？"殷南昭问。

骆寻突然紧紧抱住他的腰，把脸藏在他怀里，不想告诉他，他刚才的笑容和千旭一模一样。

殷南昭身子僵硬了一下，抚着她的头说："别怕，我说过这段路我会陪着你走。你是骆寻，不是龙心，我不会让任何人伤害你，包括你自己。"

骆寻的眼泪又掉了下来。

她现在才明白为什么殷南昭醒来后，就不再躲避她。不但直接叫她"小寻"，承认了自己是千旭，还毫不迟疑地把她从监狱带出来，放在了自己身边。

因为他已经知道，她的真实身份比盗窃基因的死囚犯更可怕，比阿尔帝国的间谍更危险。

对异种而言，龙心就是恶魔，估计整个奥丁联邦只有魔鬼心的殷南昭敢接受她、相信她，也只有他能保障她的安全。

她就像是一颗威力巨大、随时会爆炸的炸弹，一个不小心，不但会炸死人，还会给奥丁联邦带来灭顶之灾。殷南昭明知道最稳妥的方法是立即销毁，把危险扼杀在萌芽状态。但是，他做不到，只能把这枚恐怖的炸弹携带在身边，既是防止炸弹炸死别人，也是防止别人销毁炸弹。

Chapter 8

情深

没有人生下来就是金刚不坏之身，如果有一天非要挖伤口，我希望目
的是疗伤，而不是证明。

骆寻坐在餐厅的角落里，闷闷地看着窗外的星空。

"发了一天呆，肚子不饿吗？"

殷南昭把一份营养餐放到她面前，坐在了她对面。

骆寻拿起勺子，却实在没有胃口。

殷南昭能天塌下来当被子盖，她却不行。虽然他说了这段路会陪她一起走，可他毕竟是殷南昭，不是千旭。

骆寻用勺子一下下戳着营养餐，恍恍惚惚间想起千旭曾经为她准备的桃心形营养餐，还有异种丘比特的故事，情绪更加低落了。

殷南昭问："在想什么？"

骆寻掩饰地说："在想还要多久才能回到阿丽卡塔。"

"再过几个小时能到能源星，顺利补充到能源的话，应该一两天就能回去。"

"那很快了。"骆寻挖起一勺营养餐，把勺子倾斜，看着绿色的糊糊一点点掉回餐盘里，"你觉得我回阿丽卡塔……真的合适吗？"

"不回阿丽卡塔，你能去哪里？"

骆寻被问住了。

是啊！不回阿丽卡塔，她能去哪里？

以前还可以说"星际浩瀚，何处不可容身"，现在却明白了，星际浩瀚，可就是容不下她。龙血兵团不会允许龙心离开，阿尔帝国不会允许假公主离开，奥丁联邦更不会允许她离开。

骆寻心情沉重压抑，郁闷地想再戳几下营养餐，勺子却落了空。

殷南昭把骆寻蹂躏得看上去更加难以下咽的营养餐拖到自己面前，

把一罐水果味的营养剂和一盒紫红色的樱桃放到骆寻面前。

因为太占空间、储存麻烦，新鲜水果在战舰上可是稀罕物，是只有伤员才能享用的福利。

骆寻惊讶地问："给我的？"

"我不喜欢樱桃。"殷南昭舀了一勺营养餐塞进嘴里。

骆寻看着殷南昭。

殷南昭头也不抬地说："光看我可看不饱，龙血兵团还追在后面，也许有这顿没下顿，你最好吃饱点。"

"乌鸦嘴！"骆寻的心情突然好了一点，拿起营养剂喝起来。

五个小时后，飞船到达能源星。

这是一颗能源已经快要枯竭的星球，拥有它的小星国没有能力把它再开发出其他用途，只能任由它慢慢死去。

从太空中看过去，整颗星球没有一点绿色，全是沟壑纵横、高低起伏的褐色荒原，一片死寂。

飞船渐渐靠近太空港后，才感受到一点生气。

稀稀拉拉停着几艘民用飞船，正在等待补给能源。运输车来来回回，装卸着能源矿石。巨大的机械臂在智脑的控制下忙碌地工作着。

他们的情况比较特殊，智脑肯定无法处理，申请了人工处理。

飞船是战舰改造的，表里不一。

不是简单的补充能源，而是需要购买新的能源组替换掉被击毁的能源组。

军用物资受到管制，不可能说买就买，好在当年改装时就已经考虑过这种情形，经过高手的设计，可以用两个民用飞船的能源组改装成一个飞船能用的能源组。

红鸠自告奋勇，"我来过这里补充能源，比较熟悉，我去交涉。"

殷南昭问："什么时候？"

红鸠尴尬地笑，"五六十年前吧！"

殷南昭说："我去。"

"不行！"所有人都反对。

红鸠说："头儿，大家不是第一次做任务了，接到召集令的一刻就做好了死的准备。不是你的命比我的命更宝贵，只是现在还轮不到你去冒险。"

殷南昭淡淡地说："我知道你们都有牺牲的觉悟，但你们的命属于联邦。这次的任务我有私心，并不全是为了联邦。之前已经牺牲了六个队友，这次我去。你们都留在飞船上，情况不对立即撤退，把那两个人带回联邦，交给指挥官。"

骆寻咬着唇，像是生气了，转身就冲出了主控室。

"头儿……"

殷南昭抬了下手，示意他们都闭嘴。

他核对完采购清单，装好武器，戴上头盔，下令："准备打开舱门。"

舱门打开，殷南昭抓着悬梯，落到地上。

他对通信器说："安全。"

悬梯收回，船舱门即将关闭的一瞬，一个人影从缝隙里疾掠而出，狼狈地落在殷南昭身旁。

她穿着不太合身的作战服，背着行军包，戴着作战头盔，虽然看不见脸，可一看身形就知道是骆寻。

殷南昭冷斥："我已经下令……"

"我又不是军人，更不是你的队员，干吗要听你的命令？"她狠狠戳了下殷南昭的胸膛，"从现在开始，你在哪里，我在哪里！"

殷南昭沉默地盯着骆寻。

骆寻指指自己的脑袋，假笑着说："里面是龙心，你把我放在你亲爱的队友中，真的放心吗？"

殷南昭知道赶不走她，只能让步。

他跳上摆渡车，"跟紧了！"

骆寻急忙追上去。

摆渡车驰向太空港的控制楼。

骆寻警惕地四处张望,到处都是忙碌的机器人,偶尔看到几个人,也都在专注地工作,没有任何异常。

"别看了,没有异常也要被你看出异常了。"殷南昭坐在摆渡车上,泰然自若、目不斜视,简直像是在自己家。

骆寻深呼吸,努力让自己表现得不要太丢人。

摆渡车停在控制楼外面。

殷南昭和骆寻跳下车,按照机器人的指引走进大楼。

接待他们的是一个虚胖的中年人,说话时没有一丝笑容,带着一点怨天尤人的刻薄,很像是一个在偏远能源星上常年坐在屋子里盯着机器人工作的管理员。

殷南昭的表现让骆寻目瞪口呆。

他举止轻佻、动作浮夸地摘下头盔,抛给骆寻,快步走上前,热情地和胖管理员打招呼。

他脸上堆着巴结的笑,说话略有点结巴,眼睛里满是底层小人物的市侩算计,绞尽脑汁地想说点恭维好听的话,却胸无点墨、言语粗俗,一句都说不到点子上。

胖管理员态度傲慢,眼中藏着鄙夷不屑,带着一点不耐烦,十分冷淡。

殷南昭点头哈腰地凑到管理员身旁,悄悄把一块宝石塞到管理员的手里。

他自吹自擂是做大买卖的星际商人,身手不凡、见多识广,却前言不搭后语,让人觉得他完全就是一个钱财来路不正、行为粗鲁、没有脑子的海盗。

胖管理员满意地摸着手心里的宝石,挤出一丝虚伪的笑,询问殷南昭需要什么。

殷南昭说飞船遇见陨石，能源组被撞坏了，需要两个C2354型号的能源组，还有一些杂七杂八的零件。

胖管理员审核完采购清单，觉得没什么异常，全部答应了，只是价格都比星网上看到的贵三分之一。

殷南昭爽快地同意了。

胖管理员愉快地让机器人准备能源组和零件。

其实，星际海盗是他们这些人最欢迎的顾客，大家心照不宣，各赚各的钱。被派到这种地方工作的人都是没有什么背景，也没有什么能力的人，如果再不捞点外快，人生就真没有任何盼头了。

东西很快就准备好了，殷南昭查验过货物，确认没有问题后付了账。

两人乘坐摆渡车，跟在两辆运货的大货车后面，向着飞船停泊的港口驶去。

骆寻轻松了点，"现在安全了吗？"

"那个管理员没有问题。"殷南昭依旧像之前一样，泰然自若、目不斜视地坐着，似乎对周围的一切完全不在意。

骆寻想到他刚才脱胎换骨般的演技，讥嘲地问："演技那么好，是骗了多少女人练出来的？"

殷南昭云淡风轻，"当然是骗了不少。"

明明隔着头盔什么都看不到，骆寻却感觉到殷南昭在笑。她难受地转过了头，虽然早已经知道千旭只是他演出来的人物，可是，亲眼证实和心理上知道是两回事。

殷南昭坦然地说："自尊自爱、诚实守信、正直善良……这些美好的品德，从来没有在我的人生中出现过。做奴隶时，不管多痛苦，都必须笑，嘴巴甜会撒谎的孩子才讨人喜欢，能少挨打、多得到食物。在敢死队时，没有对错善恶，只有任务，想要活下来，不但要能打能杀，还要能拐能骗。我能一直活到现在，肯定是杀过很多人，也骗过很多人，有坏人、有好人，有男人、有女人。"

骆寻心里满是苦涩，却装作毫不在意，自嘲地说："明白了，我不是你第一个骗的人，也不会是你最后一个骗的人。"

殷南昭看了眼骆寻，笑着说："很抱歉，我不是温暖干净的千旭，不是你喜欢的样子。"说着抱歉，可他的声音里听不出一丝抱歉，甚至带着若有若无的讥讽嘲弄。

骆寻胸闷心室，紧咬着唇一声不吭。

殷南昭的冷酷无耻，让她无比清晰地感受到，她心心念念的千旭再也回不来了。那个孤身行走于黑暗，却还在给予他人温暖的谦谦君子只能留存于她的记忆。

摆渡车停下。

殷南昭给飞船上的队员指令："收货。务必小心，不要离开飞船！"

骆寻听到他的话，明白危险还没有过去，立即又紧张起来。

飞船一侧的舱门打开，独眼蜂带着几个人把守在舱门口，看着巨大的机械臂在智脑的操控下把货物缓缓运进飞船。

殷南昭看了眼四周，对骆寻说："你先上去。"

"你在哪里，我在哪里。"骆寻站在他身边没有动。

时间一分分流逝，货物一箱箱搬运进船舱，看上去一切顺利。

正在送第二个能源组时，搬运货物的机械臂突然失灵，装着能源组的箱子掉下，卡在船舱门口。

同一时间，周围响起枪声，停在港口四周的大货车打开，里面拥出无数全副武装的雇佣兵。

殷南昭立即把骆寻扑倒在地，一边开枪还击，一边对飞船主控室的队员下令："起飞！"

通信器里是红鸠的声音："你还没有上飞船！"

殷南昭喝令："立即起飞！"

红鸠没有办法，只能执行命令，"准备起飞，关闭舱门！"

说话间，已经有人从四面八方冲了过来，想要从还开着的舱门强行进入飞船。

独眼蜂的人分成了两拨，一拨阻击敌人，一拨想把卡在舱门口的能源组拽进去。

殷南昭对身下的骆寻说："赶在舱门关闭前，冲进飞船。"

"好！"

殷南昭抽出了武器匣，手一扬，黑色的武器匣像是苍鹰展翅般唰一下打开，是一把硕大的红色镰刀，刀把就有三米多长。

挥舞间，光华耀眼，像是收割麦子一样，所过之处，人头一个个全都被收割走，鲜血漫天飞溅。

骆寻借助他的掩护，快速地跑向飞船舱门。

转眼间，地上的尸体密密麻麻倒了一层，可敌人悍不畏死，越来越多。

飞船的引擎已经启动，舱门却一直迟迟关不上。

警报声尖锐地鸣叫，提醒着强行起飞有爆炸危险。

殷南昭命令："独眼蜂，去关舱门！"

无数次并肩作战、出生入死，已经习惯了无条件执行命令。独眼蜂没有去质疑他一个人如何抵挡住无数敌人，而是立即收起武器，带着所有人过去帮忙。

骆寻爬上了船舱，和大家一起用力，终于把卡在舱门口的能源组拽进了飞船。

"10、9、8……"

智脑开始起飞倒计时，舱门渐渐合拢，殷南昭仍然置身敌人中间，还在阻杀敌人。

骆寻着急地大叫："千旭！"

殷南昭把镰刀往地上一撑，像是撑竿跳高一样拔地而起，一跃三十多米远，从所有人头顶上飞过，落到舱门口。

他收回镰刀时，血红的刀锋正好把紧追过来的人的脑袋全部收割掉。

倒计时结束，舱门合拢、飞船升空。

众人刚松了一口气，却发现舱门还是没有真正关上。

原来，之前突然失灵的机械臂卡在了门轴里，机械臂的另一端连在太空港上重达几百吨的底座上。

"危险！危险！危险……"智脑判断出有爆炸危险，舱门四周的红色警报灯不停地闪烁，提醒舱门附近的人尽快撤离。

大家又拿枪射，又拿刀砍，用了各种武器想要把机械臂砍断。可是，这种机械臂是为装载巨型货物、拖运飞船制造的，非同寻常地坚固，没有专业切割工具，根本没有办法轻易砍断。

引擎轰鸣声中，飞船向上推进的力量越来越强，舱门口已经能看到火花四溅。

独眼蜂满脸都是汗，举着枪疯狂地扫射机械臂。

"不要浪费子弹了。"殷南昭拍了下他的肩膀，轻轻一跃，就从没有关拢的缝隙里跃出了飞船。

他落在地面的操作台上，关闭已经失灵的智能操控，开启手动操控，把机械臂从舱门口收了回来。

舱门立即关闭，飞船腾空而起，冲进太空。

独眼蜂滚倒在地上，眼里泪光闪闪。

他最后一眼看到，操作台四周密密麻麻全是敌人，孤零零的操作台就像是一叶孤舟置身于汪洋大海中。

所有人呆若木鸡，没有一丝平安逃脱的喜悦。

通信器里传来红鸥兴奋的声音："顺利起飞！所有人安全吗？"

独眼蜂擦了把脸上的汗，声音嘶哑地说："安全，除了……头儿没上来，还有骆寻。"

头儿跳出飞船后，骆寻也紧跟着跳了出去。

头儿在操作台手动移动机械臂时，骆寻在操作台外面掩护他，把所有想射杀头儿的人都击毙了。

枪林弹雨。

殷南昭把骆寻拽进操作台，一边开枪逼退靠近的敌人，一边冷嘲热讽地说："你爱的是千旭，不是我，为我把命丢了可不值得！"

"现在是说这个的时候吗？"骆寻吼。她也觉得自己脑子有问题，但是已经跳出来了，又不可能再跳回去。

殷南昭抬头看了眼天空，对骆寻说："抱紧我！"

"什么？"骆寻一脸呆滞，以为自己幻听了。

殷南昭顾不上解释，把骆寻一把拽进怀里，一个纵跃向上高高跳起，靠着强大的体能抓住了一个正在高空中快速运转的机械臂。

"抱紧！"他一手要抓着机械臂，一手要开枪阻击敌人，没有办法再照顾骆寻。

骆寻感觉自己在坐云霄飞车，还是没有任何保护措施的云霄飞车。她不得不像个树袋熊一样，手脚并用，紧紧地环抱住殷南昭，努力不让自己掉下去。

天旋地转中，两人被机械臂扔到了一辆正在装卸货物的大型货车上。

殷南昭问："会开货车吗？"

"不会！"

殷南昭把她摁坐到驾驶位上，"你开车，我狙击。"

骆寻要疯了，茫然地看着眼前的操作台。

"玩过玩具车吗？绿色前进，红色停，很简单。"

殷南昭拿出武器匣，没有把它变成巨型镰刀，而是激活组装成了一把能量狙击枪。

"玩具车！"骆寻咬了咬牙，把控制杆顺着绿色箭头的方向一推到底。

引擎咆哮，大货车像是喝醉了酒暴走的大汉一样，歪歪扭扭、横冲直撞地疾驰向前。

有人冲过来，想要阻截他们。

骆寻犹豫间，殷南昭反手开了几枪，把那几个人击毙了。骆寻再不迟疑，紧咬着牙，开车冲了过去。

她问："往哪里逃？"

"哪里人少往哪里逃。"

骆寻稀里糊涂把车开出了太空港。

大货车歪歪扭扭地奔驰在一望无际的褐色荒原上，一路带起滚滚沙尘。

敌人紧追不放，地面上有装甲车在追赶，天空中有飞艇在追击。

骆寻觉得他们逃不掉。

一个荒凉贫瘠的星球，一辆根本不善于逃跑的货车，她的驾驶技术又奇烂无比，如果不是殷南昭的狙击威慑力惊人，估计他们早就被抓住了。

骆寻从后视屏里看了一眼背朝着她的殷南昭，想不通自己为什么明知道死路一条，还会头脑发热地跳下飞船呢？

他心狠手辣、杀人如麻，没把别人的命当回事，也没把自己的命当回事。

他狡诈多疑、独断专行，完全没把世俗的道德标准放在眼里，行事也完全无所顾忌。

他心思莫测、难以捉摸，还善于演戏，见人说人话，见鬼说鬼话，简直像是有上千张面孔。

…………

骆寻觉得他简直满身都是缺点。

辰砂妈妈"人间极品"的评价真是太客气了，说难听点，殷南昭根本就是一个心理阴暗、人格分裂、精神扭曲的大变态！

即使他没有戴头盔遮住那张脸，骆寻也清楚地知道他不是温暖美好、细心体贴的千旭。

"能量用完了。"殷南昭把能量狙击枪复原成武器匣插回腰间。

骆寻心中一惊，下意识地问："怎么办？"

殷南昭说："我不会投降。"

骆寻看着前方一望无际、沟壑纵横的死寂大地，心里竟然异样地平静，坚定地说："你在哪里，我在哪里。"

殷南昭盯了她一眼，一手掉转方向盘，一手把她拽进怀里，"抱紧我！"

骆寻已经学会不胡思乱想，很主动地搂紧了殷南昭。

殷南昭抱着她从车窗跳出疾驰的货车。

一枚炮弹击中了货车，轰然一声，货车爆炸。

漫天火光中，两人顺着陡峭的山壁向下滚去。

骆寻摔得头晕眼花，所有感觉都变得迟钝模糊，只隐隐约约中听到枪声响个不停，渐渐地越来越远。

好像过了很久，两人才停下来。

"小寻？"殷南昭立即去查看骆寻有没有受伤。

他已经尽力把骆寻护在怀里，用自己的身体挡去了大部分撞击，但毕竟是从那么高的地方摔下来，不敢确保万无一失。

骆寻清醒了一点，觉得全身上下都疼，忍不住呻吟了一声。

殷南昭急忙问："哪里痛？"

"全身上下哪里都痛。"

殷南昭松了口气，语气却十分清冷："很好，说明都没有摔断。"

骆寻气恼地推开他，硬撑着坐起来，一边揉着摔痛的胳膊腿，一边龇牙咧嘴地说："难怪你一直单身，就你这样能找到女朋友才怪。"

殷南昭没理会她的抱怨嘟囔，拿出武器匣，变成一把一米来长的镰刀，"走吧！龙血兵团应该很快就会追过来。"

骆寻看了眼变短了的血红镰刀，想起在执政官官邸时，殷南昭要砍自己胳膊的那把血红弯刀。难怪当时她觉得形状有点古怪，原来实际上是把镰刀。

骆寻跟在殷南昭身旁，小心警惕地走着。

出乎意料，荒凉的山谷里不是寸草不生，竟然长着不少像爬山虎一样的攀缘类植物。

拇指粗细的褐红色藤蔓，上面长着密密麻麻、又细又长的褐红色针叶。看上去非常坚硬，像是一根根尖锐的金属刺。长长的藤蔓有的沿着陡峭的山壁向上攀缘，有的顺着高低起伏的大地蔓延开来。虽然长得不算茂密，可看上去也生机盎然。

殷南昭问："认识这种植物？"

"不认识。"骆寻踢了踢脚下贫瘠的土地，蹲下去仔细看了看，"我觉得这种植物有点古怪，小心点。"

"没有其他植物共生，很可能有剧毒，注意不要碰到。"殷南昭虽然不懂生物学，但死里逃生的次数多了，对外部环境的异常十分敏锐。

两人为了绕开藤蔓，走得不快。

一队龙血兵团的士兵追了上来。

殷南昭镰刀挥过，一个人被击杀，倒在一片茂盛的藤蔓上，鲜血汩汩涌出。

就好像按了激活键，那些植物突然都活了。褐红色的藤蔓四处游走，像是一条条长蛇缠绕住闯入它地盘的活物。一根根细长的针叶刺入人的身体，像是无数根吸管，饥渴地吸吮着鲜血。

骆寻和殷南昭对藤蔓早有戒备，一直没敢靠近，追杀他们的人却忽略了，恰好站在藤蔓附近，所有人都被缠住。

他们拼命挣扎，可越挣扎藤蔓缠绕得越紧。

他们开枪射击，却没有任何用处。粗粗细细的藤蔓连绵不绝，断了头还有尾，根本不畏惧子弹。

他们吓得魂飞魄散，伸出手去拽，手却被藤蔓缠住。

这些植物压根儿不像植物，它们像是冷酷老练的猎食者，无情地屠杀着猎物。

殷南昭挥舞镰刀，把扑向他们的藤蔓都砍断。

"小寻！"他提醒骆寻靠近他。

骆寻却好像被什么吸引住了，呆呆地看着眼前的一切，甚至不自禁地往前走了几步，想要看得更清楚一点。

一条藤蔓扭动着身躯，缠向她的手臂。她却无知无觉，依旧全神贯注地盯着那些吸食人类的植物。

殷南昭用镰刀砍已经来不及，因为藤蔓是植物，不是动物，即使砍断了，也不会立即死，依旧会"咬"上骆寻。

他只能飞掠过去，一把抓住藤蔓的头。藤蔓如同附骨之疽，立即把刺扎进他的掌心，狠狠吸食。他另一只手挥舞镰刀，迅速把藤蔓割断。过了一会儿，紧紧扎在手上的藤蔓才慢慢松开，掉落到地上。

骆寻依旧看得全神贯注，完全忘记了周围的事。

既然她想看，就让她看个够。殷南昭没再出声打扰她，只是挥舞镰刀守护在她身边。

渐渐地，猎物不再挣扎。

藤蔓把他们重重裹住，像一个个褐红色的蚕茧，拖拽到根茎处，开始安心享用它们的美食。

空气中弥漫着浓重的血腥味。

几株不死心的藤蔓还试图来捕杀殷南昭和骆寻，殷南昭正想把它们连根割断，骆寻突然说："别砍！"

她从行军包里摸出一瓶止血剂，朝着一根扑过来的藤蔓猛喷。

连子弹和镰刀都不畏惧的藤蔓竟然唰一下躲开了。

骆寻满面惊喜，拿着止血剂朝着自己狂喷一通，竟然直接朝着飞舞的藤蔓走过去。

殷南昭没办法，只能紧跟在她身后，高度戒备，保护以身饲虎的科学怪人。

飞舞的藤蔓一遇到骆寻，就像人踩到臭狗屎一样，避之唯恐不及，嗖嗖几下都缩了回去，十分嫌弃的样子，完全不再搭理骆寻。

"有意思！"

骆寻兴致盎然地盯着藤蔓，眼中满是惊叹，像是发现了什么宝贝。

一会儿后，山谷里彻底恢复平静。除了空气中淡淡的血腥味，就好像什么都没有发生过。

已经吃饱了的藤蔓慢慢伸展身体，在地上或者峭壁上铺展开，又变成了呆呆蠢蠢的植物，完全无害的样子。

夕阳映照下，本来褐红色的针叶变成了血红色，晶莹剔透如宝石。

骆寻这才回过神来，心有余悸地对殷南昭说："它们竟然吃人哎！"

殷南昭无语，刚才直愣愣朝着藤蔓走过去的人是谁？

骆寻激动地说："这种植物非常值得研究。"

"你怎么知道它们会怕止血剂？"

"猜的！自然界中万物相生相克，它们遇血而动、喜欢吸食人血，那么也就很有可能会讨厌止血剂。"

只是一个猜想就敢以身测试？殷南昭无奈地说："天快黑了，我们先找个地方休息。"

"哦，好。"

薄暮昏冥中，前有吸血藤，后有追兵，殷南昭不敢大意，握住了骆寻的手，带着她继续往前走。

骆寻心神恍惚，依旧在琢磨吃人的藤蔓，压根儿没有留意到两人的手紧握，只是自然而然地跟着殷南昭往前走。

殷南昭明知道身处险境不该走神，但……由她去吧！反正他护得住。

殷南昭挑选了一块四周都是吸血藤的地方作为两人暂时的栖身地。

这些植物虽然恐怖，但他们恰好发现了它们的弱点，利用好可以帮他们阻杀敌人。

吸血藤对他们的入侵很不高兴，跃跃欲试地想要吃了他们。殷南昭还想借助它们的力量，没有动用镰刀，在地上喷了一圈止血剂。

吸血藤嫌弃地退避开，给他们留下一圈安全地带，双方算是达成共识、和平相处。

殷南昭说："在这里休息一下，天亮后再找出去的路。"

骆寻发现，他的一只手一直不自然地蜷着，看上去不太对劲。

"你的手怎么了？"

"不小心被藤蔓咬了一口。"

"你告诉我，小心有毒，不要去碰它们，自己却被咬了一口？"

骆寻想不通，在早有提防的情况下，以殷南昭的体能，这些植物根本不可能碰到他的身体。突然，她反应过来："是我拖累了你？"

殷南昭肯定没有想到，危机当头她居然会走神，明明是A级体能却完全不知道躲避，彻底失去了自保能力。

殷南昭云淡风轻地说："藤蔓分泌的汁液没有毒，只是有强烈的麻痹作用，对我没有用。"

"把手给我。"

"真的没事。"

骆寻伸出了手，一直盯着他，殷南昭不太情愿地摊开了手掌。

骆寻看见他的掌心是一个又一个密密麻麻的血洞，很恐怖的样子。她的手搭在他手腕上，一边测他的脉搏，一边担心地问："你怎么肯定只是强烈的麻痹作用，没有毒？"

"我虽然不是医生，可经历的生死一线的事情多了，这点判断经验还有。到目前为止，身体没有任何异常，只有手指的灵敏度受到轻微影响，而且已经恢复。"

骆寻发现他神志清醒、血色正常、心跳正常、呼吸正常，的确没有任何中毒反应，放下心来。

她取下背上的行军包，拿出消毒剂和止血带，半带着埋怨说："虽然现在证明了这种吸血藤没有致命的毒素，当时你可不知道，干吗要以身犯险？"

殷南昭不吭声。

骆寻看着他掌心细密的血洞，一句"你是殷南昭，又不是千旭"已经到了嘴边，却又吞了回去。

"有点痛。"骆寻把消毒剂倒在殷南昭手心，把吸血藤残留的分泌液清洗干净。

她喷上加速伤口愈合的药剂后，用止血带帮他包扎好。

殷南昭看看包扎好的手，赞许地说："你在医学院的野外急救课学得不错。"

骆寻收好急救包，又从行军包里拿出四管浓缩的软包装营养剂，"拜你的乌鸦嘴所赐，我还莫名其妙装了这个。"

殷南昭笑起来，拿过一管要撕开。

"别动！"骆寻从他手里抢过，帮他撕开封口，递回给他，"从现在开始，这只手不能用力，直到伤口愈合。"

殷南昭没有接。

骆寻疑惑地看他，和他黑沉沉的视线撞了个正着，心里竟然莫名地发慌。

她恶声恶气地说："干什么？没见过我温柔善良的一面吗？我又不像你，我对人向来很好，是最受病人欢迎的医生！"

殷南昭微笑着接过营养剂，礼貌地道谢："谢谢骆医生。"

骆寻觉得心里发堵，可又不知道堵什么。她帮他治疗伤口，他客气地道谢，对殷南昭而言，简直是难得像正常人的表现，她应该欣慰啊！

骆寻闷闷地打开一管营养剂，沉默地喝着。

夜幕笼罩。

山谷格外安静，连一声虫鸣都没有。

骆寻喝完营养剂，双手环抱着膝盖，盯着不远处的一丛藤蔓，眉头紧蹙，不知道在想什么。

殷南昭已经闭上眼睛在休息，淡淡地说："睡一会儿吧，有这些杀人的小东西，龙血兵团的人一时半会儿进不来。"

骆寻"嗯"了一声，头趴在膝盖上，闭上了眼睛。

看上去一动不动，似乎在休息，可她的呼吸一直忽轻忽重，显然心事重重。

殷南昭睁开眼睛，盯着她看了一会儿，无声地叹了口气，长臂轻探，把骆寻拽进了怀里。

骆寻心中一惊，脑子里想着他是殷南昭，应该推开他，身体却自有记忆，压根儿没有抗拒。

殷南昭轻抚着她的背，温和地说："不要胡思乱想了。"

熟悉的怀抱、熟悉的声音、熟悉的气息，一直紧绷着的身体骤然放松。骆寻鼻子发酸，头埋在他怀里，声音低沉地说："我今天杀人了。"

"我看见了。"

"我第一次杀人，可是，我当时竟然没有丝毫犹豫，这不正常。肯定是因为龙心……"

"嘘！"殷南昭阻止她继续往下说，"不是因为她，是因为千旭。"

"因为千旭？"

"他们把枪口对准了千旭，你为了保护千旭，自然会开枪射杀他们，后来拦截车的那几个人你就犹豫了。"

"你……看出来了？"

所以，你没有让我在撞不撞他们之间做选择，而是自己击毙了他们。

骆寻抬起头，看着殷南昭，漆黑的眼睛中波光潋滟，像是洒满了揉碎的星光。

殷南昭怔怔看了一瞬，猛地扭过了头，"我不是千旭，别用那种目光看我。"

他拿起一旁的头盔，想要戴上。

骆寻抓住他的手，不允许他戴头盔，"你喜欢我？"

殷南昭身子僵硬，不耐烦地说："千旭是我扮演的，我又没有失

167

忆，受千旭影响，我的一部分喜欢你，不是很正常吗？"

"不是你的一部分，是你！是你喜欢我！"

殷南昭冷嗤："我？"

骆寻像是突然明白了什么，眼睛里满是惊讶意外，"原来，你是在吃醋！明明我已经看见你的脸了，你还总是要遮住自己的脸，一遍遍强调自己不是千旭，原来你一直在吃千旭的醋！"

殷南昭讥嘲："想象力真不错……"

骆寻突然吻住殷南昭，把他尖刻的话语都堵住了。

两人怔怔看着彼此。

不但殷南昭被骆寻吓住了，骆寻也被自己吓住了。

殷南昭面如寒冰，压抑着怒气，冷声问："你知道自己在吻谁吗？"

骆寻回过神来，眼睛亮晶晶地看着他，"你喜欢我吗？"

殷南昭刚张口要否认："不……"

骆寻鬼使神差，竟然蜻蜓点水般又吻了一下他的唇。

殷南昭咬牙切齿，简直全身直冒寒气，"骆寻！我警告你，不要把我当千旭的替身！你再敢……"

骆寻表情怪异，手捂在自己心口，像是完全没听到殷南昭在说什么。她微微仰头，居然又吻住了殷南昭，把他恶声恶气的话全堵了回去。

殷南昭脸色铁青地瞪着骆寻，眼睛里全是怒火，像是要一把掐死她。

骆寻半闭着眼睛，如同做梦一般，表情又是茫然又是困惑，"我的心跳得好急！"

殷南昭一下了愣住了，以他的体能，早应该留意到，可刚才却完全忽略了。

怦怦！怦怦！怦怦……

他的世界渐渐全都是骆寻的心跳声，响如擂鼓，又急又乱。

骆寻表情迷惘，几不可闻地细语低喃："我杀人时很清楚自己守护的是殷南昭，虽然我也不明白为什么会一边心里骂你是变态，一边要跟

168

着你，就像……"

殷南昭身体紧绷，目不转睛地盯着骆寻，"就像什么？"

"就像……我不知道刚才为什么会吻你。只是突然发现殷南昭居然也喜欢我，还在吃千旭的醋，莫名其妙就吻了。"

殷南昭面无表情，语气却格外柔和，循循善诱地问："后来为什么还要吻呢？"

骆寻脸色酡红，像是喝醉了酒，喃喃说："我觉得心跳得很急，不太明白，想确认……"

"确认什么？"

骆寻猛地抬眸，看着殷南昭，眼中泪光盈盈，"我不知道！"

殷南昭笃定地说："你知道！"

他的手按在她胸口，掌心下那颗心扑通扑通跳得很急。

骆寻怔怔地说："它知道你喜欢我，很开心；它感觉到我在吻你，很开心。我不知道为什么会这样，明明不应该的，我喜欢的人是千旭，不是你……"

殷南昭猛地搂紧骆寻，狠狠吻住了她。

骆寻想躲，却无处可躲。

殷南昭的情感就像是冲破堤坝的滚滚洪水，铺天盖地、倾泻而下，所过之处惊涛澎湃、巨浪翻卷，逼得骆寻身不由己，只能随着他的情潮翻涌。

从激烈到温柔，从炽热如火到柔情似水。

骆寻从不知道一个吻能持续那么久，也从不知道一个吻会有那么多变化。

重咬细舐、疾缠徐绕、轻叩慢挑。

殷南昭一直恋恋不舍，纠缠不放，就好像要把所有的压抑渴望都释放出来，所有的爱恋思念都倾诉出来。

骆寻感受到了。

这段感情中，不是只有她在痛苦煎熬，他也在因为失去而痛苦、因为思念而煎熬。

她的每一分痛，他都烙在了心里，感同身受。

骆寻的眼泪从眼角滑落，那些断臂剜心的伤依旧还在心口，但因为知道了有人在一起承受这份痛，好像没有那么疼了。

一滴泪打落在殷南昭的手上，殷南昭身子骤然僵住。

他抬起头，轻轻地吻去骆寻脸上的泪痕，"对不起！"

骆寻摇摇头，脸伏在他的肩头不说话。

她和他之间的这笔账算不清，也没法算。

千旭和骆寻、殷南昭和龙心。究竟谁骗了谁，谁入了谁的局，谁欠了谁，谁对谁错，根本说不清楚。

殷南昭轻声说："我的身份是假的，但说过的话都是真的。"

骆寻抬头看着殷南昭，刚刚落过泪的眼睛格外清亮，就像是两颗宝石，要照出他心里所有的秘密。

殷南昭禁不住轻轻吻了下她的眼角，"我告诉你，我是孤儿，在孤儿院长大。不是假话，只不过不是阿丽卡塔孤儿院，是罗萨星上的一个孤儿院。七岁的时候我被老师拐卖给奴隶贩子，后来几经转手，被卖到泰蓝星，接受专业调教，成为供人玩乐的……"

骆寻用手捂住他的口，"我相信你，不用为了证明自己去挖开过去的伤口。"

殷南昭完全没想到竟然有人会担心他的承受力，好笑地说："我是殷南昭。"

"我知道，好厉害、好厉害的殷南昭。但没有人生下来就是金刚不坏之身，如果有一天非要挖伤口，我希望目的是疗伤，而不是证明。"

殷南昭愣了一愣后笑起来，这不就是骆寻吗？

他像是呵护珍宝一般把骆寻温柔地搂在怀里，"睡一会儿吧，明天还要赶路。"

平生第一次，他知道了传说中的极乐天堂是什么样子——就在这个死亡山谷，漫天繁星下，吸血藤的环绕中。

Chapter 9

知道你在

我想一个人走，不是因为我不需要你，而是我知道我需要你的时候，
你一定会在。

能源星上只有五个小时的黑夜，骆寻觉得刚合上眼睛没多久天就亮了。

两人分吃完仅剩的两支营养剂，殷南昭走到高处，调试通信器，想找到信号和外界联系上。但搜索了一会儿，发现一点信号都没有，只能放弃。

他回过头，看到骆寻的样子，冷峻的眉眼禁不住柔和了。

骆寻像只小兔子般蹲在地上，双手撑着下巴，聚精会神地盯着吸血藤看。

殷南昭走到她身边，揉了揉她的头，"这里找不到食物，也找不到水源，必须想办法离开。"

"哦。"骆寻站了起来，心不在焉地说："把你的镰刀借我用用。"

殷南昭把武器激活，递给她，"它叫冥引。"

骆寻对星网上的武器排行榜显然从没有关注过，完全不知道"冥途引路"的大名。她拿着镰刀往前走了几步，小心翼翼地去碰吸血藤。

藤蔓闻到镰刀上的血腥味，试着缠到镰刀上"咬了"几口，大概觉得不好吃，懒洋洋地爬回地上，不搭理镰刀。

骆寻却一而再，再而三地戳藤蔓。

藤蔓好像怒了，突然暴起，像一条长鞭一样横扫过来，吓得骆寻立即往后退，跌到殷南昭怀里。

殷南昭握着她的手，用镰刀把扫过来的藤蔓砍断。

骆寻满意地点头，"你有没有觉得这一株最机灵活泼？"

殷南昭完全不知道她怎么能从一堆长得差不多的植物里得出这样的

结论，"玩够了就走吧！"

骆寻讨好地笑，"我想挖一株寻昭藤带走。"

"什么藤？"

"生物学上有不成文的规矩，谁发现的物种谁就有命名权，这是我发现的新物种，我打算命名它为'寻昭藤'。骆寻的寻，殷南昭的昭，寻昭藤！"

殷南昭看着长相难看、性格凶恶的吸血藤，实在没办法违心地表达欣赏，"换个名字，我就帮你挖。"

骆寻撇嘴看着他。

殷南昭撇过头，淡淡地问："想要哪一株？"反正这么冷僻丑陋的植物将来也不会有几个人知道，叫什么都无所谓。

"那株！"骆寻高兴地指指之前她逗弄的吸血藤。

殷南昭拿着冥引飞跃到藤蔓旁边。

"可以把它的藤蔓全砍掉，留下这么长就可以了……"骆寻张开手臂，比画了一下长度，"注意不要伤到它的根。"

殷南昭折腾了一会儿，才按照骆寻的要求把一株吸血藤连着完整的根须挖了出来。

骆寻把行军包倒空，装上根部的土，把吸血藤放进去。

合上行军包，吸血藤依旧不老实，用仅剩的几截藤蔓狠狠戳行军包。骆寻明明怕得要死，却一咬牙就要把包背上。

殷南昭手一抬，把行军包拎了过去。

骆寻倒也没客气，踮起脚，笑眯眯地亲了一下殷南昭的脸颊，"你都不问问我对这家伙为什么感兴趣，就由着我折腾？"

殷南昭看着别处，不自然地说："龙血兵团应该马上就要追过来了，走吧！"

骆寻跟在他身旁，边走边说："我把它们命名为'寻昭藤'可是有原因的，说不定有一天它会扬名星际、载入史册。"

殷南昭可没想让"寻昭"两字因为一株丑陋凶恶的藤蔓出名，可骆寻正在兴头上，他只能配合地问："什么原因？"

"因为它们很神奇。这里的土地非常贫瘠，很难给植物提供赖以生存的养料，它们的叶子退化成了坚硬的细针，也不适合进行光合作用，可是它们竟然进化成了猎食者，靠着捕杀猎物生存。"

"自然界有不少类似的植物。"

"不一样。那些植物是靠着气味诱惑或者拟态陷阱捕食，寻昭藤却是主动出击。而且，根据这里废弃的时间，它们的进化时间不会超过一千年。一千年能进化到植物性和动物性结合得这么完美，绝对是基因的奇迹！"

"嗯。"

骆寻着急地说："你别不以为然啊！我这是重大发现！"

"嗯，重大发现。"

真是隔行如隔山，完全对牛弹琴。骆寻拿出给学生讲课的架势，循循善诱地问："你觉得是人和动物的差异大，还是植物和动物的差异大？"

"植物和动物的差异更大。"

"那你觉得是人和动物的差异大，还是普通人和异种人的差异大？"

殷南昭立即捕捉到骆寻的重点，猛地停住了脚步，"人和动物的差异更大。"

"普通人和异种人的差异＜人和动物的差异＜动物和植物的差异。"骆寻眼睛亮晶晶地看着殷南昭，一脸求表扬的兴奋，"寻昭藤把差异最大的动物基因和植物基因完美融合了。"

殷南昭的表情分外严肃，"寻昭藤也许能解决异种基因和人类基因的融合问题？"

骆寻点头，"大自然才是最伟大的基因魔术师！它创造了'寻昭藤'，也许在告诉我们该往哪条路走。不过，这只是我的设想，究竟怎么样要研究后才能知道，研究周期也很难预测，说不定很长，但我发誓一定会……"

殷南昭突然紧紧地抱住她，"我相信！"

骆寻轻声说："我一定会研制出让异种基因和人类基因融合的

174

方法。"

虽然上一次千旭异变是假装的，但殷南昭是3A级体能，异变概率非常大，她不想再经历一次那样的痛苦了。

炽热的恒星悬挂在天上，像一个大火炉般炙烤着大地，空气里没有一丝湿气。

一路不停地急走了八个多小时，骆寻觉得嗓子干涩得像是要冒烟，嘴唇上都暴起了干皮。

龙血兵团的人依旧紧追不舍，幸好"寻昭藤"会时不时地制造一点麻烦，帮他们争取时间。

殷南昭四处看看，走到一块大石头旁，"休息一下。"

骆寻急忙钻到石头的阴影下，躲避暴晒。

殷南昭站在石头上，摆弄了一下通信器，竟然发现有一小格信号，收到了一条红鸠发送的加密信息。

骆寻问："有办法离开这颗能源星了？"

殷南昭跃下石头，"是一个坐标位置，我们过去看看。"

骆寻从阴影里钻出来，"走吧！"

殷南昭看了眼她红通通的脸庞，蹲到她面前，"我背你。"

骆寻笑着拒绝了："我能坚持，走吧！"

殷南昭冷冷地问："如果是千旭，你会拒绝吗？"

骆寻惊奇地看着殷南昭。不会吧！又吃醋了？

殷南昭目光犀利地盯着骆寻，"敢说真心话吗？"

"敢！如果是千旭，我不会拒绝。"

殷南昭若无其事地笑了笑，拽着骆寻的手，一声不吭地继续往上攀爬。

骆寻问："生气了？"

"没有。"

"真的没有？"

殷南昭对她微笑，注视着她的双眸，十分真诚地说："真的没有。"

骆寻紧抿着唇，强忍住笑，演技再好也掩饰不住他居然真的吃醋了哎！

肯定又觉得她喜欢的是千旭，不是他，对他只是移情作用。

没有想到强大的殷南昭竟然在感情上会这么不自信，骆寻本来还想逗他一会儿，可看他又开始精分自虐，心里实在舍不得。

她双手挽住殷南昭的胳膊，整个人都倚在他身上，"千旭只需要负担我一个人，我喜欢他，自然喜欢让他背着我。殷南昭已经背负了太多东西，我喜欢他，自然会比较心疼他，即使不能帮他分担，也不想再加重他的负担了。"

殷南昭不知不觉中慢下脚步，看着前方蜿蜒崎岖的山路，黑沉沉的眼睛里透出了难言的悲伤。

骆寻摇了摇他的胳膊，"我想和你并肩前行。"

殷南昭把骆寻拉进怀里，沉默地抱住了她。

骆寻轻声说："我想一个人走，不是因为我不需要你，而是我知道我需要你的时候，你一定会在。有靠山的人，才敢自信地大步往前走啊！"

从第一次相遇开始，她迷惘时、孤单时、害怕时、伤心时、遇到危险时，他不管是以千旭的样子，还是以殷南昭的样子，总是会在她身旁。

甚至，在千旭死的那一刻，他也在！

骆寻突然不想理他了，狠狠踩了他一脚，生气地推开他就要走。

殷南昭却长臂一探，从背后紧紧抱住了她，"对不起！"

骆寻挑挑眉，"对不起什么？"她都没有说自己为什么突然间就莫名其妙生气了。

殷南昭声音低沉："我做过的让你生气的事也就那么一件。"

骆寻仔细想想，对啊，相识十余载，他的确只做过这一件让她生气难过的事。骆寻觉得自己不是疯了，就是中了殷南昭的毒，竟然能从肝肠寸断的痛苦里品出一丝丝甜。

她重重给了他一胳膊肘，"花言巧语，这事我回头和你慢慢算账！"

殷南昭笑，贴在她耳畔低声说："你慢慢算，反正我准备了一辈子的时间给你。"

骆寻耳热心跳，幸好脸本来就被晒得发红，看不大出来。她掩饰地说："龙血兵团还追在后面，快点走吧！"

殷南昭握住她的手，沿着崎岖的山路默默往上爬，嘴角一直噙着笑。

过了好一会儿，骆寻急促的心跳才渐渐平复。

殷南昭突然一本正经地说："小寻，忘记告诉你一件事了。"

"什么？"

"3A级体能可以听到人的心跳声。"

骆寻愣了一瞬，才反应过来，刚刚平复的心跳又乱了。

天色全黑时，殷南昭和骆寻终于找到一条路，走出了山谷。

他们藏身在隐蔽的乱石堆里，观察了一会儿，发现竟然被包围了——

一队队荷枪实弹的军人来来回回巡逻，每隔几百米就设置了一辆重型装甲车，天上还时不时有侦察机轰鸣着从低空飞过。简直像是一个重兵把守的军事要塞，完全不像是一个临时布置的围捕点。

骆寻说："他们肯定拿到了地图，提前在所有出口布置了重兵包围，不管我们从哪里出来，都会落到他们的网里。"

殷南昭说："有点怪。"

"哪里怪？"

"龙血兵团的目的是抢回洛兰公主和约瑟将军，不是重兵捕杀两个海盗。"

骆寻一想，对啊！就算知道乌鸦海盗团和奥丁联邦有瓜葛也说不过去。如果只是追杀两个乌鸦海盗团的海盗，绝不可能是这种天罗地网的阵仗。龙血兵团应该集中兵力去追捕飞船，救回洛兰公主和约瑟将军。

殷南昭说："除非他们知道，这两个落单的海盗中，有一个人比洛兰公主和约瑟将军加起来都更重要。"

骆寻脑子飞快地盘算，不可能是她。她是安达临时起意塞进飞船的，连殷南昭都不知道，龙血兵团更不可能知道。既然不是她，那就只能是……

骆寻惊恐地看着殷南昭，龙血兵团知道了奥丁联邦的执政官在这里！

殷南昭无奈地笑，"虽然不知道他们是怎么知道的，但看样子只有这个猜测才能合理解释眼前的情形。"

骆寻急切地说："我们返回山谷，找别的出路。"

"现在山谷里都是龙血兵团的士兵，退回去很有可能和他们迎面相遇，而且，另一条出口肯定也是这样。"他脱下行军包，给骆寻背上，"我们分开走，在这个坐标会合。"

"不要！"

殷南昭努力说服骆寻："不用保护照顾你，我可以没有顾忌地全力逃跑；有我吸引他们的注意，你也更容易逃脱。这是对我们两个都好的选择。"

"不要！"

不管殷南昭说得多好听，骆寻就是固执地拒绝。虽然听上去他的话很有道理，但是骆寻的经验告诉她，上一次某人在岩林里说分开走时可没发生好事，绝不能再听他的！

突然，骆寻灵光一闪，打断了殷南昭的喋喋不休，"叶玠想要抓捕你，肯定要派出龙血兵团的精英骨干吧？"

"任何人想要抓捕殷南昭都必须倾尽全力。"

"我是被安达悄悄送上飞船的，连你都不知我在飞船上，叶玠也不可能知道。"

"嗯。"

"你相信我吗？"

殷南昭毫不迟疑地点了下头。

"我有一个办法也许能安全地通过这里，不过需要你去弄两套他们的作战服来，不能惊动任何人。"

殷南昭心念电转，立即明白了骆寻的计划，"在这里等我。"

他犹如鬼魅一般眨眼就消失不见，骆寻蜷缩着身子，藏在岩石缝隙里静静等待。

一会儿后，一个穿着龙血兵团作战服、戴着龙血兵团作战头盔的人出现在骆寻面前。

骆寻含笑叫："南昭？"

殷南昭摘下头盔，凝视着骆寻，轻声说："再叫一遍！"

骆寻看着和千旭一模一样的面容，柔柔地说："南昭。"

殷南昭俯身过来，在她唇上蜻蜓点水般地轻吻了一下，把一套龙血兵团的作战服放到她怀里，背转过身子，"你先换衣服。"

骆寻诧异看着他发红的耳朵，不敢相信威风凛凛的殷南昭竟然这么羞涩！

转念间，想到哭泣和欢笑可以假装，脸红却不可能假装，那是像心跳一样无法控制的自然生理反应。

原来，千旭动不动就脸红的根源在这里呢！

骆寻一边窃笑，一边换上作战服，"我好了。"

殷南昭转过身，把一管营养剂递给她。

骆寻抿了下干裂的嘴唇，立即拿过去，一口气喝了半管，把剩下的递回给殷南昭。

殷南昭的目光爱怜温柔，"我已经喝过了，抢了两个人，正好两套衣服、两管营养剂。"

骆寻没再客气，把剩下的都喝了。

两人戴好头盔，彼此打量了一下，确定看上去和其他龙血兵团的军人一模一样。

殷南昭问："准备好了？"

"好了。"

骆寻深吸口气，提步向前走去。殷南昭放缓脚步，跟随在骆寻身后。

骆寻走着走着，觉得腿有点发软。

不管多有思想准备，她毕竟是常年埋头在实验室里做研究的研究员，看到前面荷枪实弹的军人、火力强大的装甲车、一排排黑压压的枪口，不可能不紧张害怕。

贴在耳朵上的微型通信器里传来殷南昭的声音："我第一次去执行任务时也很紧张。"

"刚加入敢死队的时候？"

"嗯。"

骆寻感觉好过了一点，"那时候你多大？"

"十六岁。"

"竟然还没有成年就让你执行任务？联邦政府太过分了，这是犯法！"

出乎殷南昭的意料，骆寻的关注重点直接跑偏了，但是跑题跑得他心里满是暖意。他低笑了一声，安慰地说："不止我一个，敢死队本来做的就是违法的事。"

骆寻觉得满是心酸和心疼，紧张和害怕被冲得烟消云散。

她咬牙切齿、昂首阔步地往前走，看上去竟然成了自信的威严。

巡逻的军人拦住了他们，喝问："你们是哪支队伍的？"

骆寻想着殷南昭说的"龙心冷酷强势"，直接一脚踹过去，踢翻了对方。

霎时间，大大小小所有枪口都对准了他们。

骆寻却停都没停，依旧往前走着，"谁是这里的负责人？滚出来！"

上百个军人被她的气势惊吓住了，迟疑间想开枪又不敢开枪，只能一拥而上，企图活捉他们。

骆寻抬起右手，冷漠地挥了一下，示意身后的殷南昭上，"打死了我负责。"

"是！"

殷南昭把体能控制在A级状态，靠着强大的格斗技巧，将所有企图靠近骆寻的人全部打倒。不一会儿，地上已经倒了一圈受伤的军人。

"住手！"一个穿着军官制服的头领出现，"都退下！"

所有人急忙退开，周围装甲车上的机枪和天上的战机却全部锁定了骆寻和殷南昭。

一直冷眼看戏的骆寻朝着头领走过去，讥讽地说："你架子倒是比我还大。"

她一边走一边摘下了头盔，头领看清骆寻的长相，表情震惊，双腿啪一声并拢，站得笔直，抬手敬礼，"不知道阁下在这里，属下以为您还在奥丁联邦执行任务。"

骆寻走到他面前，轻佻地拍了拍他的脸，"我去哪里还需要向你汇报？"

"不……不是！"头领的声音都有点发颤了。

"滚！"

头领立即带着所有军人退让到两侧，骆寻带着殷南昭从一群荷枪实弹的军人中间不紧不慢地走过。

头领一直警觉地盯着他们的背影。

突然，骆寻停住脚步，回过身不悦地问："你是打算让我走着离开吗？"

头领急忙恭敬地把自己的飞艇让了出来，却没有打开飞艇的锁定。

骆寻大马金刀地坐到位置上，对智脑下令："解锁。"

智脑扫描全身、生物识别身份，没有性别的机械声响起："龙心阁下，锁定解除，请选择驾驶模式。"

殷南昭像个小跟班一样，自动坐到了驾驶位置上。

骆寻看向头领，似笑非笑地说："你……不错！"

头领满头冷汗，站得笔挺，毕恭毕敬地敬礼。

骆寻冷哼了一声，舱门关闭。

直到飞艇消失在天际，头领才松了口气，擦着额头的冷汗，庆幸地想，龙心那个怪物竟然会突然出现在这里，幸亏没有出差错惹怒她。

殷南昭手动驾驶着飞艇飞行，赞许地说："干得漂亮！"

骆寻一言不发，像是怕冷一样紧紧地依偎在殷南昭身畔。刚才那个军官应该是龙息军的负责人，在星际中肯定也是一号人物，可见了龙心，竟然一点不敢违逆。她已经完全无法想象龙心究竟是一个多么强悍恐怖的女人了。

殷南昭摸了下她的头，"不要多想，龙心是龙心，你是你。"

骆寻压下心里的担忧，嘀咕："龙心可真威风，好像不比你差哦！"

殷南昭笑着揉了揉骆寻的后脖子，什么都没说。

骆寻心里忍不住琢磨，等叶玠收到消息，她利用龙心的身份逃脱了他的围捕，会不会又气到想杀了她？

"在想什么？"

"叶玠。"

"他说不定就在这里。"

"什么？"骆寻被吓了一跳，一下子坐直了身子。

殷南昭瞟了她一眼，似笑非笑地说："想杀殷南昭，龙头怎么可能不亲自出手？"

骆寻想起她上次对殷南昭说的话，考虑到他的醋坛属性，讨好地靠到殷南昭身畔，讪讪地说："那个……我上次说叶玠是……男朋友，只是想气你来着，不见得是真的。"

"嗯。"

骆寻看看他的脸色，继续狗腿地表忠心："我从没有想过要嫁给他，对阿尔帝国的皇后之位没有丝毫兴趣。"

"嗯。"

"我发誓，我心里只有你，要不然……"

殷南昭猛地捂住了她的嘴，眼中全是促狭的笑意，骆寻这才明白自己被捉弄了，人家根本没喝这杯飞醋。

太过分了！她抓着他的手作势欲咬，殷南昭的通信器突然发出了嘀一声提示音。

骆寻惊喜地说："有信号了。"

殷南昭瞅了一眼来讯显示，接通了信号。

沙沙的杂音声中，红鸠的声音传来，模模糊糊不太真切："头儿！"

殷南昭问："你联系军部了？"

"是。单靠我们自己没有办法救出你，只能用秘密联络方式向军部求助，他们搞了一艘飞船，里面还有一批武器，你收到我发的坐标了吗？"

"收到了，正在赶过去。"

"军部的那帮大老爷刚开始推三阻四不肯帮忙，说什么他们不知道我们是谁，没有批准我们的行动，也不会支援我们。后来幸亏我大着胆子直接联系了指挥官。"

"你和他说了什么？"

"规矩我懂的，什么都没说，就是让指挥官看了一眼捉来的两个人，他立即批准了救援行动。"红鸠的声音有点古怪，"那个……头儿，指挥官现在在我们的飞船上。"

殷南昭头疼地揉了揉太阳穴，"他在你旁边？"

辰砂的声音响起，隔着嘈嘈切切的杂音，依旧透着寒意："你是特别行动队的队长？听你的声音有点耳熟，叫什么名字？是执政官给你的任务吗？"

骆寻一手掐殷南昭的胳膊，一手捂着嘴偷笑。

"我是谁不重要，船上的两个人很重要，把他们平安带回联邦。"殷南昭切断了通信。

骆寻幸灾乐祸地嘲笑："做贼心虚！"

"你以为我怕的是身份暴露？"殷南昭盯了骆寻一眼。

骆寻想起她和辰砂的假婚姻，嘟囔："辰砂自己都说了已经和我没有任何关系。再说了，如果辰砂知道我是亲手设计了一切的……"

"龙心"二字已经到了嘴边，她却实在不愿意吐出，临时转变了话题，"现在洛兰公主就在飞船上，不知道辰砂去见过她了没有。"

殷南昭无声地叹了口气。

殷南昭把飞艇开得像是战斗机，十来分钟后，飞到了坐标标注的地方。

一望无际的荒凉旷野上有一个庞大的垃圾场，到处都是飞船残骸、废弃的矿石运输车和挖掘车，堆积在一起，形成了一座座连绵起伏的垃圾山。

在垃圾场的外围停泊着一艘看上去破破烂烂的飞船，如果不是有人特意指明，根本想不到这是一艘还能用的飞船，难怪龙血兵团完全没有察觉。

骆寻担心地问："这玩意真的能飞到奥丁联邦？"

"飞不到。"

"啊？"

"帮我们逃出这颗星球就行。到了外太空，会有人来接我们。"

"哦！"

殷南昭拿着武器，先进去小心地检查了一遍，确认安全后，对骆寻说："进来吧！"

骆寻走了进去，看看四周还算干净。

她坐到副驾驶的座位，系好安全带。

殷南昭坐在主驾驶位上，启动了飞船，却迟迟没有给智脑指令让飞船升空。

骆寻不解地问："怎么了？"

殷南昭说："当秘密行动变得不秘密时，总是让人有点不安。"

骆寻眨巴着眼睛，似懂非懂。

突然，飞船的智脑响起尖锐的提示音，监控屏幕上，一架又一架战机从四面八方飞驰而来。

骆寻着急地说："暴露了，快点起飞！"

殷南昭下令升空，智脑开始倒计时起飞时间："10、9、8……"

嘀！嘀！

飞船上的通信器急促地响起。

殷南昭按下接通键，叶玠惊慌失措的声音传来："千万不要升空！终止起飞！立即终止……"

殷南昭竟然没有丝毫犹豫，立即听从叶玠的指令，终止了飞船的升空程序。

骆寻满面惊诧，"为什么？"

叶玠的声音传来："小心，我不知道你跟来了。飞船里面安装了最新研制的炸弹，只要升空，能源组就会爆炸。幸亏……幸亏……"

隔着通信器，都能感受到叶玠劫后余生的庆幸和后怕。骆寻反倒没有任何感觉，只是觉得脑细胞不够用。这是奥丁联邦的指挥官为救自己人安排的飞船，可叶玠居然知道里面有炸弹。

殷南昭微微而笑，"难怪龙头知道我在这里，原来是联邦内有人要我死。"

"执政官阁下，既然走不了，不如下船一聚？"叶玠的语气立即变了，和对骆寻说话时截然不同，完全像是两个人。

监控屏幕上，飞船四周已经被密密麻麻地包围，天空中战机在不断徘徊。

毫无疑问，这次他们被外敌和内奸联手陷害，真的是上天无路、入地无门，只能束手就擒了。

骆寻突然伸手关闭了通信器，"用我做人质，让他们放你走。"

"不可能，叶玠知道你不是龙心。你已经利用龙心的身份愚弄了他们一次，这样做只会激怒他。"

骆寻再想不出办法，祈求地看着殷南昭，"我知道你说过绝不投降，但……但是……"在整个奥丁联邦面前，一个女人轻如尘埃，甚至连求他忍辱偷生都难以开口，满腹柔情最终化作了蛮横的威胁，"如果你死，我也立即死！"

殷南昭安抚地拍拍她的手，"你还在险地，我怎么会死？家国不能两全时，至少要全一个。"

骆寻松了口气，倒是有些理解叶玠刚才的紧张害怕了。

殷南昭帮骆寻摘下头盔，露出了她的脸。

骆寻满面担忧，沉默地看着他。

殷南昭把她拽进怀里，轻声叮咛："在被安教授买回来前，我是最低贱的奴隶；在敢死队执行任务时，我是随时可以牺牲的炮灰。我遭遇过各种各样你难以想象的事，羞辱、凌虐、折磨对我都不算什么，所以，待会儿不管发生什么，你都不要管。不要激怒叶玠让他做伤害你的事。"

"嗯！"骆寻咬着牙答应了。

殷南昭一手搂着骆寻，一手握着冥引，钩在骆寻的脖子上，走到了飞船舱门口。

四周重兵环绕，全是黑压压的枪口，天上还有战机在徘徊。

叶玠站在装甲车上，笑着说："阁下，放你走不可能。能谈的都可以谈，不能谈的也绝对不能谈。"

"我不想死。"

"好！"叶玠答应得很爽快。

殷南昭也很爽快，收起冥引，垂手而立。

几个一直待命的士兵立即冲上去，给他锁上镣铐，把一管体能抑制剂注射进了他体内。

骆寻被晾在一边，她觉得颈上冷飕飕的，下意识捂住脖子。

叶玠跳下装甲车，朝骆寻招招手，"过来！"

骆寻强忍着没有去看殷南昭，朝叶玠走过去。

叶玠盯着她，眼中是无边的怒火，本来万无一失的计中计，却因为她差点酿成大错。他扬起手要狠狠扇过去，却突然看到鲜红的血从骆寻指缝中渗出。

愤怒立即烟消云散，全变成了担心，"你的脖子怎么了？"

骆寻摊开手，呆呆地看着掌上的鲜血。殷南昭这一刀割得很巧妙，伤口非常浅，她并没有觉得疼，却让叶玠觉得她被殷南昭伤害了，不再生她的气。

叶玠给骆寻的伤口上仔细喷了一遍止血剂，看血止住了才放心，"一群带着野兽基因的杂种！你还想继续维护？"

骆寻紧咬着唇，一言不发。

士兵押着殷南昭走到叶玠面前。

叶玠冷笑着下令："摘下头盔，让我们看看活死人的脸。"

士兵立即摁住殷南昭的头，动作粗鲁地把头盔摘下。出乎所有人预料，那并不是一张死气沉沉、腐烂枯朽的脸。

眉似千山聚、眼如旭日升；鼻似刀削、唇如剑刻。整个人似暖还冷，若有情、若无情，有一种令人捉摸不透的独特气质。

叶玠心头一痛，他在视频资料里见过这张脸！那个病秧子千旭！

怒气冲头，他毫不留情地狠狠一脚踹了过去。只有C级体能的殷南昭摔倒在地，嘴里全是血。

叶玠仍然不解气，把对骆寻的痛恨愤怒一并发泄到了殷南昭身上。厚重的军靴，一脚接一脚，连踢带踹，疯狂地暴打着殷南昭。

一般人都会受不住痛苦满地滚来滚去，殷南昭却是一动不动地趴在地上，一声不吭地承受着暴打。

叶玠越打越气、越打越怒，好像被凌辱的人是他，而不是那个趴在地上任他凌辱的男人。

骆寻低垂着头，一动不动地盯着自己的脚尖。

心像是被刀扎一样痛，可是，她无能为力，什么都不能做。如果她试图阻止，只会越发激怒叶玠，让他做出更过分的事。

叶玠一脚连一脚，丝毫没有留情。空气中渐渐弥漫起血腥气，行军包里的寻昭藤被唤醒了。它扭动着仅剩的几截藤蔓，一下下戳着骆寻的背。幸亏行军包是坚固的军用材料做的，它一时半会儿还扎不破。

骆寻抓住了叶玠的手，脸色苍白地说："别打了。"

"你！"叶玠眼睛里满是戾气，他掐住骆寻的下巴，强迫她的脸转向地上血淋淋的人，"看清楚！他是殷南昭，你的敌人！"

叶玠抬起脚，又要狠踹时，骆寻觉得胃里翻江倒海，猛地俯下身，发出一阵干呕声。

叶玠立即扶住她，着急地问："你怎么了？"

骆寻有气无力地说："没什么。大概这两天一直没有休息好，也没有怎么吃东西，闻到血腥气就有点反胃。"

"你有神经性胃痛。"叶玠想起往事，眼中掠过一丝哀伤，神情骤然缓和下来，像是呵护什么易碎物品一样，把骆寻圈在怀里，温柔地说："回去好好休息一下，就会没事的。"

他拉着骆寻，朝装甲车走去。骆寻强忍着没有回头，跟随叶玠一起上了装甲车。

在战机的护卫下，浩浩荡荡的车队一路疾驰，开到了太空港。

叶玠带着骆寻登上战舰，进入太空后，才终于放松下来。

他温和地叮嘱："不要乱跑，我暂时把你的权限锁定了，等你恢复记忆立即解锁。"

骆寻笑了笑，表示理解，"我们要多久才能回去？"

"不出一天就能回去。"

骆寻心里盘算，必须要在战舰空间跃迁前逃出去，否则她和殷南昭都很危险。

可是，这里是外太空，他们该怎么逃，又能逃到哪里去？

叶玠看她望着窗外的浩瀚星空发呆，想起了她刚刚失去记忆时，也经常茫然无助地望着星空发呆。

他揽住她的肩膀，后悔地说："当年，我真不该同意你去做这么疯狂的事。"

骆寻的手放在了叶玠的手上，"对不起！"

真正感受到她的温度，叶玠一下子心平气和了。虽然差点酿成大错，但她也阴错阳差地回到了他身边。

叶玠微笑着反握住她的手，"邵靖已经不是皇储，进了监狱。虽然那个老东西仍然不同意立我为皇储，但一天没有皇储，法律上我就是皇位的第一顺位继承人。只要皇帝死了，我就会是阿尔帝国的皇帝。"

骆寻顺着他的话，自然而然地问："你打算怎么杀死他？现在出了这么多事，弄不好会怀疑到你头上。"

叶玠伸出食指，挡在骆寻的唇前，示意她不要乱打听，"等你恢复记忆，不管你想知道什么，我都会满足你。现在……"他站了起来，想要帮骆寻把一直背在肩上的行军包取下来，"你应该去冲个澡、换身衣服，然后我带你去吃饭。"

骆寻往后躲了一下，不让他碰行军包，"我自己来。"

叶玠脸色骤冷，"给我！"

骆寻咬着唇，慢慢地脱下行军包，却依旧不肯递给叶玠，紧紧地拽在手里，"不要打开，里面装的只是我想研究的小东西，和殷南昭无关……"

叶玠把行军包抢过去，刚刚打开，饥肠辘辘的寻昭藤立即探出来，凶猛地"咬"在叶玠手上。

骆寻急忙说："没有毒，别伤害它！"

叶玠倒是没生气，反而心情挺好，无奈地叹道："你还是老毛病，又看上人家的基因了？"

骆寻完全没有想到他是这样的反应，愣了一愣，才说："是啊，基因很特别。"

叶玠看着手上越缠越紧的藤蔓，好奇地问："现在怎么办？"

骆寻掏出止血剂的喷瓶，递给叶玠，"它讨厌这个，喷上去就会慢慢松开。"

叶玠把手伸到骆寻面前，示意她帮他喷。

骆寻喇喇地喷了几下，寻昭藤果然慢慢松开了。叶玠立即抽出手，把行军包合上，小心地放到一边。

骆寻看他整只手都是密密麻麻的血洞，"你的手！"

叶玠自然而然地把手伸给她，"柜子里有医疗包。"

骆寻拿出消毒水，帮他消毒，喷上伤口愈合剂，又用止血带仔细地包好。

叶玠一直含笑看着她，"真希望你能立即恢复记忆。"

骆寻抬起头，和叶玠温柔的目光一触，立即又低下了头，"好了，伤好前不要用力。"

叶玠想要收回手，却发现胳膊软绵绵的，不太听使唤。他面色骤变，厉声问："你做了什么？"

骆寻平静地说："寻昭藤没有毒，却有麻醉效果。"

"寻昭藤？"叶玠满脸的讥嘲悲伤。

骆寻不知道寻昭藤的麻醉效果能持续多久，不敢浪费时间，出手去夺叶玠的枪。叶玠勉力抵挡了几招，但头发晕、四肢发软，最终还是被骆寻抢了过去。

骆寻用枪抵着他的头，"带我去找殷南昭。"

"我不相信你会杀我！"

骆寻毫不犹豫，立即开枪。

乒一声，子弹击穿了叶玠的肩膀。

骆寻冷声说："龙心是不会，但我是骆寻。你忘记岩林里的事了吗？"

叶玠低头看着肩头汩汩涌出的鲜血，面色死寂，眼神哀戚。

"龙头！"

几个士兵听到打斗声，担心地冲过来拍门。

没有听到叶玠的回应，他们破门而入，看到半边身子都是血的叶玠，立即拔出枪，对准骆寻。

骆寻背上行军包，用枪指着叶玠的后颈，高声呵斥："退下！"

所有士兵紧张地看着叶玠，叶玠脸色铁青，一言不发。

乒一声，骆寻冲着他的左腿，毫不迟疑地又是一枪。

"所有人后退！"一个军官模样的人高喊。

所有士兵都退让到一边。

骆寻说："带我去找殷南昭。"

叶玠不动。

骆寻冷冷地说："这枪里还有很多子弹，你想让我再开几枪？"

叶玠拖着受伤的腿，一瘸一拐地往前走，骆寻小心翼翼地跟在他身后。

走了没多远，叶玠停在一个舱房前，"人在里面。"

骆寻用枪敲了他的脑袋一下，"打开门！"

叶玠狠狠地盯了骆寻一眼，命令智脑通过身份验证，打开了密码门。

浑身血迹斑斑的殷南昭被捆缚在一张和地面固定在一起的金属椅上，他应该听到了声音，正好抬头看向门口，和骆寻目光相对，立即明白了发生的一切。

骆寻对不远处那个看着像军官的人说："把人解开！还有，他的武器匣！"

军官看看抵在叶玠脑袋上的枪，只能进去把捆缚殷南昭的镣铐全部打开，又把收缴走的武器匣还给殷南昭。

殷南昭拿过武器匣时，顺手从他身上拿走了一个能量块安装到自己的武器上，然后重重一下打在他的后脖子上，将人击昏。

骆寻求助地看着殷南昭，她真的不知道接下来该怎么办了。

殷南昭指着左手边的走廊，"往前走。"

骆寻押着叶玠走在前面，殷南昭跟在后面断后。

大概走了五六分钟，眼前没有路了。

殷南昭说："升降梯。"

骆寻推着叶玠走进升降梯，殷南昭按了最底层。升降梯门关闭，把一直尾随在他们身后的士兵都关在了外面。

叶玠说："你们逃不掉！"

殷南昭不吭声。

叶玠看着骆寻，"你和他，一个是沙漠里的毒蛇，一个是海洋里的巨鲨，绝不会有结果！"

骆寻也不吭声。

叮一声，升降梯停下。

升降梯门打开，外面是一群拿着枪的士兵，黑压压的枪口全部对准他们。

骆寻用枪指着叶玠，呵斥："全部让开！"

士兵们心不甘情不愿地让到了两旁。

骆寻推着叶玠往前走，看到眼前是一个巨大的空间，整整齐齐停着无数架战机。

殷南昭一眼扫过，挑了架战机，拿起叶玠身上的通信器，对战舰主控室的工作人员下令："打开战机起飞舱门。"

正前方的舱门缓缓打开。

殷南昭示意骆寻先上去，等骆寻拽着叶玠爬进战机，他也翻身跃了上去。

太空作战机在正常作战时一般只能坐一个人，容纳两个人已经勉强，三个人完全不可能。

殷南昭说："放了他吧！"

骆寻立即把叶玠用力推了出去。

叶玠重重摔在地上，大概因为寻昭藤的麻醉效果已经逐渐消散，他竟然一个鲤鱼打挺，翻身站了起来。

一个士兵冲过来扶他，被他一把推开。他抢过士兵的武器，想要射杀殷南昭和骆寻。

战机已经向前滑行，门却还没有完全关闭。骆寻身子倾斜，挡在了驾驶战机的殷南昭身前。

她平静地看着半边身子都是血的叶玠，眼睛里无悲也无惊，似乎这一刻就算被他打死了也无怨无悔。

叶玠哀怒交加、悲痛至极，双手簌簌直颤，手背上青筋暴起，却迟迟没有按下扳机。

机舱门关闭的最后一瞬，他似乎看到了骆寻眼里抱歉的泪光。可是，他不知道是不是因为他眼里有了泪光，才看花了眼。

战机从战舰的舱门疾掠而出，冲进茫茫太空。

骆寻看着浩瀚星空中迅速远去的战舰，身子一软，精疲力竭地闭上了眼睛。

因为失重，眼角的一滴泪没有沿着脸颊坠下，反而缓缓飞起，飘到了殷南昭面前。

悲伤的泪珠悬浮在半空中，像是一粒晶莹剔透的水晶珠子。

殷南昭吸了口气，泪滴飘落在唇上。

他舌尖轻抿，将骆寻的苦涩化在了自己口中。然后，像是什么都没有发生过一样，温和地说："小寻，龙血兵团追来了，坐好。"

骆寻急忙睁开眼睛，担心地问："你的身体……能行吗？"

驾驶战机对体能的要求特别高。体能越好，配备的战机就越强，不管是速度、灵敏度，还是飞翔难度都会越高。这架战机肯定不如殷南昭的战机，但是他现在连A级体能都不是，实在不适合驾驶战机。

"没问题。氧气面罩在头顶，觉得难受就戴上面罩。"

监控屏幕上显示两列战机呈V字形追截过来。

"坐稳！"

殷南昭拉高前冲，骆寻调整呼吸，和身体的难受对抗。

战机时而拉高，时而俯冲，时而翻转。

殷南昭操控着一架性能一般的战机，完全靠着卓绝的驾驶技术，才没有被对方的战机锁定，可是也一直没有办法真正甩掉对方。

骆寻头晕恶心，觉得喘不过气来，但她一直坚持着不去动用氧气。战机上物资稀缺，任何物资都是救命用的，能不用就不用。

突然，她瞪大眼睛，被吓得连胸闷恶心都忘记了。

无边无际的茫茫太空中，前方出现了一片连绵起伏的陨石海。

因为恒星的光芒，陨石反射出无数点荧荧微光，映入眼帘，就像是一条缓缓流淌的光海，透着宁静和美丽。

可实际上，那看似一点点的光芒很可能是一块比山还巨大的陨石。而那些看不到光芒的陨石，体积虽小却更可怕，犹如一颗颗高速飞行的炮弹，一不小心就会撞到，把战机的引擎撞毁，让战机偏离航向。

"戴上氧气面罩！"殷南昭急迫地说。

骆寻不想干扰他的心神，立即听话地照做。

殷南昭看了她一眼，确认她已经戴上面罩，驾驶战机冲向陨石海。

监控屏幕上，追在他们后面的战机放慢了速度，和他们的距离迅速拉远。

连龙血兵团都望而却步了，可见他们的逃生之路更像是送死。

骆寻笑了笑，突然说："殷南昭，我爱你！"

殷南昭淡淡地说："害怕的话就闭上眼睛。"

骆寻不满，"喂，你应该说的是另一句话。"

"等飞出陨石海。"

骆寻忽然就心定了，睁大眼睛看着陨石海迅速逼近。

如果会死，以后有的是闭眼睛的时间，绝对不能浪费这最后的睁眼时间；如果能活着，这种一生难得一次的冒险经历怎么能闭上眼睛呢？

进入陨石海的最后一刻，骆寻快若闪电地把氧气面罩套在了殷南昭的脸上。

嗖一下，战机闪电般冲进了陨石海。

一块又一块巨大的陨石，成群结队，呼啸着扑面而来。殷南昭顾不上其他，只能全神贯注地驾驶战机，争取尽快飞出陨石海。

陨石密密麻麻、无穷无尽，刚刚闪避开一块，立即又有一块撞过来。

殷南昭驾驶战机，时而高速提升，从两块陨石的夹缝中一掠而过；时而左闪右避，全力躲过一群陨石。

突然，一块冷不丁飞出的小陨石击打在机身上，战机航向偏移，撞向一块高速飞来的大陨石。殷南昭急速旋转，以完全不可能的角度，贴着陨石表面掠过……

一次更比一次惊险，每一次都好像马上就要和死亡相撞，炸得粉身碎骨。

能源在一格格减少，无边无际的陨石却像是汪洋大海，似乎永远都找不到岸边。

刺耳的警报声响起，四周红灯闪烁，发出警告，战机能源即将耗尽。

殷南昭神情淡定、手势稳定，就好像只是驾着战机在随意兜风。

当最后一格能源都变成了一条细细的红线时，战机终于冲出陨石海。

前方出现了一颗蓝色的行星。

殷南昭骤然开始剧烈咳嗽，咳得嘴里全是血，一句话都说不出来。

身体像是被拆散的骨架，完全不听使唤，他使出全部力气才把战机改成了自动驾驶模式。

殷南昭一边咳嗽，一边解开安全带，挣扎着转身，看到骆寻已经昏迷过去。

他身体打着战，费力地摘下被鲜血染红的氧气面罩，戴到她脸上。

"骆寻，我……爱你。"

低若无的呢喃声中，他的身体重重倒下，昏死了过去。

Chapter 10

困局

苍穹之上，流光飞舞。是关系着他们生死的战争，却和他们无关，不由他们决定结果。

骆寻觉得头像是灌了铅一样重，昏昏沉沉只想一直睡下去，可有人一下又一下不停地戳她的腿，硬是把她戳醒了。

迷迷糊糊睁开眼睛，发现自己戴着染血的氧气面罩，前面的座位是空的。

"南昭！"

骆寻吓得整个人立即清醒了，急忙四处看，才发现殷南昭昏躺在她脚旁。嘴里、鼻子里都是血，之前叶玠踢打的伤口也全部爆裂开。鲜血流到行军包上，饥饿的寻昭藤十分激动，一直想钻出来，不停地戳行军包，恰好戳到她腿上。

骆寻急忙解开安全带，趴下去仔细检查。

殷南昭以C级体能强行驾驶A级战机，又超出战机负荷，做了很多3A级战机才能做的飞行，导致身体的各个器官都遭受了重创。

就现在的医疗技术而言，这其实不算是重伤，只要有特效药和高级医疗舱，以3A级体能的体质，躺上两三天就能好。

可是，现在到哪里去找特效药和高级医疗舱？

骆寻心急如焚，在机舱里东翻西找，发现了一个战机上自备的医疗急救箱。

她把殷南昭的外衣褪去，帮他止血、处理伤口。

外伤很快就消毒包扎好，内伤却无能为力。

没有仪器帮助，骆寻没有办法判断他的内脏器官到底受了多严重的伤。

她给殷南昭注射了一针免疫力强化剂和一针呼吸道舒缓剂。

她把医疗箱里不多的几件医用物资，左拆右卸、东拼西凑，做出了一个输液装置，用古地球时代的原始输液法给殷南昭补充身体所需的营养和水分。

　　骆寻手指搭在他的手腕上测算他的脉搏，脉搏在正常范围内，呼吸也渐渐平稳下来，骆寻微微松了口气。

　　体能抑制剂的药效应该再过几个小时就会消退，在缺医少药的情况下，只能指望3A级体能的自我愈合能力了。

　　骆寻刚才找东西时，已经发现战机的能源全部耗尽，智脑的功能全部关闭，不过倒是在降落时已自动探测过星球外部的环境，判定对人类安全。

　　骆寻手动打开机舱门，把机舱里暂时不用的东西全扔了出去，腾出空间让殷南昭躺得舒服一点。

　　她打开薄薄的保暖毯，给他盖上。确保一切都没有问题后，她站在机舱门口，手搭在额前，探出半个身子向外张望。

　　天空湛蓝，白云朵朵，绿色的大草原一望无际。不远处有一个美丽的湖泊，一群叫不出名字的动物正在吃草喝水。

　　看上去应该是个原始生态保护星，有充足的水源和食物，不用像在之前的能源星上一样担心饿肚子和没水喝，但四周荒无人烟，既不可能有医院，也不可能找到飞船离开。

　　骆寻拿着从叶玠那里抢来的枪跳到地上，小心谨慎地绕着战机走了一大圈，四处查看了一遍，确定周围的环境安全后，把枪收了起来。

　　她打量着眼前的战机，从头到尾伤痕累累，两个机翼都裂开了，竟然还能安全降落，也真是个奇迹。

　　虽然它看上去已经脆弱不堪，但目前还不清楚这个星球上食物链顶端的生物是什么、攻击力有多强，在殷南昭昏迷期间，只能先把它作为栖身之处，好歹能挡风遮雨。

　　骆寻把行军包拎出来，打开后放到草地上，对寻昭藤说："你先晒晒太阳，呼吸一下新鲜空气，等我忙完了，再想办法填饱咱俩的肚子。"

骆寻拿起殷南昭脱下的作战服，朝着湖边走去。

用急救箱里准备的万能工具棒测了一下水质，确定对人体没有毒害。

她用一个容器打了点水，往里面放了一片杀菌药片，放置一会儿后就能作为饮用水喝。然后，她把作战服浸到水里搓洗，因为材料不吸水，上面沾着的血污很快就消失不见。

骆寻又简单擦洗了一下身体，把自己收拾干净。

她一手提着水，一手拿着作战服，回到了战机。

殷南昭依旧沉沉地睡着。

骆寻摸了摸他的额头，觉得有点烫。她立即给用医疗手套做的简陋输液袋里补充了五毫升体温稳定剂。

骆寻自言自语地说："殷南昭，你可得努力，把体温降下来。"

她打了个哈欠，觉得又累又困，但现在还不是睡觉的时候。

她刚才从湖边走过来时，发现银色的战机在这个一望无际的绿色大草原上实在是太显眼了，必须得稍微遮掩一下。

她把殷南昭的武器匣找出来，握着他的手激活了武器，"借用一下你的镰刀。"

骆寻拿着镰刀跳下战机，开始弯身割草。

镰刀虽然十分锋利，但骆寻从没有做过这活，割起来还挺费劲，累得腰酸背痛才割了几堆。

她把野草一束束扎好，再把一束束扎好的野草连接到一起，铺开搭到战机上。

战机被野草全部盖住，像是披了一件绿草做的外衣，混在绿色的草原上不再那么扎眼。

骆寻捶着酸痛的腰，苦中作乐地想：在没有能源的情况下还能有一点保温作用，白天遮阴、晚上御寒。

骆寻收好镰刀，去看殷南昭，他依旧沉沉地睡着。

摸了摸他的额头，体温已经降下来，骆寻开心地奖励了他一个吻。

肚子饿得咕咕叫，可是天色将黑，湖边的兽群已经不见踪影，骆寻也不敢夜色里在这个陌生的星球上游荡。

她想了想，决定忍过今天晚上，等明天天亮后再去打猎。

忽然，她抽了抽鼻子，闻到了淡淡的血腥气。

她心中一惊，立即拿起枪冲到机舱门口，戒备地看向四周。

十分平静，没有任何异常。

骆寻惊疑不定地收回视线时，看到草丛里的行军包上趴着一只已经昏迷的类似兔子的长耳朵生物，寻昭藤正在愉快地吸食。

骆寻眼睛一亮，吞了口口水，眉开眼笑地跳下战机。

"亲爱的，不要吃独食啊！"骆寻蹲在寻昭藤面前，笑眯眯地说。

刺溜、刺溜……寻昭藤缠来绕去吸食得非常开心。

骆寻用力拽，寻昭藤不高兴地越缠越紧，骆寻没办法只能一狠心拿出止血剂对它喷了几下。

寻昭藤委委屈屈地缩回了藤蔓，不满地拍打着行军包，几滴鲜血从针叶上滴下，简直是血的控诉。

骆寻忍着愧疚拿过长耳兔，讨好地说："我一天到晚在实验室里待着，只会看数据，不善于捕猎，你可是大自然进化的胜利者，全宇宙最厉害的捕猎小能手。再去抓一只吧！以后我会赔你很多只的！"

寻昭藤挥舞着藤蔓，用力拍行军包，似乎不接受骆寻拙劣的马屁。

"亲爱的，有伤心的时间不如赶紧行动吧！"骆寻把行军包往远处放了放，眼不见心不愧疚。

"小寻。"

殷南昭带着笑意的微弱声音传来。

骆寻惊喜地飞扑回机舱，"这么快就醒了？我想着最快也要明天呢！"

殷南昭笑着说："战机里应该有营养剂，不用和一株藤蔓抢吃的。"

"我知道。"

殷南昭看到悬挂在机舱壁上自制的输液装置，又发现连驾驶座位都没有了，明白骆寻已经把战机里面翻了个底朝天，配备的营养剂肯定也早找到了。只不过是想留给他用，才沦落到去和一株藤蔓抢吃的。

骆寻一边给他换新的输液袋，一边问："有没有哪里特别不舒服？"

"不用担心，我没事。"

"看上去比我估计的恢复得快，3A级体能还真是逆天到非人类啊！"

殷南昭沉默了一瞬，说："你的估计没有错，是我的体能比3A级体能要再好一点。"

骆寻愣住了。

再好一点？3A级体能之上只有……只有……

可是，那只是一个传说啊！是人类基于理论研究做的极限推断，迄今为止全星际人类中从没有人真能达到。

骆寻呆滞地看着殷南昭。

殷南昭苦涩地说："我还有很多秘密，希望你能承受。"

骆寻回过神来，甜甜一笑，弯身吻了下殷南昭的额头，"你的一切我都能接受。好好休息，尽快好起来，我去烤兔子吃了。"

骆寻一边烤着"兔子"，一边想——

难怪叶玠认定殷南昭即使抢到了战机也无法逃脱，可是殷南昭最终逃脱了。

不是侥幸碰到了陨石海，而是殷南昭的体能比叶玠估计的好了一点，否则即使冲进陨石海也是死路一条。

骆寻叹气，和传说级的人物谈恋爱真是太糟心了，感觉走到哪里都自带风暴场。

当年她趴在千旭背上说"种花养草、存钱买二手飞船"的小日子，简直像是说胡话，难怪千旭只是听，一直没有回应。

不过，想想自己的破事，她也很让殷南昭糟心。

王八对绿豆，两个人谁都别嫌弃谁！

骆寻吃完"兔子"，像是喝醉酒一样，晕晕乎乎地爬回机舱，"我……得睡一会儿。"

殷南昭笑起来，"兔子肉里有寻昭藤分泌的麻醉物质？"

"我忘了。"

骆寻强撑着把机舱门合拢，头晕目眩地软倒在殷南昭身旁。

机舱狭小，两个人只能紧紧地挨躺在一起。

骆寻含含糊糊地问："没有压到……你的伤口吧？"

"没有。"

"有……事……叫……我……"

殷南昭凝视着骆寻，眼中柔情涌动，耳畔却响起叶玠说过的话："你和他……绝不会有结果！"

他知道，在很早前就知道，所以用最决绝的方式、毫不犹豫地放手了。

但是，他的放弃权已经用完了。

从今往后，两人之间只有骆寻有放弃权，他会给骆寻退缩离开的机会，却绝不会再主动放手。

骆寻醒来时，觉得这一觉睡得好满足，几天没有好好休息的疲惫一扫而空。

她睁开眼睛，看到殷南昭就觉得更满足了。

太阳应该已经升得很高，阳光从一束束绿草缝隙里落下，在他脸上洒下星星点点的光斑。

骆寻忍不住伸出一根手指，从他的额头一点点抚弄到嘴唇，又从下巴玩到了锁骨，几个手指像是弹钢琴一样轻轻地弹着他的肌肤。

殷南昭的喉结动了一下，不得不睁开眼睛，声音沙哑地问："玩够了吗？"

骆寻笑嘻嘻地依旧在他的脖颈上弹着琴，"我睡了多久？"

"至少十个小时。"

骆寻的手僵住。天哪！有她这样的医生吗？丢下病人自己呼呼大睡！

她急忙跪坐起来，"你身体怎么样？有没有好一点？觉得哪里不舒服吗？"

她说着话，已经开始检查他的身体。

从上往下，手掌轻轻地按压，心脏、肺部、胃部、肝脏、肾脏、腹部……

"别……动！"

因为受伤，殷南昭的动作慢了一拍，只抓住了骆寻的一只手，她的另一只手已经掀开了薄薄的保暖毯。

殷南昭的衣服昨天就被骆寻亲手剥掉了，现在几乎全身赤裸，只穿了一条内裤，某个地方高高支起，撑着小帐篷，而骆寻正俯下身想检查他的小腹部。

定格了三秒钟后，骆寻做了一个非常专业的决定，她像什么都没看见一样，用手按压着他的腹部，非常职业音地说："觉得疼就出声。"

"这里疼吗？这里呢……"

很好，哪里都不疼，证明没有发生她担心的内部损伤。

"恢复得不错，继续休养。"

骆寻像是巡查病房的医生一样，叮嘱完病人，头也不回地迅速离开了机舱。

她维持着严肃的医生脸，疾步走在草地上。

夹杂着青草气息的凉风吹过脸颊，骆寻突然忍不住笑了出来。

真是够了！两个成年男女居然被一个人体正常的生理反应搞得这么尴尬。自己的男友对自己有欲望天经地义，有什么好尴尬的？

只不过，殷南昭很少主动和她亲热，偶尔的牵手拥抱，也都是点到即止，有情感、没情欲，从来没有什么热情如火的表示，骆寻就一直没有往那方面想。

要不然等他伤好了……

骆寻双手捂住滚烫的脸颊、心如鹿跳。

她走到湖边，一边撩水洗脸，一边胡思乱想——

作为优秀的医学院毕业生，她对男女器官的结构功能一清二楚，可这多年一直背负着秘密生存，她压根儿没有精力考虑别的事，连一部爱情动作片都没有看过，完全零经验。不知道殷南昭有没有经验，如果两个人都没有经验的话，第一次好像不会太愉快。听说女性为了避免疼痛，都会用一点信息素，现在肯定找不到信息素，要不要吃点止痛药呢？

忽然间，骆寻想到一个问题：她是第一次吗？或者该问，这具身体真的没有经验吗？

殷南昭是她的初恋，可龙心呢？

在龙心的记忆里，会不会像她爱殷南昭一样爱着某个人？

骆寻想起他们逃跑时，叶玠明明有机会射杀她，却始终没有开枪。

她利用他的信任设计了他，还开枪打伤他，救走了殷南昭。他应该很痛恨她，但最后一瞬，他眼里全是悲伤不舍的泪光……

骆寻抬起湿淋淋的脸，怔怔地看着湖水里的人影，绯红的脸颊渐渐变得苍白。

"小寻，不要动。"

殷南昭的声音突然传来，语气非常柔和，像是怕惊动什么。

骆寻听话地维持着身子一动不动，眼珠子却在慢慢转动。

借着眼角的余光和湖水里的倒影，骆寻看到，湖边的草丛里竟然有十几只像是狮子一样的大型猛兽。它们身形比狮子更大，嘴里有两根向上弯曲的锋利獠牙，看上去更加凶猛。估计一只猛兽相当于一个A级体能者，个别的壮年雄性甚至有可能是超A级。

骆寻下意识地去摸武器，却没有摸到，才想起来刚才慌慌张张从机舱里逃出来，根本没有带武器。

她心里又急又怕。如果刚才没有走神，能早点发现，也许还有机会逃跑，现在却深陷它们的包围圈，殷南昭又受了重伤，别说一群，就是一只恐怕都打不过。

骆寻控制着心慌害怕，低声说："你先回机舱，我跳湖逃生。"

殷南昭没有后退，继续匍匐着慢慢向前，显然不接受骆寻的提议。

一只体形略小、跟在队伍最后面的獠牙狮大概太急于表现，竟然跳进湖水里游向骆寻，想要从骆寻的正前方发起攻击。

它的冒失行动打破了獠牙狮群的谨慎，领头的獠牙狮一声长啸，率领獠牙狮群发动了进攻，朝着骆寻直扑而来。

骆寻不能再坐以待毙。她迅速转身，朝着殷南昭的方向疾掠。

既然他绝不可能丢下她独自逃生，那就争取尽快会合，并肩御敌吧！

殷南昭显然也是同样的心思，骤然跃起、全力加速，向着骆寻飞掠而来。

可是，这种野兽的速度比骆寻想象的还要快，两人还隔着一大段距离，她就被两只獠牙狮截断了去路。

獠牙狮兵分两路，一群把骆寻包围在中间，一群咆哮着向殷南昭冲过去。

骆寻心急如焚，却不敢分心去看殷南昭。

她双手握拳，全身紧绷，眼睛一眨不眨地盯着身周的獠牙狮。她知道自己活下去的概率连百分之一都没有。

就算单只獠牙狮的体能和她差不多，但獠牙狮每一天都在残酷的大自然中搏斗求生，猎杀技能和经验都完胜她。不过，无论如何她都不能放弃，她努力活着的时间越长，殷南昭活下去的机会才越大。

骆寻全身蓄力，紧张地准备着和獠牙狮搏斗，獠牙狮群却一直没有扑上来。

骆寻不明白，獠牙狮群占据绝对优势，应该一拥而上，把她撕成碎块。可是，它们似乎感受到了什么其他危机，竟然迟迟没有发动攻击。

骆寻不敢把视线从它们身上移开，不知道究竟发生了什么，只能试探地叫："南昭！"

没有人回应。

骆寻急不可耐，额头直冒冷汗。

突然，獠牙狮群转过身子，放弃了猎杀她。它们慢慢向一起靠拢，戒备警惕地盯着另一个方向。

骆寻转头，顺着它们凝视的方向，看到了另一只恐怖的野兽。

它身形巨大，全身覆盖着黑色鳞片，后腿强壮有力，前肢长着锋利的爪子，肋上还生着一对黑色的肉翼，有点像是古地球时代的恐龙，又有点像是奇幻故事中的魔法恶龙。

骆寻一边惊恐地后退，一边四处张望。

她想趁獠牙狮与恶龙对峙时，和殷南昭偷偷溜走，可是目光所及，竟然没有看到殷南昭的身影。

"南昭！殷南昭……"

她再顾不上会不会引起那些野兽的注意，一边四处奔跑，一边放声大叫，但没有人回应她。

恶龙发出一声长啸，獠牙狮也齐齐昂首怒吼。

骆寻在一片草丛中发现，殷南昭的镰刀掉在一只獠牙狮的尸体旁，作战服碎裂成一片片，散落在血泊中。

骆寻全身的血直冲脑门，一下子疯了，眼睛发红地捡起镰刀。

绝望悲痛中，她握着镰刀，猛地转过身，愤怒地瞪着前面的恶龙和獠牙狮。她要杀了它们，把它们都剁成肉酱！

黑龙张开双翼，又是一声带着威压的长啸，獠牙狮群嗷呜几声，竟然四散开来，撒腿就跑。

骆寻挥着镰刀边追边喊："站住！站住……"

野兽当然不会听她的，不过一会儿就跑得无影无踪。

黑龙却没有离开，收拢双翼，静静地站在原地。

骆寻回身，一把擦去脸上的泪，握着镰刀就向黑龙冲过去。不管是不是它吃了殷南昭，反正她现在悲愤交加，理智全无，只想和它同归于尽。

黑龙扑扇了一下双翼，让到一边，骆寻扑了个空。

她回身又砍，黑龙再次让到一边。

骆寻豁出性命，连续不断地砍了几十镰刀，黑龙却只是闪避，始终不回击。如果说它是害怕骆寻，它又一直没有逃跑。

骆寻终于觉得有点不对劲了，她精疲力竭地停下来，气喘吁吁地看着黑龙。

黑龙竟然慢慢趴下，探着脖子，把头贴到地上。

在野兽的世界中，这是大忌，因为完全放弃了自保，把脖颈要害暴露在对方的攻击中，简直等同于寻死。

骆寻半张着嘴，眼睛不敢置信地大瞪着，脑子里突然涌起一个念头。

殷南昭是异种！会异变的异种！

她从没有真正见过殷南昭完全异变后的样子，也就是说，他有可能变成任何一种野兽。

黑龙的脸长得很凶恶狰狞，可看她的眼神十分温柔。骆寻和它呆呆对视了半晌，轻轻叫："南昭？"

黑龙慢慢抬起头，向下方重重点了一下。

骆寻像是做梦一般，紧张期盼地问："南昭，是你吗？"

黑龙又点了下头。

骆寻激动地扔掉镰刀，飞扑过去，一把搂住它的脖子，又哭又打，"吓死我了，你吓死我了……"

黑龙一动不敢动，任由骆寻发泄。

骆寻又哭又笑，发泄完了，才恢复理智，真正意识到殷南昭变成了一只黑龙。

她擦擦眼泪，往后退了几步，仔细地打量黑龙。

黑龙把头往后缩，下意识地抬起前爪遮挡，似乎不想让骆寻盯着它看。

骆寻扑哧一声笑了出来，"我觉得长得挺威风的啊，你干吗要躲？"

黑龙越发窘迫，用爪子挡着脸，扭过了头。

骆寻跳起来去拽它的前爪，黑龙怕自己锋利的爪子伤到她，急忙拿开，脑袋却高高昂起，依旧不肯正面面对骆寻。

"殷南昭，我要生气了，真的要生气了！"骆寻一手叉腰，一手平伸，勾勾手指，示意黑龙自己把头挪过来。

黑龙慢慢低下头，骆寻指指自己脸前面，黑龙把头放到了她的正前面。

骆寻静静看了一会儿，抱歉地说："对不起，我刚才没有认出来你。"

她踮着脚，吧唧一声，在黑龙的嘴巴上亲了一下，"我看清楚，也记清楚了你的这张脸。以后绝不会再犯这种不认识你的错。"

黑龙下意识往后缩了下，骆寻柔声说："我没有被你吓着，依旧很爱你。甚至还多了一点点，这么一点点。"

骆寻用大拇指和食指比了一个小圆圈。

"是不是嫌少？"她促狭地笑，两只手合拢比了一个桃心，"我的心总共才这么大。"

黑龙盯着骆寻看了一瞬，小心翼翼地把脸挨贴到骆寻的脸颊旁。

骆寻紧紧地抱住它的头，低声说："我又不是今天才知道你携带着异种基因，不管你变成什么样子，都不可能让我不爱你。"

骆寻心里有很多疑问，比如：

为什么殷南昭会突然异变却没有失去神志？

他是第一次完全异变吗？

异变的诱因是什么……

但是，殷南昭现在不能说话，交流这么复杂的问题显然不现实。

骆寻想了想，只问了一个最关键的问题："你能变回人吗？"

骆寻觉得它点头、摇头实在费力，指指他的爪子，"左手表示否，右手表示是。"

殷南昭抬起左爪，表示不能。

骆寻没有问"是现在不能，还是将来也不能"，反正迟早会知道的，没必要现在寻根究底。

她甜甜地笑了笑，拍拍黑龙的胸膛，"你的身体有没有哪里不舒服？"

殷南昭刚才是靠着虚张声势吓走那群獠牙狮的，肯定不是他不想出手，而是伤势不允许。

殷南昭抬起左爪，表示没有不舒服。

骆寻凶巴巴地说："不许骗我，不要以为我不是兽医就可以糊弄。"

殷南昭喉咙里发出咕噜咕噜的声音，好像在笑。它用头拱了拱骆寻，抬起爪子指向远方。

"你是说我们应该离开？"

殷南昭站了起来，表示现在就出发。

骆寻明白他的意思。不管是冲着殷南昭，还是冲着龙心，叶玠都不可能轻易放弃，肯定生要见人，死要见尸。之前殷南昭伤势太重不能动，只能原地休息，现在能动了，当然要尽快离开。

骆寻问："你的身体真的可以吗？"

右爪抬起。

"好吧！"骆寻决定听从殷南昭的安排。

她把战机里还用得上的东西都收拾好，背起行军包，和殷南昭朝着太阳升起的方向走去。

一人一龙，穿行过茫茫草原。

一路走来，没有碰到任何猛兽，也没有碰到可食用的小动物，估计它们一闻到殷南昭的气息，老远就吓跑了。

骆寻掏了两个鸟窝填饱肚子，把营养剂喂给殷南昭吃了。保险起见，还给他注射了五倍分量的营养针。

天黑后，他们随便找了个地方休息。

殷南昭趴在草地上，骆寻依偎在他胸前，被他的两只前爪圈在怀里，外面还有一双肉翼挡着冷风，很暖和，也很安全。

头顶的苍穹辽阔浩瀚，成千上万颗星星点缀其间，比最美丽的宝石还闪亮。

一瞬间，骆寻真希望所有人都不要再找到他们了。

她愿意和殷南昭就这样朝夕相伴。日升月落、斗转星移，直到生命尽头。

突然，一道道流星划过天际。

骆寻惊喜地叫："南昭，快看！"

她双掌合十，刚想许愿，却看到一朵又一朵绚烂的烟花在漆黑的苍穹上怒放。

殷南昭张开双翼，站起来，昂头看向天空。

骆寻呆呆看了一会儿，后知后觉地意识到，那些看上去像流星的光芒实际上是高速飞向目标的能量炮，那一朵又一朵绚烂绽放的烟花是战机被击毁后的光芒。

在这颗星球的外太空，他们看不见的地方，肯定有两艘战舰相遇了，正在激战。

"是叶玠，他找到我们了。"

可是，另一个和叶玠作战的人是谁？

有能力对抗龙血兵团，又恰巧在这附近出现，骆寻灵光一闪，"辰砂？"

殷南昭抬起右爪。

骆寻激动地说："太好了，我们有救了！"

流星飞掠。

高空的战争依旧在继续。

殷南昭突然用左翼拍了骆寻一下，骆寻被推翻在地，殷南昭整个身体都覆盖到她的身体上，将她压在了自己身子下面。

伸手不见五指的漆黑中，骆寻感觉到一个庞然大物紧贴着自己，似乎一个不小心就会被压成肉饼，可她没有一丝害怕，一动不动地躺着。

两艘侦察机盘旋着飞过。

直到再看不见它们了，殷南昭才缓缓站起来。

骆寻躺在草地上，目光如水，静静地看着他。

殷南昭趴在了她身边，低垂着头颅，也静静地看着她。

苍穹之上，流光飞舞。

是关系着他们生死的战争，却和他们无关，不由他们决定结果。

良久后。

高空中恢复了宁静。满天繁星，依旧安静地璀璨着。

骆寻问："现在怎么办？"

不知道谁赢谁输，也不知道究竟是应该想办法发出求救信号，还是应该赶紧再藏深一点。

又是一架侦察机飞来，骆寻立即往殷南昭肚皮下面钻。

殷南昭喉咙里发出沙哑的咕噜咕噜声，没有抬起身子让她钻进去。

骆寻困惑地看他，他竟然一下子把头扭到了另一边。

呃……这是不好意思了？

明明是紧张急迫的时刻，骆寻竟然想笑。她趴在草地上，探头探脑地盯着殷南昭的肚皮看，难道刚才使劲往里钻的部位不对吗？

"啪"一声，殷南昭用肉翼拍了她一下，不想竟然正好拍到骆寻撅起的屁股上，骆寻脸红了。

她捂着屁股直起身子，装作若无其事地问："刚才的侦察机是奥丁联邦的？"

右爪抬起。

骆寻迅速站起来，冲着侦察机飞走的方向，又蹦又跳，拼命挥手。

侦察机飞回来，在骆寻的头顶上徘徊一圈后离开了。

骆寻突然想起什么，着急地问："能源星上那艘飞船是你的队员求辰砂派来救你的，里面却安装了炸弹，辰砂会不会是内奸？"

左爪抬起。

骆寻撇嘴，"你倒是信任他，人可都是死在自己信任的人手里。不

211

过，我也觉得不可能是辰砂。"

明明证据确凿，指向辰砂。可骆寻就是没有理由地相信辰砂绝不会做这种事。

大概因为在一个屋檐下生活了十多年，她很清楚辰砂是军人，不是政客。他性格敏锐犀利，为人光明正大，行事爱憎分明，绝对不是用这种阴毒手段害人的人。

可是，如果不是辰砂，又是谁才有能力从军部获知机密信息，想要置殷南昭于死地？

骆寻正在胡思乱想，一架战机出现在天空，直飞过来，降落在草地上。

机舱门打开，穿着作战服的辰砂跳下来。

骆寻扬起笑脸朝他走过去，刚想打招呼，辰砂已经冲到她身边，一把抱住了她。

骆寻觉得完全出乎意料，愣了一愣，用力拍拍他的肩膀，感激地说："谢谢救命大恩。"

辰砂放开她，看向四周，"你怎么会在这里？就你一个人吗？"

"……执政官把我带到了敢死队的飞船上，后来我就一直和敢死队的队长在一起。"

"队长呢？"

"不知道。"骆寻不清楚殷南昭现在究竟是个什么状况，也不知道辰砂身边的人是否可靠，不敢说实话，只能半真半假地说："龙血兵团一直在追我们，逃跑时我昏迷过去了。醒来后，就我一个人。后来遇到一群想吃了我的野兽，他帮我把它们吓跑了。"

骆寻指向安静地趴在一旁的殷南昭。

黑龙一直一动未动，用行动表明自己无害，但辰砂的眼神依旧很犀利警惕。

骆寻为了打消辰砂的疑虑，信口开河地说："不用担心，它是食草的。"

"看上去不太像。"

辰砂看黑龙一直没有异动，终于移开了目光。

他拉起骆寻的手，想要带她上战机，"我们只是暂时占据上风，叶玠肯定还会反扑，必须尽快离开。"

骆寻立即说："我要带走黑龙，还有它。"她抽出手，拿起地上的行军包，打开给辰砂看。

辰砂看看黑龙，再看看藤蔓。

骆寻解释说："他们的基因很特别，非常值得研究。"

辰砂向来尊重专业人士，没有什么异议，盯着黑龙说："我派一队士兵来制服它，把它送上飞船。"

"不用，不用。"

骆寻一溜烟地跑到殷南昭身旁，吓得辰砂立即冲过来，一把抓住她的胳膊，想把她拽开。

骆寻冲他讨好地笑笑，示意他不用紧张，她伸出另一只手摸摸黑龙，"他很温驯，没必要动用武力。"

辰砂看黑龙的确很温驯，放了骆寻，"毕竟是野兽，小心点。"

骆寻笑着答应了："我会的。"

辰砂联系战舰，调遣飞船来接他们。

"要稍微等一会儿，飞船才能到。"

骆寻感激地说："谢谢你了。"

辰砂面无表情地说："短短一会儿，你已经第二次说谢谢了。"

骆寻有点摸不着头脑，礼多人不怪，何况他还真的帮了她，不说谢谢，那应该说什么？

辰砂察觉自己又让她紧张了，立即放缓语气："我想和你谈一下。"

"现在？"骆寻很吃惊，想不通什么事这么着急。

"十一天前，你答应了等我去找你，可第二天一大早我去找你时，安达却说你跟着执政官离开了。"

骆寻想起她被安达弄晕那天，辰砂离开时，的确一再叮嘱过她不要乱跑，等他来找她。她忙抱歉地说："对不起，当时情况特殊，我没有办法通知你。"

辰砂沉默了一瞬，说："你平安就好。"

"要谢谢你啊！指挥官阁下，感谢你及时出现，拯救我于叶玠的屠刀下。"骆寻笑靥如花，装模作样地行了一个屈膝礼。

辰砂定定地看着她。

骆寻以为自己脸上有脏东西，不好意思地笑，一边用手擦脸，一边问："你想谈什么？"

"我喜欢你。"

什么？骆寻的笑僵在脸上，觉得自己肯定幻听了，辰砂说的一定是"不必客气"。

辰砂像是完全猜到了她在想什么，字正腔圆地又说了一遍："你没有听错，我说'我喜欢你'。"

骆寻傻了。

第一反应是辰砂在逗她玩吧！这怎么可能？第二反应是心虚地扭头去看殷南昭，黑龙闭着眼睛，头趴在草地上一动不动。

辰砂诚恳地说："我以前对你不好……"

"不……不……你对我挺好的，真的挺好。"骆寻连连摆手。

"好到我说喜欢你，你都完全不相信？"

"不……不是……"骆寻突然仰头，指着天空，"啊！你看星星多漂亮……"想要强行转移话题。

"骆寻，这些话已经在我心里憋了十一天，请让我说完。"

骆寻看他神情严肃认真，知道他很清楚自己在做什么，只能沉默地闭上嘴巴，静下心聆听。

"小时候，我亲眼看到父亲咬死了母亲。当我像父亲一样成为3A级体能者时，我毫不犹豫地决定了一辈子独身。后来，当我抽中和你结婚时，我想着反正这辈子也不可能娶任何人，为了联邦利益，我愿意和阿尔帝国的公主维持法律层面的政治婚姻。

"十多年的虚假婚姻，我稀里糊涂以为自己只是在做一份工作，为联邦尽责。千旭在大双子星出事后，看到你痛不欲生，我心里很不舒服，甚至很生气，刚开始我以为是看不惯你自暴自弃，后来才惊觉是因为羡慕嫉妒你对千旭的感情。

"我不愿意和你离婚放你自由，可又没有勇气真和你在一起。我害怕父母的惨剧重演，我甚至暗暗希望你能创造奇迹，成为3A级体能者，这样我才能放心地和你在一起。"

骆寻低垂着头，喃喃说："我不可能成为3A级体能者。"对纯种基因的人类来说，2A级体能已经是极限。

"我知道，那只是我为自己的怯懦，找了一个冠冕堂皇的借口。我没有勇气跨过悬崖往前走，却要求对方飞跃过悬崖出现在我身边。可是，即使我这么怯懦，仍旧被你吸引得忍不住往前走，想让你像对千旭一样信任我、喜欢我。"

辰砂伸手，轻触骆寻的脸颊。

骆寻向后躲了一下，却没能躲开。

他抬起骆寻的下巴，强迫骆寻正面看着他，"我不知道究竟什么时候开始喜欢你，但我很确定我喜欢你，想要娶你、和你做夫妻的那种喜欢。"

"辰砂……你根本不知道我是谁！"

骆寻眼中满是悲伤，一步往后退，却被趴在草地上的黑龙挡住，一脚踩到黑龙的肉翼上，差点摔跤。

辰砂急忙揽住她的腰，将她带到自己怀里，"你是骆寻。我知道，这十多年来我没有想过去主动了解你，也没有给过你机会让你来了解我，但我会改。"

骆寻双手抵在他胸膛上，想要推开他，"不用改，这根本不是你的问题！"她是龙心，连她自己都不了解自己。

辰砂说："虽然我们的假婚姻，不但真变成了无效婚姻，还成了整个星际的大笑话，不过你不是真公主也挺好，不用受制于那些复杂的政治关系。"

"对……"

辰砂竖起一根手指，挡在骆寻嘴唇前，阻止了她说"对不起"。

"你假公主的身份暴露后，是最需要帮助的时候，我却置之不理，是我应该说对不起。那几天我心很乱，想要冷静一下，不希望自己的私人感情干扰到联邦调查，没想到棕离会那样对你。我希望，有一天我对你好，你认为是理所当然，不要说谢谢，也不要再说对不起。"

骆寻握住辰砂的手，缓慢却坚决地推开了他，"对不起，我不喜欢你，也没有喜欢你的意愿。"她已经心有所属，直白的拒绝是她唯一能做的事。

"我知道。"辰砂似乎对骆寻的答案早有准备，平静地说："我只是想告诉你，从现在开始，我会努力让你喜欢上我，直到你肯嫁给我。"

"辰砂，感情不是打仗。不是规定一个作战任务，然后制定策略、努力完成。你不能……"

骆寻还没说完，辰砂突然做了个噤声的手势。他抬起手腕，对通信器发出指令："降落！"

一艘载物太空飞船从高空降落，船舱一侧的门打开，一队全副武装的士兵列队跑了出来。

辰砂对骆寻说："可以上飞船了。"

骆寻却一时间不敢面对殷南昭，站着没有动。

不是羞涩，而是害怕。

作为被放弃过一次的人，一点风吹草动就让她紧张。她害怕殷南昭因为辰砂，又会退让放弃。

直到殷南昭用肉翼轻拍了下她，她才心慌意乱、手足无措地看向他。

殷南昭缓缓站起，双翼向上展开，无形的威压四散开来，所有士兵立即紧张地举起枪对准黑龙。

辰砂拍了下骆寻的肩膀，示意她让开。

骆寻抬头看着半空中——黑龙的双翼向上高高扬起，翼尖相碰，是一颗心的形状，就像是她曾经用手比给他的心。

骆寻莞尔，忐忑不安的心稳稳地落回到胸腔中。

辰砂正想下令士兵驱赶黑龙登上飞船，骆寻说："我引导他上飞船。"

她装模作样地抬起手，一边挥手，一边朝着飞船走过去，大声说："过来。"

殷南昭配合地跟着她走，辰砂站在一旁，警惕地看着。

骆寻引导着黑龙顺利登上飞船，根据辰砂的指令，把它关进一个还算宽敞的生态房里。

骆寻仔细看了看，确定设计很合理，也很安全，没有虐待动物的嫌疑，心里松了口气。

她小心翼翼地把寻昭藤移种到一个远比行军包舒适的培养箱里，寻昭藤似乎对自己的新家很满意，藤蔓舒适地伸展开。

辰砂看出骆寻对黑龙和藤蔓都非常紧张在乎，宽慰她说："这艘飞船是专门为珍稀生物体星际迁徙设计的，机器人会照顾好它们，有什么情况都会立即通知我们。"

骆寻怕他看出异样，不敢久留，走到生态房前，伸手拍了拍透明的玻璃墙，"我走了，你好好休息，把身体养好。"

殷南昭探出右爪，隔着透明的玻璃墙和她的手碰到一起。

Chapter 11

无畏前行

我们可以，以光明和温暖为灯，举灯前行。即使阴影一直如影随形，
但永远都只能跟在我们身后。

飞船飞到太空后，进入太空母舰，停泊在了母舰中间的一层。

骆寻跟着辰砂走下飞船，看到四周景象，十分震撼。

一望无际的恢宏空间中，停泊着各式各样的飞船。道路宽敞笔直、纵横交错。长长短短的机械臂、大大小小的运输车、各种各样的机器人，都在有条不紊地忙碌着。乍一看像是在某个星球的秘密军事基地，完全想象不到是在太空中。

辰砂带骆寻坐上一辆运输车，问："要参观一下北晨号吗？"

骆寻这才明白叶玠吃了败仗的原因。

宿二给她上课时，曾经提过奥丁联邦有两艘在整个星际都赫赫有名的星际太空母舰，一艘是北晨号，一艘是南昭号。北晨号现在由指挥官辰砂统率管辖，南昭号由执政官殷南昭统率管辖。

叶玠的龙血号太空母舰已经傲视星际，可碰上这两个巨无霸，也只能暂避锋芒。整个星际只有阿尔帝国的英仙号可以和这两艘巨无霸抗衡。

"有些累，我想休息。"骆寻微笑着拒绝了。

北晨号是奥丁联邦的军事要塞，她脑子里还有一个龙心，能不知道就不知道，否则，万一龙心苏醒过来，利用她知道的信息做出什么，她就要成为联邦的大罪人了。

"好，先休息吧！"辰砂把自动驾驶改成手动驾驶，开着车向前疾驰。

骆寻闭上了眼睛，不看、不记。

辰砂把运输车开到一座升降机前停下，智脑自动识别完辰砂的身份后启动了升降机。

升降机停在太空母舰顶层。

辰砂带着骆寻走出升降梯，沿着走廊走了几分钟，来到一个房间。

他打开门，"房间有点小，但隔壁就是我的房间，比较方便。"

"谢谢！"

辰砂把一个小巧的通信器递给她，"母舰上所有信号都被屏蔽，用这个通信，里面有我的号码，还有我的警卫长宿一的号码，要是联系不到我时，就找他。"

"谢谢！"

"希望有一天我对你好是天经地义，我对你不好，你才要生气。"

骆寻无奈地说："辰砂，我已经有喜欢的人了。"

"千旭已经死了，你可以在心里永远为他留一块地方，但不能永远活在过去，我想要的是你的未来。"

骆寻头疼，实在不知道该怎么解释，心里暗骂殷南昭，全是他惹出来的事。但如果没有他惹出来的事，只怕龙心早已经醒来……

辰砂看骆寻神情恍惚，以为她累了，体贴地说："我去工作了，你好好休息。"

他走到门口，突然又想到什么，停住了脚步，"你有没有觉得……特别行动队队长的声音有点像千旭？"

骆寻愣住了。辰砂还真是天生的军人，他只见过千旭一次，也只听千旭说过一次话，却隔了这么久，依旧能想起他的声音。

她含糊地说："嗯……有吗？"

"有点像。不过，千旭的声音很温暖，队长的声音听上去很冷硬。"

辰砂看骆寻表情僵硬，以为她不喜欢这样去谈论千旭，"抱歉，你好好休息，我走了。"

骆寻看门关上后，愣愣站了一会儿，长叹一口气，直挺挺地向后瘫倒在床上。

三十多个小时后，北晨号停在了小双子星的外太空。

小双子星整颗星球就是一个军事基地，既是太空中奥丁联邦保卫阿丽卡塔的最后一个军事堡垒，也是奥丁联邦对外派兵时的第一个军事据点。

辰砂带骆寻登上装载着殷南昭和寻昭藤的飞船。

经过走廊上的观察窗时，骆寻竟然看到两队士兵押送着约瑟将军和洛兰公主也上了这艘飞船。

骆寻诧异地问："不把洛兰公主和约瑟将军带回阿丽卡塔，交给紫宴审问吗？"

"先把他们送到小双子星，等执政官回来再处理。"辰砂的表情有点怪异，解释说："不是我想特殊照顾洛兰公主，而是我现在没有办法完全相信紫宴。"

"哦！"骆寻表示明白。

明明是救人的飞船，却安装了炸弹，这事的确很像紫宴的行事风格。他的人无处不在，又十分擅长做这些隐秘狠毒的事。

辰砂说："虽然洛兰公主在母舰上关了几天，但我没有见过她。"

骆寻这才反应过来，辰砂是怕她误会，在向她解释。她连忙说："我明白，真的明白，你肯定不会徇私。"

辰砂说："不管真假公主的事最后怎么解决，都和我无关。就算两国依旧想维系关系，让洛兰公主嫁过来，奥丁联邦还有五个未婚的男公爵，让他们去抽签。我已经心有所属，绝不再参与抽签。"

骆寻一个头有两个大，急忙转移话题："一直联系不到执政官，你不担心吗？"

辰砂难得地流露出了无可奈何的表情，"早习惯了。执政官一直神出鬼没，时不时就会跑到连信号都没有的地方。不过，他一般失联的日子不会超过十天，现在才六天，应该再过两三天就会有他的消息。"

骆寻暗自算了下日子，看来殷南昭在离开敢死队的飞船前给辰砂发送过消息，应该交代过辰砂什么，难怪辰砂一直没有问她执政官的去向。

辰砂说："虽然百里苍他们老嚷嚷执政官做事不靠谱，可其实我们都知道没有人比执政官更靠谱。以前我们经验不足时，执政官凡事亲力亲为，这十几年来，他常常闹失踪，我觉得他是在故意锻炼我们，希望我们尽早能独当一面。"

骆寻想到殷南昭匿名去阿丽卡塔生命研究院做实验体，心里隐隐不安。殷南昭连一百岁都不到，正值盛年，也才执政五十年，距离一百四十年的法定执政期还有很多年，他为什么会这么着急放权？

辰砂看她沉默不言，"在想什么？"

骆寻掩饰地笑了笑："擅长杀戮，却不好杀；手握重权，却不爱权。"

辰砂眼里掠过黯然，"你也听过这句话？是我妈妈说的。"

骆寻看他没有回避，也就没有回避，坦率地说："我听很多人提起过你妈妈，感觉她不但聪慧温柔，还很风趣幽默。"

辰砂沉默了一瞬，说："她去世的时候，我才六岁，除了她死的一幕，其他的记忆其实都很模糊了。"

骆寻想起那个尘封了几十年的相框，"在大双子星时，我住在你妈妈住过的屋子，里面有一个相框，你可以找来看看。"

"相框？"

"嗯，里面有很多照片，也许能帮你想起什么。"

生命中，有些伤害是终其一生都没有办法真正遗忘或释然的。所谓努力走出伤害的阴影，根本不存在。因为阴影已经随着伤害嵌入生命，成了生命的一部分。人怎么可能努力走出自己的生命？

但是，我们可以，以光明和温暖为灯，举灯前行。即使阴影一直如影随形，但永远都只能跟在我们身后。

太空飞船向着小双子星的太空港飞去。

辰砂解释说："安教授的生命研究院在小双子星上，直接归执政官管辖，把黑龙和红藤两个未知生物交给安教授，你将来想要参与研究，只要执政官和我批准就可以了。"

事已至此，骆寻也没有办法，只能走一步算一步。幸好那个安教授看上去不像是个冷血变态的科学家，应该不会虐待动物。

骆寻敲敲透明的玻璃墙，担忧地看着殷南昭：喂，你要被送进实验室了。

殷南昭目光温柔地看着她，似乎在叫她不要担忧。

辰砂盯着黑龙打量，"总感觉这家伙不对劲。"

骆寻扑哧一声笑出来，冲殷南昭做了个鬼脸，转过身背靠着玻璃墙，好奇地问辰砂："你的异种基因是什么？"

"你想知道？"辰砂对黑龙不再感兴趣，往前走了两步，站在骆寻面前。靠着身高优势，把她完全笼罩在自己的气场内。

骆寻贴着玻璃墙，往旁边挪，"不方便说就不用说了。"

"我会把我的基因检测报告发给你。"辰砂伸手搭在玻璃墙上，身子微微侧倾，挡住了骆寻，"在奥丁联邦，只有想要生育后代的男女才会询问对方这个问题，因为要估计一下他们的后代大概会携带的异种基因，看看彼此能不能接受。"

飞船突然着陆，剧烈地颠簸。

骆寻猝不及防，身子往前冲去。幸好有辰砂挡着才没有整个人飞出去，可看上去却像是她主动投怀送抱，扑进了辰砂怀里。

辰砂低下头，在骆寻耳畔说："只要你不嫌弃我的基因，我很愿意。"

未等骆寻反应，他已经放开了骆寻，抬起手腕，对飞船上的人员说："全体都有，登陆！"

骆寻郁闷，驾驶员都没有广播通知大家回到安全座椅、系好安全带，就着陆了。不知道是体能好就任性，还是太空作战部队都不把这种着陆当回事。

飞船一侧的舱门打开。

安教授跟着一个穿着军服的高挑女子不情不愿地走进来，手里还拿着一个培养皿，显然是被人从实验室里硬拖出来的。

安教授不满地抱怨："你们这些傻大兵能找到什么珍稀基因的物种？纯粹浪费我做实验的时间！"

辰砂走过去，礼貌地说："安教授，您先看看这两个生物体。"

安教授翻着白眼，把视线从自己手里的培养皿上移开，一眼就看到了玻璃墙后，趴在地上的庞然大物。

刹那间，他整个人石化了，眼眶泛红，脸色发白，身体都在轻颤。

黑龙抬起头，缓缓站起来。

安教授激动地叫："还活着？"

他急不可耐地把手里的培养皿一把塞给辰砂，飞奔到玻璃墙前，激动地看着黑龙。

骆寻满脑子困惑，安教授的反应很奇怪，不像是第一次见到"黑龙"的样子，可是又似乎什么都不知道。

安教授一边目不转睛地盯着黑龙，一边冲着后面直招手，"小辰砂，你过来。快告诉爷爷这究竟是怎么回事。"

辰砂无奈地说："不是我发现的，是骆寻发现的。在W3846星域的一颗原始星上。骆寻从昏迷中醒来后遇到了这只黑龙，不但没有伤害她，还帮她吓走了一群想要吃她的野兽。"

"没有攻击性？竟然没有攻击性……"安教授像是完全不能相信，嘴里念念有词。突然，他反应过来什么，着急地问："咦？你刚才说什么？骆寻什么？"

"是我发现的黑龙。"

安教授终于从黑龙身上移开了目光，看向站在玻璃墙边的骆寻，表情很复杂，"又是你！"

骆寻不知道他的"又"是什么意思，保持沉默。

辰砂挡在骆寻身前，把手里的培养皿还给安教授，"我还有事要处理，这只黑龙就交给教授了。"

安教授的注意力又全部放到了黑龙身上，目不转睛地盯着。

骆寻迟疑地看殷南昭，黑龙抬起右爪，示意她放心。

辰砂对骆寻说："走吧！"

骆寻看安教授的样子，已经完全没有心情理会寻昭藤了。她想了想，不放心地抱起培养箱，决定自己照顾它。

"我来吧！"辰砂接了过去。

骆寻跟在辰砂身后，一边走一边回头。

殷南昭似有所觉，扭头看向她，右边的肉翼抬起，挥了挥，像是在说再见，宽慰她别担心。

因为小双子星整个星球都是军事基地，所有房屋都是军事建筑，所有运输工具都是军用装备，乘坐飞车从高空俯瞰下去时，整个星球的风格庄重简洁、整齐划一。

辰砂已经察觉骆寻在主动回避敏感信息，也就没有主动介绍。

他把一个临时个人终端递给她，让她戴好，既是通信器，也是身份证明。

飞车停在一栋独栋的小楼前，辰砂说："这是我在小双子星的宿舍楼，这几天你就先住这里。"

骆寻没有别的选择，只能接受。

她身份特殊，这里又是军事禁地，不跟着辰砂似乎也没有别的地方能去。

辰砂走进房子，灯自动打开的同时，大厅里的大屏幕也打开了，正在播放时事新闻。

骆寻被突然冒出来的声音吓了一跳，诧异地看辰砂。

房间的功能设置由智脑控制，智脑和个人终端相连，要么是提前设定好的，要么就是根据主人的偏好习惯自动调整的。可是，辰砂好像没有一回家就打开星网看新闻的习惯。

辰砂淡然地说："你离开后，我觉得我们的屋子很冷清，每次回家后都会打开新闻，制造一点声音，让屋子显得热闹一点。"

骆寻愣住了。

"不要有心理负担。我告诉你，只是决定了要对你坦诚，让你了解我。"

骆寻无奈，辰砂的行事风格真是太军人了，一旦确定目标，就雷厉风行地采取行动，方方面面、丝毫不漏。

辰砂抱着寻昭藤的培养箱，穿过大厅，走到窗户旁，找了一个可以晒到太阳的位置。

"放这里可以吗？"

骆寻刚要说话，却被屏幕上的新闻画面吸引了——

静谧的山谷中，长着一丛丛生机盎然的寻昭藤。

几个穿着龙血兵团作战服的人出现在画面里，有人不小心踩到藤蔓，藤蔓活了过来，像一条条长蛇，缠绕住他们。

摄像头应该正好在一个人身上，镜头被褐红色的藤蔓覆盖，变得一片漆黑。可是，凄厉的惨叫声还在不断地传来。

…………

辰砂低头看了看手里的培养箱，对骆寻说："基因的确很特别。"

…………

屏幕上。

画面一转，又是静谧的山谷，一丛丛生机盎然的寻昭藤安静地生长着。

突然，一颗燃烧弹飞进来，落在一丛寻昭藤上。

就像是放烟花，一颗又一颗燃烧弹接连不断地飞来，落在四面八方的寻昭藤上。

熊熊大火燃烧起来，寻昭藤在烈火中挣扎。

它们没有嘴，发不出声音，画面异常安静。

可是，它们带着火星，扭来甩去的藤蔓却分外凄厉，就像是一个个全身着火的哑巴，痛苦得满地翻滚，想要寻找到一线生机。

但是，不管它们的藤蔓探向哪里，山谷中都是火海一片。它们找不到任何出路，只能在绝望中被慢慢烧死，化作灰烬。

…………

骆寻捂着嘴，眼里都是泪。

一个物种就这样灭绝了！

它们在大自然残酷的物竞天择中，历经上万年进化活了下来；在能源开采殆尽、环境日益恶化的星球上，历经千年挣扎，活了下来。

最终，却在旦夕之间，死于人类的一把烈火！

主持人还在慷慨激昂地说："龙血兵团果然恩怨分明，不但绝不放过他们的敌人，连伤害了他们的植物也绝不放过……"

辰砂下令："关闭。"

智脑把新闻关了，屋子里骤然陷入安静。

辰砂担心地走到骆寻身旁，"骆寻？"

骆寻含着泪说："是我害死了它们，让它们灭绝了。"她利用寻昭藤劫持了叶玠，叶玠杀不了她和殷南昭，就把所有愤怒发泄到寻昭藤上。

"没有灭绝。"辰砂举起培养箱给她看。

骆寻勉强地笑了笑，突然打培养箱的盖子，把自己的手伸了进去。

辰砂惊了一下，却没有阻止。

寻昭藤兴奋地卷住骆寻的手，愉快地吸食起来。

骆寻爱怜地看着寻昭藤，喃喃说："你一定要好好活着，不仅仅是为了你的兄弟姐妹，还是为了异种和人类。"

空气里渐渐弥漫起血腥味，寻昭藤的红色变得娇艳欲滴。骆寻的脸色却渐渐苍白，整个人看上去摇摇欲坠。

辰砂说："我来吧！"

他刚要把手伸进去，寻昭藤却把藤蔓舒展开了。它之前在原始星上已经自力更生饱餐过，现在还不饿。虽然机会难得食物送到了嘴边，可撑得实在吃不下，只能放弃。

骆寻身子软绵绵地向后倒去。

辰砂大惊失色，急忙探手揽住她，"骆寻！"

"没有毒……麻……麻……"骆寻还没有说完，就昏了过去。

辰砂知道只是麻醉效果，放下心来。

他回头看了眼本来给红藤选择的地方，决定放弃。他一手抱着培养箱，一手扛起骆寻，向着楼上走去。

主卧的门打开，辰砂走进去，把人放在了床上，把培养箱放在了窗边。

辰砂帮骆寻处理完手上的伤口，看着培养箱里的红藤，给紫宴发了条信息：英仙叶阶太闲了。

十来分钟后，紫宴回复：去看新闻。

辰砂走进主卧隔壁的卧室，打开了新闻。

"……原定的能源专家的采访新闻推后，现在插播一个惊天大新闻。绝对是真假公主事件后最令人震惊的新闻。

"星际间最神秘的人是谁？每个人的关注点不同，答案肯定也不同。我们统计了最近三十年来星网上的关注、搜索、讨论数据，总结出最神秘的前十位。"

画面上从低到高，依次打出醒目的排序，"10、9、8……"

每个排序都会配上一个智脑合成的人物图像，介绍人物概况。

"……第三位，神之右手。传说中操纵基因的基因编辑大师，让无数人痛恨惧怕，让无数人痴迷疯狂。虽然近几十年，关于他的消息很少，可他依旧占据着榜单第三位。"

一个没有脸的人，身上披着白色的裹尸布，坐在一头狰狞丑陋的怪物头顶。他的右手抬起，手指操纵着细细的丝线，控制着无数悬丝傀儡，一片空白的脸冷漠地俯瞰着众生。

"第二位，冥途引路。传说中神出鬼没的乌鸦海盗团团长。虽然直到现在，仍然没有确凿的证据，可星际中很多神秘的案件都有乌鸦海盗团的身影。"

浩瀚星空下，一望无际的莽莽荒原，一个模糊的黑色身影正朝着天之尽头走去，肩上扛着一把血红色的硕大镰刀。

"第一位，龙头，纵横星际的龙血兵团团长。"

一个人头戴龙盔，身穿金色龙鳞盔甲，手握黑色游龙鞭，屹立在茫茫太空中。整个人威风凛凛、气势不凡，像是一颗冉冉升起的太阳般耀眼夺目。

"……在无数热爱自由的星际雇佣兵心中，在无数热爱探险的星际冒险家心中，龙血兵团的龙头是当之无愧的偶像，一举一动都受到关注。迄今为止，从来没有人知道他是谁。今天我们就会独家揭秘龙头的真实身份。"

龙盔慢慢裂开，露出了脸。

龙鳞盔甲一片片脱落，露出了身体。

渐渐地，眉毛、眼睛、鼻子、嘴巴、脖子……整个身体都清晰出现。

面如冠玉、剑眉星目，唇角挂着随和的笑，是个容貌英俊的男人。

可是，和脸都没有露，却威风凛凛、气势不凡的龙头相比，显得平庸乏味。

"是不是觉得这个男人很陌生？是不是在想资料肯定错了？"主持人故作神秘地笑了笑，斩钉截铁地说："没有错！他就是龙血兵团的龙头，另一个身份也很不普通，阿尔帝国的十七王子英仙叶玠……"

辰砂关闭了新闻。

叶玠送了他们一份礼欢迎他们回到奥丁联邦，他们也送叶玠一份礼欢迎他回到阿尔帝国。

半夜。

辰砂的个人终端振动了一下，辰砂立即抬起手查看，紫宴的消息：看新闻。

辰砂一边坐起，一边打开了新闻。

画面中人山人海，天上是全副武装的警车，地下是荷枪实弹的警察，像是一个正在抓捕星际重罪犯的现场。

人群中，很多人脸上画着龙血兵团的徽印，挥舞着拳头，激动地大声喊："龙头！龙头……"

警察拿着盾牌将人群隔开，人群却依旧激动地想要往前拥。

一队警察押送着手戴镣铐的叶玠走向警车。

周围的警察一直在帮助叶玠回避镜头，可是，他就要钻进警车前，却突然停住脚步，回过头直面镜头。

人群中爆发出欢呼和尖叫声，不停地有人想要往前冲，被警察牢牢挡住。

叶玠冲着全星际笑了笑，眉目坚毅，满脸睥睨自信，那个曾经放荡懦弱的王子消失得一干二净。

叶玠微笑着回身，坐进了警车。

主持人震惊地说："英仙叶玠被检察院以三十一项罪名起诉，阿尔帝国皇帝亲自签署的拘捕令。看来叶玠王子即使不被处死，也很有可能面临终身监禁。这是阿尔帝国英仙皇室继皇储英仙邵靖被逮捕后，第二位进监狱的皇室成员，不知道还会不会有下一位。"

直播画面中分出一块画面，回放英仙邵靖被拘捕的视频片段，两个王子都是从皇室贵胄突然变成了阶下囚。

主持人也不胜唏嘘，掉书袋地感慨："眼看他起朱楼，眼看他宴宾客，眼看他楼塌了……"

骆寻醒来时，看到手上包着止血带，伤口已经愈合得差不多。窗台上放着培养箱，红色的寻昭藤正在懒洋洋地晒太阳，无忧无虑地舒展着藤蔓。

又是新的一天！

骆寻静静躺了一会儿，微笑着坐起来。

她洗漱完，换上干净的衣服，去找辰砂。

一拉开门，就听到楼下传来说话声，都是熟悉的声音，闻音就能识人。

封林、楚墨、紫宴、棕离、百里苍，再加上辰砂，联邦的七位公爵，竟然有六位在这里。

骆寻觉得自己不适合下去，停住脚步，倚门静听。

楚墨和封林是应安教授的邀请来做学术交流，已经在小双子星待了三天。紫宴、棕离、百里苍都是刚从阿丽卡塔赶来不久。

几个人因缘际会，在辰砂的会客厅里凑到了一起。

紫宴和棕离已经得到消息，知道约瑟将军和洛兰公主被"邀请"来小双子星做客，希望能和他们"好好聊聊"。

百里苍认为，既然有了真公主，假公主就没用了，反正是个死囚犯，不如拿去做实验母体，用她来培育健康的孩子。

封林激烈反对，百里苍却越说越不堪，两个人破口大骂，几乎要大打出手。

骆寻心里没有丝毫波澜。

不管百里苍说什么，她都没有感觉，百里苍的提议不过是她曾经预料过的最坏结局之一。封林的态度才是她在意的。

她很开心，虽然她让封林失望了，但是封林没有让她失望。

封林聪慧勤奋，热爱研究，却不会为研究成果走上歧路。她始终没有忘记做基因研究的初衷是给人类幸福，让这个世界变得更美好，而不是为了结果不择手段，以大义为名，舍弃人性。

也许，龙心的科研成就远远高于封林，但是，骆寻觉得封林才是最杰出的学者。

几亿年前，当人类的始祖，原始智人抬头望向浩瀚璀璨的星空，从懵懂愚昧中灵智初现，第一次问出"为什么"时，他们对自己、对世界的疑惑，不仅出自灵，也出自情。

从那一刻起，人类的科研就不仅仅是探索真相和真实，也是追求公义和公正。虽然，在艰难崎岖的路途上，面对诱惑，很多人都会降低底线、放弃坚守，但是还有封林这样的科学家坚守住了。

他们也许不是科研道路上最高的丰碑，却一定是最亮的灯塔，告诉后来者正确的道路。

骆寻觉得自己很幸运，在刚踏上基因研究这条路时碰到了封林做导师。封林以身作则，让她理解了一位学者的坚持——有所为，有所不为，知其可为而为之，知其不可为而不为。

突然，所有争吵声消失。

寂静中，封林惊慌地叫："辰砂！"

骆寻立即担心地走到楼梯口，看到辰砂的光剑刺在百里苍的下体。百里苍姿势古怪地站着，两腿之间鲜血直往外流。

辰砂冷冷地看着百里苍，百里苍一动不敢动。

棕离咬着牙，眉头紧皱，像是牙很疼。

紫宴忍俊不禁，用拳头挡着嘴，笑得肩膀直颤。

楚墨满脸无奈，头疼地抚额。

反倒是本来和百里苍吵得不可开交的封林表情关切，着急地说："辰砂，你不要冲动。百里苍还没有生育后代，不要毁了他的生殖器。"

她求助地看楚墨，示意他劝劝辰砂。

楚墨站了起来，温和地说："辰砂，百里只是一个提议，也是为了解决联邦目前的困境。"

辰砂盯着百里苍说："我正在追求骆寻，以后你再侮辱她一个字，就是侮辱我。"

所有人都难以置信地看着辰砂。

封林一脸被雷劈了的表情，"你追求……骆寻？这十多年你干吗去了？现在开什么玩笑？"

辰砂挑了挑剑尖，"用百里苍的蛋开玩笑？"

紫宴"扑哧"一声笑得乐不可支，其他人却都蛋疼，实在笑不出来。

楚墨劝道："百里已经明白了，以后不会再说这样的话。"他给百里苍打眼色，示意他说几句软话。

百里苍怒瞪着辰砂，咬牙切齿地说："在你死之前，我不会动她。你若死了，我想做什么你管不着！"

辰砂面无表情地盯了百里苍一瞬，手中的光剑消失。

百里苍也是硬气，竟然一声不吭地转身，步履蹒跚地朝着门外走去。

封林和楚墨对视一眼，认命地叹了口气，追上去，一起送百里苍去医院。

骆寻看风波已经平息，正想悄悄离开，棕离和紫宴一起转头看向骆寻。

　　显然，他们早就察觉她在这里了。

　　棕离满面讥嘲，可看了辰砂一眼，觉得蛋疼，什么都没说。

　　紫宴挥挥手，满面春风地说："嗨，气色不错。"

　　骆寻挤了个笑出来。

　　既然已经撞见，骆寻也不再回避。她走下楼，对辰砂说："如果可以的话，我想去安教授那里，有些问题向他请教。"

　　辰砂看了眼时间，"正是吃午饭的时间，先吃点东西，我们再过去。"

　　"好。"

　　辰砂看着紫宴和棕离，示意他们可以滚了。

　　棕离一言不发、端坐不动，摆明了辰砂不给他真公主，他就绝不离开。

　　紫宴视而不见，把脸扭向骆寻，觍着脸说："正好我也饿了，不介意我蹭顿饭吧？如果不麻烦的话，最好是你亲手做的，好久没吃了，有点想念。"

　　骆寻能说什么？她笑了笑，"你们聊，我去做饭。"

　　骆寻走进厨房，清点了一下食材，发现做不了什么像样的菜，决定把所有食材拼凑到一起做个炖锅，再做点手擀面，吃杂锦汤面吧！

　　骆寻在厨房里忙碌，外面三个男人依旧在吵架。

　　其实也不算是吵架，因为辰砂几乎不吭声，主要是紫宴和棕离在说话。一个甜言蜜语、连哄带骗，一个冷嘲热讽、威胁警告，都是想要约瑟将军和洛兰公主。

　　辰砂突然问："这次的行动是军事机密，你们怎么知道的？"

　　棕离冷冷地说："你无权过问我的工作！"

　　紫宴笑嘻嘻地回答："我这干的不就是盗取机密的事吗？如果眼皮

子底下发生了这么大的事都一无所知，对得起联邦付我的薪水吗？"

辰砂冷声说："我派去救人的飞船里面安装了炸弹。"

紫宴立即说："不是我做的。"

棕离冷哼："你怀疑我是内奸？军队里出事了，难道不是你的嫌疑最大吗？不会是贼喊捉贼吧？"

辰砂沉默。

紫宴和棕离也不说话了。

三个人冷眼看着彼此，气氛十分沉重。

"吃饭了！"骆寻在饭厅里叫。

三个男人走过来，坐到餐桌旁，一人面前一个大海碗。

骆寻觉得待客实在有点寒酸，抱歉地说："没有提前预备食材，随便乱做的杂锦汤面，你们将就一下。"

棕离看到自己面前还多摆了一个调料碟，放着红彤彤的辣椒。他口味重，连吃营养餐都会选辣味的，本来对这顿饭没有任何期待，现在却意外地有了胃口。

他把辣椒全部倒进大海碗，尝了尝，确定没有添加其他任何东西，狐疑地盯着骆寻，"你不恨我？"

骆寻含含糊糊地说："其实不想给你做的，这不是你赖着不走嘛！"

紫宴笑起来，半真半假地说："就冲着你这做饭的手艺，我本来打算，如果辰砂不管你了，我就勉为其难地把你弄回家天天给我做饭算了。"

棕离吃了几口面，似乎觉得不太妥当，阴沉沉地说："我还会继续调查你的身份，整件事里疑点太多，我仍然非常怀疑你是间谍。"

骆寻无奈地说："明白，我也没打算贿赂你。就一碗随便乱做的面，放心吃吧！"

紫宴笑嘻嘻地说："感受到了我们治安部部长日子过得多凄凉了吧？一碗合口的家常面就让他怀疑自己要被贿赂了。"

棕离阴沉着脸讥讽："你整天美女环绕又怎么样？你敢在谁身边放心睡觉？"

紫宴打了个哈哈，笑着说："吃面、吃面，不谈私事。"

骆寻看看紫宴，又看看棕离，心里沉甸甸的。

每个人看上去都是全心全意为了联邦，完全不像是内奸，可在他们七个中，一定有一个是内奸。骆寻突发奇想，龙心肯定知道，如果她能想起来……

"很好吃。"

"嗯？"骆寻没有听清，疑惑地看着辰砂。

"我说很好吃。"

辰砂竟然已经吃完了一碗面，骆寻禁不住笑起来，"还要吗？"

"要。"

骆寻站起来，往厨房里走去，身后传来紫宴愉快的声音："我也要。"

"我也要。"棕离阴沉沉的声音。

骆寻笑着说："好的。"

吃完中饭，辰砂带骆寻去找安教授。

紫宴和棕离厚着脸皮，跟在他们身后，依旧不死心地磨着辰砂要见约瑟将军和洛兰公主。

紫宴义正词严地说："因为真假公主事件，阿尔帝国的皇储英仙邵靖被关进了监狱。就算最后能躲过牢狱之灾，皇储的位置也肯定拿不回来了。听说阿尔帝国的皇帝已经在考虑立邵菡公主为皇储，可是现在皇位的第一顺位继承人是英仙叶玠，英仙叶玠能答应吗？"

棕离冷冷地说："英仙叶玠不是被关进监狱了吗？他不答应又能怎么样？"

"叶玠被关进了监狱？"骆寻失声惊问。

她只是睡了一觉，外面却好像又发生了很多惊天动地的大事。

紫宴瞟了骆寻一眼，笑眯眯地说："英仙叶玠可不是英仙邵靖。龙血兵团的龙头，怎么可能被关进监狱就老实了？现在起诉的那三十一项罪名都是皇帝硬凑出来的，阿尔帝国的年轻人很崇拜这位身份逆转的王子，正在游行示威要求无罪释放英仙叶玠。"

棕离难得赞赏地说："英仙叶玠倒是好气魄，龙头的身份爆出来后，竟然束手就擒、没有逃跑。"

紫宴嗤笑，"其实皇帝巴不得他逃跑。如果他逃跑了，就等于放弃了王子身份，只把自己看作龙血兵团的兵团长。皇帝明明给英仙叶玠留了充足的逃跑时间，英仙叶玠却就是宁愿赌上性命也要皇位，逼得皇帝只能和他撕破脸。如今皇帝进退两难，如果我们能拿出英仙叶玠的确凿罪证，就能为邵靖王子伸张正义一把，帮阿尔帝国的皇帝把叶玠送上死刑台。"

辰砂一针见血地问："你是想为邵菡公主伸张正义，帮她成为女皇？"

棕离阴冷地嘲讽："紫部长还真是会谋划。"邵菡公主来阿丽卡塔星拜访时，紫宴整天陪着她游山玩水，两人出双入对、黏黏糊糊，传了不少绯闻。

紫宴瞅着棕离，"棕部长，我觉得你肯定不是内奸，因为你的智商没有办法胜任这事。"

棕离抬手就是一支光镖射了过去，紫宴翻身躲过，落在辰砂身侧，拿辰砂做人肉盾牌。

"你有种说，就有种别躲。"棕离追着紫宴，想要干掉他。

紫宴也不还手，像是穿花蝴蝶一样绕着辰砂转圈子，"我就是知道自己躲得过，才有种说啊！"

辰砂好像什么事都没有发生一样，依旧大步往前走。

骆寻却实在受不了了，"那个……棕离，紫宴的意思应该是觉得邵菡公主是个草包，让她做皇储，当女皇，对联邦有利。"

棕离冷哼："谁知道他心里究竟怎么想？说不定想着娶了女皇做皇夫。"

"邵菡公主看不上紫宴。"骆寻毫不客气地说。

棕离愣了愣，反应过来，突然放弃了射杀紫宴，冷着脸，沉默地走着。

紫宴笑看向骆寻。

骆寻淡淡地说："在邵菡公主眼里，紫宴可以亵玩，却绝不可能谈婚论嫁。"

紫宴的话永远虚虚实实，辨不清楚真假，棕离怀疑的事指不准是真的，想到那艘安了炸弹的飞船，骆寻忍不住敲打一下他。

辰砂立即放慢脚步，防备着紫宴动手。

紫宴倒是没有动怒，笑吟吟地问："在真公主眼里，异种只能亵玩，在假公主眼里呢？"

骆寻想到殷南昭，红着脸撇过头不说话。

安教授看到他们四个，指指骆寻，"我正好有事要问她。她留下，你们都离开。"

辰砂不放心，想留下来陪骆寻。

安教授鄙夷地翻了个白眼，不耐烦地说："我们说话，你听得懂吗？什么都听不懂，留在这里站岗吗？"

辰砂只能叮嘱骆寻："走的时候通知我，我来接你。"

"好。"骆寻听话地答应了。

她现在身份未明，还在接受调查，的确不适合单独行动。

紫宴和棕离本来感兴趣的就不是骆寻，而是洛兰公主和约瑟将军。辰砂离开，他们也跟着离开，摆明了不见到洛兰公主和约瑟将军决不罢休。

"跟我来。"

安教授领着骆寻走进升降梯。

升降梯一直往下，感觉好一会儿才停下，也不知道究竟到了地下多深处。

乘坐运输舱，经过一道又一道密码门，进入了森严的实验区。

骆寻跟随安教授进入一个观察室，隔着透明的玻璃墙，居高临下地看出去，是一个全封闭的模拟生态圈。

里面正狂风怒啸、电闪雷鸣。

黑云密布的天空上，一道道闪电像是金色的巨蟒一样扭动着身躯轰然击下，打在一只趴卧在地上的黑龙身上，像是要把它打成碎末。

骆寻暴怒，一把抓住了安教授的衣服领子，"关掉，立即关掉！"

安教授吼："我也想关掉，那个疯子不让。从昨天到现在，他为了变回人，把各种办法都用上了，迟早把自己折腾死。"

骆寻愣住。

安教授越说越气，对着骆寻大倒苦水："先是让我给他注射了一堆药剂，什么刺激用什么。结果没有用！就搞什么情景再现，让我弄了一群猛兽来攻击他。还是没有用！就又逼我调出各种毁灭性的自然灾难来刺激他。我快要被他逼疯了！"

骆寻冷静下来，放开了安教授，"您知道他是……谁？"

安教授沉默地点了下头。

轰隆隆的雷声中，又是几道闪电划过天空，击打在黑龙身上。

骆寻着急地说："先把雷电关掉，我和他说。"

安教授一直在等这句话，立即给智脑下达指令，把制造雷电的程序关了。

霎时间，模拟生态圈里风和日丽，天空蔚蓝如洗，只有地上的一片狼藉证明着刚才发生过什么。

黑龙昂起头，目光森冷地盯向观察室。

安教授立即往后大退一步，把骆寻推到前面，清清楚楚地表明：不是我，是她！

骆寻扒在玻璃墙上，看着殷南昭遍体鳞伤的样子，眼泪直在眼眶里打转。

黑龙摇摇晃晃地站起来，头贴在玻璃墙上，扑扇了几下双翼，像是在安抚她。可他的头上已经没有一块完整的肌肤，甚至有一道贯穿下颚的伤口。肉翼撕裂了，身体上无数道大大小小的口子，有的地方已经能看到森森白骨。

骆寻心中又怒又伤，冲着他的头，重重地捶了下玻璃墙，"你想变回人的心情我能理解，我们可以一起想办法，为什么要这么着急地拿自己的命做实验？如果是担心奥丁联邦，有辰砂、楚墨他们，即使你不在，天也不会塌下来。如果是怕我嫌弃你，我才不会呢！就算你永远变不回人也没有关系。在那颗原始星上，我甚至想过永远不回来，咱俩就那样待在一起也挺好……"

黑龙安静地看着她，眼神温柔缠绵，犹如月夜下的水波一般轻轻荡漾。

骆寻的恼怒渐渐消失，隔着玻璃墙摸摸他的脸，"别着急，一定会找到办法的。"

黑龙眨了眨眼睛，看向站在一旁的安教授。

安教授装模作样地咳嗽了一声，对骆寻说："这不是执政官第一次异变，之前已经发生过三次异变。"

骆寻满面惊讶，"三次？"

安教授点点头，"第一次是几十年前。他在敢死队执行任务时，突然异变，完全失去了意识。恢复神志后自然而然就变回了人，但是在场其他人全部死亡，执政官完全不记得发生了什么。"

骆寻喃喃说："典型的突发性异变，强攻击性。"

"是的，联邦历史上第二例。在那之前，执政官就在配合我做异变研究，但我一直没有取得大的进展，反倒差点把执政官的身体折腾垮了。"

一个4A级体能的人能被实验折腾得差点垮了，这得多不把自己当个人？骆寻脸色难看地问："南昭穿长袍、戴面具，是不是和这些研究有关？"

安教授承认了，"因为实验药剂的毒副作用，身体常常有各种各样的症状，没有办法见人。如果让外界知道执政官在做实验体，肯定会出大乱子，我们只能对外宣称得了活死人病，把全身都遮盖起来。"

骆寻冷冷地问："后来呢？"

"没有办法的情况下，我们想看看其他人会不会有突破，选择了年轻优秀的封林。但执政官的情况必须保密，只能改容换貌、隐匿身份进入封林的研究院。为了方便遮掩，还把我最优秀的助手安娜调去阿丽卡塔生命研究院。可惜，将近二十年过去，封林也没有研究出任何结果。不过，机缘巧合发生了第二次异变。执政官有了第一次异变的经验，凭借强大的意志力，控制着异变没有完全发生，十五分钟内恢复了神志。"

骆寻问："第二次异变是在阿丽卡塔，和我一起出去吃饭那次？"

"是！第二次异变后，我们做了一些研究，证明不完全异变时，基因处于人类基因和异种基因的变化状态，是一种不稳定状态。如果意志力强大，只要维持住清醒，就能在十五分钟内变回人。如果不能维持住清醒，就会达到异种基因的稳定状态，永远变成野兽。"

骆寻诧异地说："十五分钟黄金抢救期理论不是早就有了吗？"

安教授苦涩地说："在执政官异变前，联邦历史上只有一例完全异变后变回人的病例。"

骆寻点点头，"首任执政官游北晨。"

"当时我的老师根据游北晨的异变状况，提出了十五分钟的推测，可根本没有足够的研究数据证实推测。"

骆寻心情复杂地说："世上没有第二个殷南昭。"

一个理论从提出到验证需要大量的数据支持，游北晨是一国元首，再愿意配合研究，也不可能冒着生命危险去做实验，只有殷南昭这个疯子才会完全不把自己的命当回事，用自己的身体去做实验，让研究人员采集数据。

安教授眼内闪过愧疚，继续解释说："在游北晨的坚持下，研究院未经验证，就对外公布了十五分钟黄金抢救期理论。"

当年异种虽然成功建国，但根基未稳就出现了异变这种令人绝望的病。游北晨为了稳定人心，命令研究院把推测当作结果公布，给人们一个希望。

骆寻对这种做法不置可否，问："第三次异变呢？"

安教授看了一眼黑龙，抓抓蓬乱的头发，嘟囔着说："第三次异变在大双子星岩林，又是和你在一起。"

骆寻诧异地说："我以为，那次异变是假的，是为千旭死制造的假象。"

安教授咳嗽了一声，讪讪地说："那只死掉的野兽的确不是异变兽，是一只真的野兽，不过执政官异变也是真的。本来执政官计划做一次假的异变，可也许因为他当时精神太不稳定，竟然真的发生了不完全异变。幸好，他失去神志的时间明显比第一次和第二次都短，大概只有两三分钟。神志一恢复，半兽化特征就消失了。"

骆寻想到当时挖心裂肺的痛苦，讥讽地问黑龙："为了摆脱我，竟然要用一只野兽冒充自己，逼我杀了你。你这么狠，到底是想斩断我的非分之想，还是要斩断你自己的非分之想？"

黑龙定定地看着骆寻，忽闪了几下大眼睛，突然双翼向上张开，翼尖合拢，对骆寻比了一个心。

骆寻瞪了黑龙一眼，板着脸撇过头，甜言蜜语绝对没有用！

她对安教授说："我总结一下，之前一共有三次异变。第一次是典型的突发性异变，第二次和第三次都是不完全异变。所以，这是南昭第一次完全性异变，却又保持着清醒？"

"对。不仅是执政官第一次，也是三四百年来异种第一次没有丧失神志的完全性异变。"

"没有先例，你们也不知道怎么变回人，就开始乱来了？"

安教授辩解说："不是乱来。我分析过了，执政官是在重伤后遇到危险刺激的情况下发生的异变，现在因为达到了基因稳定状态，无法再变回人。那么，很有可能再受到刺激，就会打破这种稳定平衡，发生逆转异变。"

骆寻冷嗤："毫无证据的推测，还不叫乱来？"

安教授涨红了脸，气鼓鼓地瞪着骆寻。

突然，警笛尖锐地响了三声，红色的警报灯亮起。

安教授立即问智脑："发生了什么事？"

"左翼的医院发出警报，封锁了三楼，要求工作人员全部撤离。"

安教授的保密权限应该很高，智脑在回答问题时，已经打开虚拟屏幕，把监控视频播放给安教授看。

在一个看上去像是杂物储藏室的窄小房间内，约瑟将军一手勒着洛兰公主的脖子，一手用枪指着洛兰公主的头，面朝着门外，大声吼："再说一遍！只要有人进来，我就杀了她，再自杀。"

荷枪实弹的士兵把守在门外。

紫宴一边看监控视频，一边循循善诱地说："不管将军有什么要求，我们都会尽全力满足，就算你们想离开奥丁联邦也没有问题。因为你们不是罪犯，联邦没有权力拘禁你们，我们这次请两位来，只是为了问清楚真假公主的事。"

"我要见那个假公主。"约瑟将军勒着洛兰公主的脖子，让她的脸朝向摄像头，"否则我就击毙她，再自杀。"

"没有问题，给我们点时间去找假公主。将军，你为什么想见假公主……"紫宴温柔耐心得像是哄情人。

棕离目光阴沉、一脸杀气，和穿着病号服、坐在轮椅上的百里苍一起研究地图，想要找到方法突破进入房间，但是他们仔细看完地图后发现都不可能。约瑟将军经验丰富，选择的房间、站立的位置都非常毒辣，没有给他们一丝机会。

楚墨和封林穿着白色的工作服，面色沉重、眉头紧蹙地站在一旁。

…………

骆寻正纳闷发生了这样的恶性事件，辰砂去了哪里，观察室的门突然打开，辰砂大步走进来，"帮我个忙。"

"好！"骆寻毫不犹豫地跟着辰砂走。

黑龙发出急促的叫声："嗷呜——"

骆寻回身，微笑着说："放心，不会有事。"

辰砂盯了一眼黑龙，徘徊在心头的诡异感越发明显，却没有时间细想，拉着骆寻匆匆跑出了观察室。

约瑟将军劫持洛兰公主的医院隶属于安教授的研究院。整栋大楼是一个类似于"凹"字形的建筑物，医院位于左翼，骆寻所在的观察室位于右翼地下。

辰砂带骆寻乘地下交通车过去，一路之上把前因后果简单告诉了骆寻。

午饭后，洛兰公主和约瑟将军出现食物中毒症状。

保险起见，两人被送来医院诊治。

所有人提高警惕、万分戒备，生怕他们逃跑，没有想到约瑟将军竟然挟持了同是病人的洛兰公主。

出事后，最早赶到的是恰好也在医院的楚墨、封林和百里苍，紧接着辰砂和紫宴、棕离一起赶到。

约瑟将军现在什么都不肯谈，就是要求见假公主，扬言如果十五分钟内再见不到假公主，他就击毙真公主，然后自杀。

骆寻问："我的任务是尽量安抚约瑟将军的情绪，让你们有机会控制他，救出洛兰公主？"

"对。"辰砂觉得很抱歉，竟然莫名其妙把骆寻卷了进来，"我会一直在旁边盯着，保护你的安全。"

骆寻对辰砂笑了笑，示意他不用这么紧张，"约瑟将军想见我肯定不是为了杀我，我只要听话配合就行了。"

几分钟后，辰砂带骆寻赶到出事地点。

紫宴看到骆寻，迅速脱下自己的防弹背心，给骆寻套上，压着声音问："知道有危险时该保护哪里吗？"

243

骆寻指指自己的头。

紫宴重重揉了一下她的头，叮咛："不要勉强自己，觉得不行时，随时可以撤退。"

骆寻点头，"我明白。"

紫宴对辰砂说："这不是临时起意的行动。食物中毒还可以说是意外，后面的行动却显然经过周密计划。约瑟将军肯定看过医院的地图、研究过医院的排班，时机和地点的选择很精准。待会儿小心。"

辰砂点点头，表示明白了。

紫宴看着监控屏幕，高声对屋子里说："约瑟将军，你想见的人来了。"

约瑟将军说："你们让开，让她进来，动作要慢，你们也不希望导致误会。"他用枪敲了洛兰公主脑袋一下，表明误会的恶果。

棕离低声咒骂："×！"

辰砂挥挥手，示意所有士兵退开，他和棕离各自靠在门的一边，贴着墙站好。

骆寻走到门前，温柔地说："约瑟将军，听说你要见我，我能打开门吗？"

"站在门的正中间，慢慢打开。"

骆寻缓缓把门推开，屋子里的人和屋子外的人终于可以面对面看见对方。

约瑟将军靠墙站在角落里，身子躲在洛兰公主身后，门前又站着骆寻，形成了射击死角。

一直盯着监控屏幕的紫宴悄悄打了个手势，示意辰砂和棕离没有动手的机会，让他们先按兵不动。

骆寻看着约瑟将军，问："你找我什么事？"

"你过来！"

辰砂冲骆寻摇头，示意她不要过去。骆寻想了想，却直接走了进去。

"现在能说了吗？"

"再过来一点！"

骆寻毫不犹豫地往前走，站到了约瑟将军面前。洛兰公主满脸都是泪，眼神悲伤绝望，整个身子都在颤抖。

"现在能说了吗？"骆寻双手自然下垂，悄悄朝后面打了个手势，示意辰砂，她会找机会突然出手救下洛兰公主，让辰砂和棕离配合。

约瑟将军用力勒着洛兰公主的脖子，突然把手里的枪指向骆寻。

所有人悚然而惊，紫宴急忙说："约瑟将军，不管什么要求，我们都可以答应。"

骆寻心里一惊，又立即镇定下来，对约瑟将军笑了笑，"控制两个人质可不容易，不如用我来替换公主？"

约瑟将军盯着骆寻仔细打量，就好像要看清楚她。忽然间，他露出了一个非常诡异的笑，"很好！"

骆寻毛骨悚然，"很好什么？"

"你……很好。"

乓一声枪响，骆寻满头猩红，鲜血汩汩往下流。

猝不及防间，谁都没有想到，约瑟将军大费周章地挟持人质、叫来骆寻，可竟然连谈都没谈就开了枪。

辰砂肝胆俱裂，立即冲进去，一手抱住骆寻，一手持枪指向约瑟将军，却看到洛兰公主的脖子被子弹击穿，一个血肉模糊的大洞。

乓一声，又是一声枪响，血雾喷溅中，约瑟将军和洛兰公主一起倒在了地上。

"不是我的血，是洛兰公主的血。"骆寻眼睛发直，失魂落魄。

辰砂摸着她鲜血淋淋的脸，惊悸后怕地说："不是，不是！"

紫宴急急忙忙跑进来，亲眼确认骆寻没有中弹后，随手抓起一块医用毛巾想要帮骆寻擦去头上喷溅的鲜血。

辰砂体能高强，感官敏锐，立即抬眼看来，以为是递给他的，接过了毛巾，"谢谢。"

紫宴沉默地缩回了手，看着辰砂小心翼翼地帮骆寻擦拭脸上的血迹，一瞬后，他移开了目光，看向地上的两具尸体。

棕离蹲在地上，检查完洛兰公主和约瑟将军的尸体，脸色铁青地说："洛兰公主被一枪击中颈部杀死，约瑟将军一枪爆头自尽。"

所有人怔怔看着地上的两具尸体，一时间都没有办法接受现实。

"×！"棕离怒火冲头，气急败坏地站起来，像个疯子一样狠狠地踢打周围的东西。

百里苍一脸茫然地看向楚墨，"约瑟将军疯了吗？竟然杀死了自己国家的公主，我还以为只有咱们才整天闹内讧。"

紫宴神情严肃地说："辰砂，必须立即封锁所有消息。"

辰砂刚要开口，一个看上去像是技术员的士兵突然指着面前的屏幕失控地大叫："指挥官！"

辰砂放开骆寻，疾步走过去，看到屏幕上的东西，脸色越发难看。

他点击了一下屏幕，将内容放大投映到所有人面前。

是星网上刚刚上传的一个视频，标题非常耸动，"将军末路，公主惨死"，已经有几十万人在观看。

视频很短，还不到一分钟，可几个关键点都有了：约瑟将军劫持洛兰公主、枪杀公主，最后自杀身亡。

画面粗糙，连声音都没有，可是正因为没有声音，反倒凸显出了将军末路、公主惨死的绝望血腥，非常火爆震撼。

死一般地寂静。

辰砂的目光从紫宴、棕离、百里苍、楚墨、封林脸上一一扫过，冷声说："现在全星际都看到，奥丁联邦的异种不但偷偷劫持了洛兰公主和约瑟将军，还将他们活活逼死了。"

封林苍白着脸，嗫嚅地问："会发生什么？"

所有人表情沉重、一言不发。

紫宴靠着墙，像是喘不过气来，解开了衬衣最上面的一颗扣子，唇畔浮现出一个讥嘲的笑。

棕离愤怒地抓住紫宴的衣襟，"约瑟将军怎么会有医院的地图？是不是你干的？是不是？"

紫宴被摇来晃去，却只是讥笑。

棕离又指着百里苍质问："你今天是不是为了来医院才故意激怒辰砂？"

百里苍气得指着自己两腿中间吼："我疯了才会拿自己的蛋开玩笑。"

棕离指着楚墨和封林，"肯定是你们。你们已经在这里待了三天，是不是早有预谋？你们利用医生的身份究竟做了什么？"

楚墨修养极好，沉默不语。

封林苍白着脸讥讽："左丘没来，你肯定也觉得他是早就安排好，才故意避嫌不出现。可是，棕部长，你自己呢？"

在棕离愤怒的咆哮声中，已经被锁定的滑动门突然打开。

一个身材颀长的人走了进来。

他披着一件宽松的黑色长袍，兜帽遮头，脸上戴着面具，可是，身体上依旧有不少地方没有遮挡住，露出了溃烂的肌肤，上面遍布着大大小小的伤口。

他就像是刚从坟墓里爬出来的一个黑色幽灵，悄无声息地走过。所过之处，却让所有人都安静了。

士兵立正敬礼，紫宴、楚墨他们都肃容站直，连失控的棕离也立即冷静下来，阴沉着脸站得笔挺。

辰砂双腿并拢，敬军礼，"执政官，因为我的失职导致约瑟将军和洛兰公主死亡，我愿意接受军法处置。"

执政官淡淡地说："会追究你的失职，现在做你该做的事。"

"是！"

辰砂抬起手腕，输入一串指令，整个小双子星，从地面到天空，从宿舍到战舰，都响起了尖锐悠长的警报声。

星球上的所有人，不管是在睡觉，还是在工作，不管是在玩乐，还是在吵架，都突然中断了。他们神情凝重，认真地倾听着联邦指挥官的命令。

"我是奥丁联邦总指挥官辰砂，从现在开始，小双子星进入战时戒备。所有离队人员，不管身在何处，必须在二十四小时内归队，违者军法处置。"

一直呆呆看着洛兰公主和约瑟将军尸体的骆寻听到警报声，茫然地回头看向殷南昭，仅仅和平了几百年的人类又要开始星际大战了吗？

Chapter 12

我陪你

你送给我的话，我也送给你。这段路，我陪你走。我不会丢下你，你
也不要推开我。

隔着人群，殷南昭和骆寻视线交会。

一人眼神关切，流露着无声的询问；一人目光温柔，表示自己没事，让他不用挂虑，先处理正事。

不过刹那，两人未发一言，一个眼神已经心意交会。

殷南昭移开了目光，对紫宴说："立即召开新闻发布会，对全星际陈述洛兰公主和约瑟将军的事。"

"有用吗？"紫宴不抱任何希望。

普通基因的人类本来就对异种有偏见，洛兰公主和约瑟将军的死肯定会像一个导火索，把人类对异种的负面情绪全部点燃。

殷南昭说："不管有没有用，在全星际人类的眼皮底下，一个公主、一个将军死在了奥丁联邦，我们必须给全星际人类一个交代。客观陈述事实，不要刻意开脱。"

"是！"

"内奸……"棕离着急地说。

"彻查。我已经命安冉成立了独立调查小组，你们所有人都必须接受调查。"

"同意。"辰砂言简意赅。

棕离冷冷扫了其他人一眼，"我没有意见。"

"我也没有意见。"楚墨说。

其他人纷纷附和，都表明了愿意积极配合调查的态度。

不过几分钟，洛兰公主被劫持的病房就改成了临时直播室。

一片干净圣洁的医疗白中，紫宴站在镜头前，代表奥丁联邦对全星际人类发表讣告声明。

他穿着肃穆的黑色正装，衣襟上别了一朵小小的白花，表情沉重哀伤。

"……身为'真假公主'事件的受害者，奥丁联邦一直在积极调查此事，得知约瑟将军和洛兰公主有可能在龙血兵团，我们立即派人去救出了约瑟将军和洛兰公主。本意是想和阿尔帝国合作，查清楚事情的来龙去脉，没有想到还没有来得及联系阿尔帝国，约瑟将军就劫持了洛兰公主，不顾我们的反复请求，一意孤行地枪杀了公主后，自尽身亡。我们非常震惊、悲痛，会全力配合阿尔帝国……"

临时直播室外。

辰砂说："英仙叶珩是龙血兵团的团长，洛兰公主和约瑟将军在龙血兵团合情合理。阿尔帝国的皇帝应该会相信我们，他肯定已经明白英仙叶珩才是真假公主事件的幕后黑手，肯定不会心甘情愿地被英仙叶珩牵着鼻子走，对我们宣战。"

楚墨叹道："现在民意对我们很不利，只能希望阿尔帝国的皇帝有能力左右大局。"

封林喃喃感慨："英仙叶珩好狠！情报上说他和洛兰公主一起长大，没想到竟然说杀就杀。"

棕离冷哼："没有我们的内奸狠。"

百里苍不满地说："你们这都什么表情？最坏的结果不就是阿尔帝国对我们宣战吗？打就打呗！有什么好怕的？假公主的事刚爆出来时，我就说该出兵攻打阿尔帝国，你们磨磨叽叽非要调查，现在越调查越乱，把自己弄成了被动挨打的局面，简直是自找麻烦。"

"你认为，我是怕打仗？"殷南昭没有温度的视线扫向百里苍。

百里苍梗着脖子和殷南昭对视了几秒钟，最终垂下了目光，"我没这个意思，阁下。"

殷南昭扫了一眼几个公爵，肃然说："奥丁联邦能有今天的和平安定来之不易，能不打仗就不打仗。否则，激起全人类对我们的仇视，很有可能会引发人类对我们的剿灭战。站在金字塔尖的我们不怕，但，阿丽卡塔星上的普通异种怕！其他星球上，无数仍然生活在人类中间的异种怕！我希望你们牢牢记住，人类和异种全面开战既是人类的悲剧，更是所有异种的悲剧！"

有人理解支持，有人不以为然，可殷南昭的威严让他们不敢反驳，表面上达成了共识：尽力理性沟通，不动用武力。

殷南昭说完话，身子突然晃了一晃。

辰砂、棕离他们都比骆寻的体能好，却因为殷南昭积威太盛，完全没有想到强悍的殷南昭也会像普通人一样晕倒，而且都知道他的忌讳，压根儿不敢随意靠近殷南昭。只有骆寻一直把他看作普通男人，想都没有想就冲了过去。

殷南昭身子摇摇欲坠，已经站都站不稳，可依旧凭借强大的意志力，维持着最后一点清明，眼神犀利戒备，随时能发出夺命一击。他看到靠近他的人是骆寻，才放心地闭上眼睛，任由自己摔在了骆寻怀里。

众人这才反应过来，殷南昭昏倒了，一边失声惊呼"执政官"，一边乱哄哄地拥上来。

骆寻一边毫不迟疑地抱起殷南昭，把他护在怀里，一边对辰砂说："通知安教授。"

辰砂立即联系安教授。

骆寻问封林："急救室在哪里？"

"这边。"封林在前面引路。

骆寻抱着殷南昭，跟在封林身后跑，其他人想要跟过去。辰砂一边和安教授说话，一边抬了下手，站立在两侧的士兵立即冲过来，组成人墙，无声地挡住了其他人。

一口气冲进急救室。

骆寻把殷南昭放到医疗床上，想要帮他检查，却不能。

因为躺在面前的人不再只是她的恋人，还是奥丁联邦的执政官。他的身体状况属于联邦最高级别的机密信息，她没有资格查看他的身体、了解他的病情。

骆寻心急如焚，却只能什么都不做地等待。

封林着急地问辰砂："安教授还要多久到？"

正焦躁不安、度秒如年，安教授赶到了。

他扫了眼昏迷的殷南昭，呵斥："都出去！"

几个人听话地往外走。

骆寻刚走出病房，小腿突然抽筋，痛得站都站不住，只能靠着墙滑坐到地上。

辰砂蹲下，关切地问："怎么了？"

骆寻揉着小腿，抽着冷气说："没事，突然有点抽筋。"

封林冷眼瞅着，"刚才太紧张了，肌肉自发痉挛。倒是反应真快，我都没意识到执政官会昏倒。"

辰砂想要帮她揉捏抽筋的地方，骆寻猛地缩躲了一下，整条腿更痛了。她龇牙咧嘴地说："我自己可以。"

辰砂目光沉沉，静看着骆寻。

封林倚着墙壁，双手环抱在胸前，讥嘲地说："就冲你这连色诱都不会的样子，我倒是真相信你不是间谍。要真是间谍，我们联邦的指挥官都送上门了，你会不要？"

骆寻揉着腿不吭声。

曾经她也无比确信自己绝对不会辜负封林的信任，可是她竟然是龙心，一个连自己都骗了的间谍。如果不是殷南昭，也许她早已经恢复记忆，犯下弥天大错。

沉默的安静中，一个机器人转动着轮子，滑到封林身旁，把一条干净的衣裙递给封林，"请查收，您要的衣服。"

封林拿起裙子，扔到骆寻身上，"隔壁就是洗浴间。"

骆寻傻乎乎地接住衣服，不明白地看着封林。

封林没好气地说："去把衣服换了，收拾干净自己，我们可没有虐待你，你满身血腥给谁看？"

骆寻这才反应过来，封林是让她去换衣服，把洛兰公主死时喷溅到她身上的血污清洗干净。

身为恶性事件的当事人，虽然身上的衣服染了鲜血，她也不敢随意跑开去擦洗，一直乖乖待在一旁等候吩咐。没想到封林心细如发，竟然注意到了，还让机器人拿了干净衣服。

骆寻心中百般滋味，抱着衣服站起来，往洗浴间走去。

几分钟后，骆寻冲洗干净，穿上封林给她的衣裙，走了出来。

她对封林说："谢谢。"

封林轻嗤："我很缺谢谢吗？"

骆寻摇了摇头。封林当然不缺谢谢，她压根儿没必要这么做，却一边生她的气，一边在照顾她，证明封林心里依旧把她当朋友。

封林撇撇嘴，对像根柱子一样站在一旁的辰砂说："我说你，追女朋友就好歹有点追女朋友的样子！刚才大好的献殷勤机会都抓不住，送衣服、送珠宝，这可都是最基本的。"

辰砂想了想，说："谢谢热心指点。不过，你从小就想睡楚墨，却直到现在都没有睡到他，你的指点真的能听吗？"

封林怒瞪着辰砂，辰砂却没有一丝讥讽，而是认真地想要探讨请教。

封林无力地挥挥手，表示你们爱咋就咋，和她无关。

将近一个小时后，病房的门打开，安教授的声音传来："进来吧！"

骆寻跟在辰砂和封林身后走进病房，看到殷南昭躺在医疗舱里沉沉昏睡。

安教授说："没有大事，身体极度虚弱引发的突然晕倒。"

封林惊诧，直爽地问："执政官干什么了？竟然会极度虚弱？"

安教授字斟句酌地说："执政官在星际航行中受过伤，一直没有得到妥善的治疗。之后又进行了某种极限运动，体能消耗过度。从现在开始需要好好休养。"

辰砂若有所思地看向骆寻。

骆寻却一直关切地看着医疗舱里的殷南昭，完全没有察觉到辰砂的目光。

"谢谢教授。"封林说。

"谢谢我工作失职吗？我是负责执政官身体健康的医生，现在却让执政官当众晕倒。"安教授一脸怒气、语气不善。

封林不敢吭声了。

安教授忧心忡忡地长吁口气，瞥了眼辰砂和骆寻，对封林说："小林子，跟我走了，还有活干。"

封林跟着安教授离开了病房。

辰砂轻拍了下骆寻的肩，"执政官有专人照顾，我们回家。"

"回家？"骆寻扭过头，茫然地看着他。

"说习惯了。"辰砂眼神真挚，表情坦荡，"不过，我的家就是你的家。"

骆寻苦涩地说："辰砂，你都不知道我是谁！"

"你是骆寻。"

骆寻欲言又止："我……想留在这里，等执政官醒来。"

辰砂沉默了一瞬，问："你和执政官究竟是怎么回事？"

执政官在昏倒前，明明看到了骆寻，却毫不抗拒地倒在了她怀里。骆寻的反应更怪异，一般人看到执政官溃烂的身体都会下意识躲避，她却急切地冲过去，毫不迟疑地抱住了执政官。

辰砂没有办法再告诉自己，骆寻的怪异行为是因为她讨厌执政官。她的眼睛里自始至终是担忧关切，不是憎恶讨厌。

"我……我……"骆寻看着辰砂，结结巴巴不知道该怎么解释。

"这个问题我来回答。"殷南昭的声音突然响起。

骆寻和辰砂同时扭头看向医疗舱。

殷南昭说："小寻，你先出去。"

骆寻看看面无表情的辰砂，再看看完全看不到表情的殷南昭，迟疑了一瞬，最终还是走出了病房。

她靠墙站着，脑子内一片空白。不知道殷南昭会怎么回答辰砂的问题，更不知道辰砂会是什么反应。

半晌后，病房门打开，辰砂走了出来。

他盯着骆寻，神情看不出异样，一如往常地平静冷漠，只是眼神格外黑沉，像是暴风雨前阴云密布的天空。

骆寻怯生生地看着他，不知道他究竟知道了多少。

"恭喜！"辰砂竟然挤出了一丝僵硬的笑，"千旭还活着。"

骆寻抿了抿唇，"谢……谢。"

辰砂一言不发，提步就走，骆寻忍不住叫："辰砂！"

辰砂停住了脚步，却没有回头。

骆寻觉得似乎有千言万语在心头翻涌，可汇聚到嘴边，能说的只有："谢谢！"

辰砂沉默不言，继续往前走。

长长的走廊里，没有一个人。他的背影笔挺，军靴一下下叩击着光洁的地面，发出微小清脆的声音。

骆寻一直目送着他的背影渐渐远去。

往事一幕幕浮现在眼前，就好像看着自己过去十几年的生命渐渐走向一个终结。

见面第一天，她晕倒在他脚下。他冷漠地跨过她，扬长而去。

见面第二天，他不情愿地娶了她。当她没有及时上车时，他警告地说"请公主记住，我不会等你"。

…………

认识第十一年。

255

她因为让寻昭藤吸食鲜血晕倒，他急忙抱住了她。

为了告诉她"我喜欢你"，他等了她十一天。

…………

今日，他头也不回地走出她的生命，给两人的关系彻底画上句号。

骆寻曾经觉得那段日子是流沙上的海市蜃楼，满是欺骗和谎言，现在才明白那是她生命中唯一单纯真挚的时光。

在此之前，她是狡诈冷酷的龙心；在此之后，她随时有可能变成龙心。

只有那段时光，她虽然用着假名字、假身份，却像一张白纸一样单纯真挚地活着。

辰砂的背影消失在了走廊尽头，长长的走廊变得空旷寂静。

骆寻红着眼眶告诉自己这已经是最好的结局。关系终结时，收到的不是怨恨，而是祝福，可是，却觉得胸闷气短，一点都高兴不起来。

"小寻。"殷南昭的声音传来。

骆寻走进病房，沉默地趴在医疗舱上。

"我告诉了辰砂我是千旭。"

"嗯。"

"我向他道歉，他没有接受。他说我对不起的不是他，是你。"

骆寻的鼻子发酸。

"辰砂是个好男人。"

"嗯。"

"希望你将来不要后悔。"

骆寻侧枕在胳膊上，沉思地看着殷南昭，为什么他总觉得她会后悔？为什么他会这么不自信？

隔着透明的舱壁，呼吸面罩下，溃烂恐怖的面容清晰可见。

殷南昭想起她第一次揭开他面具时的惊吓表情，下意识想要回避，最终却是迎着她的视线，任由她仔细看清楚。

殷南昭平静地问："很难看吧？"

"嗯。"骆寻点了下头。

"小寻，有的时候可以说假话。"

骆寻微笑，"我以为殷南昭不需要假话的安慰。"

"这会儿需要。"

"哦……现在说'不难看'是不是已经来不及了？"

"来不及了。"

"那就只能继续说实话了。"骆寻温柔地凝视着他，手指隔着舱壁，慢慢描摹着他的面容，"即使你这么丑陋难看了，我为什么还舍不得把目光从你脸上移开呢？觉得只有看着你心里才安稳喜悦。"

殷南昭愣了一愣，眼睛内风云变幻，最终都化作了似水深情。

骆寻柔柔地问："你还有什么秘密？"

殷南昭沉默。

他想坦白的时候自然会坦白，骆寻没有再继续追问，转移了话题："怎么突然变回了人？"

"听到枪响，看到你头上流血时，惊吓恐惧中以为你中枪了，一瞬间身体就开始变化。"

骆寻愣住了。没想到安教授的理论竟然是对的，情景再现，利用危机打破基因稳定，逆转异变。她敲了敲舱壁，故作得意地说："没有想到我对你而言，比药剂、猛兽、雷电暴击还威力强大。"

殷南昭叹道："一直不想让你看到我残破的身体，就算看到，也应该找一个气氛好点的时候。花前月下、灯光朦胧，稍微遮掩修饰一下，让你慢慢接受，没有想到竟然这么狼狈地让你看到了全貌。"

骆寻微笑，"是啊，好狼狈！正好晕倒在我怀里，是我把你抱到急救室的。原来我辛苦多年把体能锻炼到A级，就是为了能抱着你到处跑。"

两人凝视着彼此，眼睛里都含着淡淡的笑意。

骆寻凑过去，隔着舱壁，吻了一下殷南昭的额头，"我不后悔，你也不许后悔。"

辰砂太好了，应该有一个更好的女人。她和殷南昭都身含剧毒，正好彼此相伴，以命纠缠。

骆寻一直陪着殷南昭。

等他睡过去后，她爬到医疗床上，随意扯了条白床单盖上，迷迷糊糊也睡了过去。

…………

四周漆黑一片，没有一点灯光。

骆寻心惊胆战，走过漆黑的楼道，走进了一个冰冷的房子里。

好不容易摸索到手动开关，打开了灯，竟然是一个停尸房，触目所及都是一具具尸体。骆寻被吓了一跳，急忙回身想要离开，却发现门已经紧紧锁住，她出不去了。

突然，一个尸体掀开身上盖着的白色裹尸布，坐了起来，居然是洛兰公主，脖子上依旧有一个洞，鲜血滴滴答答地流着。

骆寻吓得失声尖叫。

洛兰公主睁开了眼睛，阴气森森地盯着骆寻，"龙心，这可是你做的计划。我们心甘情愿用命做铺路石，让你能成功地走到目的地，现在你却忘记了该怎么走这条路吗？"

骆寻又急又怕，连拉带拽，拼命想打开门，却怎么打都打不开。

洛兰公主跳下停尸床，步履蹒跚地向骆寻走过来。

"龙心，你怎么对得起惨死的我们？"

骆寻大叫："我不是龙心！我是骆寻！"

"不要自欺欺人了，骆寻只是龙心做的一个梦。"洛兰公主伸出染血的手，掐住了骆寻的脖子，"龙心，不要再做梦了，快点醒来。"

骆寻挣扎着说："我不是龙心，我是骆寻！"

洛兰公主凄厉地叫："龙心，醒来！龙心，醒来……"

骆寻拼尽全力想要推开洛兰公主，却发现她的手就好像是铁铸的，怎么推都推不开。

骆寻喘不过气来，痛苦得全身痉挛，眼前渐渐发黑，一切都消失不见，只有洛兰公主凄厉的叫声一直纠缠着她的灵魂。

"龙心，醒来！龙心，醒来……"

…………

"啊——"

一声惊叫，骆寻捂着脖子，猛地从医疗床上坐了起来，剧烈地喘息着。

殷南昭趴在床边，关切地问："做噩梦了吗？"

骆寻侧头，看向殷南昭。漆黑的眼睛像是琉璃珠般美丽清澈，可是，美则美矣，没有一丝情感。

殷南昭悚然而惊，定定地看着骆寻。

"你是谁？"骆寻冷冷地问。

殷南昭全身发寒，身体僵硬，像是变成了一座雕塑。

骆寻伸出食指，点着他的额头，把他推开，"你是哪个实验室的实验体？下次再乱跑我就把你做成肥料去种菜。"

她跳下医疗床，看看自己身上的衣裙，嫌弃地皱眉，打开柜子一通乱翻，找到了一套蓝色的手术服。

她旁若无人地脱下裙子，准备换衣服，就好像殷南昭完全不是个人。殷南昭猝不及防间，愣了一瞬才反应过来，急忙撇过头。

骆寻穿好里面的蓝色手术服，一边套外面的白大褂，一边转过了身，冷冷地命令："把面具摘下来。"

殷南昭沉默地摘下面具。

骆寻流露出恶心厌恶的表情，"好丑，你还是把面具戴上吧！"

她手势娴熟地把头发绾起，盘成整齐的发髻，随手拿起一把细长的手术激光刀，当作簪子把发髻固定在脑后。

骆寻朝着急救室门口走去，殷南昭挡在了门口。

骆寻不悦地呵斥："让开！"

殷南昭不说话，也不动。

骆寻不耐烦地命令："丑八怪，让开！"

殷南昭依旧像一根木桩一样挡在门口。

"是龙头的命令吗？"

骆寻一巴掌狠狠扇了过去，殷南昭没有躲，任由骆寻扇打在他

259

脸上。

骆寻微笑着说："你违抗龙头的命令，是死；违抗我的命令，是惨死。丑八怪，你觉得该选哪个呢？"

殷南昭依旧不说话，也不动。

骆寻拔下发髻上的手术激光刀，"看来，我只好先做一次活体解剖了。"

骆寻按下开关，激活了手术刀。

她眼神淡漠、手势利落，自上而下，从殷南昭的胸膛上切过。

猩红的鲜血流出……

骆寻猛地睁开眼睛，发现自己平躺在柔软的床上。

她恍惚了一瞬，扭过头，看到殷南昭坐在窗户旁的单人沙发上，手中捧着一本古色古香的纸质笔记本。她醒来前，他应该正在翻看笔记本，发现她醒了，他轻轻合拢笔记本，不动声色地静看着她。

"南昭？"

骆寻坐了起来，不明白他的目光为什么那么怪异。

刹那间，殷南昭出现在她面前，把她紧紧地抱进怀里。

"小寻！"

一声呼唤，却满是劫后余生的缠绵悱恻，就好像他们这个拥抱是隔了千山万水的失而复得。

骆寻奇怪地问："怎么了？"

殷南昭轻声说："没事。"

骆寻缩在他怀里怔怔发了会儿呆，心有余悸地说："我做了个噩梦。梦到我变回龙心，把你给忘了，对你说了一些很可怕的话，还想对你做很可怕的事。"

殷南昭轻抚着她的背，"没事了，已经没事了。"

骆寻突然觉得不对劲，她明明陪着殷南昭在病房里养伤，可现在这个房间不是病房，殷南昭也不是在医疗舱里。

"这是哪里？"

"我在小双子星上的住宅。"

"你的伤……"骆寻取下了殷南昭的面具，看到他脸上的肌肤光洁完好。显然，他的外伤已经好了，骆寻纳闷地问："我究竟睡了多久？"

"算上你梦游的时间，四十九个小时。"

"梦游？"

骆寻脸色发白，原来那并不是噩梦。她真的辱骂、扇打了殷南昭，还想把他开膛破肚。

骆寻猛地推开殷南昭，躲到了床角。

"小寻！"殷南昭想要抱她，被骆寻用力打开。

骆寻把脸埋在膝盖里，缩成了一团。

"把我交给棕离和紫宴他们吧，告诉他们我是龙心。"

殷南昭不顾她的挣扎，硬把她抱在了怀里，"我说过，这段路我会陪你走。小寻，我不会丢下你，你也不要推开我。"

骆寻的眼泪潸然而落，一滴滴浸入他的衣襟，"答应我，如果下一次我真的变回了龙心，不能像这次一样醒来，你就杀了我吧！"

"我不能答应你。"

骆寻难以置信地抬起头，满脸泪痕地看着殷南昭。

她知道，要求殷南昭杀了她对殷南昭很残忍，可如果龙心利用殷南昭对她的情感杀害了殷南昭，却是对她很残忍。她以为殷南昭肯定明白，宁愿自己去承受痛苦。

殷南昭捧着她的脸，郑重地说："我爱你，绝不会杀你。"

"即使我会杀了你？"

"骆寻，我要你牢牢记住，即使你会杀了我，我也绝不会杀了你。所以，不管任何时候，你都必须活着，不要让你来杀我。"

骆寻泪如雨落，号啕大哭起来，一边捶打殷南昭，一边痛苦地喊："你耍赖皮！你耍赖皮……"

殷南昭紧紧抱住她，"不要怕。那个龙心只是一场梦，不是真的龙心。你是因为亲眼目睹了洛兰公主惨死，心理受到刺激，所以梦见了你出现之前的龙心。"

骆寻突然止住哭声，仔细想了会儿，说："如果是现在的龙心，她会拥有我的记忆，不可能不认识你。"

"对！"殷南昭温柔地帮骆寻擦去脸上的泪，"不要怕，只是一个梦。"

骆寻用力吸吸鼻子，沉默地抱住了殷南昭。

现在只是梦，将来呢？

虽然，即使龙心苏醒了，她和殷南昭的记忆依旧存在，可是，她呢？她还存在吗？

殷南昭柔声说："不管发生什么，我都会陪着你。"

骆寻眼眶发酸，又想落泪。

浩瀚星际间，茫茫人海中，她何其有幸，才能碰到殷南昭。

她以前暗骂他是变态，可其实自己才是变态。一个随时有可能拿起刀扎到他心窝里的疯子，一个随时有可能颠覆奥丁联邦的间谍，一个随时有可能屠杀异种的魔头，殷南昭却敢用自己的命做赌注来爱她、护她、信她。

嘀、嘀——

通信器的蜂鸣声突然响起。

殷南昭看了眼来讯显示，下令："接听。"

紫宴的声音传来："阁下，阿尔帝国的皇帝想和您通话。"

"我马上下来。"

殷南昭抱歉地对骆寻说："因为洛兰公主和约瑟将军的死，阿尔帝国的民众强烈要求讨伐奥丁联邦，但阿尔的皇帝不愿意开战，约我在视频里见个面，想和我商量一下怎么避免战争。"

骆寻忙说："我没事，你去工作吧！"

"我就在楼下，你有事的话随时叫我。"殷南昭似乎仍然不放心。

骆寻笑着推他，"几天没洗澡，身上都要有怪味了，我去好好泡个澡，你安心去开你的会。"

殷南昭凑到她头顶嗅了下，"嗯，是有味道了。"

骆寻要捶他，他闪身躲过，拿起面具戴上，都走到门口了，又回过身说："我就在楼下。"

骆寻无奈地问："你还要说多少遍？"

殷南昭风度翩翩地弯了下腰，行礼告别，表示到此为止。

骆寻摇着头，哑然失笑。这样一个花样百出的男人，她当年眼睛到底是有多瞎，才会觉得他像万里荒漠一样孤寂荒凉呢？

殷南昭关门离去后，骆寻脸上的笑意渐渐消失。

她下了床，赤脚走进浴室，对智脑吩咐放热水泡澡。

氤氲的热气中，她坐在浴缸旁，心事重重地胡思乱想着。

圆滚滚的小机器人滚到她身边，纤细的机械臂举着两排颜色各异的浴盐，请她挑选。

骆寻随手拿起一罐玫瑰色的浴盐，舀了一勺倒进浴缸。

红色的浴盐溶解成丝丝缕缕的红雾，渐渐消失在一缸清水中。

骆寻心里一动，一勺又一勺，不停地往浴缸里放浴盐，直到把一整罐浴盐都放完，浴缸里的水变成了鲜艳的玫红色。

她怔怔看了一瞬，忽然如释重负地笑了。

她和殷南昭的相遇相恋是命运的意外，可她坚信，他们最终一定会改变命运本来的颜色。

这盘棋，龙心设计了开始，结局却不由她决定。

骆寻脱下衣服，钻进浴缸。

智脑一板一眼，尽责地问："请问听音乐还是看影片？"

"影片。"

"请问喜欢什么类型的影片？推荐或自选？"

"推荐。"

屏幕上显示出最近比较流行的影片：战争、恐怖、探险、爱情……

骆寻一直没看到感兴趣的影片，不停地说着"下一页"。

突然，她眼睛瞪大，目不转睛地看着。

屏幕上是一对对赤身裸体的男女。

骆寻嘟囔："竟然还有这种片子。"

智脑的机械声立即响起，像是在为自己的推荐辩解："您的年龄应该已经远远大于合法观看年龄，这是最近半年来小双子星上点播率最高的影片。"

骆寻觉得智脑太智能也不是好事，"不用你提醒我年龄。"

骆寻迟迟没有说"下一页"，智脑判断她感兴趣，体贴地建议："要播放片花试看吗？"

"……要……"

骆寻的声音很含糊，但执政官大人的智脑配置绝对一流，顺利捕捉到声音，执行了指令。

飞船里，一男一女一边热吻一边脱衣服，动作越来越激烈，女人突然大声叫起来，骆寻吓得立即喊："关闭，关闭！"

"需要试看别的片花吗？"

"不用了！"

"您是羞涩吗？担心别人听到声音？"

"闭嘴！"

"我没有嘴。"

"你懂我的意思。"

智脑安静了。

骆寻想起梦游时的自己，准确地说是龙心。

即使龙心觉得殷南昭是个实验体，没有人权，但那毕竟是一个活生生的男人，龙心却能一丝迟疑都没有地当着一个陌生男人的面脱衣服、换衣服。骆寻没有办法想象龙心在叶玠面前会怎么样，以他们的亲密关系，应该什么事都做过了吧！

骆寻苦笑，无论如何，这具身体都不应该为这种事羞涩。

她刚才的反应，是不是有些太矫情了？就像是明明经验老到，却还要装冰清玉洁。

骆寻双手合拢，掬起一捧玫红色的水，看着它们从指间渐渐沥沥滴落。

星际时代，三百多岁的人均寿命。

漫漫光阴中，谁还没有几段恋情，个把前男友、前女友？就算这具身体以前和叶玠是恋人，也已经是过去的事了。

更何况她现在压根儿就不是龙心，过去了就是过去了！

骆寻洗完澡、穿好衣裙，正在想殷南昭忙完了没有，通信器的蜂鸣声响起。

她看了眼来讯显示，笑着说："接听。"

殷南昭的声音传来："我的工作处理完了，你洗完澡了吗？"

"洗完了。工作顺利吗？"

"和皇帝陛下的沟通还算顺利。你下来吗？有个人在等着见你。"

"谁？"

"你一直想见的人。"

"我一直想见的人？"骆寻想了想，完全没有头绪，"到底是谁？"

殷南昭神秘地说："你下来就知道了。"

骆寻一边纳闷，一边沿着盘旋楼梯缓缓走下楼。

殷南昭背对着他，站在大厅中央静静等候。

骆寻看了眼四周，没有发现其他人，不解地问："你不是说有个我一直想见的人在等着见我吗？人呢？"

殷南昭转过了身，笑看着骆寻。

骆寻这才留意到，他没有戴面具，眼睛也不是蓝色，而是黑色，穿着白色的亚麻衬衣、烟灰色的休闲裤，完全是千旭的日常打扮。

骆寻愣住了。

"小寻，好久不见。"殷南昭微笑着问候，就像是一去经年的游子终于历经波折回到故里。

他眉眼温润，笑如朗月入怀，声如清风拂面，正是骆寻心底最温暖美好的记忆。骆寻泪光晶莹，情难自禁，猛地飞扑过去抱住了他，"千旭！"

"嗯。"

骆寻像是做梦一样，仰头看着殷南昭，不敢相信地轻声问："为什么会……变成了千旭？"

"你不是一直想见他吗？"

骆寻咬着唇，不敢说话，摸不准他这句话到底是殷南昭说的，还是千旭说的。承认了怕殷南昭生气，不承认又怕千旭难过。

殷南昭低头凝视着她，温柔地问："你想我吗？"

骆寻完全没有办法抗拒千旭，乖乖地点了点头。

"我也很想你。"

殷南昭眉如春山暖，眼似秋水柔，完完全全就是她相思无解时，夜夜梦到的样子，骆寻眼眶一下子全红了。

殷南昭急忙搂紧了她，轻声说："对不起。"

骆寻悄悄拭去眼角的泪意，捶了殷南昭一拳，"你不是不喜欢我喜欢千旭吗？干吗还要来招惹我？"

"你只喜欢他时，我当然不愿意你把我当作他。现在没这个必要了，反正都是我。"

骆寻呆了一瞬，扑哧一声笑起来，这个精分终于不再吃自己的醋了。

殷南昭揽着她的腰说："有一个小礼物送给你。"

骆寻忽闪着眼睛，期待地看着他。

殷南昭打了个响指，大厅的一面墙壁渐渐变得透明。

隔着透明的玻璃墙，骆寻看到花园里种满了迷思花，正开得如火如荼。

清幽淡雅的蓝、明艳浓烈的红，两种色彩交杂在一起，像是一半海水、一半火焰在一起奔涌燃烧，美得惊心动魄。

骆寻像个傻子一样怔怔走过去，幸亏玻璃墙自动翻转打开，她才没有一头撞到墙壁上。

骆寻走到花园里，一边惊喜地四处看，一边探手抚过每一朵花。

殷南昭靠坐在沙发的扶手上，长腿斜撑着地，双手插在裤兜里，含笑看着眼前曾经只可能出现在梦里的场景——人影和花影两相映。

骆寻转身，对殷南昭说："这些花不是一年种下的，已经种了好多年了。"

殷南昭没有否认，"千旭死后，我怕万一被你看见，煞费苦心的计划会露馅，曾经想过把它们都拔掉，但总下不了手，一拖再拖就拖到了今天。"

骆寻走到他面前，伸出一根指头，点了点他半遮半掩的锁骨，"你拔了它们，没有用！你变换了容貌，没有用！我记住的是你藏在血肉下的骨头。"

殷南昭眉眼含情，静看着骆寻。

骆寻的心不受控制地越跳越快。

殷南昭莞尔，唇角轻扬。

骆寻脸红了，知道他那变态的听力已经听到了她为他情动、意动、心动。

殷南昭依旧含着笑，不动声色地静看着骆寻。

骆寻羞恼地咬咬牙，猛地往前一扑抱住他。没想到殷南昭竟然向后翻去，直接被骆寻扑倒在了沙发上。

骆寻趴在他身上，像只小松鼠一样瞪着圆溜溜的眼睛，"你这么身娇体弱，容易扑倒吗？"

"半推半就……不对，没有半推，是全就。"殷南昭一本正经地说着最不正经的话，"心甘情愿、完全配合。"

"那我就不客气了。"骆寻歪着脑袋咬了咬他的下巴，似乎觉得味道不错，又伸出舌头舔了舔。

她像是一只品尝美食的小动物，温柔地舔舐，耐心地细细啮咬，从下巴慢慢吻到了殷南昭凸起的喉结处，舌尖绕着喉结轻轻打了个圈。

殷南昭发出了一声模糊的呻吟，突然双手握住骆寻的肩膀，把她往外推。

骆寻脸颊绯红，双眼迷蒙，"殷南昭，我想吃了你，现在！"

她毛手毛脚地去解殷南昭的衬衣，殷南昭却握住了她的手。

骆寻不明白，"你不愿意？为什么？因为我和叶玠……"

殷南昭捂住了她的嘴，"我很愿意被你吃掉，只不过在你享用前，身为负责任的食物，我必须讲解一下食用我的毒副作用。"

他虽然像是在开玩笑，可明显肌肉紧绷，十分紧张。

让殷南昭都紧张的事？！

骆寻心中暗凛，面上却故作轻松，"好吧！食用你的毒副作用都有什么？"

"我的基因肯定不能有后代。"

骆寻如释重负地松了口气，"不能有孩子，那么你这一生最亲密的人只有我，最爱的人也只有我，没有人和我抢你，我完全能接受。"

殷南昭依旧纹丝不动，也不说话，漆黑的眼眸中隐有哀伤流动。

骆寻叹了口气，开始脱衣服，用实际行动表明她真不在意。她刚把上衣解开，殷南昭又抓住了她的手，把滑到她肩膀下的衣服拽了上去。

骆寻挣了几下没有挣脱，俯下身低头去吻殷南昭。

殷南昭头一偏，骆寻的吻落空，嘴唇磕在了他的脑袋上。

骆寻长吁口气，挫败地做挺尸状，趴在殷南昭身上一动都不想动了。男朋友武力值太高，欲求不满想用强都不可能。

殷南昭微微侧头，在骆寻耳畔，缓慢却清晰地说："我是克隆人。"

一瞬间，骆寻觉得自己的心跳都完全停止了。

因为基因研究，她也曾有意无意地浏览过一些克隆人的法律条文。经过漫长的发展，人类已经从基因克隆中吃过大亏，早已经达成共识：为了保护人类种族的繁衍，为了保护人类社会的伦理体系，为了保护基因母体的唯一性，法律严禁制造克隆人。克隆人不能拥有自然人拥有的任何权利，他们的地位连机器人都不如。机器人至少是人类合法的财产和工具，可以光明正大地存在，克隆人却是非法存在，永远见不得光，一旦被发现，任何人都可以立即处死克隆人。

骆寻身体僵硬、通体寒凉，趴在殷南昭身上一动不动。殷南昭的身体更是僵硬如冰块，甚至像冰块一样透着死寂的冷意。

两个人的身体明明依旧紧贴在一起，可不过弹指刹那，就已经隔了千山万水不可跨越的距离。

人间至浓至烈是情爱，至脆至弱也是情爱，刚才还情交意合的男女，不过才一两分钟，却像是过了几百几千年，青丝化雪，浓情转薄，心寒了、血冷了。

殷南昭微微一动，已经从骆寻身下脱身而出，远远地坐到了沙发的另一头。

他低垂着眼，平静地说："我会给你重新做一个身份，送你离开。如果你有想去的星球，告诉我，如果没有，我会帮你选一个安全的地方。"

骆寻一脸茫然，愣愣想了会儿，才明白殷南昭这是在提分手、做善后安排。

她木着脸问："有没有分手费？"

"有。"

"我要很多！"

"好。"

"不问问金额就敢说好？我会要很多很多！"

殷南昭似乎终于意识到不对劲，抬眸看向骆寻，"我名下有些资产不能动，太引人注目。除此之外，其他所有财产你都可以拿去。"

"不管你的财产有多少，就算能买下整个宇宙，我要的分手费也一定比这个更多。"骆寻咬牙切齿，看你还怎么好？

殷南昭静默如山岳，若有若无的哀伤如薄雾轻岚，一直萦绕在他身周。

骆寻终于明白了很多曾经不能理解的事。

位高权重、体能过人，明明没有人可以强迫他，他却丝毫不把自己的身体当回事，做安教授的实验体，被各种药剂侵蚀得全身溃烂，不得不戴着面具做"活死人"。

身为一国元首，明明不应该以身犯险，他却丝毫不把自己的命当命，做着敢死队的队长，一直游走在生死边缘。

明明正值盛年，应该大展宏图，他却时刻准备着放权，一直训练着七位公爵能独当一面。

明明知道她是假公主，是一个死囚，和辰砂是假婚姻，却依旧不肯坦白身份、表明心迹，甚至要亲手杀了千旭，斩断本不应该滋生的情缘。

明明看到她为他痛不欲生、念念不忘，却依旧觉得自己没有办法给她未来，只能压抑自己，丝毫不敢靠近。

明明他哪里都不比辰砂差，却一直觉得她和他在一起会后悔，想把她推给辰砂。

…………

骆寻走到殷南昭面前，坐在了他大腿上，温柔地解释："刚才我只是很震惊，震惊到需要一点时间才能真正理解你说的是什么。"

殷南昭依旧像是一座冰冷的石像，纹丝不动，"理解了？"

"嗯，就是我们不能有孩子，我说了我接受。"

"不止这个。"

骆寻斩钉截铁地说："我和你之间的问题只有这个，别的是我们要一起去面对的问题。"

"你应该再认真想一想，我是见不得光的克隆人，根本不被允许存在于这个世间。"

骆寻从善如流，认真想了想，问："有谁知道这个秘密？"

"安教授、安达、安冉。"

"安教授有没有用这个秘密要挟你配合他做人体实验？"

"我自愿。"

"敢死队的事有人要挟你吗？"

"我自愿。"

骆寻冷嘲："你究竟是多想死？"

殷南昭沉默了一瞬，说："没有想死，只是也没有特别想活，因为压根儿没有明天。"

骆寻有一点明白那种感受。

当她是假公主时，也曾经觉得不管拥有多少都会在一个瞬间灰飞烟灭。可是，她至少还可以挣脱假公主的身份，去寻找一个真实身份，殷南昭却完全不可能。

不管多么辉煌的战功，不管多么荣耀的政绩，不管多么高高在上的地位，不管付出了多少艰辛努力，不管拥有多少尊敬崇拜，只要身份揭穿，就会全部化为灰烬！

殷南昭完全没有出路，因为是他的基因在作假。他的身体就是欺骗，他的生命就是谎言，从他诞生的一刻就注定了没有未来。

忽然间，骆寻觉得他们俩的相遇、相爱不是偶然，而是必然。从她在荒原上睁开眼睛的一刹那就命中注定了。

如果殷南昭没有当实验体，他们不会在研究院相遇。

如果殷南昭不是身世凄凉、经历复杂，他不会理解她的孤独无助，纵容她的身怀异心。

如果殷南昭不懂得谎言的无奈，他不会明知道她是冒充公主的死囚犯，却还愿意帮她遮掩，保护她的安全。

如果殷南昭不是亲身经历了命运的戏弄，他不会理解她是龙心，却又绝不是龙心。

骆寻像是柔软的藤蔓一般，贴靠在殷南昭怀里，双臂缠抱住他的脖子，情意绵绵地吻他的唇，"现在呢？你还是觉得身处流沙之上，没有明天，没有未来，什么都没有吗？"

殷南昭依旧坐怀不乱，没有丝毫回应，冷静地问："我是人人得而诛之的克隆人，连活着都是罪过，一旦身份暴露，不但会失去现在拥有的一切，还会被全星际通缉追杀，你不怕吗？"

"怎么可能不怕？我巴不得你是普通人，巴不得自己不要是龙心，可是桥归桥，路归路；怕归怕，爱归爱。正因为你是这样，我才会爱上你。如果你不是这样，如果我不是这样，只怕你不可能爱上我，我也不可能爱上你。"

殷南昭终于有了一丝反应，身子微微前倾，感兴趣地问："这样的我？"

"好的、坏的，善的、恶的，美的、丑的，真的、假的，全部都加起来才是你！我都爱，也都要！"

殷南昭眼睛漆黑深邃，定定地看着骆寻。

骆寻又亲了殷南昭的唇一下，"你送给我的话，我也送给你。这段路，我陪你走。我不会丢下你，你也不要推开我。"

殷南昭猛地把骆寻紧紧压到了怀里。

骆寻头贴在他胸膛上，听到他的心脏一下下铿锵有力地跳动着。她笑着说："我听到了你的心跳声，是在为我跳动。"

殷南昭禁不住微笑，何止是心为她跳？眼里、舌尖、唇畔，掌中、怀里，都是她，全都是她！

原以为本不该存在的生命，注定孑然一身，孤独地诞生于黑暗，也终将在孤独中被黑暗吞噬，纵有良辰美景也只是海市蜃楼，却不料心动浪起、情生潮涌，竟有人愿意陪他踏入禁地，共对黑暗。

她说，她爱他，正因为他是这样的他！

命运大神狞笑着把最残酷的错误写在了他的基因里。他没有怨恨过命运，因为没有命运大神的恶作剧，也就没有他。可是，不管他多么努力、多么强大，错误都是错误，无可更改。

现在，却有一个人告诉他，正因为他是一个错误，她才会爱上他。

污浊的泥土上会有绚丽的花朵，漆黑的夜空中会有璀璨的星光，命运给了他最残酷的错误，只是为了让他遇见那个最美丽的人。

Chapter 13

誓言

我爱你，以身、以心、以血、以命！以沉默、以眼泪！以唯一，以终结！以漂泊的灵魂，以永恒的死亡！

"你的基因母体……是谁？"骆寻犹豫了一会儿，还是问出了这个尴尬的问题。

　　如果殷南昭的基因母体是籍籍无名的普通人，事情会简单很多，至少说明创造他的人没有特殊目的，不管母体是死是活，他都不会卷入奇怪的事件中。可如果殷南昭的基因母体是赫赫有名的重要人物，事情就会超出想象地复杂，创造他的人肯定怀有特殊目的，不管母体是死是活，他都会被卷进旋涡中。

　　殷南昭搂着骆寻，猛地一个翻身，把她压在了沙发上。

　　骆寻心跳加速，紧张地看着殷南昭。本来以为要进行深刻的心灵交流，没想到又变回了肤浅的身体交流。

　　殷南昭似猜到她在想什么，眉峰微扬，唇角挑起，声音很低沉，"想不想……"刻意顿了顿，"听听我小时候的事？"

　　"……想。"模式切换太快，骆寻的心情很复杂。

　　殷南昭忍俊不禁，眼里星星点点，都是笑意。

　　骆寻又羞又恼，捶了他一拳，"真的想！"

　　殷南昭从骆寻身上翻下，躺到她身旁，摆明了会是一个很长的故事。

　　骆寻头挨着他的肩膀，也找了个舒服的姿势。

　　微风吹过。

　　花园里的迷思花随风轻轻摇曳，发出若有若无的沙沙声，一阵阵花香萦绕在室内。

　　殷南昭的声音缓缓响起。

　　"我最早的记忆是在罗萨星上，一所由政府资助的孤儿院。虽然孤儿院里的孩子都没有父母，可我知道自己和他们不同。分玩具时，我的玩具总是最旧、最破的；吃水果时，我的果盒总是最小、最不新鲜的；做游戏时，我总是一个人一组。我曾经为这种不公平哭过、闹过、抗议过，但只会引来老师的惩罚，说我果然是异种，像个野兽一样野蛮。

"后来，我知道了别的孩子是因为父母死亡才来到孤儿院，我却因为是异种，一出生就被抛弃在孤儿院外。我渐渐学会了不哭闹、不抗争，默默接受。毕竟，我是个连孕育了我生命的父母都不想要的异种，别人对我不好应该很合理。

"七岁那年，孤儿院来了一个新老师，他对我很好，说话和颜悦色，时不时会给我糖果吃，还送了我一个太空飞船的模型。我很开心，因为每年新年分玩具时，我都会在心愿卡上写下想要太空飞船，可别的老师从来不理会。

"一切美好得不像是真的，我甚至不敢接受一直渴望的玩具，老师却鼓励我，身为异种不是一个错误，有什么样的基因不是我自己能决定的，我能决定的是做一个什么样的人。只要我是一个好孩子，就可以和其他孩子一样拥有最好的玩具。

"突然间，我的生活好像就改变了，每天都充满了希望。

"有一天，老师对我说要和我玩一个军事游戏，要我保密，我兴奋地答应了。按照老师的教导，我摘掉了自己的身份环，等其他孩子都睡熟后，偷偷溜出了孤儿院。我明明很害怕，却因为更害怕唯一一个对我好的人失望生气，硬是大着胆子，在漆黑的深夜，独自一人穿过孤儿院外的树林，走到了约定的地点。老师夸奖我真聪明，把我交给了另外一个男人，说是要继续执行下一个军事任务。

"我抱着老师送我的飞船模型，坐上了另一个男人的飞车，直到我被塞进一艘真的飞船，离开了罗萨星，我才知道我被老师卖掉了。虽然异种不受人类待见，可也有很多人着迷于异种，在奴隶市场上非常受欢迎，像我这样的小男孩卖的钱是一个孤儿院老师半年的工资。

"两年多时间，我随着奴隶贩子在星际间辗转流浪。我不想做奴隶，一次次逃跑，一次次被抓回去毒打。如果不是因为他们已经在我身上花了钱，不能做亏本买卖，我肯定早已经被打死了。

"后来，几经转手，我被卖到了泰蓝星，一颗由雇佣兵团控制的旅游星。泰蓝星上有两样东西最著名。一是他们的海滩，因为独特的海洋环境，整个星球都是大大小小、星罗棋布的海岛，形成了颜色各异的海滩，被称为彩虹沙滩，吸引着大量游客来度假；二是他们的异种奴隶，可以为顾客提供各种服务，号称只有顾客想不到的，没有他们做不到的。有像保镖一样体能出众，却比保镖忠心的死侍；有像宠物一样听话，却比宠物聪明的人宠；还有形体各异、精心调教过的性奴。

　　"在孤儿院时，我虽然不至于饿肚子，可也没得到良好的照顾，后来在奴隶贩子手中辗转时，饥一顿饱一顿，常常被毒打和惩罚，身体营养不良，看上去羸弱矮小，不适合做死侍。偏偏又性格暴烈，攻击性很强，也不适合做人宠。最后，我因为脸长得还不错，被分到了性奴组。

　　"我再次试图逃跑，刺伤了调教老师。主管大怒，毒打了我一顿，把我关进海岛下的水牢里。我不愿意向命运屈服，可也没有能力挣脱自己的命运。身体在水里浸泡了几天后，开始慢慢腐烂，我的意志也随之崩溃，想着一死了之。

　　"被我刺伤的调教老师来看我，他叫隋御。一个学识丰富、举止优雅的异种男人，背上长了一对白色的翅膀，不过，这对翅膀不仅没有给他飞翔的能力，还让他受尽歧视。他在漆黑的水牢里给我讲述了异种丘比特的故事。

　　"我讥讽地质问他，既然长着翅膀的丘比特被人类接受了，你为什么还会在这里？我把孤儿院老师的事讲给他听，告诉他，人类即使嘴里说着我的基因不是错误，心里也依旧把我看作一个错误，想让我消失。

　　"隋御说，那个老师没有说错，就像是好人会做错事，坏人也会说出对的话。我们的基因不是错误，星际广袤，外面还有另一个世界。在那个世界里有一颗叫阿丽卡塔的星球，异种建立了一个叫奥丁联邦的星国。在奥丁联邦，没有歧视、没有凌辱，所有异种平等自由地生活着。虽然我和你现在都没有办法去那个世界，可只要活着，总会找到机会。如果死在了这里，就真的永远看不到另一个世界了。

　　"我被隋御的话打动，想要去看看另一个世界。我对主管下跪道歉，保证再不逃跑，主管饶恕了我，我开始跟着隋御学习。为了能去另一个世界，我学习一切我能学习的东西，甚至从死侍组的奴隶那里偷偷学习了一些基础的体术。我非常听话，又肯花心思讨好人，是性奴组表现最优异的孩子，不但隋御喜欢我，主管们也都喜欢我。当时，我天真地以为，虽然我现在还不知道通往另一个世界的机会在哪里，但只要拼命努力，当那个机会出现时，我就一定能抓住。

"十六岁那年，我被一位女富豪看中，买了我三天时间。我早有思想准备，并没有多抗拒，就像隋御以前告诉我的，重要的不是我们的身体在哪里，而是我们的灵魂在哪里，无论如何必须先活下来。那个深夜，所有人都以为我已经酩酊大醉，但他们不知道，自从七岁起我就习惯了作假，连酒量都会作假。我听到了隋御和客人的对话。客人说没想到我竟然这么温顺听话。隋御炫耀地说起调教过程，他用一个虚无缥缈的未来骗得我乖乖听话，什么都肯做。以为只要忍耐着活下去，就迟早可以飞出去，可其实等忍耐成了习惯，习惯了做奴隶，放他出去，他都不知道该怎么飞。

"他们在里面谈笑，我呆呆地站在外面听。我不知道那一瞬自己究竟在想什么，脑子里一片漆黑，好像只是觉得冷，冷得就像是赤身裸体站在冰天雪地的荒原，周围荒无人烟，无论我多么努力，都被这个世界抛弃了。等我清醒过来时，我已经杀死了客人和隋御。他倒在血泊里，肩膀上的两只翅膀一直在痛苦地扇动，像是要振翅高飞，可直到白羽被鲜血全部浸红，他也没能飞起来。

"老板大怒，把我关了起来，放到角斗场。他们觉得直接杀了我太亏本，把我的死亡做成演出，正好可以弥补我造成的经济损失。我知道自己注定会死，温顺一点会少受一点苦，但我不愿意再伪装了，宁愿正中他们下怀，痛苦地死于反抗，也不想认命地接受摆布。我苦苦坚持了三天，就在我精疲力竭、要被野兽撕成碎块时，老板突然下令终止角斗，让人把我带回去。

"原来一个神秘人突然出现，说是看中了我，不惜高价买下了我。我被关在笼子里带上了飞船，神秘人虽然不苟言笑，但对我不错，把我放出笼子，让我睡在舒适的房间里，还让医生治疗我的伤。他问我要不要修改容貌，忘记过去、一切重新开始。我拒绝了，虽然那张脸为了更好地服侍客人做过调整，但不是换一张脸就可以忘记一切。几个月后，下飞船时，我看到了安教授，他对我说'欢迎来到奥丁联邦'。"

时间在不知不觉中流逝，黑夜渐渐笼罩了小双子星。

屋子里没有开灯，比屋子外显得更黑。

骆寻依偎在殷南昭怀里，听着他用没有丝毫起伏，像是智脑一般的机械声讲述着他的过去。

二十五岁才是星际法定的成年年龄，可是殷南昭的十六岁就像是已经把别人一辈子的悲痛沧桑都过完了。

骆寻觉得心痛，不管现在的殷南昭多么强大，他都帮不到那个无助的少年。隔着回忆的长河，他只能遥看着那个少年用微不足道的力量悲痛绝望地反抗挣扎。

"安教授说，我是他朋友的孩子，朋友临死前托付他照顾我，可等他去孤儿院接我时，我已经失踪了。他派安达去找我，找了很多年才好不容易找到，以后我就留在奥丁生活，在我成年前，他是我的法定监护人，可以叫他爷爷。

"从小到大，我都是一个人，不需要另一个人来监护我，但我已经学会不正面对抗掌握着我命运的人，装作兴高采烈地接受了一切。我察言观色地讨好安教授和他的夫人，让他们觉得我很开心有了亲人，很感激他们的照顾。当然，这一切的前提是他不要踏过我的底线。

"安教授和安夫人对我很好，像是照顾自己的亲孙子一样照顾我，给我买好看的衣服，给我做好吃的，还送我去学校读书。可是，我一点都不喜欢，和周围的同学格格不入、无话可说。我不明白我究竟怎么了，明明这就是我从小到大一直渴望的生活，我却好像出了故障，已经失去了过这种生活的能力。安教授为了让我融入正常人的生活，想了很多办法，甚至他的侄女安蓉和男朋友出去旅游，他都硬要人家把我带上。

"我对旅游没有兴趣，但恰好旅途上出了点意外，看到军队执行任务，突然间，我就决定要参军。本来以为安教授会反对，可他把自己关在屋子里想了一夜后同意了。他说，如果我决定走这条路就必须靠自己，不管碰到什么，他都不会帮我，我同意了。

"因为没有学历，也没有什么拿得出手的技能，甚至连体能都只是E级，没有部队想要我，所有招兵的军官都劝我先回学校好好读书，等长大后再参军。我不肯放弃，翻遍了全联邦军队的资料，终于发现了一条很不起眼的消息，特别行动队招人，对学历、技能、体能、年龄都没有要求，唯一的要求就是必须是孤儿。

"我提交了申请，面试我的军官告诉我，虽然叫作特别行动队，可实际上没有任何特权，甚至都不能告诉别人自己是军人。敢死队的称呼更贴切，或者另一个名字炮灰队也不错。我说我不在乎，什么队都行。军官问了我两个问题，'怕死吗？''有人会因为你死痛苦吗？'我的答案都是'不'，他就立即要了我。

"敢死队的训练千奇百怪，不但要学制毒、射击、杀人，还要学口技、易容、表演，不过以前在泰蓝星上学的东西也千奇百怪，我适应得很好。体能训练很艰苦，但身体的痛苦好像缓解了内心的痛苦，我渐渐喜欢上了身体疲惫到极致后连大脑都空白的感觉。

"敢死队的规矩是一年的训练期、一年的观察期，两年后决定去留，但当时正好有一个紧急任务，需要一个少年假扮酒吧侍者，想办法接近目标人物，盗取她的生物特征，再设法把信息传递出去，让其他队员做成生物钥匙打开保险柜，取出里面的一份文件。队长找我商量，我答应了。顺利完成任务后，我被正式录用，队长说我不但是最年轻的正式队员，还是第一个三个月就变成正式队员的家伙，天生适合干这行。

"我在特别行动队经历了两任队长的死亡，二十三岁那年，我自己成了队长，代号'千面'，是老队长给我取的名字，因为我在执行任务时扮谁像谁，好像有千张面孔。

"二十五岁那年，出去执行任务时，我无意中碰到以前在泰蓝星认识的异种，一个人宠组的奴隶。不过，不是活的，是死的，被做成标本，悬挂在城堡的墙壁上。我做完任务后，私自离队，溜到泰蓝星，杀了一些人，摧毁了中央智脑。

"回来后，我被军部逮捕，关了起来，等待军事法庭的审判。在漆黑寂静的禁闭室关了十天，人没有疯，体能反倒突破到A级。辰垣趁机替我说情，经过他的斡旋调解，我保留军籍，但解除了特别行动队队长的职务。辰垣把我派去前线，为联邦拓展生存空间。他说，我需要活在阳光下，需要做殷南昭，不能再活在一个个任务中。

"我没有真正理解辰垣的话，但反正就是打仗，想尽一切办法打赢就行。刚开始，我领着一队人执行一个任务。后来，我领着很多人执行很多个任务。再后来，就有了自己的战舰，从小战舰又换成了大战舰。

"安蓉和辰垣同居多年后，终于因为怀孕，答应了辰垣的求婚。他们俩，一个是执政官，一个是指挥官，所有人都期待着一场盛大的婚礼，可他们的婚礼十分简单，只邀请了亲朋好友参加。婚礼上，安蓉把捧花扔给我，要我赶紧去找个女人，否则迟早真变成变态。

"我拿着捧花，站在人群中，看他们欢笑唱歌跳舞，感觉依旧不能真正融入，但是没有了少年时的格格不入感。我驾驶着战机冲上万里高空，在天空中自由翱翔，比鸟飞得更高、更快。那一刻，我突然觉得放下了什么，一些我没有办法清楚说出来，可一直压在心上的东西。如果隋御还活着，我会告诉他，所有努力和忍耐都是有用的，因为我不但看到了另外一个世界，还有能力保护这个世界。

"婚礼后，我接到安教授的讯息，他说辰垣告诉他我已经是3A级体能。我说是的，在参加婚礼前一周刚突破，大概气息还不稳定，被辰垣感受到了。安教授要求见我，见面地点很特别，在外太空、他的私人飞船上。"

骆寻的心猛地一沉，隐隐猜到了真相，觉得又愤怒又难过。

那时的殷南昭终于渐渐走出过去的阴影，不但是联邦历史上屈指可数的年轻将军，还是整个星际都寥寥无几的3A级体能者。

在他的前方，未来的人生如同初升的太阳一般正在冉冉升起，一片光明灿烂，即使偶有几片乌云，以他的能力也能将它们全部驱散。

可是，年轻的殷南昭绝对想不到他的生命本身就是一个黑洞，会把一切光明都吞噬。

他站得有多高，就会摔得有多狠。

骆寻问："是……游北晨？"

殷南昭轻轻"嗯"了一声。

骆寻心内惊涛骇浪，早就应该想到的，晨、昭、旭，都指代光明，是同一个意思。她稳了稳心神才问："安教授对你说了什么？"

"给我讲述了他的一个秘密实验。"

骆寻不自禁地用力按着心口，压抑着内心的悲愤，努力保持着平静，继续聆听。

"几百年来，首任执政官游北晨是联邦历史上第一个，也是最后一个在突发性异变中恢复神志变回人的病例。虽然，最终他依旧因为突发性异变去世，但至少为大家留下了一点希望。

"安教授和安夫人沿着这点希望，苦苦研究多年，可没有丝毫进展。他们常常感慨生不逢时，没有在游北晨还活着时做研究，现在只能研究前人的采样和记录，有很大的局限性。

"亲眼看见了一次异变惨剧后，安教授和安夫人做了一个疯狂大胆的决定。他们瞒着所有人，利用游北晨留下的体细胞，秘密培育克隆胚胎，最后获得了六个健康胚胎。两个胚胎因为免疫排斥自然死亡，四个孩子顺利诞生。

"所有人都知道生命是宇宙间最奇妙的事，虽然安教授得到了四个和游北晨一模一样基因的孩子，但这些孩子能不能成为游北晨还是未知数。既是为了掩人耳目，也是为了实验样本的多样化，他们只留下一个孩子在游北晨长大的阿丽卡塔孤儿院生活，其余三个孩子被送到了不同星球的孤儿院中。

"1号，七岁时，在一个深夜突然从孤儿院失踪，下落不明。

"2号，十一岁时，在孤儿院老师的带领下，和同学一起去原始丛林游玩，飞艇发生故障。老师优先保护了其他孩子，忽略了异种，导致他意外身亡。

"3号，因为不堪人类对异种的歧视，小小年纪就沉溺于酒精毒

281

品，把身体弄垮，一辈子都不可能成为A级体能者，完全不用担心他会异变。

"4号，在阿丽卡塔孤儿院中平安长大，各方面都很优异，表现出卓越的领导才能和谋略才华，十六岁已经是B级体能，一如当年的游北晨。

"安教授把研究重心放在了4号身上，没想到一直负责寻找失踪孩子的安达发回讯息，他找到了1号，已经在回来的路上。安教授看完1号的资料，觉得这个孩子已经彻底长歪，不可能成为游北晨，他决定放弃，引导他做一个普通人，平淡地过完一生。没有想到这个孩子要求参军，安教授挣扎了一个晚上后做了决定，让他自生自灭。

"1号加入特别行动队，开始了自己奇怪的军旅生涯，安教授也不再关注。他的研究重点是4号。他们按照游北晨的人生轨迹，小心翼翼地设计着4号的人生轨迹，让他按照类似的轨迹走。

"4号在他们悄悄的引导下，十八岁成为A级体能者，被破格录取，进入奥丁联邦最好的军校，二十岁军校未毕业，因为一个事先安排好的意外提前进入军队，成为精英作战队里最年轻的特种战斗兵，三年后荣升为精英作战队队长。

"偶尔，安教授也会悄悄关心一下1号在干什么，总觉得他做的事情越来越奇怪，朝着歪脖子树的方向肆无忌惮地长了过去，二十三岁成为B级体能者，当上敢死队的队长。作为普通人算不错了，但他的基因可是联邦历史上天资纵横的游北晨的基因。怎么能领着一帮流氓整天做些偷鸡摸狗、见不得人的事呢？简直就像是给了他一块黄金，他却把黄金打成了一个乞讨的碗，去做乞丐。

"三十岁那年，按照游北晨的生命轨迹，4号应该在一次危险的任务中突破成为2A级体能者。安教授周密计划，安夫人为了防止意外，亲自带着他们的弟子，以随队医生的身份跟着4号，确保他的生命安全。没有想到4号早就察觉到不对劲，竟然将计就计控制住所有人，逼问出了真相。他没有办法接受自己的人生竟然只是一个实验，设计的意外变成了真的意外，整艘飞船炸毁。

"安教授花费了几十年心血的研究失败，他挚爱的妻子、最得意的弟子也死在了实验中。安教授饱受打击、一蹶不振，近乎完全隐居，彻底把1号忘记了。

"八年过去，在他意想不到的情况下，完全不被他看好的1号成了联邦将军，比游北晨更早地成为3A级体能者，竟然变成了最接近游北晨的人。但这个时候，安教授已经没有了以前的冲动疯狂，反而深深地担忧。游北晨就是在成为3A级体能者后异变的，说明1号也很有可能会突然异变。1号和游北晨的人生经历迥异，性格截然不同，游北晨在第一次异变中能恢复神志，不代表1号也能恢复。

"安教授经过痛苦地思考，决定向1号实验体坦白一切，想着最坏的结果就是1号愤怒地杀了他，正好能让他早日和妻子团聚。"

已是深夜，冷风从未关的窗户里一阵阵吹来。

骆寻也不知道是心冷，还是身冷，不自禁地打了个寒战。

安教授坦白说出一切，应该不是为了提醒殷南昭注意身体，而是想要炸毁飞船，以自己的生命彻底终止这个疯狂的实验。

殷南昭搂紧她，摸了摸她冰凉的手，"关上窗户？"

"别关！"心里已经够憋闷了，吹点风反而能舒服一点。

殷南昭似乎猜到她在想什么，轻笑了几声，说："我是从死人堆里爬出来的人，安教授那点心思，他还没讲完我就已经猜到了。不过，我的反应没有如他所愿，既没有悲痛欲绝，也没有愤怒发狂。大概因为我表现得太平静了，安教授一直没有机会炸毁飞船。我们心平气和地聊完，我建议他可以继续实验，他稀里糊涂地答应了，我就平安地离开了飞船。"

骆寻能理解殷南昭答应配合安教授的实验，毕竟这件事本身不是坏事，殷南昭面临着异变，需要安教授的帮助。可是，她无法理解，他竟然心平气和地接受了自己是克隆人，是人为制造的实验体。

4号和他面临的状况一模一样。虽然是一无所有的孤儿，但经过坚持不懈的努力，已经拥有了令人欣羡的一切。突然间，却发现自己的人生竟然只是一个实验，连他自己都不被法律认可，他拥有的一切更是一个笑话。尤其那个基因母体还是像神一样被整个奥丁联邦敬仰的游北

283

晨，更显得他的存在是一个荒谬可悲的笑话。他在多重刺激下，用最惨烈的方式表达了反抗，和创造出他的研究员同归于尽。

骆寻迟疑地说："4号的激烈反应当然不太理智，不过……你是不是也接得太平静了一点？"

殷南昭笑起来，"我和4号虽然拥有一模一样的基因，但从小生长在不同的环境中，经历截然不同，性格截然不同，对一件事情的想法自然也会截然不同。"

骆寻仔细想了想，渐渐明白了。

因为年少时的经历，殷南昭早已经勘破生死，对自己的人生没有任何期待。

他没有渴望过朋友伴侣，没有渴望过财富权势，也没有渴望过荣誉地位。

一个人没有渴望过拥有，自然也不惧怕失去。反正他来自于一无所有的黑暗，最坏的结果也不过就是失去一切，又回到黑暗中。

而且，殷南昭常年踏着善恶，游走在生死边缘。在他眼里，是非对错没有绝对标准，他从来没有期待过人性的善，也从不会低估人性的恶，对安教授的所作所为滋生不出强烈的情绪。

即使这个所作所为发生在他自己身上，和他切身相关，但还是没有踩到他的底线。只要没有踩到他的底线，他就总是无关痛痒、冷眼静看。

骆寻又是心酸又是骄傲。连"自己只是别人的一个实验"这么变态的事都踩不到殷南昭的底线、让他动容，殷南昭简直强大到变态，但每个人不是生来就很强大，要经历多少的磨难才能面对这样的惊天变故都从容淡定？

骆寻轻轻抱住了殷南昭。

殷南昭感受到了她的怜惜，笑着说："我知道自己是游北晨的克隆体，但我实在为这事难受不起来。很多年前我就已经明白，我无法决定自己的基因，只能决定自己成为什么样的人。这么多年，我早就学会了不为自己不能决定的事痛苦愤怒，当然，我不能决定的事已经很少了，少到……好像只有这一件了。"

骆寻"扑哧"一声笑了出来，满心的愤怒难过一下子全部烟消云散。

殷南昭是真的没有介意自己是克隆人，他没有自卑彷徨，也没有不安恐惧，那么她也没有必要为这事耿耿于怀。

殷南昭似乎很喜欢骆寻的笑，用手指轻抚着她的笑颜，"我会按照自己的想法继续活下去，不会因为自己是克隆人就改变生命轨迹。如果有一天这个秘密公布于众，我也不会因为欺骗有任何愧疚抱歉。但是……我觉得对不起你，如果我没有欺骗你，早告诉你我是克隆人，你根本不会动心；如果你没有动心，千旭只会是你生命中的过客。"

骆寻故作轻松地做了个鬼脸，"如果你早知道我是龙心，只怕一见面就会干掉我，哪里会对我坦白身份？一如当年我们讨论过的——爱情，没有如果，只有结果。结果就是我……"

殷南昭的拇指挡在了骆寻的唇前，摇摇头，示意她不要说。

"这是你最后一次可以离开我的机会，你应该好好考虑清楚。现在离开，我会给你你想要的一切。将来反悔想离开……"他的表情很严肃，"我会夺走你的一切。"

骆寻张嘴在他手指上重重咬了下，凝视着他的眼睛，郑重地说："我爱你！"

她的爱不是一时迷惑，而是看清楚一切后的心之所向。

她感受过他的温暖善良，也感受过他的冷酷绝情；看到过他的美好，也看到过他的丑陋；知道他现在的荣耀，也知道他过去的卑贱。

她心疼他的过去，爱他的现在，想陪伴他的未来。

殷南昭眼睛一眨不眨地盯着骆寻，"再说一遍。"

骆寻毫不迟疑地说："我爱你！"

殷南昭划破食指，以指为笔、以血为墨，在骆寻的额头上仔细绘制着图案。骆寻不知道他的意思，却感觉到了他的郑重虔诚，一动不动地任由他画着。

殷南昭画完最后一笔，脉脉含情地看着骆寻，柔声低语："我爱你，以身、以心、以血、以命！以沉默、以眼泪！以唯一，以终结！以漂泊的灵魂，以永恒的死亡！"

他眉目间光华流动，似有熠熠星光闪烁。

骆寻没有完全听清楚他说了什么，却明确感觉到——

从这一刻起，殷南昭和她之间不一样了，他们骨血相连、命运纠缠，真正密不可分了。

Chapter 14

异变

如果有一天我异变了，我希望我的朋友能给我个痛快，让我保留最后的尊严！

一夜时光匆匆过。

骆寻半梦半醒间，觉得腰酸腿胀，忍不住长长呻吟了一声。

"让你悠着点！"

骆寻猛地睁开眼睛，殷南昭侧身而躺，曲臂撑头，笑吟吟地看着她，一手还探过来，体贴地帮她揉腰。

骆寻打了个激灵，脑海里全是昨夜的画面，猛地转过身，拽起被单蒙住了头。

一开始她雄心勃勃，想要吃了殷南昭。殷南昭躺着由着她折腾。可她竟然弄疼了自己，心生退意。殷南昭只能反客为主，化被动为主动。她因为紧张，还很矜持，后来却……

啊啊啊！昨晚那个人一定不是她！

骆寻不想活了！

殷南昭从背后搂着骆寻，压着声音笑，气息呵在骆寻的耳后，她身子一下子就酥了半边。

骆寻恼羞成怒，用胳膊肘狠狠撞了殷南昭一下，"都怪你！"

"嗯，都怪我。"他一边亲吻她的耳垂，一边含含糊糊地说："我喜欢你那样……热情。"

骆寻咬牙切齿："殷南昭！"

可惜声音带着颤音，没有恐吓，反倒像是撒娇。

殷南昭忍不住大笑，掀开被单，强扳过骆寻的脸，温柔地吻了下去。

骆寻本还有几分恼怒，不肯配合，可渐渐地被他融化了，心里涌动

288

的都是柔情。

殷南昭的吻里没有一丝情欲，只有绵绵无尽的爱恋，浓得化不开、扯不断，只能通过舌尖一遍又一遍倾诉给她。

柔情百转、缱绻缠绵……原来爱人的吻就像是甜而不腻的糖果，怎么吃都吃不够。

殷南昭吻了很长很长时间，才慢慢停了下来。

骆寻的眼睛雾蒙蒙的，脸颊红通通的，嘴唇水润润的，胸膛因为急促的喘息正明显地一起一伏着。

殷南昭忍不住把头埋在了她的颈间，低声说："谢谢！"

在泰蓝星的六年多，正是敏感的少年期，他所学习的东西给他留下的心理阴影并不像他以为的那么轻。在骆寻面前，他明明渴望着身体的亲密接触，却一直严格克制自己，像个木头人一样不愿主动做任何表达感情的动作，似乎任何一个动作都不干净，会玷污自己的感情。

昨天晚上骆寻毛手毛脚地弄痛了自己，他为了抚慰她，只能主动。她的反应让他不知不觉中使出了浑身解数，所有阴影都被抚平了。

那些手段技巧如同武器一样，罪恶的不是自身，而是使用的目的，他很高兴自己学会了它们，可以取悦他心爱的女人。

骆寻不知道他在谢什么，感觉他不想多说，也就没有多问，只是轻轻地抚着他的背，无声地安慰着他。

殷南昭抬起头，温柔地吻了一下她的额头，"起来吗？"

骆寻想到酸胀的腰腿，羞答答地说："我想泡个热水澡。"

殷南昭去浴室放热水，突然，骆寻的惊叫声传来。

几乎一瞬间，他就出现在床畔，关切地问："怎么了？"

骆寻摇摇头，"我没事！只是很惊讶，完全没想到。"她扫了眼床上的一点血迹，脸颊发红，十分不好意思。

难怪她昨晚会觉得疼，原来不是因为失忆后缺乏经验，而是这具身体压根儿没有经验。

殷南昭失笑，"你究竟是不是医生？"

骆寻羞赧，主要是先入为主地认定龙心和叶玠早已经有过亲密关系，"我以为我和……"

殷南昭俯下身，吻住了她，不让她在这个时候煞风景地说出另一个男人的名字。

骆寻抱歉地抱住了殷南昭的腰。

殷南昭直接连着被单把骆寻抱了起来，走进浴室，放到浴缸边。

氤氲的水汽中，骆寻抓着被单，紧张地看着殷南昭。

殷南昭知道她还不好意思裸裎相见，体贴地转过了身，"不用着急起来，多泡一会儿，我去做早饭。"

骆寻磨磨叽叽地洗完澡，正在擦身体，通信器的消息提示音响起。

辰砂："有一件事想麻烦你。"

骆寻立即回复："什么事？"

"我想去婚姻事务处注销婚姻记录。"

骆寻盯着消息发了一瞬呆，回复："我们的婚姻不是已经作废了吗？"

她出狱后，回看过当时的新闻。

为了保护辰砂和第一区的利益，她进监狱的第二天清晨，联邦政府的新闻发言人已经代表联邦政府对全星际宣布了指挥官和假公主的婚姻无效，废止假公主用欺骗手段获取的所有权益。

"左丘白是已经签署了法官令，宣布婚姻作废，法律上无效了，但我身份特殊，婚姻记录保存在军队的机密档案里，想要注销记录，必须要有我的签名。"

骆寻想了想，才绕明白了里面的逻辑关系。

法律上，他们的虚假婚姻作废了，但是，因为辰砂是军队的高级将领，他的个人资料记录对外保密，只存在军队的智脑里，想要更改或注销记录，必须要有上级签名，而他自己就是最高领导，只能自己签名。

辰砂："抱歉，因为我的一点私心，一直拖延着没有签名。"

"没有关系。"

辰砂："你能和我一起去婚姻事务处注销记录吗？"

大概辰砂也觉得自己的要求有点过分，又补充了一条消息："如果你不方便，我会立即签名，下令注销记录。"

骆寻明白了辰砂的意思，这段婚姻的开始和结束都由别人决定，似乎他只是一个配合演出的道具，现在辰砂想要一个正式的结束仪式，给自己一个交代。

虽然有点麻烦，但骆寻愿意配合辰砂，毕竟她能为他做的事情也不多，"我有时间，什么时候去？"

"现在？"

"可以。"

辰砂发了一个小双子星上婚姻事务处的地址过来。

骆寻回复："收到。"

辰砂没有再回复消息。

骆寻立即穿上衣服，连头发都来不及弄干，随手拿了条吸水巾，就往楼下跑，"南昭，我要……"

会客厅里竟然有客人在，安教授和一个长得和安达几乎一模一样的男人，不过安达总是古板严肃、不苟言笑，他却眉眼温和，脸上一直带着亲切和善的笑。

三个人应该正在商讨什么重要的事，气氛很凝重，中间的虚拟屏幕上显示着一份需要殷南昭签名的文件。

骆寻一眼掠过，看到"逮捕令"三个字，想到调查内奸的事，立即回避地往后退。

"小寻。"

殷南昭叫住她，快步走过来，拿过她手里的吸水巾，一边自然而然地帮她把发梢上的水吸干，一边给她介绍两位客人："安教授，你认识。另一位是安达的孪生弟弟，安冉。"

骆寻立即明白了殷南昭的态度，他没打算隐瞒他们俩的关系，让她做地下情人。

如果她只是骆寻，应该会非常开心，可想到她还有另外一个身份，心里竟然说不清楚是什么滋味，有甜蜜、有酸涩，还有几分愧疚不安。

她笑着跟两位客人打招呼："早上好。"

两个男人的目光中都藏着审视，骆寻有点惴惴不安。殷南昭在他们面前没有戴面具，显然他们都是殷南昭最亲近信任的人，不管怎么说，她还是希望能得到他们的接纳祝福。

安教授勉强地笑了笑，"你们这是……"

"我们在一起了。"殷南昭坦然地说。

安教授目光闪烁，想问什么又不敢问的样子。

殷南昭淡淡地说："我的一切情况，小寻都知道。"

安教授大惊失色，气急败坏地嚷："你……你怎么能告诉她？荒唐！简直是太荒唐！"

安冉咳嗽了两声，打断了安教授的唠叨。他笑眯眯地对骆寻说："我听大哥提起过你，虽然第一次见面，但你就当我是老熟人吧！"

"好的，那我不客气了。"骆寻甜甜地笑，接受了他的善意。

殷南昭说："早饭在饭厅，你先吃，我还有点事要处理。"

骆寻抱歉地说："没时间吃了，我有事要出去一趟。"

殷南昭陪着她往外走。

安冉微笑着冷眼旁观。

执政官阁下有点意外，显然也是刚刚知道骆寻的外出计划，却什么都没有问，只是吩咐人准备飞车，又拿了一罐水果味的营养剂递给她，让她做早餐。

骆寻顺手把营养剂放到外衣口袋里，一边往外走，一边把通信器里的消息调出来给执政官看，应该是告诉他外出的原因。

执政官的眼神有点复杂，拍了拍骆寻的头什么都没说。

骆寻侧过头，脸颊贴在他的掌心，轻轻蹭了蹭，像是一个在安慰主人的小动物。

两人目光交会，无声地交流着什么，都展颜一笑。

骆寻走到门口，又礼数周全地回过身，对安教授和安冉笑点点头，才关门离去。

自始至终，执政官和骆寻一直没有说过话，却像是完全知道彼此的心意，一举一动都默契贴合，透着毫无保留的信任和了解。

执政官脸上乍然而现的笑意不但看傻了安冉，也让安教授看得双眼发直。

当执政官还是个少年郎时，总是笑口常开、言语伶俐，让人心生好感，可后来他成为联邦将军时，就很少有表情变化了，总是眉眼冷寂，带着拒人于千里之外的疏离淡漠。

安教授对辰垣抱怨好好一个少年被军队教坏了，辰垣却说这才是真正的殷南昭。

安教授一直没有理解辰垣的话，今天看到执政官的笑，才明白了那个少年的笑有多么虚假。

安冉也明白了他那个古板严肃的哥哥为什么会突然行为反常，把人硬塞到执政官身边。辰砂错过了这姑娘，依旧行走在阳光下，未来还有无限机会，可执政官错过了她，就只能藏匿在黑暗中，继续做活死人，直到被黑暗吞噬。

一辆军用飞车停在骆寻面前，车门自动打开。

前面的驾驶位上坐着一个军人，军帽压得很低，只看到模糊的半张侧脸。

骆寻知道是殷南昭派来保护她的保镖，上车后客气地说："麻烦您了。"

军人一边启动飞车，一边回过头，笑着叫了声："嫂子。"

"红鸠！"骆寻满面惊讶。

他脸上妖艳的红色文身消失了，一张脸干干净净、斯斯文文。头发理得很短，几乎贴着头皮，显得精神抖擞，再被笔挺的军服一衬，整个人斯文中透着威严，没有一丝海盗的痞子无赖气。

红鸠笑着说："叫我的名字狄川吧！两天前刚调入执政官的警卫

队，直接听命于执政官阁下。"

"你知道千旭是……"

"知道。阁下都告诉我了。我同意后，阁下才下的调令。反正我们小队最近也不会有任务，闲着也是闲着。"

骆寻不知道殷南昭的安排是不是为了照顾她，但有熟人在，的确整个人都放松了。

她打开营养剂，一边喝，一边随意聊天："有没有吓一跳？我当时刚知道千旭就是我最讨厌的执政官时，可是气死了。"

狄川大笑，"我是吓了一跳，但惊吓完后就全是激动开心了。"

他虽然早听说过执政官阁下也是敢死队出身，但总感觉距离自己很遥远，像是一个依附在执政官璀璨光环上的无稽传说。没有想到遥远的传说就在身边，几十年来带着他们出生入死的队长就是执政官，的确非常受刺激，但刺激过后却生出了难以言喻的感动和骄傲。

不到半个小时，飞车就到了婚姻事务处。

一栋红色的两层小楼孤零零矗立在那里，四周十分冷清，显然来办理婚姻事务的人非常稀少，宽阔的停车坪里只停了骆寻他们一辆飞车。

狄川说："看样子指挥官还没到，你先在车里等一下，等指挥官到了再下车。"

"好。"

狄川打开窗户，拿了根烟，征询地看向骆寻。

骆寻说："你抽吧！"

狄川点了火，一边抽着烟，一边留意四周动静。

骆寻好奇地问："你怎么知道我要见的人是指挥官？"

狄川弹了弹烟灰，漫不经心地说："来这地方的人不是为了结婚，就是为了离婚。要是结婚，你应该和执政官一起来。不是结婚，自然是离婚，只能是和指挥官了。不过，政府的新闻发言人已经宣布指挥官和你的婚姻无效，用不着离婚，应该是注销记录，把你们的个人婚姻状态恢复成未婚。"

骆寻觉得脸皮发烫，沉默地看向窗外。

狄川瞟了她一眼，觉得这位大嫂的胆子够大，脸皮却有点薄，笑着说："在奥丁联邦，男女关系向来随性，那些喝醉酒稀里糊涂结婚，酒醒了就离婚的也一抓一大把，你和指挥官这点事可真不算什么，别多想了！"

骆寻的脸越发红了。

狄川心里暗自对他们的队长伸大拇指，真不知道他得多高冷才能逼得脸皮这么薄的姑娘主动求婚。

一辆白色的飞车急急降落在停车坪。

狄川摁熄了烟，看似随意，实则警惕地看着。

车门打开，一个人走了出来，却不是辰砂，而是封林。

她身上还套着实验室的白大褂，感觉匆匆忙忙间连外套都来不及换就离开了实验室。

封林快步走到车前，对骆寻说："辰砂还要一会儿才能来，我有点事想和你谈一下，可以吗？"

骆寻对狄川说："我想和封林单独聊一会儿。"

狄川已经确定周围没有其他人，只有封林一个，同意了，"不要离开我的视线。"

骆寻下了车，和封林肩并肩地走着。

两个人的心情都很复杂，一直沉默不语。

她们曾经无数次并肩散步。

午饭后，一起在林荫道上漫步。

工作间隙，一起在楼顶花园里散步。

研究中碰到困难时，一边讨论问题，一边散步。

…………

两人走到停车坪另一头，在狄川的视力范围内，却不在他听力范围内，可封林依旧很小心，打开了声波干扰器，防止有人窃听。

骆寻心中暗惊，不知道封林这么谨慎究竟想说什么。

封林眺望着婚姻事务处的小红楼，神情哀伤、目光凄迷，"我的养父、老公爵一辈子没有结婚。年少的我曾经不明白，他有权、有钱、有能力，像是拥有整个世界，为什么竟然找不到一个喜欢的人，要孤独一生，现在轮到自己了才明白，有些事不是努力就可以的，还要靠运气。"

骆寻担心地问："封林，究竟发生了什么事？"

封林没有回答骆寻的问题，云淡风轻地说："你是龙心吗？"

骆寻悚然而惊，殷南昭明明说了龙心非常低调神秘，连联邦的资料库里都没有她的信息，封林怎么会知道？

封林看向骆寻，"你是龙心吗？"

骆寻不能理直气壮地否定，又不肯心甘情愿地承认，"如果我说我失忆了，我不是龙心，你相信吗？"

"相信！"

骆寻愣了一愣，结结巴巴，不敢相信，"你……你说……"

"我说，我相信。"封林目光温和，没有丝毫敌意，反而透着怜惜，"如果你是龙心，已经得到你想要的一切，早应该想办法离开奥丁，可你直到现在还傻乎乎地留在奥丁等死。"

骆寻没有想到自己竟然凭借着龙心的身份反证了自己清白，"谢谢，谢谢……你相信我！"

封林笑了笑，"骆寻，我们算是朋友吗？"

骆寻没有丝毫迟疑，"当然！"

当她一无所有，紧张惶恐地踏上阿丽卡塔星时，封林是第一个对她友好的人；当她想要做基因研究时，封林明知道她身份敏感，依旧愿意支持她加入研究院；当她在研究院工作时，每次遇到困难，封林都给予了她无私的帮助。

也许刚开始，封林的确是因为殷南昭的命令才对她友好，但骆寻相信，十多年来，封林对她的好，绝不是因为命令，而是发自内心地把她当作朋友。

封林说："求你一件事。"

相识、相交十几年，骆寻第一次听到独立刚强的封林用这种语气说话，她连什么事都没有问就一口答应了："力所能及，竭尽全力；力所不能及，想方设法、不惜代价。"

封林眼里泪光闪烁，嘴边却挂着欣慰的笑，似乎早料到骆寻会毫不迟疑地答应。

骆寻看她的样子，越发不安，"什么事？"

封林眺望着婚姻事务处的小红楼，微笑着说："很多年前，我向楚墨表白，被他拒绝了，伤心下日日买醉，稀里糊涂把左丘白睡了。"

骆寻扯了扯嘴角，想挤出一丝笑，却没有成功。

"我和左丘白交往了一段时间，但心里始终放不下楚墨，左丘白察觉到了，可因为骄傲自尊不肯明问，只抓着一些鸡毛蒜皮的事情发作。那时候大家都年少气盛，说话做事不留余地、刀刀见血。有一天，他把别的女人带回家来故意气我，我甩了他两个耳光，收拾行李离开了。分手几个月后，我才发现自己怀孕了。"

骆寻听得心惊胆战，"你打掉了孩子？"因为繁衍艰难，早在几千年前，人类就明令禁止堕胎，可以选择放弃孩子，由政府抚养照顾，但绝对不可以杀死胎儿。

封林摇头，"我是孤儿，能有一个血缘亲人开心都来不及，怎么舍得堕胎？"

"那……孩子在哪里？"骆寻觉得奇怪，这么多年从来没有听说过封林有孩子。

"有了孩子后，我的心态有点变化，仔细反思过我和左丘白的关系。我觉得自己从来没有真正对他打开心扉，应该再给我们一次机会。可是，我还没来得及告诉左丘白怀孕的事，就发现胎儿不太正常。"封林想起命运多舛的孩子，眼中泪花浮动，语气却依旧刚毅决绝，一如当年，"我找机会问了一下左丘白的态度，发现他压根儿都没想过要一个健康的孩子，更何况一个不健康的孩子？我决定这件事自己承担，不管好与坏都是我一个人的孩子，和别人没有任何关系！"

骆寻终于明白了为什么封林和左丘白说话时总会带着一点微妙的敌意，可行事时又会若有若无地维护，让人捉摸不透她对左丘白究竟是什么态度。

"胎儿一直向着不正常的方向发展，我非常绝望。走投无路中，我以度假的借口离开了阿丽卡塔，去寻找神之右手。"

骆寻满面惊骇。

她平时没有时间去关注八卦，但神之右手对研究基因的科学家来说太出名了，星网上到处都是他的离奇传说。传闻他非男非女、行踪飘忽，一年四季从头到脚都裹着白色的裹尸布，拥有造物神的右手，能随心所欲地掌控生命。其实，就是已经被人类严禁的基因编辑技术，通过修改、编辑基因，改造生命。别人不清楚，可封林身为基因学家，应该知道那是在找魔鬼做交易。

封林含着泪笑了笑，"我知道自己疯了！但是我不能看着孩子死去，就算神之右手是魔鬼，只要他能救孩子，我也愿意去和魔鬼交易。"

"你找到神之右手了？"

封林点头，"在一个偏远的星球上，我见到了神之右手。他和传说中一模一样，全身上下缠着裹尸布，一直躲在黑暗中，像是一具还会说话的干尸，似乎什么欲望都没有，什么都打动不了他。我苦苦哀求下，他才以极其苛刻的条件答应了救孩子。"

骆寻有限的记忆里没有关于母亲的记忆，却从封林身上感受到了母爱的强大。一个女人为了孩子，就算是面对死神，也敢奋力抢夺。

"我为了找神之右手，一直四处奔波，压力很大，又休息不好，不小心早产了，在狭小阴暗的旅馆里我生下了一个……畸形的胎儿。"

"你一个人？"

封林微笑着点了点头。

骆寻眼眶泛红。虽然封林是医生，可那是她第一次做妈妈，在遥远陌生的星球上，一个人独自面对一切，又是一个不正常的孩子，肯定很惊慌恐惧。

"孩子虽然很不正常，但仍然活着。神之右手检查完孩子，说他能治好孩子，但需要一些时间，我没有选择，只能让他带走了早产的孩子。"

骆寻忍不住问："你不怕他欺骗你吗？"毕竟盛名之下，其实难副也是常有的事。

封林眼内闪过一丝心向往之的敬服，"你如果和神之右手接触过就会明白，他也许是恶魔，但绝不会是骗子。面对他时，我感觉自己在基因研究上就像是一个刚刚毕业的小学生。"

骆寻既觉得吃惊，又觉得合理。如果神之右手没有让封林心悦诚服，封林也不可能把孩子交给他。可是基因编辑不是因为对人类有害，被人类严禁了吗？

"神之右手虽然行事古怪，但一直信守承诺，会按照约定，定期发送我一段孩子的视频，告诉我孩子的近况。"

"孩子现在在哪里？"

"我不知道，我失去了他的消息。"封林含泪盯着骆寻，"我刚刚得到消息，龙血兵团一个很厉害的基因专家龙心，神之右手很有可能就是龙心。"

骆寻刹那间脸色惨白，似乎不堪打击，猛地往后退了一步。

封林伸出双手，像是祈求一般握住了骆寻的手，"神之右手从不和我通话，只定期发送一份孩子的视频。但上一次，有一个人用他的名义联系我，说了一些孩子的事。后来，紫宴追查内奸，查到这事，我被棕离抓捕，才从棕离嘴里知道对方是龙血兵团的人。棕离一再质问我为什么会和龙血兵团有联系，我担心孩子的安全，不敢说实话，告诉他是不方便说的私事，棕离却一直不相信。自从这事后，我就再没有办法联系到神之右手，失去了孩子的消息。"

骆寻的手簌簌颤抖，封林的手也在簌簌颤抖，两个女人的手都是冰冷的。

"前几天我接到一条龙血兵团的讯息，用孩子的安全要挟我，让我给约瑟将军带一条口信，我没有办法，只能照做。我真的没有料到约瑟将军会枪杀洛兰公主……"封林的泪珠沿着脸颊潸然而落，表情哀伤中满是绝望，"我有不可告人的秘密，做了违法的事，我愿意接受处罚，但孩子无辜。求求你，救我的孩子！"

她双手紧紧地抓着骆寻的手，苦苦哀求，似乎把所有的希望都放在了骆寻身上，但骆寻根本不知道该如何去救她的孩子。

"骆寻！"

狄川的声音突然传来，骆寻茫然间，不知道他的声音为什么听上去会这么惊恐尖锐。

忽然间，封林用力推开她，踉踉跄跄向后退，骆寻这才发现她整个人不对劲了。

封林一边强撑着拿出注射器给自己注射镇静剂，一边慌张地示意骆寻赶紧离开。

她的脸部以肉眼可见的速度凹陷下去，身体里面咔咔作响，像是有什么东西正在里面挣扎，想要穿破皮肤冲出来。

封林痛苦得全身都在剧烈颤抖，眼睛直勾勾地盯着骆寻，满是担忧、绝望、悲痛和哀求，"孩……孩……照顾……"

骆寻急忙说："我答应，我答应！我发誓，会找到他，照顾他，抚养他长大！"

封林眼睛里满是感激，似乎想笑，可是凹陷的脸颊正在慢慢向外凸起，变得越来越尖锐，完全看不出是一个笑。

"内……内……"

她猛地昂起头，一声凄厉嘹亮的鸣叫，整个嘴部已经变成了长长的鸟喙，再发不出一声人语。

血花四溅中，一双硕大的白色翅膀从背脊上破体而出，"哗啦"一下展开，急剧地扑扇着，像是要振翅高飞。

可是，因为身体还没有完全异变，她仍然没有办法飞起来，整个"人"像是喝醉了酒一样跌跌撞撞、忽上忽下地扑腾着。

骆寻悲痛地大叫："封林，坚持住！保持神志！保持清醒！"

封林的头一点点扭曲变化，最终，整张脸完全变成了鸟脸，眼睛像是猫头鹰的眼睛，圆圆的瞳孔中透出猎食者的凶残。

她的手臂萎缩，变成短小的前肢，隐入了一片片长出的羽毛中。双脚变得纤细修长，脚趾处长出锋利的爪子。

骆寻一遍遍声嘶力竭地喊："封林！封林！封林……"想让她保持神志，可是，眼前的生物已经没有了一丝人的样貌。

一只将近两米高的大鸟，全身覆盖着白色的羽毛，前喙外凸，锋利如匕首，两条纤细的长腿敏捷有力，锋利的爪子如同钢叉一般尖锐。

封林彻底失去神志，变成了一只异变兽，双眼猩红地冲着骆寻飞扑过来，想用锋利的长喙啄穿骆寻的脖子。

狄川急冲过来，抓着骆寻就地一滚，躲到了一边。

他拿着枪想要射击，骆寻急忙握住他的枪口，阻止了他，"不要！"

说话间白鸟又扑了过来，狄川只能和骆寻左闪右避，险象环生地躲避着白鸟的攻击。

狄川看了眼时间，"还有十分钟，如果它再不能恢复神志，我只能射杀它。"

白色的大鸟扑腾着攻击了几次，没有啄到骆寻和狄川，却渐渐找到了飞翔的窍门。它奔跑了几步，双足在地上一蹬，双翅展开，腾空而起。

它在空中一边飞舞徘徊，一边嘹亮地鸣叫。

狄川说："时间到，你的朋友已经死了！"

骆寻仰头看着天空中的白鸟，悲痛地哀求："再给她一点时间！"

白鸟徘徊了一圈，像一支箭一样俯冲而下，直击骆寻。

狄川拉着骆寻就跑，可两条腿跑不过两只翅膀，狄川的肩膀被白鸟狠狠啄了一口，血流如注。

白鸟闻到血腥味，越发疯狂，叫声越来越尖锐急促，攻击也越来越疯狂猛烈。

幸好骆寻和狄川都是A级体能，速度不算慢，已经跑到了飞车边。

狄川掩护着骆寻躲进飞车，正要关闭飞车门，白鸟的双爪抓住了车门，企图往车里钻。

狄川举枪，想要击退白鸟，却被白鸟一嘴啄过来，啄掉了枪。

狄川狠狠一拳冲着鸟眼睛击打过去，白鸟松开车门，飞了起来，顺势抓了狄川一爪子，半只手臂的皮肉都被撕掉，伤口深可见骨。

但车门总算是关上了。

狄川下令起飞。

飞车刚刚飞起，白鸟竟然迎着飞车直冲过来，悍不畏死地和飞车撞到一起，巨大的冲击力直接把飞车撞回地上。

飞车一次次起飞，白鸟一次次疯狂地撞来，把飞车逼停。

飞车的车身上凹凸不平，它自己也头破血流，却依旧双眼猩红，没有一丝犹疑畏缩。

狄川对骆寻说："不杀了它，我们走不掉。"

骆寻苍白着脸说："再给她一点时间。"

狄川吼："早已经超过十五分钟！"

"封林给自己注射了大量镇静剂，也许再过一点时间就会起作用。"

白鸟徘徊着一次又一次冲击飞车的前窗，防弹玻璃窗上出现了裂纹。

"不能再等了！"狄川从座位下抽出一把长枪，对准徘徊飞旋的白鸟，可是右手的半个手臂皮开肉绽、连骨头都能看到，手一直在发颤，没有办法精确瞄准。

"我来吧！"骆寻拿过了枪。

狄川恳切地说："我知道你和封林公爵是朋友，但这只白鸟已经不再是你的朋友。它是一只没有了神志，只会疯狂攻击的野兽。你不开枪，它会一直疯狂地攻击下去，见到什么就摧毁什么，直到自己精疲力竭地死去。如果有一天我异变了，我希望我的朋友能给我个痛快，让我保留最后的尊严！"

骆寻举起枪瞄准白鸟。

从瞄准器里看出去，白鸟被圈在了一个十字小圆圈里，变得很小。

依稀间，骆寻想起了第一次见到封林的情景——

舞会上，衣香鬓影、觥筹交错。

她这个不受欢迎的异国公主一个人都不认识，只能尴尬地赔着笑，努力想要打破僵局，却因为辰砂的冷漠态度，其他公爵都带着审视冷眼旁观。

　　正沮丧失望时，一个身材高挑、气质端雅的女子，旁若无人地穿过人群走了过来。她看到骆寻展颜而笑，冲过来抱住她，热情地说："您一定是洛兰公主……"

　　骆寻永远记得那一晚封林挽着她的胳膊，把她郑重地介绍给每个人，让她在奥丁联邦的生活有了一个体面的开端。

　　骆寻泪眼模糊，扣动扳机的手指不停地发颤。

　　那个气宇轩昂、谈笑风生的女子竟然变成了瞄准器里的一个白点，要被一颗子弹夺去生命。

　　"砰"一声，白鸟再次冲砸到飞车前窗上。

　　车窗骤然裂开，它匕首一样尖锐的喙直冲着骆寻啄过来，骆寻用枪挡了一下，白鸟的力气大得超出想象，竟然直接把她手里的枪啄掉了。

　　骆寻惊慌地想要捡起枪，白鸟趁机啄向她的眼睛。

　　狄川的失声惊呼中，一道银光掠过，白鸟的头和身子分成两半，一半落在了车厢里，一半重重砸在车前盖上。

　　辰砂手握光剑，脸色铁青地站在飞车旁，重重一挥，竟然用光剑把整扇飞车门直接劈掉了。他怒气冲冲地质问："你又不开枪！不但想害死自己，还想害死别人吗？"

　　骆寻全身僵冷，呆呆地看着飞落到她怀里的鸟头。

　　鸟头向着地上滑落，她竟然像是怕它摔到地上会摔疼，一下子抱住了它。

　　鲜血汩汩涌出，浸湿了她的衣服。

　　骆寻茫然地看向辰砂，满脸难以置信。

　　她竟然抱着封林的头？

　　封林竟然就这么死了？

　　十多年来，亦师亦友，骆寻总觉得自己藏着生死秘密，说不准哪天就死了，可哪里能预料到一直活得精神抖擞的封林竟然会死在她眼前。

过了一瞬，她才像是终于明白一切都是真的，喉咙里骤然发出几声破碎的悲痛呜咽，眼泪滚滚而落，泣不成声。

辰砂余怒未消，本来还想再骂几句，让她长长记性，可看到骆寻的样子，突然意识到这只白鸟有可能是谁，满腔怒火一下子变成了绵绵无尽的悲伤，想说点什么安慰她，却又说不出来，只能默默地看着骆寻。

安冉带着一队军人冲过来，对狄川说："我们奉执政官的命令拘捕封林公爵；根据监控，她应该驾驶飞车逃往这里，可附近只看到一辆疑似她驾驶的飞车，没有看到封林公爵的踪迹。你留意到什么异常了吗？"

狄川苍白着脸指了指骆寻怀里的鸟头，"公爵来找骆寻说话，突然发生了异变。"

"封……封林？"安冉震惊地看着骆寻怀里的鸟头，再看看车盖上的半截鸟身，脸色唰一下变了。

辰砂说："事关重大，立即汇报给执政官阁下。"

安冉心神大乱，急忙联系殷南昭。

一瞬后，他对辰砂说："执政官下令，先把尸体收殓，消息暂时封锁。"

棕离他们接到通知，召开紧急会议，必须尽快赶到。

他们立即放下手头工作，赶往执政官的官邸。

骆寻、辰砂把封林的遗体装殓好，和安冉一起回到执政官的官邸时，其他几位公爵已经等在议事厅。

大家看到骆寻身上恐怖的血迹，眼中闪过好奇，却都保持着沉默。

殷南昭微欠了欠身子，"给我五分钟。"

他匆匆走到骆寻身旁，握住骆寻的手，带着她朝楼上走去。

大家眼睛发直，都傻傻地看着，直到他们的身影消失在楼梯间，才惊疑不定地看向辰砂。

辰砂面沉如水，没有一丝表情，找了个位置自顾自地坐下。

殷南昭直接把骆寻带到浴室，帮她把鲜血浸透的衣服脱掉，把她整个人放进了花香浓郁、热气蒸腾的浴缸中。

哗哗的热水冲刷过骆寻的身体，她好像终于有了点精神，涣散的目光渐渐凝聚到殷南昭脸上。

殷南昭捧着她的脸，抱歉地说："我还要处理点事，过一会儿才能陪你。"骆寻现在肯定很需要他，但是他还有另一个身份是奥丁联邦的执政官，必须先处理国事。

骆寻沉默地点点头。

殷南昭温柔地啄了一下她的嘴唇，"我的个人终端开着，有事随时联系我。"

殷南昭回到议事厅，所有人立即站了起来。

大家虽然心里好奇他和假公主之间的异常动作，但都知道执政官突然召集他们召开紧急会议肯定有非同寻常的重要事情。

殷南昭抬了下手，示意他们坐。

"左丘白到了吗？"

"到了。"随着左丘白的声音，一个全息虚拟人像出现在议事厅。他身上还穿着大法官的黑色法官袍，显然是接到紧急通知后，半途从法庭退席赶来开会。

殷南昭说："打断诸位的工作，召集诸位开会，是因为发生了一件事需要告知诸位。"

左丘白的目光在议事厅里转了一圈，突然问："封林怎么没有参加会议？"

殷南昭还没有回答，棕离冷哼了一声，阴沉沉地说："这还不明显吗？约瑟将军和洛兰公主出事后，安冉负责调查内奸，今天的会议应该就是告知我们调查结果，没出现的那个人肯定已经被拘捕了。"

左丘白盯着棕离，不愠不火地说："棕部长，说话前请先举证，否则只能视为诽谤。"

"安冉敢抓捕封林，自然有充足的证据。"棕离恨恨地说："上次如果不是你签署法官令，以证据不足为由勒令我释放封林，根本就不会发生约瑟将军和洛兰公主的事。"

左丘白懒得和一根筋的棕离纠缠，客气地问安冉："你抓捕了封林？"

安冉打开几份文件，展示给所有人看，"这是调查结果。"

一段医院的监控视频：封林利用职权，没有经过主治医生的允许，就去看过约瑟将军和洛兰公主，并且给他们送了两瓶药剂。虽然图像放大后显示这两瓶药剂只是普通的镇静剂，有助睡眠，可是瓶子里究竟是什么没有人知道。

根据视频显示，她离开后不久就发生了约瑟将军挟持洛兰公主的事件。

一份调查文件：封林在安教授的研究院做学术交流时，曾经用过安教授的智脑，她上传的一份文件有病毒，给研究院的智脑里留下了一个后门，方便他人侵入监控程序，后来约瑟将军和洛兰公主死亡的视频就是通过这个后门泄露的。

安冉说："不仅仅是这两份证据，还有其他很多事。比如棕离部长曾经调查过的通话事件，封林公爵有一个未向联邦披露的秘密通信号，封林公爵的私人财务状况也很奇怪，每年都有一笔巨额资金不知去向……林林总总所有事加起来，我才向执政官阁下申请了逮捕令，正式拘捕封林，请她配合调查。"

棕离冷笑："我早说了她有问题，一直鬼鬼祟祟，肯定有见不得人的秘密。"

左丘白站了起来，对殷南昭说："这些都是客观证据，捏造的可能性很低，我也绝没有质疑安冉队长采集证据和判别真伪的能力，但我常年断案，深知同一件事可以有截然相反的解释，我希望阁下能给封林机

306

会，让她解释清楚事情的来龙去脉。"

棕离刚要出声反驳，左丘白目光犹如利剑般地盯向他，"仔细查证，不冤枉好人，不放走坏人，才是执法者的最终目的。"

棕离想了想，悻悻地闭上了嘴。

殷南昭对左丘白说："我同意拘捕封林，不是着急给她定罪，而是想彻底查清楚这事。"

左丘白立即说："谢谢阁下。"

"但是……"殷南昭顿了顿，对安冉点点头，示意他直接播放视频。

安冉把刚从婚姻事务处收集来的停车坪监控视频投映到议事厅中央。因为是公众场合的监控摄像，根据个人隐私保护法，图像的像素不高，也没有声音，可是大家依旧清楚地看到了封林和骆寻。

两个女人正面对面地站着说话，突然，封林用力推开骆寻，拿出一个特殊的注射器给自己注射镇静剂。

议事厅里响起两个男人的失声惊呼："封林！"

楚墨全身紧绷，眼睛一眨不眨地盯着视频。

左丘白明明知道视频里的事情已经发生过，却依旧失态地大叫："封林，保持清醒！"

但是，封林依旧在痛苦的挣扎中，一点点失去神志，彻底变成了一只异变兽。

它疯狂地攻击骆寻和狄川，直到辰砂赶到，一剑砍断了她的脖子。

视频关闭。

议事厅里鸦雀无声，只有沉重的喘息声。

左丘白脸色惨白、眼睛发红，双手不受控制地轻颤，似乎完全不肯相信封林已经异变死亡。

辰砂和紫宴都表情悲痛、沉默不言，就连平时和封林关系不好的棕离和百里苍脸上都露出了哀戚之色。

大家从小一起长大，成年后因为利益和政见不同各自为政、越走越远，封林却好像总抱着不切实际的幻想，希望他们依旧像小时候一样和睦相处。她看着刚强，却是刀子嘴，豆腐心，一旦遇到事，总会心软偏帮弱势一方，就是棕离和百里苍也受到过她的帮助。

棕离想到前几天他还和封林在医院里冷嘲热讽、打嘴仗。

百里苍想到他被辰砂刺伤，封林送他去医院，跑前跑后帮忙……

就算没有突失好友的悲痛，也生了兔死狐悲的悲凉。

他们都是A级以上的体能者，也就是说他们都有可能像封林一样，某个时刻突然异变，最终身首异处。

左丘白看向楚墨。

楚墨坐得笔挺，眉眼温润、翩翩公子，表面上看不出任何异常。

左丘白悲怒交加，惨笑着说："楚墨，封林死了！"

楚墨没有反应，像是一座玉石雕的人像般一动不动。

左丘白愤怒地大吼："你为什么不肯接受她？既然不肯接受她，为什么又从小到大处处让着她，对她有求必应？"左丘白猛地抓起手边几本厚厚的法典书砸向楚墨，"你还不如对她坏一点，让她对你彻底死心！"

法典书呼啸着砸向楚墨的头，楚墨依旧一动没有动，连眼睛都没有眨一下。法典书只是虚影，穿过他的头，飞了出去，消散在半空中。

左丘白对殷南昭欠了下身子，"抱歉，我身体不舒服，必须暂时退出会议。"说完，立即切断了通信信号，全息虚拟人像消失不见。

议事厅内寂静无声。

殷南昭的目光扫过剩下的几个男人，"封林突然离世的消息对诸位的冲击肯定很大，对联邦的冲击会更大。消息暂时封锁！封林还没有指定继承人，第二区的爵位该怎么办，封林的责任和权力又该怎么办，请诸位仔细考虑后，二十四小时内，提交一份应急方案。今天的会议到此为止。"

所有人站起，默默地离开议事厅。

"辰砂。"殷南昭突然出声，叫住了辰砂。

辰砂站定，安静地等着殷南昭说话。

"你看着点楚墨，他的反应不太对。"

"明白。"辰砂对殷南昭敬了一礼后，立即去追楚墨。

殷南昭回到卧室，骆寻已经洗完澡。

她呆呆坐在窗前，不知道在想什么，魂游天外的样子。

殷南昭从背后拥住她，轻轻地吻她的侧脸。

生命无常，谁都知道，可当这无常发生在身边，发生在熟悉的人身上时，却不是懂得道理就可以想通的。

殷南昭早已经看惯生死，连自己的命也不甚在意，但也许因为现在心里有了牵绊和眷恋，他竟然在十六岁之后第一次对生命的无常生了敬畏。

骆寻自责地低语："也许再多注射一些镇静剂就能救下封林，我出门时为什么没有带上医药包？"

殷南昭没有吭声，只是按了下个人终端。

安教授的全息虚拟影像出现在房间内，他站在实验室中，头发蓬乱、表情哀伤，显然也在为封林的死亡悲恸。

骆寻的视线终于有了焦点，对安教授急切地说："我觉得应该取消十五分钟黄金抢救期的限制，南昭最近一次异变已经证明即使超过十五分钟也有可能变回人。"

安教授语重心长地说："根据执政官的描述，他最近一次异变自始至终没有失去神志。因为想要救你的强烈意志，他一直很清醒。而且，执政官是传说中的4A级体能，人类历史上第一个4A级体能者，也是目前为止的唯一一个。他的体能和意志力都非常人可比，在彻底研究清楚前，执政官的病例只是给我们的研究指明了方向和希望，不能把个例套到所有病例中，否则会造成无法预估的伤害。骆寻，你要明白，异变本身的伤害固然可怕，可其实异变兽毁灭性的疯狂攻击才更可怕，在研制出能让异变兽恢复平静的镇静剂前，取消十五分钟的限制没有任何意义，只是延长所有人的痛苦。"

骆寻想到白鸟不死不休的疯狂攻击，不得不承认安教授说得很对。

如果不能让它平静下来，即使把它抓住、关进了笼子，它依旧会像撞击飞车一样不停地撞击笼子，直到死亡。但是，她不甘心，真的很不甘心！明明希望就在前面，他们却就是不知道该怎么走过去，只能看着死亡发生在眼前。

安教授打开了一份检测报告给骆寻看，"我已经检查完异变鸟的尸体，像以前一样，镇静剂对它没有任何作用，就算封林在实验室里异变，有无限量的镇静剂也帮不到她。"

骆寻像是突然想到什么，对安教授说："我想立即开始研究工作。"

"这不是我能决定的。"安教授看了眼殷南昭，主动切断了视频。

骆寻一下子冷静下来。

真公主刚死，她这个假公主还是戴罪之身，两大星国随时有可能开战，在这个节骨眼上，她如果要求恢复基因研究工作，太为难殷南昭了。

殷南昭轻抚着骆寻的背，"再忍耐一下。"

"我只是随口一说，不用回到实验室也可以工作，我正好可以多看看别人的研究论文，拓宽一下思路。"骆寻搂住他的腰，把脸埋在他胸膛前。

殷南昭柔声说："我知道你和封林感情很好，但封林的事你无能为力，不要再责怪自己了。"

骆寻闷闷地问："如果我是坏人，做了很坏的事怎么办？"

殷南昭毫不迟疑："我和你一起接受惩罚，一起去赎罪。"

骆寻彷徨失措的心略微安稳了一点。

殷南昭问："你做了什么坏事？和封林有关？"

看视频时，他就在想封林甩脱安冉的抓捕，却不是为了逃跑，而是为了找骆寻说话，肯定有非常特别的原因。

骆寻把封林死前告诉她的话，求她做的事全部告诉了殷南昭。

殷南昭思索了一瞬，说："封林有个孩子，孩子在龙血兵团，所以，封林知道你是龙心后，推测你就是神之右手。"

骆寻抱歉地看着殷南昭。她都不知道自己到底还有多少深藏的黑暗秘密，总是心理上刚接受一个噩耗，就会又有新的噩耗冒出来。

殷南昭揉了揉骆寻的头，"神之右手也许和龙心有关系，但你不是神之右手，这个黑锅你就不要硬背了。"

"为什么？"骆寻瞪大了眼睛。

"神之右手的传说在星际间至少已经流传了上百年，你才多大？人家在你出生前就已经是星际中的神秘传说了。"

"我多大？"骆寻还真不知道自己多大。

"四十到五十之间，封林以前给你测过骨龄。"

"我和洛兰公主差不多大。"骆寻背过洛兰公主的资料，记得洛兰公主今年应该是四十六岁。

殷南昭不得不承认龙心和叶玠设计的这个局非常缜密，每个细节都没有遗漏，"奥丁联邦并没有那么容易上当受骗，当年封林检查完你的身体，发现所有数据都吻合，才没有起疑。"

骆寻想起封林，鼻子泛酸，又想哭。

殷南昭叹道："封林明知道你的年龄，却把你当成神之右手，应该是知道你是龙心后，正巧赶上安冉去抓她。她怕没有机会再私下见你，急急忙忙跑去找你，并没有完全想清楚前因后果。"

骆寻难受地说："封林肯定不是内奸，她只是被叶玠利用了，感觉她求我答应帮她救孩子后就会回去配合调查。"

"所有证据都指向她，偏偏她还拒捕逃跑，坐实了自己的罪名，现在又因为异变身亡，连为自己辩解的机会都没有。"

骆寻揪着殷南昭的衣服，红着眼眶说："封林不是内奸，你要还她清白！"

殷南昭安抚地拍拍她的背，"我没有说封林是内奸。本来还有很多疑点，但知道她在外面有个孩子后，秘密通信、不知去向的大额金钱，以及她去私见约瑟将军就都能解释通了。"

"左丘白和楚墨……什么反应？"也许因为迁怒，骆寻现在不仅看左丘白不顺眼，连向来喜欢的楚墨也觉得很讨厌。

"两个都饱受打击、悲痛欲绝，只不过一个外露，一个克制。孩子的事你打算什么时候告诉左丘白？"

"为什么要告诉他？"骆寻十分愤慨，声音都禁不住提高了，"孩子和他没有任何关系！当年他不想要，现在也不用他管！我答应了封林，一定会想办法救出孩子，这个孩子我会照顾！"

殷南昭知道她现在正在气头上，讲什么都听不进去，柔声说："好，好，没有关系。不过，封林和左丘白已经分手二十多年了，算时间，孩子已经成年，封林要你帮忙救出孩子很合理，但为什么封林还要拜托你照顾抚养他？"

骆寻愣住了，仔细回想了一下后也觉得很迷惘，"我当时没想到这些，封林说话的语气让我下意识觉得孩子还很小，需要我照顾长大，也许……和孩子的病有关？"

"算了，这事不重要，等救出孩子就明白了。"

骆寻想到叶玠，心情越发沉重。她一直逃避着和叶玠的正面接触，可现在不能再逃避了，她必须去面对叶玠，去面对自己的另一个身份。

Chapter 15

哀与伤

人间纵有良辰美景、赏心乐事，可终归好花不常开、好景不常在，偶
傥风流都会被雨打风吹去。

半夜里，骆寻突然翻身坐起。

殷南昭立即醒了，叫了声"小寻"，发现她没有丝毫反应，表情漠然、眼神阴冷。他心里咯噔一下，竟然又梦游了！

骆寻四处看了看，好像因为环境陌生，有点茫然困惑。

她走出卧室，摸着黑下了楼，像是一头困兽般在屋子里走来走去，寻找着什么。

殷南昭藏身在黑暗中，轻声问："在找什么？"

"厨房。"

"往前……左边。"

骆寻走进了厨房。

她打开柜门，把所有刀具拿出来，一把把仔细检查，似乎看够不够锋利。

殷南昭站在厨房门口，安静地看着。

骆寻打开保鲜柜，一通翻找，把所有食材都拿出来。然后，她就开始又切又剁，又削又剔，专心致志地做着菜。

殷南昭看着她炫目的刀工，暗自松了口气。虽然半夜做菜很诡异，但把各种食材切开剁碎总比把人切开剁碎强。

骆寻像个机器人一般，做完一道菜就紧接着做另一道菜，厨房里香气弥漫，可是本应该很温馨的画面，却因为骆寻冷漠肃杀的表情透着阴森。

殷南昭一直站在厨房门口，像是不存在一般安静地陪伴着她。

突然，从屋子外面传来鬼哭狼嚎的叫声，像是有一群人喝醉了，正

314

在撒酒疯。

殷南昭猜到是谁，有胆子到他门口撒酒疯的人也就那几个混账东西。他紧张地盯着骆寻，发现她在侧耳倾听。

殷南昭正想给警卫发讯息，让他们去把外面的几个混账悄悄驱散，骆寻放下了刀，循着声音的方向朝着外面走去。

因为不知道惊醒梦游中的她后到底醒来的会是谁，殷南昭不敢阻止，只能悄无声息地跟上去。

幸好，骆寻走到庭院中就停住了脚步，隔着院门，好奇地看着外面的人。

是紫宴、百里苍、棕离、楚墨、辰砂他们，其他四个男人已经酩酊大醉，疯疯癫癫、又唱又叫，只有3A级体能的辰砂还清醒着。

他看到骆寻，觉得她动作表情都十分异样，像是变成了截然不同的另一个人，不禁困惑地看向跟在骆寻身后、藏身于阴影中的殷南昭。殷南昭对他做了个嘘声的手势，辰砂吞回了已经到嘴边的话。

楚墨毫无形象地坐在地上，头发蓬乱，衣服歪斜，怀里抱着一瓶酒还在喝，表情似笑似哭。

紫宴躺在地上，挥舞着双手，大吼大叫地唱歌。

百里苍嚷嚷："封林，我给你跳舞！脱衣舞！你要不笑，老子把蛋送给你……"

棕离向来是行动派，已经手脚麻利地开始脱衣服，脱得只剩下一条内裤，绕着站得笔挺的辰砂转圈，像是把辰砂当成钢管，跳起了钢管舞。

百里苍想脱衣服，可醉得厉害，连解扣子都不太利索，索性双手抓着衣服，"刺啦"一下，就把衣服撕开，扔到了地上。他双手"啪啪"地拍着自己肌肉偾张的胸膛，像头大狒狒一样冲着天空号叫。

骆寻怔怔看着他们，似乎完全看懂了癫狂滑稽之后隐藏的深切悲痛，她眼眶渐渐发红，突然间就泪如雨落、号啕大哭。

辰砂疑惑地看殷南昭，他竟然依旧藏身于黑暗的阴影中，静静旁观，丝毫没有上前安慰的意思。

骆寻像个小姑娘一样蹲在地上，双手抱着头，一边哭一边叫"爸爸"。

她哭得撕心裂肺、肝肠寸断。

院门外的棕离触景生情，不知道想到什么伤心事，竟然也跟着她开始哭，抱着辰砂一把鼻涕一把泪。

辰砂脸色发青，纹丝不动地站着，紧咬着牙才没有一脚把棕离踹飞。

楚墨一边大口灌酒，一边无声无息地落泪。

百里苍已经把自己脱了个精光，又叫又号，一会儿敲胸，一会儿拍屁股，像是浑身有发泄不完的力量。

紫宴换了首歌，平躺望天，跷着二郎腿，一边手里打着拍子，一边咿咿呀呀地哼唱着。

不知道在唱什么，只觉得无限悲伤苍凉。人间纵有良辰美景、赏心乐事，可终归好花不常开、好景不常在，偶傥风流都会被雨打风吹去。

骆寻哭着哭着，突然头一歪栽倒在地上，昏睡了过去。

殷南昭几乎立即出现在她身边，把她抱了起来。

大门外面几个男人依旧在撒酒疯，画面让人生无可恋。殷南昭同情地看了辰砂一眼，无声地道了"晚安"，抱着骆寻转身回屋子了。

早上。

骆寻醒来后觉得很疲惫，感觉做了一晚上光怪陆离的梦，又是叮叮咚咚地做菜，又是哭哭啼啼地看棕离跳脱衣舞、百里苍裸奔。

她打着哈欠，翻了个身，看到殷南昭靠坐在床头，正在翻看那本古色古香的纸质笔记本。

因为纸张的记事本不多见，骆寻对这个记事本的印象还蛮深刻。第一次应该是在辰砂的书房见到的，好像是辰砂母亲的遗物。

骆寻兴致勃勃地问："你整天拿着人家的遗物翻看，难道暗恋过辰砂的母亲？"

殷南昭笑着合拢笔记本，用本子敲了一下骆寻的头，"安蓉比我大了一百多岁，我认识她时，她已经和辰垣在一起。"

"你和安蓉的关系很好？"

"安蓉是执政官，在敢死队做队长的那两年，和安蓉打交道比较多，后来我去了军队，见辰垣的次数远远多于安蓉，和辰垣的关系更好。不过，我名声一直不大好，安蓉是唯一一个敢和我说笑的女性。"

骆寻打趣，"天使的脸、魔鬼的心、野兽的身、人间极品殷南昭！"

殷南昭苦笑，"你不觉得说出这种话的女人才是人间极品吗？"

"我就是这么想的啊！感觉安蓉又聪明又风趣，可惜英年早逝。"骆寻想到同样英年早逝的封林，心情黯然。

殷南昭安抚地拍拍她的背，"在辰垣和安蓉出事前，安蓉和我通过一次话，说有事拜托我，必须当面说，让我尽快回一趟阿丽卡塔。没等我赶回去，当天晚上就出了事。虽然后来的各种调查，包括辰砂的描述，都表明是一次意外事故，可我每次想到通话时安蓉的语气，总觉得不对劲，一直在想安蓉究竟碰到了什么事，不能让辰垣做，一定要我来做。"

辰垣和殷南昭最大的不同是：一个行走在阳光下，一个行走在黑暗中。看来安蓉一定是碰到了麻烦事，而且是大麻烦，不能用正常手段去解决，只能用非正常手段。

骆寻想了想，说："身为执政官，应该有工作日志。"

"我查看过了，没有异常。安蓉性格谨慎，一件她都不愿意在视讯里说的事很有可能也不会留下任何记录。我无意中听辰砂说他记得母亲心情低落时会用笔在笔记本上乱写乱画，我问他要了安蓉生前用的笔记本，想看看会不会有意外的发现。"

"有吗？"

"没有。"殷南昭拧了拧她的鼻子，"起来了，今天还有很多事要处理。"

骆寻洗漱完，下楼走进厨房，准备做点简单的早餐。

她拉开保鲜柜，却看到里面摆满了做好的菜，一盘盘做工精致、色香味俱全。

梦境中，她做的菜竟然真实出现了！

骆寻的脸色唰一下惨白，浑身发寒。

殷南昭从背后轻轻抱住她，柔声安慰："没有关系。估计因为白天封林的死，你受了刺激，晚上才会梦游。"

骆寻身体僵硬，"她做什么过分的事了吗？"

"没有，做了这些菜，哭了一会儿就睡着了。"殷南昭轻描淡写，像是完全没把梦游当回事。他看着保鲜柜里的菜肴，笑眯眯地提议："热一下做早餐吧！"

骆寻不吭声。

殷南昭的下巴搭在她肩膀上，若有所思地说："昨天晚上的龙心看起来有点可怜。"

"殷南昭！"

殷南昭听她声音都变了，立即闭嘴，不敢再提龙心。

骆寻拿出一罐营养剂，气鼓鼓地说："我才不要吃她做的菜！你喜欢吃就去吃吧！"

她都走到厨房门口了，却又回过头，皮笑肉不笑地盯着殷南昭，"你要喜欢吃她做的菜，以后就不要再吃我做的饭。"

殷南昭觉得自己好像莫名其妙就变成了脚踏两只船的渣男，还是那种智商不高，把两个女人带到同一个屋檐下的渣男。

他瞅着保鲜柜里琳琅满目的菜肴，乖乖只拿了两罐营养剂。

吃过早饭，殷南昭说要出门办事，骆寻稀里糊涂就跟着他来到一个小型的军用太空港。

太空港四周重兵把守，警卫们手持武器，站得笔挺。

殷南昭戴着银色的面具，穿着黑色的长袍，全身上下裹得严严实实，大步流星地走在前面。看上去遥远冷漠，没有一点正常人的温度。

骆寻在狄川的陪伴下，一直尾随在后面。

周围人都神情严肃、如临大敌，搞得骆寻也很紧张，不知道殷南昭究竟想干什么。

一行人登上了一艘军用飞船，安冉站在船舱门口，对殷南昭敬军礼，恭敬地汇报："人已经都到齐了。"

殷南昭颔首，表示知道了。

他放慢步子，等到骆寻赶上来时，主动握住了骆寻的手，"因为是秘密行动，不能提前告诉你消息。"

骆寻笑了笑，表示理解。

她侧头打量着他。虽然打扮和以前一模一样，脸上的面具也依旧泛着金属特有的冰冷光泽，但他的眼睛和以前截然不同，不再是空无一物的冷淡疏远，而是心有所属的温柔关切。

骆寻想起了第一次见到执政官时的情景，完全想不到有朝一日，她竟然会握着他的手并肩前行。

"我也完全没有想到。"殷南昭的声音带着笑，心有灵犀，竟然完全猜到了她在想什么。

骆寻故意装听不懂："想不到什么？"

殷南昭可没有她那么矫情，坦率地说："当时，我一个人坐着，看着你和辰砂跳舞，完全想不到有朝一日，我可以这样牵着你的手。我以为我只能永远藏在面具后面，躲在黑暗里远远地看着你。"

骆寻明知故问，本来就是想听他说情话，可真听到了殷南昭心底的话，又觉得心酸。她踮起脚，飞快地在殷南昭的面具上亲了一下，又立即若无其事地乖乖走着。

殷南昭什么都没说，只是握着她的手更紧了。

两人沿着长长的走廊，还没有走到大厅，就听到乒乒乓乓的声音传来。

殷南昭和骆寻同时松开了对方的手，殷南昭看了骆寻一眼，骆寻笑笑，主动停住脚步。

等殷南昭走到了前面，骆寻才保持着合适的距离，跟随在他身后。

门口站着的警卫看到殷南昭，都抬手敬礼。

殷南昭径直走了进去，辰砂、百里苍、棕离、紫宴四个人听到动静，都已经警觉地转身，站成一排，向殷南昭致敬："阁下！"

骆寻看到百里苍和棕离，脑海里浮现出昨夜梦里的画面。

他们现在都穿着笔挺的制服，看上去一个高大威猛，一个冷酷阴沉，可昨晚的画面……简直不忍目睹，看多了都要长针眼！

奇怪的声音依旧不停地传来，殷南昭的目光在他们四个人脸上掠过，四个男人看再遮掩不住，只能向左右两边让开，露出了后面两个正在打架的男人。

左丘白一个翻身，把楚墨压在地上，挥起拳头，狠狠砸向他的脸。

左丘白是A级体能，楚墨是2A级体能。

左丘白擅长的是枪械，适合远程作战，不适合近身搏斗，本来应该是楚墨压着左丘白打，现在却是左丘白压着楚墨打。

殷南昭冷冷地问："怎么回事？"

紫宴无奈地说："左丘昨天半夜赶到小双子星，去看封林，正好楚墨也在，当时他们两个人就起了冲突，差点打起来，被我们硬拖开了。我们拉着楚墨去喝酒，左丘一个人在封林的棺柩边坐到了天亮。今天早上我们都被阁下派来的警卫请到这里，左丘看到楚墨，没说几句话就打了起来，我们谁都劝不住。"

殷南昭呵斥："住手！"

左丘白和楚墨像是完全没有听到，依旧你一拳、我一拳，打来打去。

殷南昭走过去，一手就把左丘白掀翻在地。

楚墨摇摇晃晃地站起来，想要踢左丘白，被殷南昭一脚踹翻，踩着心口逼迫他乖乖躺好。

左丘白翻身爬起，冲过来还想揍楚墨。殷南昭抓住他的手腕，一个旋转，强迫他身子向下俯趴着，一动不能动。

"还打吗？"

楚墨和左丘白不吭声，但身体都不再挣扎，表示臣服。

殷南昭松开了他们，左丘白垂头丧气地软跪在地上，楚墨要死不活地平躺在地上。

殷南昭下令："整理仪容，开会！"

楚墨和左丘白总算是还没有彻底忘掉自己的身份，全都站了起来，捋将头发、扯扯衣服，如果不是脸上青一块紫一块，倒是立即都恢复了平日的出众风采。

骆寻准备悄悄离开。

"骆寻，这事和你有关。"殷南昭指了下最末端的位置，示意她坐。

骆寻愣了一愣，什么都没问，默默坐下。

棕离问："开会需要到飞船上来开吗？"

殷南昭还没有回答，广播里，船长的声音突然响起："飞船即将起飞，请系好安全带，此次飞行，目的地是阿丽卡塔星，预计飞行时间十一个小时。"

骆寻立即系上安全带，七个男人却都没有动。

飞船升空的一瞬，殷南昭说："你们六个中至少有一个是内奸。安冉强烈反对我把你们请到一艘飞船上，认为太不安全，我倒觉得和内奸先生待在一起才最安全。从现在开始，你们的所有通信信号都被屏蔽，如果有急事需要联系自己的属下，用我的个人终端。"

六个男人一言不发，双手平放在膝盖上，坐得笔挺。桌子上的饮料杯剧烈震颤，随着飞船加速发出一阵阵的嗡鸣声。

"第一件事。两天后，阿尔帝国皇帝派来的使者团就会到阿丽卡塔，要接回洛兰公主和约瑟将军的遗体，这是全星际关注的重大事件，会现场直播遗体转交仪式，奥丁联邦必须表示出足够的诚意和哀悼，全体出席。"

六个男人没有任何异议。

"第二件事。"殷南昭的目光从六个男人的脸上缓缓扫过，"封林突然死亡，第二区的爵位没有了继承人，内奸先生作为陷害封林的一方，应该早计划着把原本属于第二区的势力接管过去。我要求的方案提议，你们写了吗？"

百里苍看了眼其他人，"时间没到，我还没有来得及写。"

"你们忙着酗酒发泄难过，也许真，也许假，反正都还没写，也不用写了。我有一个新消息告诉诸位，封林有继承人，她的亲生孩子。"

就像是一枚炸弹丢入了水中，轰然炸开，虽然听不到大的声响，却可以看到惊涛骇浪。左丘白和楚墨都失态得直接站了起来，其他人也是目瞪口呆。

"不……不可能吧？封林什么时候生的孩子？不会是假的吧？"百里苍完全不相信。

"孩子的基因就在他的身体里，一检测就知道真假，能撒谎吗？"

百里苍不吭声了，的确，这是不可能作假的事。

左丘白突然冲过去，怒气冲冲地抓住楚墨的衣领，"是不是你的孩子？"

"我倒是想！"楚墨脸色苍白、目光涣散，眼睛中满是悲痛悔恨。

左丘白一下子泄了气，放开楚墨，失魂落魄地回到自己的位置。

殷南昭说："因为封林的私人原因，孩子被寄养在别处。安冉查到的不知去向的巨额款项就是为孩子花的，秘密通信也是因为孩子。虽然所有证据都显示封林是内奸，她也不能站在这里为自己辩解，但我初步判断她是无辜的。"

六个男人都不吭声。

殷南昭说："根据联邦法律，封林的爵位由她的孩子继承，在孩子

322

成年前，将由联邦执政官暂时接管所有权力，等他成年后，执政官必须无条件立即移交所有权力。"

左丘白看了辰砂一眼，"第一区当年就是这样，我没有意见。"

"我同意。"楚墨说。

其他人也纷纷表示没有意见。

楚墨突然问："孩子的监护人是谁？我能申请做孩子的监护人吗？"

左丘白立即说："我也要申请做孩子的监护人！"

"监护人是骆寻。"

众人的目光齐刷刷地看向骆寻，各种惊讶意外、难以相信。楚墨和左丘白的眼睛里更是盛满了质疑和愤怒。

骆寻惊了一下后，看到楚墨和左丘白的目光，立即狠狠瞪了回去。封林宁可来求她救孩子，都没有找这两个男人，可见也是被他们伤透了心。

楚墨盯着殷南昭，质问："为什么是她？"

左丘白也不满："她凭什么做监护人？"

"这是封林的决定。和我、和你们都无关。你们应该已经各凭手段调查过封林死前的事，肯定都暗自琢磨过封林为什么明知安冉要抓捕她，还会冒着拒捕重罪的危险去找骆寻，究竟对她说了什么要紧事。"

殷南昭看向骆寻，骆寻立即明白了他的意思，"封林告诉我，她有一个孩子，孩子现在在哪里、由谁照顾，拜托我把孩子接出来。她异变时，最放心不下的就是孩子，拜托我照顾他，我答应了。"

骆寻想到封林神志清醒时最后一刻的目光，眼眶渐渐红了，那个一出生就和母亲分离的孩子永远都无法亲身感受到他的母亲有多么爱他了。

楚墨和左丘白也想到了，封林宁可找骆寻，都不找他们，已经足以说明封林的态度，两人都颓然地沉默了。

殷南昭问："封林和孩子的事，诸位还有疑问吗？"

没有人吭声。

棕离看了看其他人，阴沉着脸说："我对封林有孩子的事没有意见，对谁是监护人完全不关心，可我对骆寻有意见。她身份未明，还是阿尔帝国的死囚犯……"

殷南昭抬了下手，示意他少安毋躁，"接下来，第三件事，我想谈一下骆寻的事。"

骆寻一下子坐得笔直，满面惊讶。

殷南昭安抚地看了她一眼，点击了一下自己的个人终端，一份文件出现在大家面前。

"这是阿尔帝国的皇帝签署的特赦令。"

六位公爵都打开了虚拟屏幕，仔细阅读。

特赦令先简单陈述了骆寻的罪行，她误闯研究基地，因为饥饿，误摘了两个古基因苹果充饥，稀里糊涂犯下基因盗窃罪，被判了死罪。

阿尔帝国的皇帝考虑到骆寻在基因研究方面的杰出才华，也考虑到骆寻在真假公主事件中并没有做任何危害阿尔帝国的事，反而维系了两国十多年的友谊，决定赦免她在阿尔帝国所犯的罪行，还宣布赠送骆寻十个古基因苹果，希望她在基因研究上继续努力，拯救更多的生命。

特赦令最后发挥了皇室擅长打嘴炮的特长，很煽情地写了一段话："法律不是杀戮，惩戒恶是为了保护善。杀骆寻一人，等于间接杀数百人，甚至数千人、数万人的性命。赦免她的罪行，不是无视法律，而是践行法律最终的目的——让这个世界变得更加美好。"

骆寻心情激荡，虽然后来已经明白这是龙心自己设的局，可是背负罪名的是她，不管她走到哪里，都会被看作死囚犯，没有想到殷南昭竟然不动声色就暗中行动了，让她不用再继续背负这个罪名前行。

殷南昭看了眼时间，"阿尔帝国的皇室新闻发言人现在应该正在宣读这份特赦令，要不了多久，整个星际都会知道阿尔帝国已经宽宏大量地赦免了假公主骆寻的罪行。接下来，不管是人类，还是异种，都会想知道奥丁联邦会怎么对'假公主'。"

六个男人神情严肃，不管他们的政治触觉是否敏感，都意识到阿尔帝国的皇帝姿态漂亮地把奥丁联邦摆到了一个尴尬的位置上。

殷南昭说："我希望你们好好考虑一下该如何对待骆寻。如果普通基因的人类知道我们竟然想把一个纯基因的人类，一个基因研究天才，一个冒着生命危险拯救了异种孩子的医生视作死囚，强行配种，做基因实验母体，你们想过后果吗？"

百里苍脸色难看，硬邦邦地说："大不了就是开战打仗！"

殷南昭盯着百里苍。

紫宴难得好心地解释了一句："我们可以和阿尔帝国打仗，但我们不能和整个人类为敌，这是截然不同的两个概念。"

百里苍依旧不以为然，只是碍于殷南昭一贯以来对战争的态度不敢直接挑明了说。

紫宴懒得再多费唇舌，指指特赦令，笑对骆寻说："恭喜！"

"谢谢。"骆寻扯扯嘴角，回了他一个微笑。

殷南昭又打开一份文件，发送到六位公爵的虚拟屏幕上，"这是我签署的文件，赦免骆寻在'真假公主'事件中的冒名顶替罪，并且同意她的入籍申请，允许她以'骆寻'的身份正式加入奥丁联邦，成为奥丁联邦的公民。"

棕离不满地质问："理由？"

殷南昭从容淡定，不疾不徐地说："真假公主事件的最大受害人是辰砂，我已询问过他的意见，他同意不追究骆寻的任何过错。迄今为止，骆寻不但没有做危害奥丁联邦的事，还做了不少对奥丁联邦有益的事。除此之外，一个基因研究天才对一个星国意味着什么，在座诸位都很清楚，尤其我们刚刚失去了封林。安教授和楚教授年事已高，奥丁联邦的基因研究后继无人。阿尔帝国的皇帝已经问我要过一次骆寻，被我拒绝了，但我估计他不会放弃，这次阿尔帝国使者团的表面目的是接回洛兰公主和约瑟将军的遗体，可暗藏的目的一定是把骆寻带回阿尔帝国，你愿意让骆寻回到阿尔帝国吗？"

棕离毫不迟疑："当然不行！"

"骆寻是纯基因的人类，又来自阿尔帝国，只要她本人愿意回阿尔帝国，在现在这个微妙的节骨眼上，我们不可能不让步。"

棕离无话可说。

在洛兰公主和约瑟将军惨死在奥丁联邦的情况下，人类正情绪激昂，阿尔帝国的皇帝只要征得骆寻的同意，以接她回家为名向奥丁联邦要人，如果他们不想激起全星际人类对异种的仇视，只怕不得不放弃骆寻。但如果骆寻已经是奥丁联邦的公民，不管阿尔帝国的皇帝想玩什么花招都没有了理由。执政官这一招算是釜底抽薪、高明至极。

殷南昭说："约瑟将军和洛兰公主死后，真假公主事件早已经脱离了事件本身。或者说，这件事的重点一直就不是事件本身，是阿尔帝国皇位的博弈，是奥丁联邦各方势力的博弈，是两个大星国的博弈，是人类和异种的博弈！所以，上帝的归上帝，撒旦的归撒旦，我们这些人继续权力的游戏，而骆寻，让她回研究室！"

他优雅地摊开双手，做了个邀请的姿势，"当然，你们有权否决我的提议。这份文件生效需要七位公爵中至少四位的同意，公平起见，封林算作弃权。"

"我同意。"辰砂第一个表明了态度。

"我也同意。"紫宴第二个表明了态度。

楚墨沉默地拿起笔，签名同意，又扫描了掌印，留下生物签名。

骆寻的心悬了起来，棕离和百里苍都对她印象不好，左丘白做事只讲规则、不讲人情利益。这三个人只怕都会反对。殷南昭却好像一点不担心，智珠在握、气定神闲的样子。

百里苍说："我不同意！"

左丘白说："我不同意！"

出乎意料的是棕离，竟然说："我同意，绝不能把骆寻让给阿尔帝国。"他拿起了笔签名，"这并不代表我认可了骆寻，我依旧会牢牢地盯着她。"

殷南昭对智脑吩咐："归档！"

智脑的机械声响起："YNZ0103号文件生效，即日起骆寻成为奥丁联邦公民。"

紫宴率先鼓掌，笑着和骆寻握手，真挚地说："骆寻女士，欢迎你成为奥丁联邦公民！"

其他人也陆陆续续鼓掌，不管本来是同意还是不同意，都展现了绅士风度，表示欢迎。

骆寻完全没想到一直困扰自己的事情竟然就这样轻而易举地解决了，她真正成了骆寻，可以光明正大地在奥丁联邦继续生活下去。

可是，她有点糊涂，殷南昭到底是为了自己，还是为了奥丁联邦，才无论如何都要把她留下？怎么从头听到尾，感觉他全是为了大局考虑？

骆寻一边说着"谢谢"，一边悄悄看殷南昭。

殷南昭双腿交叠，倚坐在椅上，静看着众人，眼神冷淡，像往常一样似乎永远都置身事外，是个没有丝毫情绪波动的旁观者。

不过，他立即察觉了骆寻的小动作，目光轻移，还没有和骆寻的视线相触，眼神就已经柔和了。

骆寻心中一甜，不知不觉中脸上客气的笑就多了一丝温柔。

殷南昭对骆寻说："后面的事和你无关，你可以先回房间休息。"

骆寻对几个男人礼貌地欠了下身，离开了大厅。

骆寻的房间和殷南昭的房间相邻，往常是值班警卫的休息室。

房间很小，不过该有的也都有，关键是距离殷南昭很近，方便安全。

骆寻昨晚没有休息好，本来应该补一觉，但是，封林的突然死亡、封林的孩子、叶玠的目的……一桩桩事、一个个人，不停地在脑海里徘徊，让她没有丝毫睡意。

思考了半晌，却千头万绪一团乱麻，什么都抓不住。

骆寻沮丧地在窄床上滚来滚去，觉得自己太蠢了！

突然，金属墙上的暗门打开，殷南昭从自己的房间走了进来，"怎么没有休息？"

"睡不着。"骆寻新奇地看着墙上的暗门，原来两个房间是相通的。

殷南昭坐到床边，低头看着她，"为什么睡不着？在想什么？"

骆寻闷闷地说："要救封林的孩子就必须去找叶玠，可他人在监狱里，我怎么联系上他呢？更紧迫的是，对他们而言，那个孩子唯一的价值就是牵制封林，现在封林死了，我怕他们对孩子不利。"

"救出孩子不容易，但孩子的安全，你不用担心。"

骆寻忽闪着大眼睛，困惑地看着殷南昭。

"现在那个孩子能牵制你。"

骆寻恍然大悟。六个男人中有一个是内奸，肯定会告诉叶玠她承诺了帮封林照顾孩子。虽然的确是把自己的软肋送到了叶玠手上，让叶玠利用，但和孩子的性命比起来，她心甘情愿。

骆寻满眼星星，扑到殷南昭怀里，"我男朋友好聪明啊！"

殷南昭哭笑不得，拍拍骆寻的背，"叶玠会找合适的机会主动联系你谈孩子的事，你等着他来就行。"

骆寻觉得压在心口的一块巨石总算找到了落处，一下子轻松了很多。她捧着殷南昭的脸，"啾啾"两声，左右各亲了一下，眼睛里的爱恋浓得藏也藏不住，汩汩直往外冒。

殷南昭不自禁地唇角上翘，眉眼间都是融融暖意。

他拿出一个新的个人终端，戴到骆寻手腕上。和骆寻以前的个人终端一样，也是一个镯子，样式简单大方，既是首饰，也是实用工具。

听到个人终端激活的提示音，骆寻感觉自己的生活终于又回来了。她好奇地问："这几天我一直和你在一起，感觉自己什么事都没有做，你怎么就做了那么多的事啊？"不但压制住了两大星国一触即发的战争，还让她免除了死罪，有了合法身份，能正大光明地继续在奥丁生活。

"我每天领着工资，不能对不起纳税人的钱。"

骆寻捏着嗓子，娇滴滴地说："我还以为，你是因为对女朋友深沉的爱才私下和阿尔帝国的皇帝沟通，答应了无数苛刻的条件拿到特赦令，还不惜动用特权，签署执政官特令……"

殷南昭笑着敲了她额头一下，"你虚拟现实的爱情游戏玩多了。是阿尔帝国的皇帝求着和我沟通，他的皇位一不小心就会落到叶玠手里，他比我更着急。"

骆寻瞪着殷南昭质问："你到底是为了联邦，还是为了自己，才要留下我？"

殷南昭笑吟吟地看着她。

因为身份是假的，骆寻一直活得小心翼翼，总是善解人意、进退得当，即使面对深爱的千旭也有着唯恐失去的柔顺，现在却会小心眼地闹脾气了。

骆寻不满地捶他胸膛，"你还笑！"

殷南昭重重吻了一下她的唇，"你的优秀，让我留下你的官方理由很充足，可即使没有这些官方理由，我也不会让你离开。你还不明白吗？不管生死，我的命都是你的，而你是我的！"

骆寻愣了一愣，明白了他话语背后不留余地的决绝。

这一生他已经经历了太多的欺骗背叛，甚至连他自己的基因都在欺骗背叛他，他早已经放弃光明，打算永远躲在面具后，栖身于黑暗，她却硬生生地闯进了他的世界。他给予她全部，他也要她的全部，不要说背叛，连改变主意都不行。

殷南昭自嘲："你爱上的男人是魔鬼，害怕吗？"

骆寻摇摇头，像藤蔓般双臂交缠在殷南昭的脖子上，极尽温柔地亲吻他。

爱是温暖和光明，太过极致的爱却像是烈焰，会灼伤人，可她是无根浮萍，只有这么浓烈的爱才能让她有所凭依地活下去。

他们两都是命运大神手下的残次品，但幸好遇见了彼此，本来的残缺成了彼此生命完美的嵌合。

"叮咚"，门铃声突然响起。

殷南昭抬眸看了眼门上的屏幕。

"辰砂找你。"

骆寻立即麻利地推开殷南昭，红着脸跳下了床。

殷南昭笑摇摇头，"辰砂应该有话单独和你说，我先走了。"

等殷南昭从暗门离开后，骆寻走过去打开了门。

辰砂扫了眼她的嘴唇，抱着寻昭藤，面无表情地说："我把它送回来。"

"请进。"

辰砂抱着培养箱走进舱房，"放在哪里？"

骆寻对房间不熟，左看右看，四处找着合适的地方。

辰砂抬手在墙壁上按了一下，一个挡板伸出，辰砂把培养箱放到挡板上，四周自动伸出金属架把培养箱固定住，防止飞行中途摔下来。

"这里可以吗？"

"可以。"骆寻看寻昭藤的藤蔓和针叶鲜红欲滴，显然这几天吃得很好，"你把它照顾得很好嘛！"

"不难养，让它有新鲜血喝就行，它也不挑食，什么血都喝。"辰砂似乎还蛮喜欢这株凶狠贪吃的藤蔓，"你发现的物种，你有命名权，想过叫什么名字了吗？"

骆寻点点头。

辰砂感兴趣地问："叫什么？"

"……寻昭藤。"

辰砂沉默了一瞬，"难怪英仙叶玠会怒气冲冲地把一个山谷里的藤蔓都烧毁了。"

"我和叶玠……"

"和我无关！"辰砂有意无意地扫了一眼暗门的方向，"这些事是执政官要操心烦恼的。"

骆寻很抱歉，"对不起！"

辰砂皱了皱眉，"不要总把'对不起、谢谢'挂在嘴边，你没有对不起我，我也没做什么值得你感谢的事。"

330

骆寻不知道该说什么了。

辰砂问："你已经有了新的身份，打算什么时候和执政官结婚？"

骆寻脸颊发烫，"……还没有想过。"

"……我走了。"辰砂向着门外走去。

骆寻突然想起什么，急忙叫住了他："辰砂！"

辰砂回头看着她。

骆寻拍拍培养箱的玻璃壁，"你在照顾它的时候，觉得它像植物还是动物？"

"像只小动物，可主生物特征还是植物。"

"把动物和植物基因完美融合的小家伙。"骆寻眼睛亮晶晶地看着辰砂，"等我破解了它的秘密，你就不用担心基因不稳定导致异变了。"

辰砂愣住。

骆寻微笑着说："不要再一个人站在悬崖边了，不管哪个女孩你都可以喜欢。"

辰砂沉默地盯着骆寻，一瞬后，突然展颜而笑，问道："你也可以吗？"

骆寻呆滞。

辰砂的笑容转瞬即逝，犹如藏在乌云深处的阳光，乍然一现后又隐入了乌云中。他冷冷地说："我不会强求你喜欢我，你也不要强求我不喜欢你。我尊重你的感情，请你也尊重我的感情。不要因为自己想心里好过一点，就觉得我的情感连存在都碍眼。"

"我……我……不……不是……"骆寻张口结舌。

舱门打开，转瞬间辰砂已经消失不见。

骆寻颓然，她本来想让辰砂高兴一点，结果又把他惹生气了。

"咚咚"几声，引得骆寻抬起头，循声望去。

殷南昭收回了敲墙的手，斜倚在打开的暗门边，目光柔和地看

331

着她。

骆寻走过去抱住了他的腰。

殷南昭摸摸她的头，"下飞船后估计就没有休息时间了，尽量睡一会儿。"

"你陪我？"

殷南昭抱歉地说："还有些工作要处理。"

骆寻放开了他，"你忙你的，不用管我。"

通信器的蜂鸣声响起，殷南昭立即接通，一边说话，一边走到了工作台前。

骆寻看着墙壁上的寻昭藤，既然已经不是戴罪之身，又有了合法身法，那就可以恢复正常工作、继续做研究了。

第一件事，需要组建一个专门研究寻昭藤的团队。

不但要考虑每个人的专业知识，还要考虑他们之间的关系，毕竟一个团队合作，如果关系不和，会影响整个团队的氛围……

骆寻在脑海里过滤着一个个人名，拿着电子笔写写画画，做着计划。

殷南昭和几个部长开完会，等待另一个通信的间隙，特意走到暗门边看了看骆寻，发现她盘腿坐在床上，对着虚拟屏幕，一会儿皱眉沉思，一会儿奋笔疾书，不禁心里暗笑。

他爱的女人也是个工作狂，完全不用担心他忙碌时，她会无聊烦闷，将来谁有闺怨还真说不准。

殷南昭处理完所有工作，发现不到一个小时就要到阿丽卡塔了。

他走到骆寻的屋子，看到她歪躺在床上，已经昏睡过去。

殷南昭拿起薄毯子盖到她身上，坐在床边，静看着她，禁不住嘴角就露出了笑意。

忽然间，他竟然想不起，以前一个人的时候，不工作时究竟是怎么过的。想了好一会儿，才发现自己在认识骆寻之前，压根儿没有这样的时刻。

总是有做不完的事，执政官的工作、敢死队的任务、安教授的实验体……他从没有给过自己空闲的时刻。

他很清楚自己置身黑暗，宁愿冒着生命危险做任务，与死亡为伴，宁愿做实验体，承受肉体腐烂，与痛苦为伴，也不愿独自一个人，被黑暗席卷吞噬。

可是，他现在可以什么都不做，静静地感受时间流逝，任由花开花谢。

即使四周依旧萦绕着黑暗，即使前方依旧没有光明，可聆听着她的一呼一吸，心情自然而然就变得平静喜乐、安宁温暖。

他的生命从诞生的一刻起，就注定天生孤绝、世所不容。

无父无母、断子绝孙，不被人类接受、不受法律保护、不在伦理之内，他是踏着刀尖，走在黑暗的虚空中，看似光华璀璨的一切都是虚幻，但是，眼前的人是真实的！

殷南昭侧躺到骆寻身前，把她拥在了怀里。

骆寻连眼睛都没睁，只是含含糊糊叫了声"南昭"。

"嗯。"

听到他的声音，她往他怀里缩了缩，安心地继续呼呼大睡。

殷南昭的唇贴在她的头顶。

飞船正在渐渐接近阿丽卡塔，开始减速。骆寻没有系安全带，身体本来会向前冲，可因为在殷南昭怀里，她什么感觉都没有，依旧睡得香甜。

直到飞船落地，骤然一颠时，骆寻才迷迷糊糊睁开眼睛，可看了眼殷南昭，就又闭上了。

殷南昭轻柔地捏捏她的耳朵，"到阿丽卡塔了。"

"什么？"骆寻终于清醒了，一脸惊讶，"我怎么什么都没有感觉到？"

殷南昭取笑她，"睡得这么沉，被人抓去卖了都不知道。"心里却明白，骆寻是个很缺乏安全感的人，她能睡得这么沉，只是因为知道他在她身边。

她全心全意地信任依赖，不仅仅让他的怀抱安全可靠，还让他和这个世界真正产生了联系，不再是这个星际中多余的存在。

Chapter 16

祸福难料

人类是智慧生物，不会任由物竞天择自然发生，会自我干预。但干预的结果，究竟是加速灭绝，还是新的生机，没有人知道。

漆黑的夜色中。

军用太空港内起落的飞船不多，几乎看不到人，显得十分冷清。

入关的关口，值班军官看到一队人长驱直入地走了进来，他带着几分倦意不耐烦地吼："眼睛瞎了吗？到这边排队！"

等看清楚眼前的人是执政官和六位公爵，他一下子吓清醒了，立即站起来敬礼，腿肚子都在打哆嗦，心里叫苦连天。到底发生了什么事，他们为什么会突然一起出现在这个普通的军用港口，用普通军人的通道？

殷南昭站在检测仪前，等待智脑扫描检测身份，"为了不在封林的葬礼上再横生枝节，只能委屈一下六位了。"

六位公爵都知道这算是变相拘禁，可殷南昭摆明了要封锁封林有继承人的消息，赶在所有人反应过来前把第二区的事情处理完，将封林突然死亡对联邦的冲击压制到最小，让内奸或者其他别有用心的人没有机会再策划新动作。

大家彼此看了一眼，没有一个人吭声，沉默地排好队，等候检查过关。

过完关，一行人走出港口，看到一艘运载军需物资的飞艇停在大家面前。

百里苍无语地翻了个白眼，悄悄抬起手腕查看个人终端。

殷南昭说："没有信号。封林的葬礼结束前，我希望诸位都待在我的视线范围内，不要引起不必要的误会。"

百里苍立即放下手腕，肃容站好。

殷南昭站在打开的飞艇舱门前，优雅地展手，做了个邀请的姿势。

辰砂率先走上飞艇，其他人尾随在后，依次上了飞艇，各自在两侧的位置上坐好。

殷南昭等狄川和骆寻上了飞艇后，最后一个走进飞艇，下令关门起飞。

一群人沉默地坐在飞艇两侧，中间是封林的棺椁。

其他人都是保持着笔挺的军姿，双手平放在膝盖上，连骆寻也下意识地跟随大家坐得笔直。楚墨却好像不堪重压，背靠着舱壁，面无表情地盯着棺椁。

左丘白神情哀恸，鼻息明显沉重起来，双手握成拳头，渐渐越握越紧。

就在他忍不住要爆发时，紫宴的声音突然响起："骆寻，封林最后一次见你时，除了说起孩子，有提起过我们吗？"

所有人的目光齐刷刷看向骆寻，左丘白和楚墨更是眼巴巴地盯着骆寻，目光内涌动着焦灼和期盼。

骆寻决然地说："没有！她谁都没有提起，只是和我说孩子。"

左丘白和楚墨一下子眼神黯淡了，像是被扎破的气球，整个人变得萎靡不振。

百里苍忍不住问："孩子的父亲是谁？封林不可能什么都没提吧！"

"她提了，但没提名字，说是一个无关紧要的男人，意外发生关系怀上了孩子，孩子属于她，和那个男人无关。"

百里苍颔首，完全接受了骆寻的说辞。毕竟以他们的地位，碰到这种事，封林的决定非常正常，如果因为一个孩子去接纳一个男人才是不正常。

左丘白和楚墨盯着封林的棺椁，表情哀痛，眼神复杂。

骆寻不知道他们在想什么，有没有遗憾自己不是孩子的父亲，反正

337

不管他们怎么想，封林都不会在乎了，因为她已经死了。

半个多小时后，飞艇到了目的地，竟然是阿丽卡塔军事基地的英烈堂。

上一次，骆寻来这里是参加基地为A级体能者举行的庆典，英烈堂里四处插着五颜六色的鲜花，气氛轻松愉悦。可这一次，整个英烈堂里不是白色就是黑色，庄重肃穆中满是沉痛哀伤。

英烈堂内已经坐满了人，虽然接到紧急通知时，没有告诉他们因由，但大致都猜到是有人牺牲了，要么穿着军装，要么穿着黑色的正装。

八个军人迈着整齐划一的军步走到殷南昭面前，敬礼后等待指示。

殷南昭沉默了一瞬，看向六位公爵，"你们愿意送封林最后一程吗？"

楚墨和左丘白立即走到棺椁前，辰砂、紫宴他们也跟了过去，六个男人抬起棺椁，默默向前走。

八个本来准备抬灵的军人只能跟随在殷南昭身后，走在灵柩后面。

悲伤悠扬的哀乐声中，六位公爵抬着棺椁走进了英烈堂。

所有人看到抬灵的人都悚然而惊，纷纷站了起来，惊惧不安地想：死的人究竟是谁？竟然要六位公爵抬灵，执政官护灵！

楚墨和左丘白他们把棺椁放到大厅最前方，两个军人捧着一方旗帜，走到殷南昭面前，殷南昭打开旗帜盖到棺椁上，众人认出是第二区的旗帜，再看看站在棺椁两侧的六位公爵，终于猜到了里面躺着的人是谁。

封林向来与人为善，在奥丁联邦很受人敬重，不少人一下子失声恸哭。

安教授走到台前致悼词。

他常年蓬乱的头发难得地梳理整齐了，脱下了几乎完全不离身的白

338

色研究服，穿着黑色正装，表情满是疲惫和哀伤。

"今天，英烈堂的墙壁上又将多刻下一个名字，联邦痛失英才，我们痛失好友……"

当机器人在英烈堂墙壁的空白金属砖上一字字刻录下封林的名字和她的出生、死亡日期时，骆寻再控制不住，泪水滚滚而落。

一块手帕递到她面前，骆寻擦了把眼泪，才看到递手帕的人是紫姗。

举行完追悼仪式，殷南昭宣布第二区的爵位由封林的孩子继承。

当着所有人的面，他把本来属于封林的权力和职责一一分配好，要求相关人士签署一份份文件。

六个男人一直面无表情，十分配合。

骆寻觉得悲伤的葬礼中透出了权力的无情和冷酷，心里十分憋闷，一边擦眼泪，一边悄悄走出了英烈堂。

天已经亮了。

初升的太阳照在碧绿的草地上，露珠晶莹剔透，不知名的小鸟扑棱棱地飞起落下，叽叽喳喳地欢叫着。

又是崭新的一天。

但是，有人永远都看不到新的一天了。

骆寻问身后的狄川："你说楚墨现在究竟有没有后悔？看上去是后悔了，可有什么用呢？他肯定以为封林会一直等着他回头，却没有想到封林走得这么决绝。"

"男人都是这样吗？喜欢自由、讨厌束缚，送到他手上都不知道珍惜，一定要等到失去后才会意识到身边人的重要？"

骆寻听是个女人的声音，惊得立即回头，才发现是紫姗。

狄川不远不近地缀在后面，显然是判断紫姗没有危险，不想干涉骆寻的交友自由，任由紫姗跟了过来。

紫姗的眼睛哭得像两个胡桃，但骆寻很清楚她和封林的关系不过是认识而已，猜到她是为了别的伤心事流泪，倒也没有见怪。

封林性格爽朗，不会在乎这个。如果她现在还能说话，估计会笑着说，能让一个骄傲的姑娘借着她的葬礼找到光明正大的理由哭，证明葬礼没有白办。

骆寻说："谢谢你的手帕。"

紫姗流露出毫不掩饰的亲近，"您和封林公爵是好友，肯定很伤心。"

骆寻客气地说："我不是公主，不必用敬称。"

"我喜欢您只是因为您是您，和您是不是公主、是不是公爵夫人没有丝毫关系。"

骆寻愣住了，没有想到奥丁联邦内竟然有人对她是这种态度，而且是来自一个她完全没想到的人。

紫姗说："刚看到新闻时有点意外，可仔细想想觉得很合理，难怪您当初对我那么和善呢！正因为您不是公主，知道普通人无助哭泣的感觉，才愿意真诚地伸出援手。如果您是真公主，肯定不会有耐心帮我，也不会冒着生命危险救泽尼。"

骆寻不太习惯别人这样夸她，"当年帮你只是举手之劳。"

紫姗说："稻草之重，却会压垮骆驼。您的举手之劳，对我却是解了燃眉之急，雪中送炭。"

骆寻觉得这姑娘不但脑子清楚，学识修养也不错，显然紫宴是悉心栽培了的，却不知道为了什么要借着封林的葬礼哭。她委婉地劝导："自尊是很重要，但在关心自己的人面前没必要硬挺着，你有什么为难的事可以告诉紫宴，他肯定能想出解决的办法。"

紫姗哇一声，抱住骆寻，伤心得大哭起来。

骆寻蒙了，只能一动不动地站着，任由小姑娘把她当成依靠，发泄着悲伤。

恍惚间，她想起了很多年前的自己。那个时候，在封林眼里，茫然无助的自己是不是就像现在的紫姗一样让人无法拒绝？

紫姗呜呜咽咽地说：“大哥说不喜欢我。如果我找他想办法让他喜欢我，他也能解决吗？”

骆寻被问住了。

没想到紫姗上次说的一直暗恋的人是紫宴，她还计划二十五岁的成年生日时要对喜欢的人表白，和他做爱。

紫姗长得妍丽动人，以紫宴的风流应该不会拒绝，难道是做完了就想撇清关系？

“……我以前以为是因为自己太小了，他交往的女人都成熟妖媚，看不上我。可我已经成年了，打扮得很性感，他怎么依旧不要我呢？还大发脾气，把我关起来，自己跑去了小双子星……”

骆寻意外地问：“紫宴没要你？”

紫姗满脸是泪，撇着嘴点头，“我借着自己过生日，灌醉了大哥，用尽所有招数都没起作用。他警告我再敢乱来，就把我送走。”

骆寻目瞪口呆。

竟然有人耍花招去勾引妖孽，她难道不知道那只妖孽才是耍花招的祖宗吗？更令人意外的是，紫宴居然能坐怀不乱，看来他并没有她以为的那么风流多情。

紫姗怯生生地问：“姐姐也觉得我做得不对吗？”

骆寻想了想，慎重地说：“这是你和紫宴之间的事，我不了解，没有评判的权利。不过，感情的事勉强不来，你可以表明心意，他也可以拒绝。”

紫姗咬着唇一言不发，眼泪像是断线的珍珠般一串串往下掉。

骆寻觉得美人楚楚可怜，如梨花带雨、芍药含露，紫宴竟然能美色当前，丝毫没有心软，也算是不近人情、铁石心肠。

举行完葬礼，处理完所有事情，殷南昭“释放”了六位公爵，允许他们离开。

骆寻跟着殷南昭回到斯拜达宫时，已经是下午。

不知道是心理上的原因，还是时差和缺觉导致的身体原因，她觉得非常疲惫，整个人头重脚轻、虚软无力，似乎连说话的力气都没有。

殷南昭让她好好睡一觉。

骆寻问："你呢？"

"我还有几份文件要看。"

"那你去忙吧！"

骆寻昏昏沉沉地躺下了。

殷南昭看她情绪不对，没有离开，就在屋子一角工作起来。

骆寻感觉困得眼睛都睁不开，可又一直睡不着，心里像是压着数不清的事，莫名地压抑焦灼难过。

殷南昭放下手头的工作，走过来躺在她身畔，温柔地拥住了她。

骆寻立即睁开了眼睛，"你去忙吧，我没事，就是有些情绪需要一点时间消化。"

"再忙也不至于连哄你入睡的时间都没有。"

"哄我入睡？"

"闭上眼睛。"殷南昭的手从她眼睛上轻轻拂过。

骆寻听话地闭上了眼睛。

黑暗中，响起了殷南昭低沉柔和的声音。

"我的生活很单调。我捕捉鸡，人捕捉我。所有的鸡都一样，所有的人也都一样。因此，我感到有些厌烦了。但是，如果你驯化了我，我的生活就一定会是欢快的。我会辨认出一种与众不同的脚步声。其他的脚步声会让我躲到地下去，你的脚步声却会像音乐一样让我从洞里走出来。再说，你看！你看到那边的麦田没有？我不吃面包，麦子对我来说，一点用也没有。我对麦田无动于衷。而这真使人扫兴。但是，你有着金黄色的头发。那么，一旦你驯化了我，这就会十分美妙。麦子，是金黄色的，它会让我想起你，我甚至会喜欢上风吹过麦浪的声音……"

骆寻禁不住笑了，没有想到殷南昭的睡前故事竟然是小王子和狐狸。

她闭着眼睛低语："你驯化了我。"

一个温暖柔软的吻落在了她的额头，"我曾经以为是这样，但是忘记了。当狐狸看到麦子的颜色，觉得十分美妙时，小王子看到苹果树，也会觉得十分美妙，因为有一株苹果树下曾经藏了一只教会他建立联系的狐狸。"

骆寻想起她和千旭之间的点点滴滴，心里像是有一道暖流缓缓流过，眉梢眼角都柔和了。

"……应当非常耐心……开始你就这样坐在草丛中，坐得离我稍微远些。我用眼角瞅着你，你什么也不要说。话语是误会的根源。但是，每天，你坐得靠我更近些……"

在殷南昭的声音中，骆寻的心渐渐安定下来，放松地沉睡过去。

骆寻一觉睡醒时，已经是第二天清晨。

安达准备了一桌丰盛的早餐，可惜殷南昭已经离开了。

安达说："天还没亮，阿尔帝国的使团就到了，执政官阁下不得不很早离开。在离开前，特意做好了早餐，让我提醒您务必好好吃饭。"

骆寻吃惊地看向桌子上的早餐，"他亲手做早餐？为什么不让机器人做？"

"阁下说您不喜欢吃机器人做的饭菜。"安达唇畔含着暖暖的笑意，总是古板严肃的面容竟然透着慈祥温和。

骆寻心头温柔地牵动，甜蜜酸涩交杂。

今天要举行洛兰公主和约瑟将军的遗体转交仪式，虽然她对这两人没有什么感情，可是刚参加完一场葬礼，又要参加另一场类似葬礼的仪式，她的心情没有办法不受影响。

本来一点胃口都没有，打算随便喝点营养剂就行了，可现在看到餐桌上一道道精致的点心，都是殷南昭半夜里牺牲休息时间为她做的，她突然间就觉得胃口大开。

骆寻坐到餐桌前。

安达将一套碗碟和筷子放到骆寻面前，"这个也是执政官阁下特意为您准备的。"

粉红色桃心形状的碟子和小碗，小桃心套在大桃心里面，两只白羽箭形状的筷子，每次从碗碟里夹取食物都像是把箭射向两颗相连的心。

骆寻禁不住撑着头，笑了起来，"安达，你知道严肃的执政官竟然是这个样子吗？即使人不在都能逗得你笑！"

"不知道。"安达表情严肃，一板一眼地说："我看到阁下准备食物和餐具时在微笑，他很开心为您做这些，希望您也开心地用餐。"

安达鞠了一躬后离开了。

骆寻拿起白羽箭筷子，微笑着慢慢享用一个人的早餐。

吃得饱饱才有体力应付接下来的冗长仪式，有了欢笑才不怕未来可能流的眼泪。

用过早餐，安达把流程表发给骆寻。

骆寻研究完，发现其实没自己什么事，只不过她身份尴尬，必须到场做背景板。

骆寻洗完澡，服装师和化妆师恰好也到了。

打扮时尚的两人问她有什么喜好和想法。

骆寻对出席这种大场合的着装完全没有经验，又知道这两位专业人士都是安达安排的，完全可信，告诉他们一切由他们做主。

半个小时后，骆寻穿戴妥当。

几乎看不出妆容，头发纹丝不乱，梳到脑后编成麻花辫盘成发髻，黑色的半袖及膝连身裙，黑色的半跟鞋，白色的珍珠耳钉、珍珠项链、胸前别了一朵白色兰花，整个人看上去简洁利落、庄重肃穆。

服装师仔细打量完，赞许地点点头，对化妆师说："A级体能的人穿衣服就是好看，再简单的衣服穿到身上都自带气场。"

女化妆师羡慕地附和："是啊，再好的化妆术都不如自己本身的气场。"

骆寻整天待在一群超A级体能的人中，个个身形挺拔、器宇不凡，难得听到别人夸赞她的身材，忙客气地道谢。

服装师和化妆师离开不久，狄川来接她。

骆寻诧异，因为比行程表上预定的时间早了半个多小时。

狄川解释说使者团的领队邵菡公主特意提出要见她，联邦这边不好拒绝。

骆寻点点头，表示明白。

狄川一边开车，一边把阿尔帝国使者团的情况大致介绍了一遍。

阿尔帝国非常重视这次的遗体转交仪式，不仅仅是希望借助仪式缓和目前的紧张局势，还希望让邵菡公主在全星际露个脸。如果公主表现得好，也算是为立皇储积攒人气。所以对方一遍遍核对流程、规定细节，务必确保任何人都不能抢公主的风头。

骆寻听得头疼。政客真是世界上最可怕的物种，一切都可以放到天平上称量，一切都可以利用！

骆寻见到邵菡公主时，一群人围着她，有人在帮她化妆，有人在帮她梳头。

也许因为这段时间阿尔皇室非常不太平，皇储英仙邵靖从云端跌落，成了阶下囚；草包王子叶玠摇身一变，竟然是威名赫赫的龙血兵团的龙头。邵菡公主和上一次见面时相比，清瘦了不少，没有了富贵闲人的骄矜傲慢，脸上总是带着亲切的笑意，眼神中却多了几分阴沉凌厉。

骆寻上前，恭敬地行屈膝礼，"公主殿下。"

邵菡公主故作恼怒地说："上次还亲亲热热叫人家姐姐，这才多久不见就变成生疏的公主殿下了？"

骆寻抱歉地笑了笑。

邵菡公主亲热地拉着她坐到身边，"叫我邵菡吧！"

骆寻向来是你好我好大家好的性子，从来不在小事上和人拧着干，温顺地说："谢谢邵菡。"

邵菡公主问："我刚到阿丽卡塔就听说你已经是奥丁联邦的公民了，是真的吗？"

"是的。"

"听说你失去了记忆，记不起以前来自哪里。"

"是的。"

"你整天埋头在研究室做研究，知道星际的形势吗？"

"不大清楚。"

"你是纯种基因的人类，奥丁联邦是携带异种基因的人类，你和他们就像是日和夜……"发型师要给邵菡公主戴珍珠发饰，邵菡公主不悦，猛地偏了下头，口中的话没有说完就断了。

发型师扫了眼骆寻，后知后觉地反应过来，急忙放下珍珠发饰，拿起一个黑钻发箍，戴到邵菡公主披垂的头发上。

一点黑纱低垂，半遮在额前，透着幽幽哀思，显得人亭亭玉立、楚楚动人。

邵菡公主打量了一下镜中的自己和骆寻，满意地移开了视线，"骆寻，你的家不在奥丁联邦，寄人篱下终非长久之计。现在太太平平自然一团和气，可不太平时，你该怎么办？阿尔帝国随时欢迎你回家。"

骆寻不卑不亢地说："古地球时代有一句话，'我身本无乡，心安是归处'，奥丁联邦就是我心安处。"

邵菡公主不悦地盯着骆寻，目光锐利。

骆寻低垂双目，没有正面对抗她，可也没有丝毫畏惧，淡然平静地任由她盯着看。

一会儿后，邵菡公主收回了目光，微笑着站起，侍女忙蹲下，帮她整理衣裙。

骆寻知道她还要排练演讲稿，趁机提出告辞。

邵菡公主没有挽留，只意味深长地说："古地球时代可没有人类携带异种基因，好好琢磨一下我的话！"

遗体转交仪式在斯拜达宫外的大广场举行。

不知道哪位官员布置的广场，十分有心思，四周全部用白色的兰花点缀，暗含洛兰公主的名字，表达出对洛兰公主的哀悼。

出席遗体转交仪式的人都穿着黑色正装，整个广场被黑白两色覆盖。

哀伤的音乐声中，气氛沉重肃穆。

新闻发言台四周是白色的兰花，背景全黑，虚拟屏幕正中间是洛兰公主和约瑟将军的遗像，仪式正式开始前，已经有不少人陆陆续续把手中的白色兰花放到遗像前。

骆寻找到自己的位置坐好后，没有多久，仪式就正式开始。

邵菡公主代表阿尔帝国致辞。

她表情哀痛、言辞恳切，回忆着她和洛兰公主以前相处的美好时光，对全星际的人表达着她对洛兰公主的思念。

骆寻有点恍惚，想起了约瑟将军击毙洛兰公主的一幕，到现在她都不知道约瑟将军为什么临死前一定要见她一面。

难道知道了她是失忆的龙心，想要刺激她想起过往？

邵菡公主讲完话，礼貌地让到一边，等待奥丁联邦的代表讲话。

六个身高腿长的男人穿着黑色正装，排成一队走上台。虽然没有穿军装，可步履之间军人特有的刚毅沉稳尽显，让现场和屏幕前的观众都眼前一亮。

他们依次把手中的白色兰花敬献到洛兰公主和约瑟将军的遗像前后，自我介绍：

"奥丁联邦总指挥官，辰砂。"

"奥丁联邦最高法院大法官，左丘白。"

"奥丁联邦医疗健康署署长，楚墨。"

"奥丁联邦能源交通部部长，百里苍。"

"奥丁联邦信息安全部部长，紫宴。"

"奥丁联邦治安部部长，棕离。"

整个星际都知道奥丁联邦有七位大权在握的公爵，可七位公爵向来只负责各自的事务，从不会同时出席一个公开活动。

除了已经死去的第二区公爵封林，这应该是六位年轻的公爵第一次同时公开露面，一下子整个星际都沸腾了，连直播室里的主持人都在激动地嚷嚷："毫无疑问！奥丁联邦非常重视洛兰公主和约瑟将军，表达出了足够的诚意，连一向因为身体原因深居简出的执政官也到了……"

现场直播的镜头特意切换到执政官身上，他穿着黑袍，戴着面具，坐在最前排的正中间，身旁是阿尔帝国使团的官员。

六位公爵自我介绍完后，其他人都后退一步，表情肃穆、站得笔挺，充当背景，紫宴代表奥丁联邦致辞。

他非常诚恳地向全星际致歉，没有保护好约瑟将军和洛兰公主，让令人心碎的惨事发生在大家面前，然后表情沉痛地回忆起约瑟将军的音容笑貌。

紫宴和约瑟将军明明没有见过几面，完全没有任何交情，可紫宴讲得声情并茂、言辞恳切，让人觉得他们肯定一见如故、相交莫逆。

骆寻感慨，如果出一本《论政客的自我修养》的书，演技必须是高居前几位的必备技能。

紫宴讲完话。

在悠扬哀婉的音乐声中，洛兰公主和约瑟将军的棺椁各由八个军人抬着，送上了阿尔帝国来接他们返回故乡的灵车。

不知是天意巧合，还是别有玄机，明明晴朗的天空突然晴转多云，竟然飘起了毛毛细雨，把仪式的氛围推上了一个高潮。

当两个棺椁被放上灵车，灵车的门缓缓关闭后，仪式本应该完美落幕。邵菡公主却没有按照流程和紫宴他们握手告别，而是走到新闻发言台的正中央，两幅遗像的正前方，用手帕擦了擦眼泪，露出一个悲伤又坚强的表情，"趁这个机会，我还有一件重要的事宣布。"

飘浮在半空中四处捕捉画面的镜头唰一下全部对准了她，连本来追着灵车飞的几个镜头也飞了回来。

"洛兰公主已经芳华永逝，作为痛失妹妹的姐姐，我不希望类似的悲剧再发生……"邵菡公主眼含热泪、声音哽咽。

煽完情后，她目光欣慰地看向骆寻，"我想给大家介绍一位和我妹妹洛兰公主一样美丽善良的女孩。"

骆寻面无表情地看着邵菡公主演戏。

"没有关系，不要怕！"邵菡公主鼓励地向骆寻伸出手，像是一位见多识广、能力出众的大姐姐正在引导没见过世面、羞涩拘谨的妹妹勇敢地走出人生中最重要的第一步。

骆寻也真的像是一个突然被大场面吓住了的姑娘，一直表情僵硬地呆站着。

全星际的直播镜头都定格在骆寻身上，作为真假公主中的假公主，在真的洛兰公主离去后，她成了这段传奇事件中活着的传奇。

紫宴虽然知道这个时刻开口绝对不合适，一定会给观看直播的观众留下奥丁联邦不让骆寻发表自己意见的嫌疑，但实在不放心骆寻，依旧往前走了几步，脸上带着笑，想要张口把事情揽过来。

坐在最前方的殷南昭立即察觉了他的意图，看了他一眼，示意他少安毋躁。

紫宴不得不按捺住担忧，关切地看着骆寻。

邵菡公主看骆寻一直不动，直接走下了新闻发言台，牵着骆寻的手，把她带到台上。

"她叫骆寻，做了我十几年的妹妹，一位不是公主，却承担了公主责任的姑娘。虽然从血缘上来说，我们已经不是姐妹，可是在我心中，她依旧是我的妹妹。不仅仅是因为骆寻和我一样是纯种基因的人类，还因为命运已经夺走了她的父母亲人，我绝不能再抛下孤身一人的她。就像父皇说的'法律不是杀戮，惩戒恶是为了保护善'，我们从悲剧中汲取的不应该是愤怒，而是慈爱。我不会留骆寻孤零零一个人在奥丁联邦，我要带她回阿尔帝国，我愿意用我微薄的力量让她过上幸福的生活。我相信，这不仅仅是我的愿望，也是我妹妹洛兰公主的愿望，更是阿尔帝国所有公民的愿望，全星际人类的愿望！"

邵菡公主越说越慷慨激昂，广场四周的虚拟大屏幕上实时播放着各个星球观看直播的人群的反应——人们群情激昂、欢呼鼓掌，挥舞着拳头高声呐喊着什么。

现场观礼的人群却是一片压抑的寂静，弥漫着一触即发的敌意。

奥丁联邦的新闻发言人昨天就已经宣布骆寻成为奥丁联邦公民，邵菡公主的做法简直是明目张胆地说奥丁联邦不会善待骆寻。

人们都盯着台上的六个男人，等着看他们的反应；六个男人都看着台下的执政官，等着他的决定；执政官却是看着骆寻。

骆寻完全没想到邵菡公主这么荒唐大胆，竟然明知道她已经选择了留在奥丁联邦，还想用全星际的人类逼迫她离开奥丁联邦。

这种情况下，如果她还要坚持留在奥丁联邦就是背叛自己的基因，背叛所有人类。

不得不说这一招虽然荒唐大胆，却十分有效，一般人就算心里不情愿也会迫于压力暂时屈服。

邵菡公主一箭双雕，不但带回了一个了解异种基因的基因学家，为帝国立下大功，还踩着奥丁联邦迅速建立起自己的声望，既讨好了执政的精英，也讨好了普通的民众。

可是，邵菡公主不明白骆寻诞生时，睁开眼睛的刹那，不但置身在一个荒无人烟的星球，失去了外在的一切，还大脑一片空白，失去了内在的一切，她是真正诞生于一无所有的人。

虽然她是纯种基因的人类。可她全部的记忆，全部的情感，都在奥丁联邦。

邵菡公主看已经达到她想要的效果，牵着骆寻的手想离开新闻发言台。

骆寻没有动，邵菡公主加大力气，骆寻直接甩开了她的手。

邵菡公主还想抓她，骆寻不动声色，在她手肘上轻弹了一下，邵菡公主整条手臂发麻，一时间动都动不了，这才想起骆寻是A级体能，根本不是她能强拽的。

骆寻看邵菡公主老实了，抬头看了看广场四周的大屏幕。

她没有修炼过政客的自我修养，只能直来直去、实话实说："给我幸福的生活？我以为这么老土的话只能在博物馆的故纸堆里看到，没有想到居然有幸亲耳听到了。"

广场四周大屏幕上欢呼鼓掌的人群刹那间安静了，目瞪口呆地看着他们面前直播屏幕上的骆寻。

"邵菡公主殿下为了当皇储，和兄弟姊妹斗得正厉害，过去的情人还一个个跳出来爆她的黑料，听说一直失眠，看上去不像是幸福的样子。她连自己的幸福都给不了，凭什么能给我幸福？"

所有人都瞪着骆寻，骆寻却一脸淡然，对气得脸色青白的邵菡公主说："谢谢公主殿下的好意，但先把自己的幸福照顾好吧！我的幸福我自己会照顾。"

骆寻转身想要离开。

邵菡公主声音尖锐地质问："骆寻，你是纯种基因的人类，我冒着得罪奥丁联邦的危险接你回阿尔帝国，你跟不跟我走？"

"不跟！"

骆寻的话脱口而出、斩钉截铁，没有丝毫回旋余地。

刹那间，就好像有人施了一个威力巨大的魔法，整个星际一片寂静，似乎连星球都停止了转动，全星际的人都目光如利刃般地盯着骆寻。

骆寻心中一慌，下意识地去看殷南昭——他坐在那里，姿态从容、目光淡定，似乎天塌下来，他都会扛着。

骆寻的心定了。

邵菡公主张开双手，做了个难以置信的震惊表情，语调夸张地问："你要留在奥丁联邦？你知不知道阿丽卡塔整个星球上只有你一个纯种基因的人类？连普通基因的人类都很稀少！"

骆寻平静地说："知道。"

"知道还要留下？"

"你可以给我一个我不能留在奥丁联邦的理由吗？"

"因为……因为……"邵菡公主看着台下黑压压的人群，想到他们都是异种，突然心生畏惧。

骆寻替她把话说了出来："因为奥丁联邦都是异种，我如果留下，就好像一只天鹅待在了家鹅群里。"

邵菡公主没想到骆寻是个傻大胆，摊开双手，遗憾地耸了下肩膀，表明"这可是你说的"。

骆寻对着空中的镜头询问："是这个意思吗？"

广场四周的屏幕里，人人张嘴大喊，虽然听不到声音，但也可以看出他们在兴奋地说"是"。

和人类的兴奋激动相比，现场观礼的异种们异样地静默。

骆寻笑叹了口气，问："知道生殖隔离吗？"

台下的人群愤怒地瞪着自比为天鹅的骆寻，没有人回答。

殷南昭说："知道。"

坐在前排的紫姗高高举起手，大声说："中学就会学的常识，上过学的人应该都知道。"

骆寻对她点点头，表示感谢。

"每个人因为出身家庭、成长环境、人生经历、社会地位不同，会有不同的立场和观点，我是基因学家，只能从基因的角度发表观点，正好我们的问题也是由基因引发的。"

骆寻抬起手腕，在自己的个人终端上按了几下，身后出现一个虚拟屏幕，屏幕分成了两半，左边是戴着小红花、穿着小花裙的家鹅，右边是打着领结、穿着正装的天鹅，图像下面是它们各自的基因图谱。

骆寻像是给学生上课一样，指着基因图谱讲解："天鹅和家鹅虽然看上去有点像，但不是一个物种。一个是天鹅亚科、天鹅族，一个是鸭亚科、雁族，它们不会自然交配。即使人类强迫它们交配，它们的基因也无法融合，不可能生育后代。为什么会这样呢？因为基因认定它们不是一个族群，已经做了生殖隔离。"

屏幕上两只鹅凶神恶煞般，都在狂揍对方，不但小红花、领结、衣服被撕扯掉了，连毛都一根根打脱落，成了两只光屁股裸奔的秃毛鹅。

大家看得都想捂眼睛，骆寻终于点点屏幕，两只鹅消失。

屏幕上出现了一个男人和一个女人，男人体态正常，女人长着毛茸茸的猫耳朵和猫尾巴。

"不用我说，大家都知道携带异种基因的人类和没有携带异种基因的人类会自然相恋、相爱，即使在严重歧视异种的星国，也会有携带异种基因的人类和没有携带异种基因的人类不顾一切阻拦，组建家庭、长相厮守。"

屏幕上的男人和猫耳朵女郎看着对方，眼睛里闪烁着桃心。

"大家也都知道携带异种基因的人类和没有携带异种基因的人类交配后可以繁衍后代。根据我的一个学生最近的一项研究，携带异种基因的人类受内分泌的影响性欲更旺盛，没有携带异种基因的人类的精子和卵子活性更好，他们两者的结合才是孕育后代概率最大的组合，对人类的繁衍最有利。"

屏幕上，女人面红耳赤，尾巴卷住男人的腰，把男人拖到自己身边，热情地扑了上去，大家都聚精会神地盯着看，屏幕黑屏了。

骆寻表情郑重，声音严肃，流露着对生命的敬畏："和漫长的生命进化相比，人类的认知非常有限和浅薄，就像是一粒尘埃和整个浩瀚的宇宙相比。你们认为携带异种基因的人类和没有携带异种基因的人类就像家鹅和天鹅，抱歉！你们错了！我们的基因写得明明白白，携带异种基因的人类和没有携带异种基因的人类没有生殖隔离，可以自然交配，自然孕育健康的后代。"

"我！"她指指自己，再指指台下的人群，"和他们是同一种鹅！可以待在一起！"

骆寻看着大家，一副好老师的样子，脸上写着明晃晃的"听懂了吗，不懂可以提问"。

不管是异种，还是阿尔帝国的使团成员，都没有人提问。

骆寻看邵菡公主，示意她尽管反驳。

邵菡公主动了动嘴皮子，却实在不知道能说什么。明明她问的是一个敏感的社会问题、政治问题，可硬是被骆寻掰成了科学问题，宇宙间客观存在的事实，不以人的意志为转移。

"没有问题？很好！"骆寻转身就向发言台下走去。

鸦雀无声中。

殷南昭轻拍了几下掌，紫姗立即兴奋地跟着一起用力鼓掌。

紫宴笑摇摇头，也开始鼓掌。

辰砂盯着骆寻的背影，一下下用力地鼓掌。

渐渐地，鼓掌的人越来越多，整个广场上的人都在鼓掌，汇聚成了雷鸣般的掌声。

骆寻经过殷南昭身边时，不高兴地瞋了殷南昭一眼：被邵菡公主强拉到镜头下已经够烦人，你还来凑热闹！

殷南昭目光赞许：我是真心觉得你说得很好。

骆寻撇嘴：不是我说得好，而是对手太弱。

邵菡公主本来想借着骆寻大放异彩，没想到偷鸡不成蚀把米。

她苍白着脸想要逃下台，紫宴却热情地叫住了她："公主殿下！"要和她握手告别。

邵菡公主只能强撑着笑容，和六位公爵一一告别。

除了辰砂，只是礼节性地握手告别，其他五个男人都没安好心，故意拖延时间，暗中使绊子，邵菡公主应对间频频出错。

阿尔帝国皇宫。

一直在观看直播的阿尔皇帝英仙穆恒无奈地长叹口气，这个女儿成事不足，败事有余。

临行前明明叮嘱过她，他已经和奥丁联邦的执政官私下沟通过，双方都不想打仗。既然如此，那就彼此配合，各取所需。

邵菡却贪功冒进、横生枝节，也不想想一个什么都没有的女人能在一群虎狼中安全生活十几年，不但没有沦为失去自由的实验体，还成了受人尊敬的基因学家，怎么可能是任人摆布的弱者？

儿子已经声名狼藉，女儿又这么没用，阿尔皇帝想到叶玠，心情越发沉重。

阿尔帝国重罪犯监狱。

所有犯人坐在一起看直播，一边看，一边嘴里污言秽语不断。

"真公主不行，不如假公主带劲！"

"啧啧……看那胸、看那腰……"

大家正哄堂大笑，叶玠站了起来，笑声戛然而止。

阿尔帝国的皇帝没安好心，把叶玠送进了臭名昭著的重刑犯监狱，想让亡命之徒给叶玠一点教训，没想到最后全被叶玠教训得服服帖帖。

"谁再说一句，我就把他的舌头拔下来给大家加菜。"

一群凶神恶煞般的男人立即闭紧嘴，甚至连头都低下了，看都不敢看，生怕一不小心就被挖了眼珠子，这位大爷也不是没干过。

诡异的安静中，穿着囚服、被剃成了光头的叶玠一个人站得笔挺。

他盯着屏幕上的骆寻，眼神复杂，又是憎恶又是思念，最终都化作了一个喜怒难辨的笑。

是啊！我们的基因已经写得明明白白，不管你飞得再远，迟早都要回来！

殷南昭送走阿尔帝国的使团，又开了两个会。

355

根据情报部门搜集的信息，反馈很正面。

因为洛兰公主和约瑟将军惨死激起的民愤有所化解。

骆寻留在奥丁联邦的选择引起很多人的攻击谩骂，可也让不少人觉得一个纯种基因的人类愿意留在奥丁联邦说明奥丁联邦对她很好，令他们对异种有所改观。

忙完一切，殷南昭回到家时已经晚上十点多。

骆寻穿着睡衣，趴在床上看研究资料，双脚翘着，两只脚丫子晃来晃去。

殷南昭想起她白天给全星际上基因课的样子，眉梢眼角柔情涌动，悄无声息地走过去，握住她一只脚，挠了挠她的脚掌心。

骆寻禁不住痒，一下子软在了床上，一边笑，一边回过头。

殷南昭捂住了她的眼睛，"识骨认人的姑娘，这是谁的手？"

骆寻咬着唇不说话。他前半句是千旭的声音，后半句是殷南昭的声音，鬼知道他这个精分又想干什么。

殷南昭俯下身，吻她的耳朵，"想要千旭，还是殷南昭？"

又是半句千旭的声音，半句殷南昭的声音。骆寻好笑，"想要千旭如何？想要殷南昭又如何？"

殷南昭温柔地吻她，"这是千旭。"

唇舌间脉脉含情、缠绵缱绻，就像是绵绵春水、暖暖旭日，令人渐渐沉醉、不知归路。

"这是殷南昭。"

忽然间，脉脉含情变成了强取豪夺，就像是飘忽多变的疾风、炙热滚烫的流火，让人无处可躲，也无力可躲，只能与风共舞、与火同燃。

"你想要谁？"

骆寻终于明白了殷南昭的意思，羞恼地踹了他一脚，"变态！"

"你爱千旭吗？"

骆寻的眼睛依旧被他的手遮着，看不到他的脸，只听到千旭的声音，红着脸点了点头。

"你爱殷南昭吗？"殷南昭用了自己的声音。

骆寻脸颊发烫，有心故意气气他，可怕他万一当了真，又自己吃自己的醋，她可折腾不起，只能又点点头。

"那就……两个都试试。"

骆寻的"不"字还未出口，就被殷南昭以吻封唇。

室内的照明光渐渐变暗，旖旎春色在黑暗中徐徐绽放。

半夜，骆寻迷迷糊糊醒来去卫生间，回来后看到殷南昭眼睛一眨不眨地盯着她。

"不是梦游。"

"我知道。"

骆寻钻进被窝，缩到他怀里，闭上眼睛继续睡。

睡着睡着，突然睁开眼睛，看到殷南昭正盯着她看。

鉴于对方的体能，骆寻先询问："你是因为察觉到我要看你了才看的我，还是一直在看我？"

"一直在看你。"

"为什么不睡觉？"

"睡不着。"

虽然骆寻和殷南昭同床共枕的日子不长，可她觉得殷南昭绝不是一个容易失眠的人。她好奇地问："在想什么？虽然我不懂政治经济军事，可说一说，也许你自己就能理出头绪。"

殷南昭笑摸着骆寻的头，"我在想你白天说的天鹅和家鹅。"

"哦？"骆寻不明白这有什么好想的，竟然还能想到失眠。

"游北晨建立的奥丁联邦像是一个鹅笼子，把受欺负的鹅都安稳地保护起来，让里面的鹅不再被欺负。外面那些受欺负的鹅知道有这么一个鹅笼子的存在，也有了活下去的希望，可以想办法来鹅笼子里生活，比如，我就是这样。"

"嗯！"骆寻还是没明白这有什么可失眠的。

"鹅笼子里生活的都是被欺负的鹅，外面的鹅排斥他们，他们也排

357

斥外面的鹅，无形中相当于人为制造了生殖隔离。"

骆寻若有所悟地念叨："生殖隔离就是亲缘关系接近的类群之间在自然条件下不交配，即使交配也不能产生后代，或者，不能产生可育性后代的隔离机制。隔离发生在受精以前，就称为受精前的生殖隔离，包括地理隔离、生态隔离、季节隔离、生理隔离、形态隔离和行为隔离。"

"鹅笼子虽然保护了受欺负的鹅，却做了地理隔离，让奥丁联邦变成了星际中的孤岛，长此下去……"

骆寻霍然坐起，"要么灭绝，要么进化成和外面的鹅不同的种群，染色体无法配对，即使强行交配也不会诞生后代，即使诞生后代，也会像马和骡子的后代马骡，没有繁衍能力。"

"你觉得哪种概率更大？"

"灭绝的可能性更大。奥丁联邦各种稀奇古怪的基因病就是征兆。因为基因病，奥丁联邦的男女越来越不愿生育后代，婴儿出生率远远低于星际平均水平。现在因为移民政策，一直有新移民加入，总人口没有呈现减少趋势，但新移民不可能源源不绝，随着时间推移，自然而然就会走向灭绝。"骆寻顿了顿，"不过，人类是智慧生物，不会任由物竞天择自然发生，会自我干预。但干预的结果，究竟是加速灭绝，还是新的生机，没有人知道。"

殷南昭沉思，"如果游北晨还活着，他会怎么做呢？"

骆寻觉得他失眠的理由太充足了，准确地说，他竟然还能平静地躺着已经非同寻常。

骆寻躺下，抱住他，"我不想和你变成不同的种群。"

殷南昭笑，"是子孙后代的事，和我们无关。"

"想着就很不舒服。"

"这两种结果，我也都不喜欢。"

"那该怎么办？把笼子拆掉……"

骆寻猛地捂住了自己的嘴，他们说的可不是真的鹅笼子，而是历经上百年战争、无数异种壮烈牺牲才建立的奥丁联邦——异种的伊甸园。

殷南昭屈起手指，警告地弹了一下她的额头，眼中却没有多少责备，反而是满满的溺爱。

骆寻沿着嘴唇做了一个拉拉链的动作，表明绝对再不说这样的话。

殷南昭轻叹口气，"睡吧！你明天不是还要去研究院上班吗？"

"睡不着。"

殷南昭让机器人送了一杯幽蓝幽碧过来。

骆寻问："我睡着了，你怎么办？一个人接着失眠？你在飞船上就没有休息，这两天一直在忙，也几乎没有时间休息。"

殷南昭摸摸骆寻的脸，"能看着你失眠很幸福。"

骆寻轻捶殷南昭，"就会用甜言蜜语哄人开心！"

"别啰唆，快点喝。再不喝我就强喂了，用这里。"殷南昭板着脸，指指自己的嘴。

"一会儿一张脸，难怪你的队长叫你千面。"骆寻嘟囔完，一口气把幽蓝幽碧喝了。

两人脸对脸地侧身躺着。

骆寻精神渐渐涣散，咧着嘴傻笑，"千旭，我爱你！"

"嗯。"

"殷南昭，我爱你！"

"嗯。"

"我爱你！"

"嗯。"

"我很爱你！"

"嗯。"

"我非常、非常爱你！"

"嗯。"

…………

骆寻闭上眼睛，沉沉睡了过去。

殷南昭含着笑，以指为笔，在她额头描摹，画着看不见的画。

我爱你，以身、以心、以血、以命！以沉默、以眼泪！以唯一，以终结！以漂泊的灵魂，以永恒的死亡！

Chapter 17

宣战

希望你们将来回顾过往时，不要后悔现在的所作所为。战争，总是以荣耀的结果被铭记，通往结果的漫长黑暗却常常被忽略。

清晨，骆寻起来时，殷南昭已经不在。

骆寻都不知道他究竟有没有睡过，但最近是非常时期，外有战争阴影，内有叛徒泄密，他需要操心的事情太多，估计短时间内都没有办法好好休息。

她洗完脸，走下楼，看到餐桌上已经摆好了早餐，不用问就知道是殷南昭自己做的。

骆寻微笑着坐下，正要吃早餐，安达走了进来，身后跟着一个身子圆滚滚、眼睛圆滚滚的机器人。

骆寻惊喜："大熊，你怎么来了？"

大熊滚动到她面前，圆滚滚的眼睛转了一圈，憨态可掬地说："指挥官阁下说你不会回去了，经过他的同意，我把你的私人物品都带来了，包括我自己。"

骆寻看大熊身后拖着个行李箱，估计是她的衣物，对安达说："麻烦您给大熊更新一下程序，让它知道该把东西放在哪里。"

安达答应了，正要领着大熊离开。大熊打开了自己的肚子，从里面拿出一个黑色的音乐匣递给骆寻，"我知道你很珍惜前主人的这件遗物，我有仔细保管。"

骆寻接过音乐匣，看到上面镶嵌的蓝色迷思花，一时间百感交集。

从蓝色迷思花到红色迷思花，从千旭到殷南昭，从生到死，从死到生，百转千回、兜兜绕绕，他们总算是没有错过。

骆寻拍拍大熊的头，温柔地说："这不是你前主人的遗物。"

大熊的眼睛滴溜溜一圈圈快速运转，转成了蚊香眼，依旧没有分析出骆寻这句话的意思。

骆寻笑着说："等你见到千旭就明白了。"

大熊更晕了，直接翻了个大白眼，死机了。

骆寻目瞪口呆。

安达叹了口气，对骆寻说："这是执政官十六岁那年刚到奥丁时，我为了逗他开心，送给他的礼物。型号太老，已经没有什么实用价值，但有了感情，一直没舍得销毁。"

骆寻恍然大悟地点点头，难怪大熊不像别的机器人，还有自己的名字，原来是殷南昭的第一个机器人。

她突然想起什么，举起手中的黑色音乐匣，"这个呢？看上去已经有些年头，应该也跟着南昭很久了吧？"

"执政官第一次异变后带回来的东西。他从完全异变中恢复神志时，听到这个音乐匣正在播放歌曲。安教授说很有可能这些音乐对他恢复神志有帮助，让他平时多听音乐。"

骆寻后知后觉地发现，殷南昭并不是在假扮千旭，他其实只是换了一个名字、换了一个身份去生活。因为她的闯入，殷南昭为了杀死千旭，还真是牺牲不少。幸亏她发现他还活着时，没有一怒之下把音乐匣给砸了。

安达对骆寻礼貌地弯了下身，一手扛起大熊，一手拎起行李箱，离开了。

骆寻给辰砂发短讯："大熊把东西都带给我了，谢谢。"

"不客气。今天有时间去婚姻事务处吗？"

"在哪里？"

"军事基地。"

"什么时间？"

"九点？"

"好。"

骆寻给安娜发消息。

她觉得半个小时应该能处理完事情，但保险起见告诉安娜自己要十点才能到研究院。

封林死后，安娜出任研究院的副院长，在正院长还没有找到合适的人选时，由她暂时主管研究院的所有事务。

今天是骆寻以新身份回归研究院工作的第一天，本来不应该迟到，但是辰砂明显想尽快注销记录。

她理解他的心情。只有放下过去，才能开始明天。

飞车自动驾驶到婚姻事务处时，已经过了九点。

空旷的停车坪里，辰砂正倚着飞车抽烟。

星际间广泛培植的烟草都含有类阴性精神镇静剂的物质，对B级体能以上的军人其实没有任何效果，但很多军人都有抽烟的嗜好，大概更重要的是心理放松。

修罗场上、生死间隙中、孤单寂寞时，指间的一点温暖和光亮可以陪伴自己度过难熬的时光。

飞车停稳后，骆寻忘了下车，隔着车窗呆看着辰砂。

她不记得他有抽烟的嗜好，或者应该说，辰砂没有任何不良嗜好，反正不管烟、酒，甚至药剂，都对他没有任何作用。

辰砂把未抽完的烟在车身上摁熄，顺手一弹，烟蒂划过天空，落到停车坪尽头的垃圾回收桶里。

骆寻回过神来，急急打开车门，走下车。

"抱歉，迟到了。出门时搞这个家伙，耽误了一会儿。"骆寻指指车厢里放着的培养箱，寻昭藤的一条藤蔓不老实地趴在培养箱边缘，像是伺机而动的捕猎者。

"你要把它送到研究院？"

"嗯，它是最后一株了，要研究培育方法，我还打算成立一个研究小组专门研究它的基因。"

两人一边聊天，一边走进了婚姻事务处。

363

椭圆形的大厅里，整洁、明亮、空荡。

没有工作人员，甚至连服务的机器人都没有，只有两条通道，一条标注结婚，一条标注离婚。

两条通道入口处的屏幕上显示前面没有人办理业务，无须等候，可以直接进入。

骆寻傻眼了，求助地看辰砂，"没有办理注销记录的通道。"

辰砂的表情一如既往地清冷，声音里却流露出一点不好意思，"我第一次来这里。"他也没想到婚姻事务处是这个样子。

骆寻想了想，不太确信地提议："要不我们先从离婚通道进去，找个人问问怎么办？"

"好。"

骆寻和辰砂走进离婚通道。

温柔缠绵的音乐响起，全息投影播放着各种美丽温馨的画面，似乎想唤回离婚夫妻心中残存的情感，让他们改变心意。

两人沉默地走完通道，来到一个布置温馨的房间。

穿着军装的工作人员一脸沉痛惋惜，酝酿了一肚子说辞，打算最后再努力一把，为联邦留住一对夫妻，挽救一下联邦低得可怕的结婚率。

当看清楚是指挥官时，他大惊失色，立即双腿并拢敬礼。

辰砂回礼，"我们申请注销婚姻记录，外面的大厅没有指示通道，只能到你这里。"

工作人员有点晕。

最近一段时间，真假公主事件几乎天天上新闻热点，联邦大法官已经签署了法官令，政府发言人也已经官方宣布指挥官的婚姻无效，他以为指挥官早已经下令注销了自己的婚姻记录，没想到指挥官阁下竟然会亲自跑来办理注销手续。

骆寻担心地问："不是在你这里办理注销吗？"

工作人员回过神来，指挥官都站在面前了，就算不是也得是，他堆起职业性的微笑："请坐！"

工作人员趴在工作台前，低着头狂敲键盘，搜索相关文件，看看具体该怎么处理。

半晌后，他擦擦额头的汗，"指挥官阁下，那个……目前的情况比较罕见，一般注销记录都是官方下达指令后智脑自动执行，我们没有设计注销婚姻记录的仪式程序，我只能用离婚仪式的程序为两位办理注销手续……如果不行，我可以立即提出申请，让技术人员补充程序，明天应该就能……"

辰砂打断了他结结巴巴的话："不用了，什么程序不重要，能注销就行。"

工作人员请他们把手掌放到面前的屏幕上，智脑读取他们的基因签名，调出他们的结婚文件。

骆寻已经以新的身份成为联邦公民，一般来说会根据基因直接调出她新身份的资料，但军队的档案资料库独立于联邦政府的档案资料库，智脑依旧按照骆寻之前的身份记录处理信息。

一个温柔恬静的机械女声响起："辰砂先生、英仙洛兰女士，你们好！很荣幸为两位服务，按照离婚程序规定，请二位观看一遍你们结婚时的记录资料。"

四周骤然陷入了黑暗——

一瞬后，光线明亮起来，他们置身于恢宏的斯拜达宫纪念堂里。

骆寻穿着洁白的婚纱，手中拿着新娘捧花。辰砂穿着红色的军服、黑色的军裤。

两人并肩站在中央智脑前，在紫宴和约瑟将军的见证下，宣誓结婚。

辰砂表情冷漠，骆寻神思恍惚，两人不但神离，连貌都不合。

在结婚文件上，签署完基因签名，辰砂转身就走，一脸不耐烦。

骆寻却表情茫然，不知道下面该做什么，她看到辰砂已经离开，急忙跟上去。婚纱的裙摆太长，转身时，她被绊了一下，整个人向地上扑去。

辰砂体能卓绝，明明一个轻松的回身就可以扶住她，他却完全没有理会，反倒是远处的紫宴急忙冲过来，伸手扶住了骆寻。

骆寻狼狈地站稳后，对紫宴感激地笑笑，立即赶到辰砂身边站好。

她脸上依旧挂着笑，像是一个没有喜怒的玩偶，但她拿着捧花的手握得很用力，指节在微不可见地轻颤，显然十分紧张。

…………

四周的光线恢复正常，纪念堂消失，他们仍旧坐在婚姻事务处的离婚事务处理区。

辰砂怔怔地盯着屏幕，他完全忘记这些细节了，准确地说，因为他的排斥不喜，整个婚礼在他脑内都没有留下任何印象。

如果当年那个冷漠的他知道自己后来会爱上身边的女人，能稍微友善一点、稍微体贴一点，今日的结果会不会完全不一样？

辰砂自嘲地说："才发现你倒是很配合，一直在笑，我简直像是参加葬礼。"

骆寻笑着说："当时，我心里是吐槽你不用换衣服就可以直接去参加葬礼了。"

智脑的机械女声响起："辰砂先生，请问您要和英仙洛兰女士解除婚姻关系吗？"

"……是。"

"英仙洛兰女士，请问您要和辰砂先生解除婚姻关系吗？"

"是！"

"这是解除婚姻关系的文件，基因签名后立即生效，请二位仔细阅读后签名。"

工作人员补充说："收到你们的签名文件后，我会立即补充其他法律文件，让智脑注销两位的婚姻记录，恢复未婚状态。"

骆寻看完文件，把手掌放到屏幕上签名，智脑的机械女声响起："签名确认。"

辰砂一直看着文件，似乎在走神。

"辰砂？"骆寻叫。

辰砂回过神来，把手掌放到了屏幕上签名。

"签名确认。"屏幕上出现了一个笑脸，智脑的机械女声说："辰砂先生、英仙洛兰女士，两位的婚姻即时解除，谢谢合作。"

骆寻想起了十多年前，她以英仙洛兰的名字，第一次踏上阿丽卡塔星时的情景。这是最后一次她被叫作英仙洛兰了，从今往后，那个盗用她人身份的女子有了自己的名字、自己的身份、自己的人生。

骆寻看向辰砂，没想到辰砂也恰好看向她，两人目光相触，都别有一番滋味在心头。

"你……"

"你……"

两人同时张口，又同时闭嘴，示意对方先说。

"我……"

"我……"

又是同时张口，同时闭嘴。骆寻笑了起来，辰砂禁不住唇畔也含了一丝笑。

骆寻笑展了下手，"男士优先，你先说。"

辰砂刚要张口，个人终端突然尖锐地响起。

他扫了眼个人终端，立即往外冲，身影迅速消失不见，连话都没有来得及留下一句。

骆寻茫然地看向工作人员，发生什么事了？

工作人员的表情十分凝重，"那种响声是战时紧急召集令。"

骆寻的表情变了。

辰砂可是指挥官，究竟发生了什么事才会十万火急地召唤指挥官立即归队？

她想联系殷南昭问问发生了什么事，又怕他正在忙，只能按捺住担忧，先回研究院。

骆寻刚走进研究院的大楼，就发现气氛诡异。

四周没有心无旁骛、生机勃勃的学术氛围，人人都在看新闻。

有人聚集在一起，盯着屏幕看；有人坐在工作台后，盯着个人终端看。

骆寻快步走过楼道，走进研究室，看到安娜和其他研究员站在一起看新闻。

…………

浩瀚的星际中，万千星辰闪耀。

一艘太空飞船正在平静地航行。

突然，飞船爆炸，像一团烟花般在屏幕正中央炸裂开，璀璨的光芒压过了周围的星辰。

渐渐地，光芒消失，星际恢复平静。

…………

骆寻的心却一直往下沉，全身发寒。

"阿尔帝国皇室再次发生悲剧。邵菡公主率使者团，去奥丁联邦接洛兰公主和约瑟将军的遗体回阿尔帝国。飞船在航行途中发生爆炸，目前已经确认无一人生还。消息传到阿尔帝国，举国震惊……"

街头，人群目瞪口呆地看新闻；餐馆里，所有人都停止了进餐，盯着新闻看；皇宫前，人群在拼命呐喊。

星网上铺天盖地的猜测，几乎所有人都认定是异种干的，肯定是因为邵菡公主在遗体转交仪式上发表了对异种的歧视言论，惹来异种的报复。

奥丁联邦政府发言人发表讲话，表示沉痛哀悼，会全力配合阿尔帝国彻查邵菡公主不幸遇难的恶性事件。

但是，因为洛兰公主惨死激起的民愤再次爆发，而且比上一次更加强烈极端，异种和人类之间的割裂已经不可愈合，战争一触即发。

很多虐待，甚至虐杀异种的视频成为热点，被疯狂转发，留言支持的人数节节攀升，到处都是散发着血腥味的极端言论。

"恶心的异种基因！恶心的异形！"

"严惩异种！"

"把异种赶出星际！"

…………

安娜关掉了新闻，对骆寻抱歉地说：“今天大家都没有心情讨论工作，要不等明天吧？”

压抑的气氛中，众人安静地收拾东西，准备离开。

骆寻突然拍了拍手掌，引起大家的注意，“明天有明天的事，今天的工作，现在开始。”

所有人沉默地盯着她，抵触情绪弥漫在四周。

在异种和人类撕裂的情况下，他们没有办法视而不见骆寻的基因。

骆寻像是什么都没有感觉到，平静地说：“毫无疑问，随时都有可能爆发战争。根据历年的统计数据，压力骤然增大时，异变的概率会明显增加，也就是说，联邦最依赖的优秀战士们来自自身的危险在增大。你们想要帮忙，就留在研究室里好好干活。”

研究员们七嘴八舌，毫不客气地讥讽。

“真是优越感要冲破宇宙的基因！”

“说得好像随便研究一下就能找到克制异变的方法！”

“大概因为她的基因很优秀吧，比我们都聪明！比孜孜不倦研究了一辈子的前辈们都聪明！”

骆寻没理会冷嘲热讽，看向安娜，“拜托你准备的活鸭呢？”

安娜急忙拎起地上的一个笼子递给她。

骆寻打开笼子，拎出鸭子，随手拿起一把实验用的小刀在鸭子的翅膀上刺了一下后，放了鸭子。

鸭子摇摇晃晃地逃跑。

众人莫名其妙，纷纷后退，研究室的正中间空出一圈。

说时迟那时快，两根红色的藤蔓飞出，一根缠脚，一根缠身体，卷住了鸭子。

鸭子扑扇着翅膀，想挣扎逃脱，藤蔓却死死地缠住它不放，把它向后拖去。

不一会儿，鸭子的脑袋就耷拉下来，一动不动了。

藤蔓把它拽到培养箱旁，安静地进食。

鸭子以肉眼可见的速度萎缩消解，渐渐变成了一个皮包骨头的骨架。

一群围观全过程的研究员瞬间像打了兴奋剂一样兴奋，旁若无人地讨论起来。

"这到底是动物还是植物？藤蔓上长的刺像是蚊子的嘴，可以吸食其他生物的鲜血。"

"鸭子是先昏迷，后死亡。它的分泌液里含有强效麻醉剂，应该是直接作用于神经，表皮注射就有这么强的麻醉效果，提炼后效果肯定会更惊人。"

"刚才我们又吵又动，它都没有捕食，肯定不是只吃鸭子不吃人。应该是闻血而动，竟然有嗅觉器官！"

"试试止血剂，它如果真对血的味道有反应，那么应该对止血剂也有反应。"

说着话，真有人拉抽屉找止血剂，准备做实验。

骆寻忙说："我已经试过了，它讨厌止血剂的味道，会主动避让。"

"哇！"一片惊叹声。

所有人目光痴迷地盯着寻昭藤，像是看绝世美女。

骆寻说："我已经做过一点简单的测试，初步推测这株藤蔓蕴含的麻醉剂有独特的镇静神经的作用，也许能稳定异变后的野兽。"

大家唰一下转头，满面震惊地盯着骆寻。

所有研究员都知道，异变后的野兽处于强攻击状态。它们疯狂地嗜杀并不是出于野兽进食的本能，纯粹是因为神志丧失，陷入疯狂的自毁中。如果有药剂能让它们平静下来，至少能减少人员伤害，甚至增加它们变回人的概率。

可是，因为它们基因突变，迄今为止没有合适的镇静剂。

安娜压抑着激动，询问："你有几分把握？"

"两……三分。"

殷南昭是4A级体能，他都能感受到寻昭藤的汁液有麻醉效果，骆寻觉得还是很有希望。但是科学研究的艰难残酷就是猜想和结果之间常常会相差十万八千里远。

骆寻在学术圈已经声名鹊起，她的两三分让大家都精神一振。

起先判断鸭子是先昏迷后死亡的男人说："我愿意放下手头所有研究，立即展开这个项目的研究。"

骆寻知道他是联邦内最优秀的基因神经学家，当然没有异议，"不过有一个问题。"

"什么？"

"这个物种遭遇了一次灭顶之灾，我只救出这一株，做研究时必须严格控制，绝对不能伤害它。另外，要麻烦两位生物学家研究出它的繁殖方法，尽快培育出幼苗，这样才能方便后面的研究。"

"没问题！"两位生物学家毫不迟疑地表态。

安娜看到大家积极配合的态度，放下心来。

毕竟是受过高等教育的高智商人群，一瞬间的情绪过后，就恢复了理性，知道骆寻做的事对联邦有利，的确片刻不能耽误，对骆寻的抵触自然而然就荡然无存。

骆寻挑选的人都是业内顶尖的学者，也都知道他们在和时间赛跑，早一天研制出镇静剂，就有可能多拯救一个保卫联邦的战士。

大家七嘴八舌、各抒己见，迅速制定出研究方案，有条不紊地展开工作。

骆寻其实还有一个更大的研究计划，但是目前只有一株寻昭藤，研制镇静剂的难度更小、成功概率更大，只能优先这个项目。

快到下班点时，骆寻收到殷南昭的信息："我要晚一点回去，你自己先吃饭，不用等我。"

骆寻索性留在研究院，和同事们一块儿加班。

晚上十点多，骆寻才拖着疲惫的身躯回到执政官的官邸。

殷南昭还没有回来。

骆寻进厨房，给他炖了一锅汤。

虽然营养餐和营养剂都是最科学的配置，能保证人体所需的所有营养，但天然食材带来的心理满足感却不是任何科学配方能给予的。

骆寻洗完澡，躺在床上看新闻。

整个星际都闹哄哄。

星际人类联盟的主席严厉谴责飞船爆炸事故。

阿尔帝国爆发了几百年来规模最盛大的游行，人们在皇宫前静坐示威，很多人高举牌子，上面闪烁着英仙叶玠的名字。

阿尔帝国的皇帝还没有表态，几个中小星国已经公开表示会坚决支持阿尔帝国打击异种的任何行动。

很多星球发生了围攻异种的恶性事件。

…………

骆寻关掉屏幕，觉得科学研究和政治军事比起来，真的太容易了。她面对的是客观世界，再复杂多变，也有规律，而殷南昭面对的是人心，善恶无边、真假无界。

半夜里，殷南昭回来了。

他刚走进屋子就闻到食物的香气，智脑自动弹出骆寻给他的留言："我炖了汤，在桌上的保鲜碗里。"

殷南昭端起海蓝色的碗，打开盖子，香气更加浓郁。

喝下去，暖暖的甘香从喉咙直落到胃里，让疲惫的夜归人渐渐松弛下来。

殷南昭不想吵醒骆寻，打算去客房洗澡。

没有想到打开浴室门，看到他的睡衣和他往常用的清洁用具都在，显然骆寻早想到他回来晚了，肯定不会回主卧洗澡，只会随便凑合一

372

下，她就把东西都提前放到客房的浴室。

殷南昭心里又是酸楚又是喜悦，原来人在太幸福时，也会生出悲伤感，难过以前不曾拥有，害怕将来有可能失去。

殷南昭洗完澡，回到卧室，悄无声息地钻进被窝。

他确信自己的动作像是潜伏暗杀，没有任何动静，骆寻却翻了个身，迷迷糊糊地滚进他怀里。

殷南昭抱住她的刹那，忽然间觉得过去的一切都真正放下了。

——那个从孤儿院深夜出逃、被辗转贩卖的孩子有了陪伴，再不能桀骜不驯地认为他唯一可以信任的就是黑暗。

——那个加入敢死队，视死亡为解脱的少年有了牵挂，再不敢信誓旦旦地说自己不怕死亡。

——那个驾驶战机在阿丽卡塔上空孤独盘旋的男人有了温暖，再不能只想着守护别人的家、让别人幸福。

殷南昭亲吻骆寻的额头，说出了那句他以为一生都不可能说的话：

"我回家了。"

清晨，骆寻醒来时，床上只有她一个。

她以为殷南昭已经去上班了，洗漱完，走下楼，才看到他在厨房忙碌，已经做好早饭。

骆寻从背后抱住他，"有时间干吗不多睡一会儿？"

"已经休息好了。"殷南昭把饭菜放到托盘上，"这几天估计都不能按时回家，想和你一起吃早饭。"

骆寻像个树袋熊一样依旧贴在他身上，殷南昭索性蹲低了一点，"上来！"

骆寻欢欢喜喜地跳到他背上，搂住他的脖子。

他一手端着托盘，一手托着骆寻，把她背到餐厅，放到椅子上。

殷南昭挨着骆寻坐下，把托盘放到两人中间。

半面煎蛋、烤黑面包、杂锦蔬菜，还有一碗小牛肉炖芸豆汤。

骆寻把黑面包撕成小块泡到肉汤里，用勺子挖着吃。殷南昭用面包夹着煎蛋和蔬菜，像吃三明治一样。

殷南昭问："昨天顺利吗？"

"研究院的工作很顺利，大家都被寻昭藤迷得神魂颠倒，我昨天晚上回来时，还有几个同事在工作，估计他们这段时间吃睡都会在研究院里。"

骆寻吃了口蔬菜，接着说："我和辰砂去注销婚姻记录，刚办完手续，辰砂就收到紧急召集令，离开了。"

"辰砂已经去了小双子星，短时间内应该回不来。"

看来奥丁联邦已经进入全面战备状态，骆寻问："真的会打仗吗？"

"不知道。我和阿尔帝国的皇帝都不想开战，但有时候形势迫人。"

"飞船爆炸……是谁做的？"

"正在调查，还没有任何线索，目前只能说谁从此事中获益最大，谁就最有嫌疑。"

"谁？"

"英仙叶玠。"

骆寻明白了为什么阿尔帝国的皇帝痛失女儿，却没有愤怒地对奥丁联邦宣战，他肯定也在怀疑叶玠。

殷南昭看骆寻咬着勺子发呆，弹了下她的额头，似笑非笑地瞅着她，"又在想别的男人？"

骆寻急忙讨好地舀了一大勺肉末芸豆放进嘴里，做出一脸陶醉的夸张表情，"好好吃！"

研究室里，研究员分成了两组：一组主攻寻昭藤的繁殖培育；一组主攻镇静剂的提取。

大概因为寻昭藤本来所处的自然环境十分恶劣，它必须有极强的繁殖能力才能存活至今，根据两位生物学家的初步研究推测：它可以播种，也可以分株、扦插。

现在只有一株寻昭藤，前两种培植方法都不适用，只能采取扦插。

研究员怕伤到它，不敢多取，截了两段藤蔓扦插，小心翼翼地照顾，不过三天已经看到幼苗生了根须，大家都乐开了花。

两位生物学家估计半年后就可以大面积种植了。

相比繁殖培育小组的成功，研制镇静剂的实验一直没有取得进展，一组人熬得蓬头垢面，人人眼眶底下都挂着黑眼袋。

午饭饭点时，研究室内依旧忙忙碌碌，看样子所有研究员又想拿营养剂凑合一顿。

骆寻拍拍手，打断了大家的工作，"中午一起去餐厅吃饭，休息一下！"

大家都是常年做研究的人，明白研究是长跑，劳逸结合、松弛有道才能到达那个不知道多远的终点。

他们听从了骆寻的建议，陆陆续续停下手头的工作，一起离开了研究室。

餐厅里，人来人往、笑语喧哗。

一群人有一种像是从寂寞冷清的外太空回到繁华人间的脚踏实地感，一直紧绷的神经渐渐松弛卜来。

骆寻拿了一份水果味的营养餐，和同事们找位置时，看到了百里苍、棕离、紫宴和楚墨。他们四个坐在一起，简直自带高压气场，方圆一大圈全是空位。

楚墨和研究院的人基本都见过，笑着打招呼："一起坐吗？"

安娜客气地说："不用了。"

十几个研究员从四个男人身边默默地快速走过，等走远了，才有人长出口气，"开什么玩笑？研究室里压力就够大了，好不容易出来轻松一下，和他们坐一起，压力更大，还能不能好好吃饭？"

"三只诡异生物。"

"就是，连楚院长和他们在一起时都变得一点不可爱了！"

骆寻额头冒冷汗。这帮智商高、情商低的家伙！

她悄悄回头，果然看到紫宴笑眯眯地看着他们，冲她戏谑地眨了眨眼睛，显然听到了他们的议论。

十几个人围了一圈坐下，边吃饭边聊天。

大家有意避开沉重的工作话题，聊着乱七八糟的事情。哪个教授在演讲时闹了笑话，哪个教授和自己学生有暧昧关系……

正说说笑笑傻开心，餐厅里突然陷入死一般的宁静。

一群研究员后知后觉地抬起头，四处张望，才发现整个餐厅的军人竟然全部站了起来，神情严肃、站姿笔挺。

唯独他们还坐着。

研究员们互相看了一眼，莫名其妙地跟着站起来，看到一身戎装、戴着面具、披着黑袍的执政官一步步走进餐厅。

他步速不快，没有说一句话，也没有任何多余的动作，但所有人都感觉到无形的威压，体能等级越高感受越强，心神震颤。

百里苍、棕离、紫宴和楚墨都站得笔挺，目不斜视地看着执政官。

执政官停住了脚步，伸手指指百里苍，勾勾手指，示意他出列。

百里苍走到执政官面前。

执政官一言不发，一鞭子狠狠抽到百里苍身上，军服霎时间透出血痕。

百里苍的警卫下意识往前冲，想要保护上司。

执政官空甩了下鞭子，死一般的寂静中发出一声像是爆竹炸裂的脆响，警卫们意识到抽打百里苍的人是谁，不得不停住了脚步。

执政官又是一鞭子狠狠抽打过去，百里苍脚步跟跄了一下，却立即稳住身子，又站得笔挺。

执政官劈头盖脸，连着抽了二十几鞭，直到把百里苍抽倒在地。

百里苍浑身是血，依旧十分倔强，挣扎着想要站起来。执政官用鞭柄抵着他的脖子，让他一动不能再动。

"公爵，在我还执政时，管好你的嘴！"

执政官看向楚墨、棕离、紫宴。

三个男人噤若寒蝉，都微微垂下目光，表示恭敬。

执政官的声音响彻在餐厅内："希望你们将来回顾过往时，不要后悔现在的所作所为。战争，总是以荣耀的结果被铭记，通往结果的漫长黑暗却常常被忽略。请你们不要忘记，通往辉煌需要用无数人的生命和眼泪铺路，包括你们自己！"

他抬起手腕，下令："从现在开始，阿丽卡塔星，进入战时戒备。"

整个军事基地响起嘹亮刺耳的警报声。

所有军人迅速归队，转眼间，整个餐厅就空了，只剩下骆寻和她的同事。

警报声依旧在长鸣。

战争，再一次逼近。

回到研究院，骆寻才明白为什么会有餐厅里的一幕。

百里苍醉酒后，录制了一段视频放到星网上。

他怒骂攻击异种的人类，嘲笑他们是懦夫，只会躲在星网里打嘴炮，没种到战场上真刀实枪地打仗。

他嘲笑邵菡公主虚伪愚蠢，洛兰公主懦弱无能，说她们这种废物只配做配种母体，提供卵子来培育胎儿。

…………

飞船爆炸事故后，星网上有不少人类和异种互相攻击的暴力言论，但那些人都是普通人，他们的观点只代表他们自己，就算煽动起更多的仇恨情绪，依旧是个人层面。

百里苍的身份却不一样，他的言论代表着奥丁联邦。

各大媒体都以热点头条报道；各国政要首脑都强烈谴责奥丁联邦；阿尔帝国的皇帝也第一次公开表示绝不允许奥丁联邦这么羞辱他的孩子们……

在战争的火药味已经弥漫全星际时，百里苍的视频就像是一根导火索，将火药彻底点燃。

愤怒的人们已经不在乎杀死邵菡公主的真凶是谁，他们坚信凶手一定是异种。

所有人需要的不是真相，而是一个光明正大的理由发动战争！

晚上十点多，骆寻回到家，殷南昭还没有回来。

骆寻煮好汤、洗完澡，打开新闻。

到处都是示威游行。

阿尔帝国皇宫前人山人海。人们觉得皇帝太软弱，竟然打出标语要求他提前退位，把皇位传给第一顺位继承人叶玠王子。

法院门口也全是游行人群，要求无条件释放叶玠王子，让对异种一直强硬的龙头执政，惩罚异种……

骆寻关掉新闻，躺下睡觉。

半夜里，骆寻正睡得酣沉，突然响起尖锐的蜂鸣音。

"找我的，你继续睡。"殷南昭迅速按掉通信信号，走出卧室。

骆寻看了眼时间，凌晨四点多。

她披上衣服，走出卧室，看到书房里有隐隐的光亮。

她轻轻推开门，殷南昭正在看新闻，察觉到她来了，自然而然地伸出手。

骆寻握住他的手，被他拉进了怀里。

阿尔帝国的皇帝盛装打扮，站在皇宫前，正在发表公开讲话。

"……洛兰公主的死、邵菡公主的死，让全星际人类痛心无比……回顾历史，阿丽卡塔星曾是阿尔帝国的星球，我们愿和异种和平共处，异种却处处挑衅……我宣布，阿尔帝国向奥丁联邦宣战！"

皇宫前的人群爆发出震天动地的欢呼声。

四百多年后，人类和异种的战争再次全面爆发！

骆寻抱紧殷南昭的腰，难受地问："阿尔帝国的皇帝明知道很有可能是叶玠杀死了他女儿，却对我们宣战？"

殷南昭早料到这个结果，语气很平淡："民意不可违。他如果不宣战，民众会让想打仗的英仙叶玠做皇帝。保住皇位，他还有机会收拾叶玠，丢掉皇位，他就什么都没有了。"

"你会上战场吗？"

"辰砂是指挥官，有他在前线，我只需在后方做好辅助工作。"殷南昭吻了下骆寻的额头，"时间还早，你再去睡一会儿。"

"你呢？"

"五分钟后，我就要离开，不能给你做早餐了。"

骆寻头埋在他胸前，撒娇地蹭蹭，"别太逼自己。你已经尽力了，个人力量和历史洪流相比就像是蚍蜉撼树。"

"我并不担心奥丁联邦，当年异种一无所有都能取得胜利，何况现在科技军事在全星际都领先？我们迟早会赢得胜利。只不过是怎么打、打多久、代价大小的问题。我担心的是生活在其他星国的异种。战争时间越长，人类对异种的仇恨越强，他们的日子就越难过。"殷南昭下巴贴着骆寻的头，语气中难得地流露出挫败无力，"不是每个异种都能像我那么幸运，可以活着到达阿丽卡塔。"

骆寻安慰地说："我们尽力！"

殷南昭抱紧了她。

幼吾幼以及人之幼，老吾老以及人之老。也许因为他真切感受到了幸福，明白拥有它后生命会截然不同，他也就格外想让那些生活在黑暗中的异种都能有机会拥抱光明。但是，他们必须要先有活下去的机会。

Chapter 18

光芒

她的呼吸声一起一伏，从遥远的星际传来，像是吹过林梢的微风般轻轻吹过他的身体。

阿尔帝国对奥丁联邦正式宣战两个小时后，辰砂在北晨号上举行了一次盛大的阅兵仪式。

阅兵仪式上，他对全星际发表了简短强硬的讲话。

中心思想是：奥丁联邦不主动挑起战争，但也绝对不畏惧战争，任何想用战争威胁奥丁联邦的敌人，他和北晨号随时恭候！

紧接着，殷南昭在斯拜达宫发表了他执政以来的第二次公开讲话。

他态度谦逊、语气温和，强调携带异种基因的人类和其他所有人类一样喜好和平、追求公正。星际事务中，分歧和矛盾总是无处不在，但战争绝不是解决分歧和矛盾的最佳方式，希望阿尔帝国能理性对待分歧和矛盾，减少双方的伤害。

显然，殷南昭和辰砂在配合着打外交战，软硬兼施、恩威并济，既表达出足够的善意，也展现出善意并不是软弱可欺。

北晨号星际太空母舰并不是当年游北晨的指挥舰，但"北晨"这个名字已经足够让阿尔帝国和其他星国想起他们曾经的失败。

阿尔帝国的民众再次要求释放叶玠王子，让他做元帅，指挥这次的战役，连军部的势力都开始明确表示支持这个选择。

毕竟，辰砂从军以来，从未打过败仗。在他全胜的作战纪录前，似乎只有威名赫赫的龙血兵团的龙头可以相提并论。

阿尔帝国的皇帝英仙穆恒还没想好该怎么解决这个难题，又一个噩耗传来——废皇储英仙邵靖越狱，逃出了阿尔帝国。本来攻击叶玠、指责他在真假公主事件中是幕后黑手的人纷纷转向。

阿尔帝国的皇帝气急攻心，差点昏厥。

叶玠是龙血兵团的龙头，在外面有庞大的势力，在国内无人依仗，面临拘捕时都没有逃脱，直到现在依旧待在监狱里等待调查结果。

邵靖的父亲是皇帝，所有形势都对他有利，他却不敢接受自己国家的审判，逃出了阿尔帝国。

两相对照，高下立判。

监狱里的英仙叶玠什么都没做就威望再次高涨，皇帝的支持率节节下降。要求无罪释放叶玠、让他做元帅指挥战役的呼声越来越高。

阿尔帝国的皇帝不得不再次做出重大决定，宣布他将去前线，坐镇英仙号星际太空母舰，亲自指挥这次战役。

阿尔帝国民心振奋、万众欢腾。

皇帝的民意支持率迅速上升，打破了他继位以来的最高支持率，甚至超越了上一任英年早逝、深受民众喜欢的皇帝英仙穆华——叶玠的父亲、现任皇帝的哥哥。

骆寻心里叹息，这个站在权势顶端的男人，操纵权势，最终却被权势操纵。

耀眼的光环下，他只是一个被叶玠一步步逼到无路可走的可怜人。

他像是赌徒一样赌上他最后的一切，捍卫自己的威严和权势。只要能打赢一场战役，他肯定会挟胜者之威，立即先解决掉叶玠。

从战略上来说，阿尔帝国皇帝的选择很正确，但他真有办法打赢辰砂吗？

骆寻不懂军事，并不了解辰砂在打仗方面的天赋和才华，却像所有奥丁联邦的民众一样，对辰砂盲目地充满信心。但是，阿尔帝国的皇帝老奸巨猾，不像是铤而走险的人，如果没有七八分的把握，他肯定不会这么冒险。

骆寻问殷南昭："阿尔帝国的皇帝凭什么认为自己能打赢辰砂？还

是他真的走投无路了，已经被叶玠逼得神志失常，打算疯狂一搏？"

殷南昭微笑着说："皇帝陛下最大的依仗就是知道我们并不想打仗。"

骆寻依旧不明白，不过再问下去有可能涉及奥丁联邦的作战战略，她忍住了好奇，反正时间迟早会给她答案。

G2299星域是两大星国势力辐射的最外围，一直是两国在激烈争夺控制权的星域，奥丁联邦用来求娶洛兰公主的资源星就在这个星域。

只不过，以前双方都很克制，即使爆发战争，也都是小型的局部战争，这次却是全面开战。

阿尔帝国的英仙号星际太空母舰、奥丁联邦的北晨号星际太空母舰都进驻这个星域，参战的大中小型战舰有几百艘，战机数十万架。

整个星际都在关注这场战役，新闻从早到晚、日夜不停，播报着战役的进展。

经过两个多月的交战，战场上的局势渐渐向着有利于奥丁联邦的方向发展。

阿尔帝国的皇帝英仙穆恒在经济民生上是个不错的皇帝。从他登基后，阿尔帝国的经济一直发展得不错，但他的确不擅长军事，完全比不上叶玠的父亲英仙穆华。

辰砂乘胜追击，加强了进攻，阿尔帝国节节后退，败象初显，几个和阿尔帝国结盟的星国宣布出兵支持阿尔帝国讨伐奥丁联邦。

因为几个星国的参战，战争的形势变得更加复杂。

在这个复杂微妙的时刻，阿尔帝国的皇帝突然私下联系辰砂，提出秘密会谈，邀请辰砂去还没有开发的原始资源星狩猎。

辰砂的部下全都反对，怕是诱杀计划，但辰砂和殷南昭私下讨论战争可能的发展方向时，早料到皇帝会邀请他私下会晤。

他接受了阿尔帝国皇帝的邀请。

狩猎地点定在公主星，就是那颗奥丁联邦割让给阿尔帝国求娶洛兰公主的星球。

前线硝烟弥漫，阿丽卡塔星却依旧风和日丽、一切如常。

普通人的生活几乎没有受到任何影响，阿丽卡塔军事基地里也没有太大变化。

每天，士兵们都像往常一样刻苦训练，休息时也依旧嘻嘻哈哈地笑笑闹闹，似乎并没有受前线战争的影响。

反倒是研究院的气氛很紧张，尤其是骆寻领导的研究组。

研究员们一脸苦大仇深，连看实验数据的眼神都带着杀气，就像是要随时奔赴前线、大干一架的样子。

忙碌了一天，晚上十点多时，同事们陆陆续续下班，卓尔教授他们要盯实验，又打算睡在研究室里。

骆寻看暂时没自己的事了，脱下研究服回家。

回到执政官的官邸，已经过了十一点，像往常一样，殷南昭仍然没有回来。

骆寻怀疑他每天的休息时间只有三四个小时，可他依旧坚持早起半小时为两人准备丰盛的早餐。

骆寻说他牺牲睡觉时间，得不偿失。他却说感情像鲜花，想要它一直盛开，就需要时时照拂。

他们俩都是工作狂，一旦忙起来都是早出晚归，根本没有时间见面，再浓烈的感情也经不起日复一日的消耗。他每天花费半小时为她做早餐，再用二十分钟陪她一起吃早餐，收获的却是她死心塌地的一辈子，哪里得不偿失了？明明大赚特赚！

骆寻哭笑不得。

殷南昭行事怪异，可又总有他的一套道理。

每天她回家时，他还没有回来；她睡着后，他才到家。如果不是殷南昭的坚持，两人的确连说话的时间都没有。

现在因为殷南昭的爱心早餐，骆寻觉得，每一天睁开眼睛时，都满溢着期待和喜悦；每一天吃完早餐后，都是带着暖暖的笑意走出家门。

骆寻做好夜宵，放在保鲜碗里，设置好留言提示。

洗完澡，正准备熄灯睡觉。

个人终端突然响起，来讯显示：辰砂。

骆寻意外地愣了一下，急忙接通。

"喂？"

"是我，辰砂。"

骆寻很清楚辰砂的性子，绝不是闲着没事就打个音讯闲聊的人。

每一天，她看到的星际新闻都是他的亲身经历。身为战役的总指挥官，他承受的压力绝非普通人能想象。

骆寻刻意让语调听起来很轻松随意："最近战役紧张吗？"

"还在继续打仗，不过我和皇帝暂时休战，一起去狩猎。"

骆寻十分惊讶，"还可以这样？我以为打仗的时候大家一见面就恨不得掐死对方。"

"星国之间的战争不是两个人打架，仇恨的不是对方，只是立场不同，各自为利益和信仰而战。"

骆寻叮嘱："注意安全，阿尔帝国的皇帝很狡猾，千万不要上他的当。"

"会小心的。"

"你们去哪里狩猎？"

"公主星。"辰砂顿了顿，"当年奥丁联邦用它求娶洛兰公主，阿尔帝国就把这颗原始资源星命名为公主星了。"

两人想到十一年的假夫妻关系，再想到洛兰公主已经香消玉殒，还是惨死在他们面前，都沉默了。

骆寻怕影响到他的情绪，立即打起精神，"你最近怎么样？"

辰砂说："我梦见了父母……他们最后死的一幕。"

虽然这个话题很沉重，可面对才是唯一正确的选择。人只有真正接纳了过去的悲痛，才有可能在未来重建快乐。

骆寻轻声问："你很难过吧？"

辰砂沉默了一瞬，没有正面回答骆寻的问题，"我看完那个相框里的所有照片了，他们很相爱，过得很幸福。"

骆寻非常肯定，"是的。"

"妈妈即使被爸爸咬死了，应该也没有后悔过嫁给他吧？"

"肯定没有。"

明明这就是辰砂心底深处希望听到的答案，他却一定要反驳："你怎么知道？你又不认识我妈妈！"不是为了否定，而是希望得到更多的肯定，让自己确信。

"我是不认识你妈妈，可我也是女人，将心比心，我绝不会后悔。你妈妈最后的悲痛绝望不是因为你爸爸咬死了她，而是因为她没有能力拯救自己的爱人。"

辰砂沉默。

骆寻陪着他沉默。

两人一直没有说话，可都能听到对方的呼吸声，知道信号没有问题，对方依旧在。

如果是别的女人这么擅自揣测、自说自话，辰砂一定会不悦，但是骆寻不一样，她亲身经历了两次千旭的异变。第一次阿丽卡塔星的异变，辰砂亲眼看见了骆寻的反应；第二次岩林的异变，他虽然不在现场，可是回看过记录视频。骆寻用生命证明了自己的话。

辰砂听着她的呼吸声一起一伏，从遥远的星际传来，像是吹过林梢的微风般轻轻吹过他的身体。一直以来，缠缚在他心上的东西，一直让他隐隐作痛的东西，在慢慢皲裂，一点点卸落。

他依旧是他，外人看不出任何变化，可只有他自己知道，从今往后，他不会再惧怕、抗拒想起父母。

他永远都不可能忘记父母惨死的一幕，但关于父母的记忆还有更多，多得那一幕不管再痛苦绝望，都掩盖不住父母留在他生命里的璀璨光芒。

"骆寻……"辰砂欲言又止。

骆寻等了好一会儿，都没有等到下文，柔声问："怎么了？"

宿二的声音突然响起："指挥官，阿尔帝国……"

辰砂大概打了个手势，宿二的声音消失。

"我要去准备一下狩猎的事了。"辰砂自嘲地说："大概因为突然梦到了父母惨死，心情有点失常，打扰你休息。再见！"

"辰砂！"骆寻急忙叫住他，"没有打扰我，你随时可以拨打我的通信号。注意安全，等你回来，我请你吃好吃的。"

"好。"

骆寻等辰砂先切断通信后，才关闭了个人终端。

她躺下睡觉，可翻来覆去一直睡不着。

她猛地翻身坐起，从抽屉里找出辰砂妈妈的遗物——那本殷南昭经常翻看的古色古香的褐色笔记本。

骆寻靠坐在床头，一页页翻阅。

都是辰砂妈妈的信手涂鸦。有时候是桌上的水果盘，有时候是天上的云，有时候是一棵树，还有辰砂爸爸和小辰砂的画像……

看得出来，画画的人刚开始画画时心情都不太好，笔触总是有点急促凌乱，可随着一笔笔涂抹，她的心情慢慢变得平静，笔触总是越来越细腻。

有一页，骆寻已经翻过去，隐隐间却觉得哪里不对劲，又翻回来仔细看。

是两个男人的画像。

一个是科学怪人安教授，另一个男人骆寻不认识，看上去清癯斯文，满身书卷气。他们坐在玫瑰园中聊天喝茶，表情愉悦，看得出来关系亲近。

画面背景的玫瑰园就是大双子星上辰砂城堡中的花园。

骆寻记得那个玫瑰园中的玫瑰花都是同一个品种——红色女王，可画中玫瑰园里的玫瑰花却夹杂了一点其他品种的玫瑰花。两个品种玫瑰花的区别很细微，但千旭"死"后，骆寻有一段时间心若死灰，几乎天天坐在窗边盯着玫瑰园发呆，一看就是一整天，对那个玫瑰园里的一花一叶都无比熟悉。

难道当年的玫瑰园里种植的玫瑰花不止一个品种？还是辰砂妈妈兴之所至、随手乱画的？

本来只是一件无关紧要的小事，但因为殷南昭之前说过的话，骆寻总觉得没有办法放任不管。

骆寻给宿七发信息："麻烦你帮我问一下照顾玫瑰园的园丁，玫瑰园里以前有没有种过别的品种的玫瑰花。"

宿七没有回复，骆寻直接拨打宿七的通信号，没有人接听。

骆寻想起刚才和辰砂通话时听到宿二的声音，很有可能宿七也在辰砂身边。因为身在前线，通信受限，个人终端被屏蔽了信号。

她立即拨打宿二的通信号，果然和宿七一样，没有人接听。

骆寻想了想，只能给殷南昭发消息："大双子星上第一区的城堡里有一个玫瑰花园，我想知道它三百年来种植过的玫瑰花品种。"

"好。"殷南昭的语音回复迅速干脆，压根儿没有问她为什么会有这么古怪的要求。

骆寻沉甸甸的心情骤然好转，禁不住笑敲了三个字："我爱你。"

殷南昭语音回复："很晚了，去睡觉。安冉查到资料后会发送到你的邮箱。"

清晨。

骆寻醒来后，发现殷南昭一夜没有回来。

她立即打开个人终端，有一封邮件和一条语音留言，邮件是安冉发送的，语音留言是殷南昭的。

"小寻，安教授的研究室出了点事，我必须赶过去看一下。晚上不能回家睡觉，也不能给你做早饭了。别偷懒，自己弄点东西吃，明天晚上我应该能赶回来。"

骆寻看了眼语音留言的时间，深夜一点多，这个时候他应该已经在小双子星了。

骆寻下楼，看到餐桌上她昨晚做给殷南昭的夜宵。

打开保鲜碗，发现还有余温。

"现成的早饭，不算偷懒了。"

骆寻一边吃早饭，一边阅读安冉发给她的玫瑰花园资料。

玫瑰花园以前是一个普通的花园，种植的花种类繁多，却没有玫瑰。辰垣把它改成了玫瑰花园，从那之后，唯一种过的花就是玫瑰花，唯一种过的玫瑰花品种就是红色女王。

据说，辰垣第一次见到安蓉是在斯拜达宫的新年舞会上。安蓉穿着一袭红色的长裙，只是一个不引人注目、刚刚进入政坛的新人，辰垣却已经不仅是第一区公爵，还是联邦指挥官。位高权重的辰垣对安蓉一见钟情，开始追求安蓉。

也许因为一袭红裙的安蓉很像一朵绽放的玫瑰花，辰垣很喜欢给安蓉送玫瑰花，他嫌弃市场上的玫瑰花品相不好，开始自己种植玫瑰花。

安蓉从小就喜欢红色，对玫瑰花却没有任何偏爱，喜欢玫瑰花是因为辰垣自始至终只送她玫瑰花，她是爱人及花。

资料的最后，安冉还提及，第一区的徽章以前只是一把黑色的光剑，辰垣下令重新设计徽章，才变成了如今看到的样子。

一把出鞘的黑色利剑，红色的玫瑰花缠绕着利剑而生。

骆寻想起了那个相框背面镂刻的话：没有利刃的守护，世间的美丽不可能尽情绽放；没有柔情的牵制，力量就像无鞘剑，会伤人伤己。

凭借女性的直觉，骆寻认定，辰垣不但自始至终只送安蓉玫瑰花，还只送玫瑰花里的红色女王。

这应该是辰垣和安蓉的小秘密，一见钟情的第一眼，他就知道她是女王。

安蓉爱的也不是玫瑰，而是辰垣对她的理解和支持。

一个看上去温柔娴静的女子，实际上有一个想征服星辰大海的灵魂。辰垣恋慕她的灵魂，支持她的追求，守护她的荆棘道路，红色女王是他的爱情宣言。

骆寻回到卧室，打开古色古香的笔记本，翻到玫瑰花园的一页。

本来应该纯粹的红色女王里夹杂着另外一个品种的玫瑰花。

以安蓉和辰垣的感情，她就算会随便乱画，也不会乱画辰垣为她种下的红色女王。

她心情烦躁时喜欢信手涂鸦的习惯，辰垣肯定知道。

如果真有意外发生，辰垣一定会翻看她的笔记本，一定会留意到玫瑰花园里的玫瑰花。

骆寻看不出这张图有什么玄妙，但她肯定，这里面有安蓉想传递给辰垣的信息。

可惜，辰垣和安蓉同时遇难，安蓉想传递的信息一直封存在这里面了。

骆寻下意识觉得这个发现很重要，立即拨打殷南昭的通信号，却发现信号屏蔽，联系不上。

骆寻没有办法，只能暂时放下这事。

她换衣服，准备去上班。

敲门声响起，狄川的声音传来："骆寻？"

"稍等！"

骆寻扣好衣服，打开门，"怎么了？"

狄川指指自己的个人终端，"我收到系统自动发送的信息，你找过执政官，我怕你有事过来看一眼。"

骆寻没有想到殷南昭这么细心，禁不住嘴角上翘，带了笑意，"我有事找他，但我自己没事。"

狄川问："有多着急？执政官是秘密赶去小双子星，不能泄露行踪，信号要到晚上才能有私人信号。"

"那就等晚上吧！"

看来小双子星的事情很严重，就不去打扰他了。玫瑰花园的事已经耽误了几十年，不差这十来个小时。

骆寻到研究室时，看到卓尔教授双眼布满血丝，显然通宵没睡，可精神异样亢奋。

骆寻笑问："进展顺利？"

卓尔难掩喜悦："目前一切顺利！上次失败的节点，用了大家提出的解决方案，也顺利攻克了。"

骆寻说："我来盯实验，你去睡一会儿。"

卓尔依依不舍，一步三回头地走进休息室，频频叮嘱骆寻："不管有任何异常，立即叫我。"

骆寻手放在额头，对他敬礼，表示听命。

卓尔牵挂着实验，睡了两个小时就爬了起来，把骆寻推到一边，让她去做基因分析，自己盯实验。

随着实验进入最后关头，一群人都忘记了时间。

渴了不记得喝水、饿了不记得喝营养剂，只是一杯又一杯地喝着提神饮料，除了憋不住去卫生间，一整天没有一个人离开过研究室。

晚上十点多时，镇静剂的提取合成到了最后一步。

所有人又累又亢奋，围在实验台四周，站得七倒八歪，满脸遮掩不住的倦色，却都眼睛一眨不眨地盯着仪器。

一滴滴透明的药液沿着长长的玻璃管冷凝、流淌、滴落。

当"嘟嘟"的完成提示音响起，卓尔教授一个箭步冲过去，小心翼翼地捧起试剂瓶。

他的搭档乔森教授给笼子里的棋格壁蜥注射狂化剂。

十几秒钟后，一直像块石头一样一动不动的壁蜥开始暴走。它眼睛泛红，全身皮肤鼓胀起来，爪子狂挠笼子，充满了攻击性，像是要毁灭掉一切，包括它自己。

卓尔教授用注射枪吸取了一毫升刚刚研制出的镇静剂，交给骆寻。

几个月的配合，他们都知道骆寻枪法很准，为了不浪费药剂，一般这个活都交给她做。

"啪"一声，骆寻射中棋格壁蜥的背部，棋格壁蜥从暴走中镇定下来，最后昏厥过去。

站在监测仪器前，一直监测壁蜥大脑脑波的安娜说："十一秒。"

实验室里安静了一瞬。

"啊啊——"

"哦耶——"

群魔乱舞、狂喊乱叫。

男人胡子拉碴、女人鬓发凌乱，甚至有人已经两天都没有洗脸了，可兴奋惊喜中，所有人顾不上谁是谁，逮到谁就抱谁，又亲又吻、又跳又叫，都像是疯了一样。

骆寻是A级体能，身体先于她的意识，像条小鱼一样，自然而然地避开了所有冲向她的科学疯子。

她站在一旁，笑看着大家欢庆眼前的胜利。

忽然间，她感受到了什么，就好像冥冥中有一根无形的丝线牵引着她，让她侧头看向玻璃窗外——

殷南昭站在走廊的阴影里，正静静凝视着她。

骆寻脸上的笑容越发灿烂了。

她拍拍安娜的肩膀，在她耳边低声说了句话，朝着实验室外走去。

卓尔教授已经冷静下来，对着全组研究员说："虽然刚刚的实验证明新研制的镇静剂药效强劲，对神经的镇静效果远远高于目前已知的同类产品，但这只是一例实验，需要做更多的实验去验证。还有至关重要的一点，未知的副作用！目前还不清楚会不会对人体造成伤害，有待进一步研究确认……"

实验室的自动门打开又关闭。

骆寻走到殷南昭面前，双手插在白色研究服的外套衣兜里，歪着脑袋，笑看着殷南昭，"什么时候到的？"

"竖瞳眼睛的教授给笼子里的壁蜥注射药剂时。"

"难得回来早一次，为什么不回家休息？"

"狄川说你还在研究院，我就直接过来了。"

骆寻回头看向实验室里面，安娜对她悄悄打了个手势，示意她可以离开。

骆寻一边脱工作服，一边说："走吧，回家！"

殷南昭按住她的手，"你穿这个很好看。"

骆寻无语地翻了个白眼，在实验室里待了一整天，不用照镜子，她都知道自己现在面色发黄、脸泛油光，和好看没有一点关系。

殷南昭目光专注，含情脉脉地凝视着她，"我说的是真话。专注工作的女人很有魅力，更何况这个女人不但美丽动人，还非常聪明优秀。"

骆寻心跳骤然加速，脸唰一下红了，感觉都已经是老夫老妻了，可殷南昭总有办法让她脸红心跳。

骆寻一言不发，大步往前走，却听话地没有再脱工作服。

殷南昭低笑一声，没有和她并肩前行，而是不紧不慢地跟在她身后，目光胶着在她的身上，上下逡巡。

骆寻脸越来越烧，步子越来越快。殷南昭却总是不疾不徐，一直微微落后几步。

骆寻猛地停下，转过身恼怒地叫："殷南昭！"

殷南昭耸了耸肩，无辜地说："我什么都没做。"

"过来！走在我身边！眼睛直视前方！"

殷南昭乖乖地走到骆寻身边。

两人上了飞车，平时喜欢手动驾驶的殷南昭启动了自动驾驶。

虽然表面上看不出来，但他应该很累，骆寻体贴地拍拍自己的肩膀，示意他把头靠过来。

殷南昭沉默地靠到她肩上，精神似乎有点消沉。

"小双子星的事情不顺利？"

殷南昭"嗯"了一声，"也许会有大麻烦。"

殷南昭口里的大麻烦？骆寻心里咯噔一下，立即想到了安教授的秘密实验，但看他没有说的意思，就没有继续追问，换了个话题。

"查出内奸是谁了吗？"

"算是查出来了吧！"

"为什么算是？没有证据吗？"不管是能源星上飞船里的炸弹，还是后来小双子星上约瑟将军和洛兰公主的惨死，不可能一点线索都没有留下。既然有线索，就应该能追查到证据。

"所有证据都指向百里苍，但我觉得还有隐情，不想立即采取行动。"

百里苍是能源交通部的部长，掌控着奥丁联邦的能源交通补给。如果他从能源补给上做文章，绝对有能力埋下眼线探查出辰砂的秘密安排。约瑟将军和洛兰公主出事时，他不但恰好在小双子星，还恰好在医院。而且，百里苍一直对殷南昭有一点不满，的确很像是内奸。

但是想到封林，骆寻沉默了。

如果那个真正的内奸能嫁祸封林，自然也有可能再次祸水东引、嫁祸百里苍，现在的形势下，再抓错一次人，会严重伤害到奥丁联邦。

骆寻握住殷南昭的手，柔声说："睡一会儿吧！"

殷南昭闭上了眼睛，"你找我什么事？"

"安蓉的笔记本里有一页很可能藏着隐晦的信息。"

殷南昭立即睁开眼睛，坐直了身子。

骆寻有点后悔，应该等到下车时再告诉他，好歹让他休息半个小时。

殷南昭把驾驶模式切换成手动驾驶，一路风驰电掣，用了十几分钟就赶到了家。

骆寻打开抽屉，拿出笔记本，翻到玫瑰花园的一页，递给殷南昭。

殷南昭立即问："这和你要玫瑰园的种植品种有什么关系吗？"

骆寻指着玫瑰园里的玫瑰花，让殷南昭仔细看，"看上去都是玫瑰花，似乎没有差别，可其实这是不同品种的玫瑰花。"

"说明什么？"

"这个玫瑰园是辰垣为安蓉特意种的，从始至终，只种植一种玫瑰花，红色女王。"

殷南昭现在心有挚爱，将心比心，立即意识到不对劲，就像是突然看到一朵迷思花，别人不会有特别反应，他却一定会留意，"安蓉在通过隐晦的方式提醒辰垣。"

"我就是这么想的。"

殷南昭一言不发地盯着图画，仔细思考着什么，表情越来越凝重。

这两个人，一个是安蓉的长辈，一个是辰垣的好友，任何一个人单独出现在玫瑰园中都很正常。安蓉把他们两个都画在这里，是在暗示两人都有问题，但安蓉肯定不知道具体哪里有问题，所以才会找他，想要他秘密调查。

安蓉察觉到了事态严重，也想到了这两个人背后的势力都不容低估，一个不小心，她就有可能遭遇不测，所以才给辰垣留下这条隐秘的线索。

辰垣是3A级体能，又手握兵权，任何人想要暗害他都非常难，但安蓉没有想到3A级体能的辰垣竟然突然异变……

骆寻没有打扰殷南昭，安静地坐在一旁。

等待的时间长了，理智敌不过身体的疲惫，人歪靠在沙发上渐渐迷糊过去。

似睡非睡间，殷南昭的声音突然响起："你们给那只壁蜥注射药剂让它狂化？"

骆寻立即清醒了，"是的。我们研制这种镇静剂的目的是给异变后的异变兽使用，大家想了很多办法，尽可能模拟出异变兽丧失神志后的狂化状态，最后卓尔教授发现能侵犯中枢神经系统的变异朊病毒作用于棋格壁蜥后的状态最像。"

"既然有药剂能让野兽发狂，会不会也有药剂能让异种突然异变？"

骆寻猛地站了起来，瞪着殷南昭。

殷南昭的表情十分严肃，"会不会有这样的药剂？"

骆寻一边急速思索，一边艰难地说："理论上……应该可以。破坏总是比建立容易，打碎总是比修复容易……如果有疯子致力于研究这个……的确可能！"

殷南昭眉目间骤然迸发出冰冷的杀意，像是完全换了一个人。

骆寻打了个寒战："你怀疑……辰垣的异变是人为制造的？"

殷南昭听到骆寻的声音，立即恢复常态，对骆寻安抚地笑了笑，"你们新研制的镇静剂是不是已经证明有效？"

"目前的测试结果是。棋格壁蜥的中枢神经很特别，现在已知的镇静剂对它都没有好的镇静效果，但新研制的镇静剂一毫升就让它在十一秒内昏厥了。"

殷南昭合拢笔记本，"辰砂也许有危险，我必须立即赶去找他。"

"什么？"骆寻大惊失色。

殷南昭俯下身，重重吻了下呆滞的骆寻，"好好休息，继续完成你们的研究。"

骆寻都来不及反应，殷南昭就已经像疾风刮过一般消失在门外。

骆寻的心脏扑通扑通狂跳，难道殷南昭已经知道了真正的内奸是谁？猜测到他会对辰砂下手？

骆寻辗转反侧，一夜都没有休息好，第二天一大早就跑去了研究院。

因为昨夜有了重大突破，大家欢庆完后都回家休息了。几个月来，一直忙忙碌碌的研究室里难得地一个人都没有。

骆寻呆呆坐了会儿，看看时间刚刚七点，距离殷南昭离开已经快要七个小时。

骆寻忍不住给紫宴发消息："起床了吗？"

紫宴立即回复："我压根儿没有上床。"

紫宴应该是消息最灵通的人，看上去他一切如常，是不是说明没有坏消息？

紫宴看骆寻再没有反应，不满地问："你撩了一下就没有后文了？"

骆寻嗤笑："昨晚到现在有没有发生什么特别的事情？"

"你想知道什么？"

"没想知道什么。"

"听说你还住在执政官那里，什么时候搬出来？"

骆寻警觉，"问这个干吗？"

"如果不喜欢基地的员工宿舍，我有房子可以租给你。"

骆寻不知道该怎么回复。她敢保证，如果不是最近一件大事接着一件大事，紫宴要处理的事情实在太多，他肯定已经把她和殷南昭的事翻了个底朝天。

"我要工作了，下次再聊。"

"撩完就跑！迟早有报应！"

"我是科学家，不相信神秘学理论。"

实验助理已经来上班，骆寻不再理会紫宴。

上班点还没到，卓尔教授就精神抖擞地来了，显然昨晚心情愉悦，休息得非常好。

他一边和骆寻商量接下来的工作安排，一边去药剂贮藏室拿昨晚提取合成的镇静剂。

"天哪！"愤怒惊慌的大叫声传来。

骆寻立即冲过去，"怎么了？"

"药剂不见了。"

其他人也匆匆赶过来，"不见了？怎么可能？"

"对啊，这个贮藏室，只有三四个人有权限进入吧！"

"三个。我、骆寻教授、卓尔教授。"安娜肯定地说。

卓尔突然想起什么，尖声问："小家伙们安全吗？"

"安全。"负责照顾寻昭藤的艾瑞教授立即回答。

所有人松了口气。

大家仔细查找了一遍，又调出监控视频查看。

昨晚卓尔教授在离开前，亲手把新提取合成的药剂密封保存，放入了贮藏室。从昨晚到现在，监控视频中没有任何异状，药剂却不翼而飞。

大家面面相觑。

安娜说："我会上报，找专人来调查。"

卓尔神情严肃，"这件事对我们研究的影响不大，有小家伙们在，我们可以再次提取合成制作，但这个药剂流失出去后究竟会造成什么恶果，现在难以预估。"

"分量多少？"

"一共23.68毫升，昨晚使用了1毫升，还剩下22.68毫升。"

大家一边咬牙切齿地咒骂神秘的飞贼，一边开始重新提取合成制作镇静剂。

骆寻悄悄走出实验室，联系殷南昭，想问问是不是他拿走了镇静剂，可是一直没有人接听，估计正在信号屏蔽区。

骆寻想到还有另一种可能，心中七上八下、紧张不安。

那个内奸既然一直在研究异变，肯定也会关注他们的研究。

如果他知道了他们最新的进展，完全有可能神不知鬼不觉地拿走药剂。

骆寻看向实验室里面，从安娜到卓尔教授，每个研究员都在专心工作，一如往常，可骆寻疑心生暗鬼，只觉得现在看谁都像是有嫌疑。

卓尔抬起头，疑惑地看着骆寻，似乎不明白她为什么站在外面盯着他们发呆。

骆寻掩饰地笑了笑，快步走回实验室，继续工作。

不管研究室里有没有内奸的眼线，她都不能耽误研究，必须快速推进。以前是为了治愈，现在却还要和内奸赛跑。

Chapter 19

幸好相逢

不管前方是荆棘、深渊，还是狭谷、火海，他们携手同行。

若不能白头偕老，那就生死与共。

公主星还没有开发，依旧保持着原始状态。

原始森林面积广阔，原始生物种类繁多，地下矿藏储量丰富，是个很适合探险和狩猎的星球。

不过，阿尔帝国的皇帝英仙穆恒选择这颗星球作为会谈地点，可不是真为了狩猎，而是因为他要和辰砂商谈的内容太过机密，一旦泄露出去，后果不堪设想。

公主星非常原始，还没有人类活动的踪迹，也就是这颗星球还没有被人类的通信信号覆盖，相当于整个星球天然地处于信号屏蔽区，只要稍加布置，就能截断所有信号，防止窃听，对秘密会谈很有利。

为了防止不必要的误会，他和辰砂也提前打了招呼。

当战舰进入公主星的平流层，就无法和外界联系，只能内部通信，但只要离开平流层，进入电离层，信号就会自动恢复。

按照双方约定的时间，奥丁联邦和阿尔帝国的两艘战舰抵达公主星上空，停泊在平流层。

两艘飞船从战舰里飞出，降落在公主星地表，舱门徐徐打开。

从阿尔帝国的飞船里，哗啦一下拥出了十几辆装甲车和几百个全副武装的军人，列队跑步、动作迅疾地四散开来。

等确定四周安全，一切尽在控制中后，阿尔帝国的皇帝才穿着崭新的猎装，带着一群随从，缓步走下飞船。

相比阿尔帝国的森严阵势，奥丁联邦显得有点寒酸。

从飞船里稀稀拉拉走出十几个人，最前面的是辰砂，身后跟了十来个警卫。

辰砂穿着一身半旧的猎装，明知道周围有几百个荷枪实弹的阿尔帝国的军人，他也没有流露一丝异样，淡定从容地和皇帝握手问好。

阿尔帝国的皇帝心里暗赞，难怪年纪轻轻就名震星际，这份胆魄就非常人能及。

两人寒暄完后，戴上打猎的护目镜，手拿轻型猎枪，走进了莽莽苍苍的原始森林。

也许因为人类是从野兽进化而来的，基因里就喜好杀戮和征服，即使科技发展到今天，人类早已经可以轻易摧毁一个星球，却依旧喜欢狩猎，甚至会刻意摒弃杀伤力强大的先进武器，选择杀伤力有限的原始武器，挑战自己的体能。

不过，今天的狩猎，前面有军人开路，后面有军人保护，没有任何挑战。说白了，只是一个见面的由头，方便双方缩短距离，增进了解，让聊天变得不那么尴尬。

阿尔帝国的皇帝倒也不怕露拙，扯了扯穿着不太舒服的猎装，自我打趣："狩猎是英仙皇室每年都必定举办的活动。从小到大，我年年拿第一。年轻时是拿倒数第一，当了皇帝后是拿正数第一。不是我进步了，而是他们都想尽办法地让我赢。"

辰砂淡淡地说："每个人擅长的事情不同，我的母亲也不喜欢狩猎。"

辰砂的母亲可不是一般人，而是星际内各大星国既赞赏又忌惮的执政者，连他那雄才伟略、不可一世的哥哥都很忌惮。

皇帝心情愉悦，哈哈大笑起来。

两人一边狩猎，一边交谈。

皇帝毕竟执政多年，见多识广、能言善道，很会掌控气氛。

辰砂的话虽然不多，但有问必答，坦率直接，也算配合。

时不时还有几只凶猛的野兽跳出来，让他们配合着围捕追猎一下。

因为双方的刻意示好，气氛友善、相处愉快。

八个小时的狩猎活动结束后，最后清点猎物时，皇帝竟然收获颇丰。虽然比不上辰砂，但也相差无几。

皇帝笑得合不拢嘴，一直担心颜面扫地的随行官员松了一口气，立即又是拍照，又是记录，准备留作皇室的官方档案资料。

阿尔帝国的皇帝虽然不喜欢狩猎，但他很认可父皇对他们兄弟曾经说过的一句话：狩猎中有生杀予夺、有胜负输赢、有贪婪节制，最能看出一个人的性格。

经过一整天的接触，皇帝大致摸准了辰砂的性子。

根本不是外界传说中冷酷无情的战争机器，虽然性子严肃冷淡了一点，但敏锐机警、进退有度，不会一味逞强好胜，也不会没有原则地示弱。

难怪那个假公主留在奥丁联邦不肯回来，这样一个地位尊贵、大权在握的男人，除去基因差了点，谁会不喜欢呢？

皇帝英仙穆恒有一个才华出众的哥哥，从小到大，他一直活在哥哥的阴影下，像是一个隐形人。因为差距太大，他连嫉妒都生不起，拿到经济学的学位后，老老实实听从父皇的安排进入财政部，做了一个每天看财务数据，核算部门收支的小官员。

虽然兄弟两人关系不算亲近，但也没有交恶。他从没有肖想过皇帝的位置，可是，哥哥意外身亡，独子还不满一岁，他稀里糊涂就当上了皇帝。

他没有像哥哥一样自小接受严格的储君培养，没有哥哥的雄才伟略，也没有哥哥的宏图大志，他谨小慎微，自私怯懦，像个精明吝啬的商人一样守着皇位，没有拓展疆域的雄心，也没有掌控星际局势的意愿，只希望安稳。

可是叶玠打破了他的安稳。这些年来，他看在那点血缘关系的分儿上，留了他一命，他却逼走邵靖，杀死邵菡，不除掉叶玠，他寝食难安。

皇帝不喜欢异种，可是更恨叶玠，左右思量后，觉得心里的计划可以试探地说说。辰砂不是个在乎虚名的人，也不是个热爱战争的人，很有可能会答应。

皇帝半吐半露、半遮半掩地说出了他约见辰砂的真正用意。

他内心根本不希望打仗，也很清楚洛兰公主、邵菡公主的死和奥丁联邦无关，幕后的主凶应该是英仙叶玠，但是，他被英仙叶玠逼得不得不出兵讨伐奥丁联邦。

他希望辰砂能假装输给他，让他漂亮地打一个大胜仗，这样他就能获得军队和民众的支持，趁机给叶玠定罪，把他处死。

只要叶玠死了，皇帝就可以完全掌控军队，压制住军队中的主战势力，宣布阿尔帝国和奥丁联邦要谈判。

谈判总是很不容易，尤其两大星国的谈判，肯定要耗费很多时间讨价还价。谈来谈去，拖得时间长了，民众们渐渐没有了关注热情，战争自然而然就不用打了。

辰砂面无表情地听完阿尔皇帝的想法，沉默着没有回答。

事情完全如执政官的预料，阿尔帝国的皇帝想用停战换取一次胜利，让他们帮助他干掉英仙叶玠、坐稳皇位。

执政官说："阿尔帝国的皇帝很清楚我不想打仗，才敢有这个想法，但他对你的态度还不确定。到时候你故作为难，让他多给你一些好处，也算是弥补第一区的损失。皇帝陛下虽然不擅长领兵作战，赚钱还是很在行的，英仙皇室这些年的财库很充实，千万不要客气。"

阿尔帝国的皇帝看辰砂一言不发，完全理解。

这事绝不是小事，说的是演戏，却是以两国的军队真刀实枪地演。

辰砂作为指挥官，打了败仗肯定会损害到自己和第一区的利益，他的政敌很有可能趁机对付他。可以说，这个决定对辰砂而言，完全是牺牲个人利益去换取两国停战，绝不是一个容易的决定。

皇帝含蓄地说："真假公主事件，你是最大的受害者，我可以做主把公主星赔偿给你，作为公爵的私人星球。"

辰砂立即反驳："我不是受害者。"虽然这段婚姻从一开始就注定了是个错误，但是，能因此认识骆寻，不是不幸，而是幸运。

皇帝完全误解了辰砂的意思，以为他是不满意一颗资源星的条件，忙笑着说："一切都可以谈。"

辰砂沉默不言。

皇帝静静等候，给他充足的时间考虑清楚，提出条件。

英仙皇室的书记员记录完皇帝猎获的所有猎物，看到皇帝和奥丁联邦的指挥官站在远处的山坡上。一个举目远眺，一个垂目沉思，周围一个人都没有，显然正在交流什么机密的事。

他心里一动，目不转睛地看着。

也许皇帝陛下和指挥官阁下正在商谈两大星国的未来，也许等将来一切尘埃落定后，可以对外解密资料时，这次的狩猎活动就会对外公开，他们都成了参与历史的人。

突然，书记员看到了令人难以置信的一幕，不禁瞪大眼睛，惊恐地大叫："陛下！"

皇帝闻声看向他，朝他和其他随从亲切地挥挥手，露出了训练有素的亲民微笑。

可是，人们没有像往常一样，回报以热情的笑容。所有人像是变成了雕塑，眼睛发直地瞪着他，满脸惊恐，似乎吓得连声音都发不出来。

皇帝觉得十分诡异。

他下意识回过头，想问问辰砂怎么回事，却看到一只人面兽身的怪物——身躯正在渐渐兽化，头却依旧像是人类。

它四肢着地，头颅痛苦地低垂着，脖颈用力往前探，皮肤上一根根青筋暴起，全身上下都在剧烈颤抖。

皇帝急忙后退，却因为太过震惊恐惧，双腿不受控制地直打哆嗦，身子软倒在地上，站都站不起来。

他顾不上形象，手脚并用，连滚带爬，跌跌撞撞地向着山坡下逃去。

"指挥官！"

宿二和宿七一边大叫，一边往山坡上冲，想要唤醒辰砂。

怪物猛地仰起头，对天咆哮，几个呼吸间，身体就完全化作了野兽。

它身躯修长、四肢矫健，有点像虎，又有点像豹。头顶上长着一只莹光玉润的白色犄角。一身雪白顺滑的皮毛，连蹄子都是雪白的，全身上下没有一丝杂色。阳光映照下，月华浮动、雪色激滟，犹如冰雪幻化，美丽圣洁得让人觉得仿佛看到了神话传说中的瑞兽。

几个阿尔帝国的军人听到宿二、宿七的叫声，终于从惊恐中回过神来，朝着山坡上冲去，想要保护皇帝。

可是，异变兽动作迅疾，奔跑间，蹄落无痕，轻盈若风，一个闪身就到了阿尔帝国的皇帝身前。

它低下头轻蔑地看了一眼，随随便便一掌拍过，锋利的爪子划过皇帝的脖颈，皇帝的脑袋就被直接拍掉，滴溜溜地飞向半空。

它纵身跃起，雪白的犄角像是闪电一般劈过，几个军人全部被开膛破肚，支离破碎地倒在地上。

异变兽脚踩尸体、双眼猩红，像是看蝼蚁般冷酷嗜血地盯着四处奔逃的人群。

所有人争先恐后地逃跑。

可是，在这只恐怖的异变兽面前，最精英的战士都不堪一击。

一群随行的工作人员本来在说说笑笑地清点、记录猎物，没有想到转瞬间自己就变成了猎物。

四周不停地响起一声声惊恐凄厉的惨叫，芳草萋萋、鲜花烂漫的美丽山谷中，鲜血四溅、血肉横飞，变成了地狱一般的屠宰场。

异变兽肆意屠杀，不但屠杀阿尔帝国的军人，也屠杀试图阻拦他的奥丁联邦的战士。

宿二和宿七都受了重伤，宿六更是两条腿被异变兽的犄角齐根切断，生命垂危。

宿一悲痛绝望地说："已经过了十五分钟。"

宿七的泪水潸然而落。先是辰垣，后是辰砂，为什么惨剧会一次又一次发生？

阿尔帝国的军人组织起来开枪射击异变兽，但异变兽的感觉太敏锐、速度太快，总能在开枪的一瞬间就判断出子弹的落点，敏捷地躲避开。

阿尔帝国的地面军队赶到，架起了重型机枪，对着异变兽扫射。

天空中，一架架战机汇聚而来，追着异变兽一炮接一炮地轰击。

异变兽却异样强悍。

虽然受了伤，可依旧左奔右突，时不时又屠杀几个人。

但是，天罗地网、枪林弹雨，异变兽的死亡只是迟早的事。

奥丁联邦的战士一直失魂落魄地呆呆看着。

突然间失去了指挥官，没有人给他们下达任务指令，他们都不知道现在应该做什么。

他们不能去救异变兽，按照联邦军队的规定，杀死异变兽、阻止异变兽伤害他人才是他们应该做的事。可是，那毕竟是他们的指挥官，让他们配合阿尔帝国去屠杀异变兽，他们做不到。

正在他们茫然不知所措时，执政官的声音响彻在所有奥丁联邦战士的耳边。

"我是执政官殷南昭，现在由我接管辰砂的指挥权。全体都有，阻击阿尔帝国。"

士兵们像是一下子找到了主心骨，立即各就各位。

空中部队驾驶战机去迎战阿尔帝国的战机，地面部队驾驶装甲车去迎战阿尔帝国的装甲车。

与此同时，一个黑色的影子跃下战机，从半空中俯冲下来，疾掠而至，和异变兽缠斗在一起。

宿二激动地大叫："执政官！"

异变兽狂性大发，想把殷南昭狠狠撕碎，腾挪闪跃的速度快得连肉眼都捕捉不到，只看到残影不停地晃动。

殷南昭却丝毫没有退避，一直寸步不让地和它贴身搏斗。

抓住一个机会，他翻身跃到了异变兽的背脊上，把一个注射器扎进异变兽的脖子。

异变兽凶性大发，一边连蹦带跳，想要把殷南昭摔下来，一边左冲右突，想要踩死、咬死更多人。

殷南昭牢牢地抓着它头顶的犄角，控制着它不要再伤人。

犄角上密布尖锐的骨刺，插入他的手掌，鲜血汩汩涌出，将异变兽的白毛染红，他却一直没有松手。

宿七流着泪哭叫："阁下，早已经过了十五分钟，放手吧！"

执政官却像是什么都没有听到，依旧和异变兽较劲。

漫长的十来分钟后，异变兽仍然在疯狂挣扎，甚至自残地用身体去撞击尖锐的岩石，想要和殷南昭同归于尽。

所有人都绝望了，连保护辰砂长大的宿一都叫："阁下，指挥官他不愿意这样活着，请您给他一个痛快！"

殷南昭却依旧抓着异变兽的犄角，束缚着它杀人自毁的行为。

突然，异变兽呜咽一声，砰然倒地，一动不动地昏厥了过去。

宿二、宿七他们满面震惊，都不敢相信地瞪大了眼睛——异变兽仍然活着，却平静地昏睡过去了。

殷南昭冷冷下令："把他带回飞船,四肢和嘴全部锁住,关进笼子。"

伴随着阿尔帝国皇帝的死讯,奥丁联邦指挥官异变的新闻迅速传遍了整个星际,举世皆惊。

面对屏幕里惊心动魄的血腥画面,整个研究室寂静无声,整个研究院的大楼寂静无声,整个阿丽卡塔军事基地,甚至整个阿丽卡塔星都寂静无声。

只有新闻主持人叽叽呱呱地说个不停。

"阿尔帝国的皇帝身首异处,奥丁联邦的指挥官变成了一只野兽。从今天开始,不但整个星际的格局要重写,人类的历史也要重写!名词'携带异种基因的人类'中,'人类'两个字应该去掉,他们是异种基因生物,不是携带异种基因的人类……"

骆寻就好像自己经历了一次生死大劫,全身发软,瘫在了椅子上。

辰砂竟然异变了,而且是彻底丧失神志的异变。

镇静剂的药效时间有限。等时间过后,他就会又变回疯狂的攻击状态,毁灭别人、毁灭自己。

不要说这个镇静剂是刚刚提取的新药剂,完全不知道它对人类的神经元会不会造成不可逆转的损伤,就算它没有大的毒副作用,这样大剂量地长期使用也无异于吸毒,身体对镇静剂的依赖会越来越大,对剂量的要求也会越来越多,最终被镇静剂杀死。

骆寻悲痛地捂住了脸,眼泪潸然而下。

她一直坚信异变可以治愈,但是,这条路到底还有多远?辰砂究竟能不能坚持到那一天?

阿尔帝国的重刑犯监狱。

四周铁网环绕、守卫森严。

沉重的金属大门突然打开，两队荷枪实弹的士兵列队跑进，站立在通道两侧。

几个穿着笔挺军服的军官走了进来，狱警们刚要出声喝问，看到他们肩章上的金星，竟然全都是将军，吓得一声都不敢吭。

伴随着军靴敲击地面的声音，他们经过一个个牢房，走到走廊尽头的一个牢室前，"是这里吗？"

"是，是！"监狱长急忙上前，哆哆嗦嗦地给智脑指令，打开了金属门。

狭窄的牢房，长不到两米，宽不到一米，四面是银灰色的金属墙，灯光昏暗，没有窗户，显得十分逼仄压抑。

一眼望去，里面什么生活用具都没有，连睡觉的被褥都没有，只有一个脏兮兮、散发着恶臭的马桶。

一个穿着褐色囚服的光头男人正盘腿坐在地板上闭目冥想，神情平静安宁，完全没有被周围的环境影响。

几个将军站得笔挺，啪一声合拢双腿，整齐划一地抬手敬礼："陛下，我们来接您出去。"

叶玠睁开眼睛，面无表情地站起，缓缓走出牢房。

他的手上和脚上都锁着沉重的镣铐，每走一步都会发出咔啦咔啦的刺耳声音。

监狱长急忙上前，帮他把手镣和脚镣打开。

瘦高的闵公明将军说："我们已经准备好干净的衣服，陛下洗个澡再出去。"

"不用。"

"这是陛下第一次公开露面，外面全是支持您的民众……"

"不要浪费时间。"

叶玠大步流星地朝着监狱外面走去，几个将军只能疾步跟上。

叶玠刚走出监狱，震天动地的欢呼声就像海潮一般，从四面八方传来。

警卫们重重把守，用高高的盾牌将人群隔离在外面，却阻隔不住人们的热情。他们冲着叶玠欢呼大叫："皇帝！皇帝……"

叶玠脸上无悲无喜，似乎压根儿没有听到人们的欢呼声，头也不回地走上了飞船。

相貌英朗的林楼将军对船长下令："陛下已经上了飞船，立即回皇宫。"

叶玠说："去前线。"

几个将军傻眼了，林楼将军说："陛下，登基典礼已经准备好。"

"立即去前线。"

"陛下……"林楼将军还想继续劝说。

叶玠冷冷地截断了他，"林楼将军，你打算今天让我把所有话都重复两遍吗？"

林楼将军不敢再啰唆，对船长下令："起飞，去我的战舰。"

飞船起飞，向着外太空飞去。

叶玠问："我叔父是怎么死的？"

闵公明将军急忙打开屏幕，播放"奥丁联邦指挥官异变后杀死了阿尔帝国皇帝"的视频资料。

叶玠看完后，沉默不语。

他知道他的叔父会死，因为这本就是他亲手设计的死局，但是他完全没有预料到会是这样的死法。

原来，这就是异种一直以来严防死守的秘密。

看来他的那位"合作伙伴"不仅要和他结束合作关系，也要彻底和人类划清关系。

叶玠问："前线战况如何？"

林楼将军汇报说："前任皇帝被杀后，军心涣散，幸亏陛下早有先见之明，让林榭将军随行。出事后，林榭将军立即接管了军队指挥权，下令舰队封锁公主星。本来可以把那只异变兽和奥丁联邦第一区的精英围杀在公主星，但是，谁都没有想到奥丁联邦的执政官竟然出现在公主星，不但救下了那只异变兽，还带领着所有人成功突围。现在，他们正在返回北晨号的路上。虽然林榭将军派了军队追击，但估计拦截不下。"

又是殷南昭！

叶玠心里很失望。

按照他的计划，本来应该可以趁着奥丁联邦突然失去指挥官，军心不稳、士气涣散时，林榭将军和龙血兵团相互配合，出其不意地发起全面进攻，给奥丁联邦重创。没有想到不但没有重创奥丁联邦，连公主星上的人都被殷南昭救走了。

林楼将军看叶玠脸色阴沉，忐忑不安地说："等陛下到前线后，林榭将军会亲自向陛下请罪。"

叶玠安抚地说："林榭将军已经尽力，毕竟对方是曾经打败了我父皇的魔鬼心殷南昭。"

林楼将军和林榭将军是亲兄弟，感情很好，听到叶玠的话，一直悬着的心才放下来，"谢谢陛下宽宏大量。"

飞船飞入外太空后，进入战舰。

战舰立即起航，全速飞向前线。

几分钟后就是本来预定的新皇登基时间，皇宫内外会聚着官员、媒体和无数民众，新皇帝英仙叶玠却迟迟没有出现。

林楼将军接连不断地收到质问陛下行踪的讯息，他又不能置之不理，只能小心地问："陛下，登基典礼怎么办？"

"现在举行，实时向全星际播送。"

几个将军面面相觑，却没有一个人敢反驳。

叶玠站了起来，点了下面前的控制面板，用他的身份权限批准以下信息对全星际无差别公开传送。

没有多久，几乎全星际的新闻都在播送阿尔帝国新皇帝的登基宣言，不管身处哪个星球都能看到——

一个穿着皱巴巴褐色囚服的男人站在镜头前面，他面容清瘦，嘴唇皴裂，眉骨上还有一道深深的伤疤。因为光头，显得额头突出、脸色发白，和英俊的五官、从小培养的贵族仪态杂糅成了一种阴郁优雅的怪异气质。

所有人都觉得，很难把这个人和曾经放荡不羁的叶玠王子联系到一起，更难以把他和一个大星国的皇帝联系到一起。

"我是英仙叶玠，阿尔帝国的皇帝，现在正在奔赴前线的路上。"

叶玠发音标准、语调优美，完全就是一位接受过良好教育、社交礼仪完美无瑕的王子，可是说话的内容却杀机凛然、字字见血。

"用这种方式告诉诸位这个消息，不算美好，但几百年来，阿尔帝国和奥丁联邦之间发生的一切更不美好，此时此刻前线战场上发生的一切更不美好。

"公主星，一颗给我们带来耻辱的星球上面，再次发生了令阿尔帝国耻辱的事——异种屠杀了我的叔父、阿尔帝国的上一任皇帝。我没有时间、没有心情，打扮得衣冠楚楚玩什么登基庆典。我的登基只能用异种的鲜血来庆祝！

"我希望，从现在开始，所有星国、不分大小，所有人类、不分贵贱，都能支持我们，彻底把奥丁联邦从星际抹杀。

"从今天开始，人类和异种血战到底，没有谈判，没有妥协，只有生或死！"

叶玠一身囚服，站得笔挺，抬起手对所有人敬军礼，神情肃杀、目光坚毅。

骆寻呆呆地看着屏幕上"叶玠宣战"的定格画面。

殷南昭最担心的事情最终还是发生了。

那些还在其他星国生活的异种该怎么办？人类已经容不下他们，但他们的亲人、爱人，他们的根还在人类中。

就算他们肯放弃一切，迁往奥丁联邦，可路途漫漫、战火纷飞，他们能活着到达阿丽卡塔吗？

骆寻不明白。

辰砂、封林、紫宴，甚至左丘白、棕离、百里苍他们，都和她一模一样。

她的同事、她的学生、她的病人，也都和她一模一样。

他们开心时大笑，难过时哭泣；他们会为国家牺牲奉献，也会为私情痛苦悲伤。

他们像人类一样勇敢善良，也像人类一样自私狠毒。

他们明明和她一模一样，绝对不是不同的种群。

但是，辰砂的异变让人类和异种彻底撕裂，毫无疑问，人类和异种已经不能和平共存。

叶玠的目光犹如利剑，隔着遥远的星空，都狠狠刺痛了她。

他似乎在告诉她——

不要妄想，没有中间的路可以走。

要么人类死，要么异种死，是遵从自己的基因，还是顺从自己的情感，她必须选择。

叶玠似乎已经很笃定她最终的选择。

就算她有勇气背叛自己的基因，可如果人类和异种势不两立，一次又一次流血冲突，无数人死亡后，仇恨终将遮蔽双目，异种又真能容下她吗？

她的基因，是异种中"异种"。

殷南昭的基因，是连异种都绝对不会容忍的残次造假。

如果两个人放下一切，远走高飞，凭他们的本事，无论如何都能安度余生。

但是，殷南昭不可能放下异种，她也不可能放弃异变后的辰砂、封林托付给她的孩子，还有紫宴那些视她为友的人。

不需要一双预示未来的眼睛，骆寻都能清楚地看到，她和殷南昭面前是一条荆棘密布、利刃插满的道路。

嘀嘀。

个人终端突然响起，骆寻看了眼来讯显示，立即接通了视讯。

殷南昭出现在她面前。

其实不过两日没见，但也许因为发生的事情太多，骆寻竟有一种久别重逢的珍惜喜悦，近乎贪婪地端详着殷南昭。

他应该不想她担心，已经换掉作战服，洗去了一身的硝烟，穿着日常的军装，可因为长时间没有休息，眉梢眼角隐有一丝疲惫，手上还缠着白色的止血带。

殷南昭抱歉地说："我要留在前线指挥战役，近期内没有办法回阿丽卡塔。"

他知道骆寻需要他，但辰砂突然异变，不分敌我地屠杀了上百人，不仅让人类震惊恐惧，也让异种惊恐不安。

现在内外交困，他必须守在前线，挡住叶玠来势汹汹的进攻，否则奥丁联邦随时会灭亡。

骆寻微笑着摇摇头，宽慰他："不用担心我，家里有安达和狄川照应，研究院里有安娜照应，同事们都很友善，倒是你在前线，要多注意安全。"

殷南昭目光如水，静静地看着骆寻。

小寻有一颗七窍玲珑心，不可能看不清未来的局势，也不可能不知道怎么选择能趋利避害，但是，她没有丝毫犹豫、没有丝毫挣扎地选择了陪他一起走下去。

殷南昭沉默地伸出手。

骆寻看到他的目光，立即明白，她之前的所思所想，殷南昭虽然一字未问，却已经全部都明白了。

骆寻凝视着他，把手放到了他的掌心里。

明明只是虚拟的影像，两个人却都真切地感受到了对方。

殷南昭柔声说："有没有人告诉过你？像我这样的人，能被你喜欢，非常幸运。"

骆寻鼓了鼓腮帮子，眼睛眯成了月牙，"千旭说过，殷南昭没有说过。"

殷南昭笑挑了挑眉，"因为殷南昭不认同千旭的看法。"

"啊？"骆寻的眼睛立即瞪得滴溜溜圆。

殷南昭上前一步，抱住了骆寻，在她耳畔郑重地说："像我这样的人，能被你喜欢，非常幸福。谢谢！"

殷南昭敢无视法律、无视伦理，敢和整个宇宙对抗既定的命运，却不敢抓住那份幸运。幸好，给了他幸运的女人比他勇敢，不管他好、他坏，他善、他恶，他美、他丑，她都始终没有放手，把幸运变成了幸福。

骆寻鼻子发酸，心中又是苦涩，又是甜蜜，含着眼泪，笑抱住了殷南昭。

她的诞生始于一场精心策划的阴谋，整个生命都是从他人的人生中偷来的，像是无根之木、无源之水，随时都有可能木枯水竭，是殷南昭让她的生命长出了根系、生出了源头。

有生之年，幸好相逢。

不管前方是荆棘、深渊，还是狭谷、火海，他们携手同行。

若不能白头偕老，那就生死与共。

图书在版编目（CIP）数据

散落星河的记忆 . 2，窃梦 / 桐华著 . —长沙：湖南文艺出版社，2017.9
ISBN 978-7-5404-8295-4

Ⅰ . ①散… Ⅱ . ①桐… Ⅲ . ①长篇小说—中国—当代 Ⅳ . ①I247.5

中国版本图书馆 CIP 数据核字（2017）第 217211 号

上架建议：长篇小说 · 言情

SANLUO XINGHE DE JIYI. 2. QIEMENG

散落星河的记忆 . 2，窃梦

作　　者：桐　华
出 版 人：曾赛丰
责任编辑：薛　健　刘诗哲
监　　制：毛闽峰　赵　萌　李　娜
特约策划：钟慧峥
特约编辑：王　静
营销编辑：贾竹婷　雷清清　吴　思
封面设计：YUNYARD
插画绘制：呼葱觅蒜
版式设计：利　锐
出版发行：湖南文艺出版社
　　　　　（长沙市雨花区东二环一段508号　邮编：410014）
网　　址：www.hnwy.net
印　　刷：北京中科印刷有限公司
经　　销：新华书店
开　　本：875mm×1230mm　1/16
字　　数：397千字
印　　张：26.5
版　　次：2017年9月第1版
印　　次：2019年3月第2次印刷
书　　号：ISBN 978-7-5404-8295-4
定　　价：39.80元

若有质量问题，请致电质量监督电话：010-59096394
团购电话：010-59320018